악연

惡緣

악 연

惡
緣

요코제키 다이
장편소설

정말로 우연이었다고 생각하세요?

김은모 옮김

하빌리스

일러두기

옮긴이 주는 괄호 안에 '옮긴이'라는 말과 함께 표기했습니다.

차 례

●

그 손님이 카페에 들어온 건 오후 2시가 넘어서였다. 구라타 유미가 설거지를 하려고 카운터 안쪽으로 들어갔을 때 딸랑딸랑 출입문의 종소리가 들렸다. 런치 타임의 마지막 손님을 막 배웅한 참이었다.

유미가 일하는 카페 '론도'는 세이부이케부쿠로선 에코다역 북쪽 출입구에서 걸어서 약 10분 거리에 있다. 조용한 주택가이지만 점심시간에는 학생들로 카페가 붐빈다. 근처에 니혼 대학 예술학부와 무사시노 음대가 있기 때문이다. 다만 그것도 올해 3월까지의 이야기였다. 오늘은 2020년 9월 3일, 코로나19의 영향으로 카페 매출이 많이 줄었다. 손님들이 조금씩 카페를 다시 찾고 있기는 하지만 원래 모습을 되찾았다고 하긴 힘들다.

"어서 오세요."

유미는 카운터 안에서 손님을 맞이했다. 30대 초반으로 보이는 남자 손님이었다. 청바지에 티셔츠 차림이다. 어깨에 갈색 가방을 메고, 하얀 부직포 마스크를 꼈다. 유미는 직접 만든 주름 마스크를 끼고 있다. 코로나 시국이 이어지다 보니 이제 마스크는 일상용품이 되었다.

"편하신 자리에 앉으세요."

남자는 입구 앞에서 움직이지 않았다. 각진 뿔테 안경 속의 눈을 살짝 치뜬 채 가게를 둘러본다. 어째 안절부절못하는 것이 조금 수상하게 느껴지기도 했다. 만나기로 한 사람이라도 있는 건가 싶었지만 카페에 다른 손님은 없다.

카페 한복판의 큼지막한 원형 테이블에는 주로 혼자 온 손님이 앉는다. 벽을 따라 자리한 테이블 네 개는 다인용이다. 그 외에 카운터석도 있지만 여간해서는 손님이 잘 앉지 않는다.

"누가 오기로 하셨나요?"

유미의 말에 남자가 놀랐는지 몸을 움찔했다. 그러고는 사과를 하듯 고개를 숙이더니 유미를 향해 걸어왔다. 남자는 카운터 가운데 자리에 앉아 가방을 옆자리에 내려놓았다.

남자가 카운터석에 앉을 줄은 몰랐기에 살짝 당황했지만, 유미는 곧바로 물잔에 물을 따라 카운터에 내려놓았다. 그리고 물수건을 꺼내 메뉴와 함께 내밀었다.

"여기요."

남자가 마스크를 벗었다. 온화해 보이는 얼굴이 다람쥣과 동물을 연상시켰다. 남자는 물수건으로 이마의 땀을 닦으며 메뉴를 들여다보았다. 이 카페에는 다른 음식점같이 주방과 홀을 분리하는 비닐 시트 칸막이가 없다. 한번 설치해 보았는데 주방에 열기가 고여서 요리고 뭐고 숨이 턱턱 막힐 지경이라 바로 치웠다.

"블렌드 커피로 부탁드릴게요."

유미는 남자의 주문을 전표에 기입했다. "블렌드 커피요. 잠시만 기다리세요."

론도에서는 아무리 바빠도 핸드 드립으로 한 잔씩 커피를 내린다. 카페 사장 마쓰다의 방침이다. 그렇다고 해서 마쓰다가 어떤 대단한 장인 정신을 품고 커피를 파는 것은 아니다. 그저 커피는 한 잔씩 내려야 하는 법이라고 생각해서 그럴 뿐이란다.

50대인 카페 사장 마쓰다는 아내와 사별하고 혼자 산다. 유미네 아버지의 대학 친구로, 타고난 도박꾼이다. 젊었을 때 같이 지냈던 하숙집에서 마작을 자주 했다고 한다. 아까 런치 타임 때도 손님이 뜸해지는 걸 보더니 "그럼, 유미, 잘 부탁해." 하며 자전거를 타고 어딘가로 가 버렸다. 분명 역 앞의 파친코 게임장에 갔을 것이다. 예전에는 마작방에 갔지만 코로나19의 영향으로 단골 마작방이 문을 닫는 바람에 파친코로 갈아탄 모양이다.

서버에서 구수한 향이 풍겼다. 유미가 이 카페에서 일한 지 1년이 지났다. 어느 날 웬일로 아버지가 부르더니 마쓰다의 카페를 소개해 주었다. 유미가 사는 무사시다이라시에서 에코다까지는 전철로 50분 정도가 걸리는 데에다 환승도 두 번이나 해야 해서 출퇴근이 편하지 않았지만, 유미는 아버지의 제안을 받아들이기로 했다. 그로부터 1년이 지났고 이렇게 한가한 오후 시간에는 유미 혼자 가게를 도맡게되었다. 여기에는 마쓰다의 느슨한 성격도 한몫했다.

지금은 다시 평소대로 영업 중이지만 긴급 사태가 선언되었을 때는 일시적으로 카페 문을 닫고 도시락 판매에 전념했다. 근처 대학은 여름 방학 중이라 학생들의 모습은 거의보이지 않는다. 여름 방학이 끝나도 온라인을 중심으로 비대면 수업을 할 것이라고 단골손님이 말했다. 거리를 돌아다녀 보면 행인의 숫자가 확실히 줄었다.

"오래 기다리셨습니다. 블렌드 커피 나왔습니다."

남자에게 커피를 주고 주방으로 돌아가려던 때였다. 남자가 말을 걸었다.

"구라타 유미 씨, 맞으시죠?"

또 그건가. 유미는 즉시 상황을 파악하고 마음에 막을 한장 쳤다. 3년 전 그 사건으로 유미는 많은 것을 잃었지만 딱

하나 얻은 것도 있었다. 마음에 막을 치는 기술이다. 마치 켜짐에서 꺼짐으로 전환하듯 마음에 막을 쓱 드리운다. 그러면 상대가 어떤 말을 던지든, 또 어떤 폭언을 내뱉든 그 막이 다 튕겨 낸다.

"구라타 유미 씨, 맞으시죠?"

남자가 다시 물었다. 어차피 상대는 이쪽의 정체를 알 테니 대답할 필요는 없다. 하지만 유미는 의심스러웠다. 언론사 기자치고는 태도가 이상하다. 유미의 눈을 보려고 들지 않는다. 보통 기자 같은 부류는 이쪽의 안색을 살피듯이 끈적끈적한 시선을 던지는 법이다.

"죄송합니다. 느닷없이……. 저는 수상한 사람이 아니에요."

이 남자는 언론사와 관련이 없을지도 모른다. 그렇다면 대체…….

"오늘이 무슨 날인지 아세요?"

남자가 또 물었다. 오늘은 2020년 9월 3일이다. 올림픽은 열리지 않고 코로나에 대한 두려움도 하루가 다르게 커지지만 어떻게든 앞으로 나아가려 애쓰는 나날들이다.

하지만 9월 3일은 유미에게 또 다른 의미가 있다. 어떻게 잊어버리겠는가. 3년 전 오늘, 뼈에 사무치는 그 사건이 일어났다. 그날을 경계로 유미의 인생이 격변했다고 해도 과언은 아니다.

"부탁이 있어요, 구라타 씨. 저와 함께 사건을 다시 검증해 주지 않으시겠어요? 아, 제 소개를 안 했군요. 전 호시야라고 합니다."

남자는 그렇게 말하고 공손하게 머리를 숙였다.

사건을 검증해 달라니, 도통 무슨 말인지 알 수가 없었다. 게다가 남자의 신원도 확실치 않았다. 이제 와서 재검증을 한들 무슨 소용이란 말인가. 그 사건은 이미 끝났는데.

아무튼 관여하지 않는 편이 좋으리라. 하지만 무턱대고 손님을 쫓아낼 수는 없었다. 마스크를 끼고 있어서 다행이었다. 마음에 친 얇은 막 외에도 천 마스크가 필터 역할을 해 주었다.

"부탁드릴게요. 저와 함께 사건에 대해 고민해 주세요. 구라타 씨의 협력이 필요해요. 부탁드립니다."

호시야라는 남자가 머리를 숙였다. 이마가 카운터에 닿을 것 같다. 목덜미에 땀이 줄줄 흐르는 걸 보고 유미는 이 사람 참 필사적이구나, 싶었다.

그나저나 누구일까. 이대로 계속 머리를 숙이고 있으면 기분이 찜찜하니까 유미는 어쩔 수 없이 말했다.

"고개 드세요."

호시야가 머리를 들었다. 아까까지는 눈을 마주치려 들지 않았지만 뭔가 맺힌 것이 풀렸는지 호시야는 진지한 눈으로 매달리듯 이쪽을 쳐다보았다. 유미는 일단 확인부터 했다.

"언론 쪽에서 나온 분은 아니신 거죠?"

"네." 호시야는 단호하게 즉답했다. "전 언론사 소속이 아니고, 앞으로도 그런 사람들과 접촉할 생각은 없습니다. 외부 개입 없이 오로지 저 혼자만의 생각으로 찾아온 거예요."

유미가 보기에 그의 눈에서 올곧음이 느껴졌다. 그 사건 이후로 유미는 호기심의 시선에 시달려 왔다. 한때는 남이 그냥 쳐다보는 것조차 싫었다. 적어도 호시야의 눈은 호기심으로 반짝이는 것 같지는 않았다.

"용기 내서 오늘 여기 온 거예요."

호시야가 유미의 눈을 보며 말했다. 그가 말을 이어 갔다.

"살면서 제일 큰 용기를 냈습니다."

대체 뭘 어쩌려는 건지 전혀 짐작이 가지 않았으나 호시야가 품은 각오가 고스란히 전해져 오는 게 신기했다. 유미는 무심코 되물었다.

"용기라고요?"

그러자 호시야는 힘주어 고개를 끄덕였다.

"네. 용기요."

그 사건 이후로 유미는 일종의 인간 불신에 빠졌다. 어제까지 내 편인 줄 알았던 사람이 오늘은 뒤에서 험담을 하는 일을 여러 번 겪었다. 굳이 눈으로 보지 않아도 자신이 모르는 데서 그런 일이 일어나리라는 건 어렵지 않게 상상할 수 있었다.

이 남자는 어떨까. 유미는 신중을 기해 물었다.

"성함을 다시 말씀해 주시겠어요?"

"호시야입니다. 호시야 다카히로요."

그는 가방에서 꺼낸 수첩에 자신의 이름을 써서 유미에게 보여 주었다. 솔직히 잘 쓴 글씨는 아니었지만 공들여 썼다는 건 알 수 있었다. 유미는 남자의 정체를 어렴풋이 알 것 같았다. 이 남자는 분명……

"혹시 그분의 팬이셨나요?"

"네. 맞아요."

아무래도 예상이 들어맞은 모양이다. 이렇듯 요령 없이 밀어붙이는 외골수 기질이 조금 반갑기도 하고 어쩐지 대단하기도 하다.

"사건을 재검증하고 싶다고 말씀하셨잖아요. 그게 무슨 뜻이죠?"

"말 그대로입니다. 사건을 다시 검증하고 싶어요. 재판 비슷한 거라고 생각하시면 되겠네요."

"재판이요? 저랑 호시야 씨 둘이서요?"

"재판을 흉내 내는 느낌이랄까요. 저는 전문가가 아니지만, 어쨌든 구라타 씨는 사건의 당사자입니다. 구라타 씨는 중요한 증인, 이를테면 A급 증인입니다."

A급 증인이라는 호칭은 좀 뜨악했지만 사건의 당사자임

은 분명했다. 직접적이고 육체적인 피해를 입은 것은 아니다. 하지만 그 사건으로 인생을 망친 사람 중 하나라고 유미는 생각한다. 그렇다고 지금 와서 사건을 다시 파헤치는 일 또한 썩 내키지는 않다.

"사건은 이미 종결됐어요. 벌써 3년이나 지났다고요. 재검증할 필요가……."

"있습니다." 호시야는 유미의 말을 가로막으며 말했다. "있어요. 그게, 실은 저도 없다고 생각했어요. 이대로 시간이 흐르면 그 아이의 죽음을 잊을 수 있지 않을까 싶었다고요."

유미도 그렇다. 베인 상처가 서서히 아물듯 시간이 흐르면 잊어버릴 수 있다고 생각했다. 요즘은 사건을 떠올리는 횟수도 많이 줄었다. 그래도 다른 인생을 걸어가듯 묘한 위화감이 들긴 한다. 다른 레일에 올라탄 것처럼 말이다.

호시야가 절실한 눈빛으로 말했다.

"구라타 씨, 부탁드립니다. 부디 도와주세요. 세상 사람들은 사건이 다 해결됐다고 여기는 모양이지만, 제 생각에는 아무래도 그렇지가 않습니다. 그 사건에는 우리가 알던 것과 전혀 다른 측면이 있는 것 같아요."

"구라타 씨, 괜찮아? 내가 운전할까?"

"괜찮아요. 제가 할게요."

유미는 차 키의 버튼을 눌러 공용 차의 잠금장치를 해제했다. 운전석 문을 열자마자 차 안에 고인 열기가 느껴졌다. 시동을 걸고 에어컨부터 조절했다. 미지근한 바람이 나왔지만 아무것도 없는 것보다 백번 나았다.

유미는 가속 페달을 밟아 차를 출발시켰다. 차종은 다이하쓰의 하이제트, 이른바 소형 밴이라고 불리는 네모난 박스형 경차다. 유미가 평소에 몰고 다니는 골프(아버지 명의로 된 차이지만 지금은 유미가 통근용으로 사용한다)보다 차체가 높아서 시야가 넓으므로 운전하기 편하다. 겉에다 보이스 피

15

싱 방지를 호소하는 자석 장식품을 붙여 놓았는데, 그 양옆에는 '무사시다이라시'의 로고가 들어가 있다.

유미는 무사시다이라 시청에서 일하는 공무원이다. 대학교 4학년 때 고향인 무사시다이라시의 지방 공무원 시험에 합격했고, 이듬해 4월에 채용되었다. 올해로 6년 차다.

현재 근무처는 수납과라는 부서로, 말 그대로 세금 수납에 관한 업무를 본다. 그중에서도 유미가 소속된 수납 총무계는 납세에 관한 각종 업무, 예를 들면 금융 기관이나 기업 대응 및 납부된 세금 관리와 집계 등을 주로 담당한다.

다만 수납과의 중심 업무는 이웃 계인 수납계가 담당한다. 납세자에게 세금을 징수하는 것이 수납계의 주된 업무로, 권고장이나 독촉장을 보내 체납된 세금을 납부하라고 재촉하거나 경제적인 이유로 납세가 어려운 시민에게 상담을 해 준다. 때로는 직접 체납자를 찾아가 납세를 촉구하기도 한다. 악질적인 납세자와 위태위태한 대화도 주고받는다는데, 유미는 계가 다르므로 그렇게까지 심각한 납세자와 만난 적은 없다. 다만 창구를 찾아와 직원에게 욕설을 퍼붓고 돌아가는 납세자는 수없이 보았다.

"다음 모퉁이에서 오른쪽이야."

"알겠습니다. 감사합니다."

조수석에서 길을 안내해 주는 남자는 촉탁 직원 사토다. 올해 62세이고, 이전에 부동산 회사에서 영업직으로 일했다고 들었다. 수납계에는 촉탁 직원이 많은데, 이들은 낮에 공용 차를 타고 징수 업무를 하러 시내를 돌아다닌다.

다만 야간 징수에 나서는 매주 수요일은 촉탁 직원과 정직원이 2인 1조로 시내를 돈다. 야간 징수 때는 수납 총무계에도 지원 요청이 들어오므로 유미도 몇 달에 한 번씩 이 업무에 동행한다. 오늘은 올 들어 두 번째로 찾아온 야간 징수 당번일이다.

"다음 신호 지나서 세워 줘."

"네."

사토의 지시대로 신호를 지나친 후 비상등을 켜고 차를 세웠다. 조수석에 앉은 사토가 손에 든 자료를 보며 설명했다.

"기타야마 가오리. 28세. 2년 전부터 주민세와 국민 건강 보험금을 체납했고. 지난달에야 겨우 분납을 시작했어."

분납이란 분할 납부를 가리킨다. 체납한 세금을 조금씩이라도 냄으로써 예금과 급여의 압류를 피한다는 의미에서 중요하다. 바빠서 납부를 하러 갈 수 없을 경우에는 이렇게 징수원이 정기적으로 방문한다. 요즘은 계좌 이체를 추천하지만 사정에 따라서는 계좌 이체가 불가능한 사람도 있다.

차에서 내렸다. 크림색 외벽으로 된 2층짜리 연립 주택이 보였다. 어반하이츠 나카마치라는 이름의 이 연립 주택은 무사시다이라시 주오초 5번지에 있다. 상당히 노후한 듯하지만 역세권이라 학생에게는 괜찮을지도 모르겠다.

사토를 따라 연립 주택 부지로 들어섰다. 1층과 2층에 방이 각각 다섯 개씩 있는데, 오늘 방문할 곳은 1층 제일 앞쪽인 101호였다. 문 옆에 투명 비닐우산이 놓여 있었다. 사토가 인터폰을 눌렀지만 답이 없었다. 집을 비운 모양이다.

"외출했나 봐요."

"그러게. 아직 안 들어왔나."

사토가 고개를 갸웃했다. 야간 징수 업무에서 정직원의 역할은 징수원을 보조하는 것이다. 특히 유미 같은 젊은 정직원은 징수원의 운전사 노릇을 하기 십상이다. 비록 촉탁 직원이긴 하나 사토가 나이도, 징수 업무 경험도 훨씬 많다.

자전거 브레이크를 잡는 소리에 고개를 돌리자, 한 여자가 연립 주택 앞에 자전거를 세우고 자전거에서 내리고 있었다. 이쪽으로 걸어온 여자는 사토의 얼굴을 보며 말했다.

"사토 씨, 죄송해요. 일이 밀려서요."

머리가 길고 피부가 뽀얗다. 검은색 셔츠에 청바지 차림이다. 여자는 핸드백 속 지갑에서 5천 엔짜리 지폐를 꺼내 사토에게 주었다.

"여기 이번 달 치요."

"확인됐습니다." 사토는 5천 엔을 받고 영수증을 건네며 말했다.

"그럼 다음 달 네 번째 수요일, 이 시간에 올게요. 또 아르바이트하러 가시나요?"

"네. 가야죠."

"고생하십니다. 건강 조심하세요."

여자가 문을 열고 방으로 들어가는 순간 눈이 마주쳤다. 유미는 허둥지둥 고개를 꾸벅했다. 유미는 사토가 건넨 5천 엔을 받아 보관 가방에 넣고 지퍼를 닫았다. 두 사람은 차로 돌아갔다.

"저 사람, 엄청 고생하는 거 같더라고." 조수석에 앉은 사토가 무릎 위에 파일을 펼치며 말했다. "사정은 잘 모르지만 여러모로 힘든 모양이야. 낮에는 신주쿠의 백화점에서 아르바이트를 하고, 밤에는 이 근처 역 앞에 있는 술집에서 일한대."

"그래요?"

"이 연립 주택은 보증금과 계약금은 물론이고 보증인이 없어도 입주가 가능하대. 그래서인지 사연 있는 사람들이 많이 사는 것 같아. 아, 구라타 씨, 다음은 고가네마치니까 역 앞길 위로 쭉 올라가 줘."

"알겠습니다."

유미는 안전벨트를 매면서 창밖으로 눈길을 돌렸다. 다시 보니 어반하이츠 나카마치의 크림색 외벽은 아주 칙칙하게 변색된 상태였다.

유미는 비상등을 끄고 차를 출발시켰다.

＊

계단식 객석은 반쯤 채워져 있었다. 호시야 다카히로는 스마트폰으로 시간을 확인했다. 공연 시작까지 5분도 채 남지 않았다. 호시야가 열렬히 응원하는 5인조 아이돌 그룹 '주오선 방위대'의 정기 라이브 공연이 이제 곧 시작된다.

공연장은 나카노에 자리한 라이브 하우스인 '나카노 포레스트'다. 원래 록 밴드 공연장으로 사용되던 곳이라 벽에 록 밴드 포스터가 가득 붙어 있다. 왕년에는 유명한 록 밴드가 출연한 적도 있었으며 당시의 사진들이 지하 통로에 장식되어 있었다.

10여 년 전만 해도 이런 유의 라이브 하우스에서 아이돌이 공연을 하는 일은 매우 드물었다. 하지만 이제는 거의 매일같이 도내의 라이브 하우스에서 아이돌의 라이브 공연이 열린다.

사람들은 AKB48(도쿄 아키하바라를 거점으로 한 일본의 아이돌 그룹으로 2006년에 데뷔했다 - 옮긴이)의 등장으로 흐름이 바뀌었다고 한다. 사실, 라이브 하우스는 이름 그대로 라이브로 연주하며 노래하는 곳이거늘 반주를 틀어 놓고 젊은 여자애들이 춤을 추는 게 말이 되겠는가, 하는 것이 라이브 하우스 운영자들의 본심이었다. 그러나 2010년대 들어 AKB48이 사회적 이슈가 될 만큼 인기를 끌자 대세는 곧 바꿰었다. 아이돌 그룹에게 적극적으로 공연장을 제공하는 운영자들이 속출한 것이다. 나카노 포레스트도 그런 라이브 하우스 중 한 곳으로, 이제는 아이돌 그룹을 위한 라이브 공연장이라고까지 불린다. 관객과 무대의 거리감, 그리고 150명이라는 수용 인원이 절묘하기 때문이다.

"안녕."

"아, 왔어요?"

친한 사람끼리 인사하는 목소리가 들렸다. 호시야는 무대와 가까운 앞쪽 오른편 제일 끝자리에 앉았다. 주변에 평소와 다름없는 얼굴들이 모였다. 주오선 방위대의 정기 라이브 공연 때는 멤버의 팬끼리 객석을 구분해서 앉는다는 암묵적인 규칙이 있다. 이는 야생 동물의 영역과도 비슷하다고 할 수 있겠다.

호시야 주변에는 필연적으로 오기쿠보 히토미의 팬이 모인다. 앞쪽 오른편 언저리가 오기쿠보 히토미 팬들의 아지트인 것이다. 호시야는 오기쿠보 히토미의 열성 팬이다. 호시야에게 오기쿠보 히토미는 여신이나 다름없다.

"홋시, 왔구나."

"아, 선생님, 안녕하세요."

수수한 인상의 남자가 호시야 곁으로 다가왔다. 후줄근한 만년 부장 같은 인상을 하고 있지만 실은 세무사 사무소 소장이다. 이름은 다와다 마코토. 얼마 전에 쉰이 되었다. 주오선 방위대 팬의 최연장자로서 다들 '선생님'이라고 부르며 한 수 위로 쳐준다. 그도 히토미의 팬으로, 히토미가 이른바 그의 '최애'다.

최애. 아이돌 그룹에서 가장 좋아하고 열심히 응원하는 특정 멤버를 최애라고 한다. 최애를 바꾸는 '교최애', 그룹 전체를 응원하는 '전최애' 등의 파생어도 있다.

"다행히 안 늦었군. 그런데 혹시, 그 얘기는……."

다와다가 입을 열자마자 그 얘기를 꺼냈다. 오늘 오기쿠보 히토미 팬 사이에 어쩐지 무거운 분위기가 감도는 것 같다. 호시야는 다와다에게 작은 소리로 말했다.

"정말인가 봐요. 아까 안쪽 대기실에서 멤버들이 사장한 테 인사하는 걸 봤는데, 히토밍만 없더라고요."

오기쿠보 히토미는 팬 사이에서 히토밍이라고 불린다. 실은 요즘 히토미의 상태가 이상하다는 것이 호시야 주변에서도 화제였다. 이유는 간단하다. 트위터에 글을 올리는 빈도가 줄어들었기 때문이다.

예전에는 하루에 열 번쯤 글을 올렸다면 이번 달 들어서 그 횟수가 확 줄었다. 히토미에게 무슨 일이 있는 게 아닐까, 하는 소문이 팬 사이에 돌던 차에 히토미가 2주 전 정기 라이브 공연에 느닷없이 불참했다. 운영진의 발표에 따르면 컨디션 난조 때문이란다.

오기쿠보 히토미가 정기 라이브 공연에 나오지 않은 것은 그룹이 결성된 이래로 처음 있는 일이었다. 팬 사이에서도 히토미의 건강을 걱정하는 목소리가 커졌다. 그날 이후로 히토미가 정기 라이브 공연 이외의 이벤트에도 불참하자 혹시 장기적인 휴식기를 가지는 것 아니냐는 소문이 돌기 시작했다. 이대로 은퇴하는 건 아닌지 호들갑스럽게 추측하는 팬도 더러 있었다.

그러니 오늘 정기 라이브 공연에서 히토미의 동향에 이목이 집중될 수밖에. 다섯 멤버가 공연 시작 전에 라이브하우스 사장에게 인사를 하는 건 팬들 사이에서도 잘 알려진 사실이므로 호시야는 평소보다 30분 일찍 공연장에 입장해 시간을 보냈다. 그리고 안쪽 대기실로 온 멤버 가운데 히토미가 없는 걸 보고 불길한 예감이 기정사실화되었음을 깨달았다.

"역시 그런 건가." 다와다는 어깨를 축 늘어뜨렸다. "두 번 연속으로 쉬다니 마음이 아프군. 이제 어떻게 되려나. 운영진의 발표를 기다리는 수밖에 없겠네."

"죄송해요. 바로 알려 드리려다가, 좀 충격이라……."

"죄송하긴. 아, 구마, 왔어."

파란 핫피(주로 축제 참가자들이 착용하는 일본의 전통 의상 – 옮긴이) 차림의 남자가 이쪽으로 걸어왔다. 파란 핫피를 입은 데에다 머리도 빡빡 민 탓에 원치 않아도 눈에 확 띈다. 구마다 쇼헤이. 호시야보다 두 살 어린 스물여덟 살이며 히토미 팬들의 리더라 할 수 있는 남자다. 구마다가 대뜸 물었다.

"혹시, 히토밍 있었어?"

호시야는 말없이 고개를 저었다. 그 모습을 보고 구마다가 혼잣말을 내뱉듯이 말했다.

"맙소사."

히토미의 팬들이 모여 있는 쪽의 분위기가 아까보다 더 무거워졌다. 리더 구마다의 사기가 떨어지자 다른 팬들의 사기도 덩달아 떨어졌다. 구마다의 핫피는 히토미의 이미지 색인 파란색이고 등판에는 히토미의 이름이 큼지막하게 수놓아져 있다. 팬들 사이에서 그 옷은 히토미의 상징으로 자리 잡았으며 그는 일종의 정신적 지주였다. 리더인 구마다가 기운을 잃고 시무룩해지자 그에게서 비롯된 무거운 분위기가 주변으로 퍼져 나가는 게 호시야에게 느껴졌다.

공연은 언제나 변함없이 오후 7시에 시작된다. 공연 시작까지 2분 정도가 남았다. 객석은 60퍼센트쯤 찼으려나. 평소와 다름없는 광경이지만 호시야는 가슴이 울렁거렸다.

나카노 포레스트는 주오선 방위대의 팬에게 성지로 불리는 라이브 하우스다. 호시야는 매달 두 번 주오선 방위대의 정기 라이브 공연이 있을 때마다 보러 오는 몇 안 되는 개근 멤버 중 한 명이다.

공연 시작 1분 전 객석이 술렁거렸다. 평소 같으면 공연이 시작되기 1분 전부터 분위기를 띄우는 음악이 흘러나오고,

10초 전부터 팬들이 카운트다운을 시작해 0, 하고 크게 외치는 소리와 함께 주오선 방위대가 무대로 뛰어나오면서 공연이 시작된다. 하지만 오늘은 음악이 나오지 않았다.

잠시 후 정장을 입은 남자가 마이크를 들고 무대로 올라왔다. 팬이라면 다들 아는, 주오선 방위대의 매니저이자 기획사 사장인 기무라다. 기무라는 대형 연예 기획사를 다니다가 아이돌을 좀 더 친근하고 가까운 존재로 만들고 싶다는 야망을 품고 독립해 기획사를 차렸다고 한다. 그는 주오선 방위대를 탄생시킨 장본인이다.

기무라가 마이크를 입으로 가져가자 공연장이 물을 끼얹은 듯 고요해졌다. 기무라가 인상을 찌푸리며 입을 열었다.

"오늘도 주오선 방위대의 정기 라이브 공연을 찾아 주셔서 정말 감사드립니다. 공연을 시작하기에 앞서 여러분께 알려 드릴 사항이 있습니다."

호시야는 갈증이 났다. 하지만 공연장은 물을 목구멍으로 넘기는 소리를 내는 것조차 망설여질 만큼 조용했다. 여차하면 주변 사람들의 숨소리까지 들려올 것 같았다.

"주오선 방위대의 멤버 오기쿠보 히토미가 컨디션 난조로 이번 달부터 활동을 많이 줄였는데요. 아무래도 퍼포먼스에 끼치는 영향이 커서 당분간은 치료에 전념하기 위해 휴식을 취하기로 결정했습니다."

공연장 전체가 한숨에 휩싸였다. 히토미가 최애인 팬들이

아니더라도 멤버가 한 명 빠지는 건 커다란 사건으로 다가
오기 마련이다.

"건강을 되찾아 반드시 여러분께 돌아오겠다고 했으니
부디 따스한 눈으로 지켜봐 주시면 감사하겠습니다."

여기저기서 박수 소리가 들렸다. 하지만 호시야 주변, 즉
히토미 팬들이 앉은 구역에서는 아무도 박수를 치지 않았
다. 그럴 기력이 나지 않는 것이리라. 흡사 숭배하는 신을 잃
은 것처럼 다들 입을 반쯤 벌린 채 애꿎은 무대만 바라볼 뿐
이다. 개중에는 눈물을 글썽거리며 열심히 휴대폰을 하는
사람도 있었다. 정기 라이브 공연에 오지 않은 다른 팬들에
게 긴급 속보를 전달하는 것이 틀림없다.

환성이 들렸다. 무대 가장자리에서 멤버 네 명이 모습을
드러냈다. 동시에 매니저 기무라가 목 인사를 하고 무대에
서 모습을 감추었다. 네 멤버는 베이지색 밀리터리 룩의 무
대 의상을 입고 있었다. 배꼽이 보이는 크롭 재킷에 미니스
커트 스타일이었다. 목에 빨간 리본을 맨 멤버가 마이크를
들고 앞으로 나섰다. 주오선 방위대의 리더이자 가장 인기
가 많은 나카노 미오다.

"여러분, 안녕하세요. 매니저님이 말씀하셨듯이 히토밍
은 잠시 휴식을 갖기로 했어요. 히토밍이 빠진 건 정말로 가
슴 아프지만 저희 네 명이 힘을 합쳐 열심히 할 테니 부디 많
은 응원 부탁드립니다."

공연장이 박수 소리에 휩싸였다. 이전보다 우렁찬 박수 소리에 호시야도 반사적으로 박수를 쳤다.

"그럼 시작할게요. '진격! 주오선 방위대'입니다."

반주가 흘러나왔다. 시작 곡이 보통 때와 달라 당황하면서도 팬들은 점차 평소의 분위기를 되찾아 "예이, 예이, 진격하자. 예이, 예이, 진격하자. 우, 리, 는, 주오선, 방위대!" 하고 콜(공연 중에 곡에 맞추어 외치는 구호)을 시작했다.

호시야는 무대에서 춤추는 멤버들을 약간 김빠진 기분으로 바라보았다. 원래대로라면 같이 공연을 했을 오기쿠보 히토미가 빠지니까 무대가 이렇게나 달라지는구나, 싶은 아쉬움을 지울 수가 없었다.

"젠장, 그딴 설명만으로는 이해 못해요. 두 사람도 그렇죠?"

구마다 쇼헤이가 생맥주잔을 들고 말했다. 정기 라이브 공연이 끝나고 나카노 포레스트에서 도보로 1분 거리에 있는 술집 '칠복신'의 방에서 감상전이 열렸다. 감상전이란 공연 후에 팬끼리 가지는 술자리를 가리키는 말이다. 참석자는 호시야, 구마다, 그리고 세무사 다와다였다.

공연은 오기쿠보 히토미 없이도 무탈하게 끝났다. 응원하는 선수가 출장하지 않은 프로 야구 경기를 현지에서 관전하면 이런 기분이 들지 않을까. 이것이 호시야의 솔직한 감상이다.

"자, 자, 진정해, 구마." 다와다가 구마다를 달랬다. 이런 게 연륜인가. 최연장자인 다와다는 감정을 잘 드러내지 않는다. "운영진이 나서서 설명했으니 이제는 히토밍이 복귀하기를 기다리는 수밖에 없지 뭐."

"선생님은 용하게도 잘 참으시네요. 훗시, 이제 뭐 마실래?"

"음, 레몬 사와로 할까?"

"야, 레몬 사와 하나 가져와. 꾸물거리지 말고."

구마다가 지나가던 종업원에게 무례한 말투로 주문했다. 사실 구마다는 이 술집에서 일한다. 감상전 때문에 여기 드나들다가 종업원과 친해져서 일자리까지 꿰찬 게 3년 전으로, 이제는 완전히 베테랑 종업원이 다 되었다. 한편 호시야는 나카노에 있는 편의점에서 아르바이트를 한다. 6년 전만 해도 그는 신주쿠에 본사를 둔 소프트웨어 개발 회사의 시스템 엔지니어였다.

호시야는 2010년에 그 회사에 입사했다. 일은 몹시 고되었다. 버그를 잡아내기 위한 철야 작업은 당연지사였고, 한 달 가까이 야근을 한 적도 있었다. 게다가 직장 내 인간관계도 최악이었는데, 특히 직속 상사의 갑질이 극심했다. 상사는 실수에서 비롯된 책임을 모조리 호시야에게 떠넘겼고 야밤에 불러내 캔 커피 심부름을 시키기도 했다. 호시야는 입사한 지 반년도 되지 않아 머리에 동전만 한 땜빵이 두 개나 생겼다. 스트레스성 원형 탈모증이었다.

2011년 10월, 입사한 지 1년 반이 지나자 호시야의 피로는 한계에 다다랐다. 호시야는 입사하고 처음으로 꾀병을 부렸다. 될 대로 되어라, 하는 심정이었다. 회사에 전화를 걸자 마침 갑질 상사가 받았다. 상사는 쉬고 싶다는 호시야의 말을 가뿐히 무시하며 허락해 주지 않았다. 야, 이렇게 바쁜데 회사를 쉬는 등신이 어디 있냐. 얼마나 민폐를 끼쳐야 속이 시원하겠어? 잔말 말고 빨리 와. 10분 내로 안 오면 진짜로 가만 안 둘 테니까.

그만둘게요. 회사 그만두겠습니다.

호시야는 그렇게 대꾸했다. 세상 냉정해서 스스로도 무서울 지경이었다. 갑질 상사가 뭐라고 고함을 질렀지만 일이 어떻게 되든 전혀 상관없었다. 호시야는 전화를 끊고 문서 작성 프로그램으로 사직서를 작성했다. 작심한 김에 지금까지 그 상사에게 당한 갑질도 낱낱이 적었다. 언제, 어디서, 누구에게, 무슨 짓을 당했는지 말이다. 이른바 갑질 보고서는 분량이 엄청났고, 이대로 출판사에 가져가면 악덕 기업 고발 서적으로 출판해 주지 않을까 싶을 만큼 완성도가 뛰어났다. 저녁 무렵에야 갑질 보고서 작성을 마무리 지을 수 있었다. 호시야는 사직서와 갑질 보고서를 회사 이메일로 보낸 후 밖으로 나왔다. 어쩐지 속이 후련했다.

이른 저녁 시간에 나카노 거리를 걷는 게 신선하게 느껴졌다. 평소에는 야근을 하느라 늦게 귀가하던 탓에 보지 못한 광경이었다. 아이를 데리고 장을 보는 주부가 많이 보였다. 나카노 선 몰 상점가를 거닐고 있자니 베이지색 군복을 입은 여자들의 모습이 눈에 확 들어왔다. 그녀들이 나누어 주는 전단지를 받아 들었다. 라이브 공연 이벤트 안내장이었다. 그녀들이 오늘 나카노에 있는 라이브 하우스에서 데뷔를 한다는 내용이었다. 호시야는 소고기덮밥집에서 밥을 먹고 라이브 하우스로 향했다. 자신에게 전단지를 준 여자가 마음에 들어서 한번 보고 싶었다.

예매도 안 하고 무작정 찾아가서 들여보내 주지 않으면 어쩌나 싶었지만 쓸데없는 걱정이었다. 나카노 포레스트라는 라이브 하우스에 도착하니 텅 빈 객석에 스무 명 남짓한 관객만이 앉아 있었다. 호시야가 생각했던 아이돌 공연장의 이미지와는 완전히 딴판이었다.

호시야는 일이 바빠서 텔레비전을 잘 보지 않지만 AKB48이 폭발적인 인기를 끌고 있다는 것 정도는 안다. AKB48은 음악 프로그램뿐만 아니라 예능 프로그램과 다양한 광고에도 출연하며 이제는 국민 아이돌로 성장했다. 아이돌은 다 텔레비전에서 화려하게 활약하는 줄 알았건만 나카노 포레스트라는 라이브 하우스는 어두침침하니 빛이 닿지 않는 심해 같았다.

여러분, 카운트다운 부탁드려요. 10, 9, 8……

목소리가 들렸지만 스무 명쯤 되는 관객 중 어느 하나도 따라 하지 않고 그저 당혹스러운 얼굴로 무대만 바라볼 뿐이었다. 이윽고 카운트다운이 0에 다다르자 그 아이돌 무리가 무대로 뛰어나왔다. 아까 상점가에서 전단지를 나누어 줄 때와 똑같은 차림새였다. 다른 점은 마이크를 들고 있다는 것 정도? 총 다섯 명이었다. 아마도 다들 10대이겠지.

기다리고 기다리던 데뷔 라이브가 그들에게 얼마나 특별할지 호시야도 충분히 상상이 갔다. 안타깝게도 공연장 분위기는 뜨뜻미지근했다. 애당초 관객이 너무 없었다. 그래도 멤버들은 열심히 춤추고 노래했다.

이 애들은 어쩜 이렇게 힘이 넘칠까, 하고 생각하며 호시야는 무대에서 춤추는 다섯 멤버들을 바라보았다. 그때 호시야와 눈이 마주친 한 멤버가 그를 향해 손을 흔들었다. 왠지 쑥스러웠지만 기분이 나쁘지는 않았다. 호시야에게 전단지를 준, 마음에 들었던 여자애였다.

그것이 주오선 방위대, 그리고 오기쿠보 히토미와의 첫 만남이었다.

"늦어서 미안해. 일이 생각보다 길어졌어."

감상전이 시작된 지 1시간쯤 지났을 무렵 정장 차림의 남자가 합류했다. 이름은 미나미노 요이치. 35세. 변호사 사무소에서 법률 사무원으로 일하고 통칭은 난노 씨다. 법률 사무원은 변호사의 조수 같은 역할인데, 미나미노도 몇 년 전까지는 사법 시험을 쳤다는 모양이다. 팬 경력은 얼마 안 되지만 언제나 큰 소리로 성원을 보내고, 무엇보다 성실한 인품을 높이 평가받아 히토미의 팬들 중에서도 신뢰가 두터운 사람이다.

"난노 씨, 늦었네. 생맥주 괜찮아?"

"응. 부탁해."

구마다가 지나가던 종업원에게 생맥주를 주문했다. 생맥주가 나오자 다들 건배를 했지만 분위기는 여전히 울적했다. 미나미노도 히토미의 휴식에 대해서 메신저로 연락을 받았다.

"사정은 듣긴 했는데." 미나미노가 말했다. "매니저 기무라 씨가 복귀 시기는 확실히 밝힌 거야? 다음 달이라거나 올해 안이라거나."

다와다가 대답했다.

"그런 말은 없었어. 나도 그게 마음에 걸렸어. 무기한이라고 받아들일 수도 있는 뉘앙스였으니까."

"무기한이라니……."

구마다는 차마 말을 잇지 못했다. 무기한 휴식이라면 앞으로의 이벤트에도 영향을 미친다.

현재 여기 모인 넷은 함께 감상전을 여는 동료인 동시에

11월에 있을 히토미의 생일 이벤트, 소위 탄생제의 실행 위원이기도 하다. 날짜는 11월 두 번째 정기 라이브 공연 때로 이미 정해졌다. 실행 위원은 꽃다발과 메시지 카드 증정 등 히토미의 생일 이벤트를 총괄하는 일대 프로젝트를 진행했다. 호시야를 포함한 네 사람은 초봄부터 생일 이벤트 준비에 들어갔다.

"탄생제도 중요하지만 그뿐만이 아니야." 미나미노가 냉정한 어조로 말을 이었다. "10월에는 6주년 기념 공연도 열리잖아. 그 자리에 히토밍이 없을 수도 있어."

오늘은 8월 30일이다. 6주년 기념 공연까지 두 달 가까이 남았지만 운영진이 휴식 기간에 대해 구체적으로 언급하지 않았으므로 그때까지 히토미가 복귀하지 않을 가능성도 있다.

"문제는 사람들의 의욕이지. 구마, 오늘 라이브 분위기는 어땠어?"

미나미노의 질문에 구마다가 시원치 않은 얼굴로 대답했다.

"좋진 않았어. 히토밍이 없으니 의욕이 저하된 거겠지. 확실하진 않지만 다음 공연부터는 안 오는 사람들도 있을걸."

"그건 어쩔 수 없겠지." 다와다가 끼어들었다. "전최애라면 모를까 히토밍이 없으니 공연을 보러 올 가치가 없다고 여기는 사람도 생길 만해."

"뭐, 선생님 말씀도 이해는 가지만…….

구마다가 입을 다물었다. 히토미가 빠졌으니 앞으로 어떻게 활동할 것인가. 넷 다 여러 가지 사항을 어떤 식으로 조율할지 고민이었다.

잠시 침묵이 이어지던 끝에 다와다가 입을 열었다.

"난 히토밍이 없어도 정기 라이브 공연을 관람해야 한다고 생각해. 언제건 히토밍이 돌아왔을 때 소외감을 느끼지 않도록 말이야. 특히 우리 네 명은 탄생제 실행 위원으로서 책임도 있고."

호시야는 다와다의 의견에 찬성이었다. 다른 두 사람도 마찬가지인 듯 결의에 찬 표정으로 고개를 끄덕였다. 호시야는 새삼 이들이 얼마나 좋은 동료인지 되새겼다. 한때 시스템 엔지니어였던 편의점 아르바이트생과 술집 종업원, 그리고 세무사 사무소 소장과 변호사 사무소에서 일하는 법률 사무원. 살아가는 세상이 전혀 다른 네 사람이 지하 아이돌을 접점으로 만나서 이렇게 정기적으로 모임을 가지게 되었으니까.

호시야는 가끔 자신이 여기에 껴도 되는 사람인지 생각해 본다. 다와다처럼 모임을 주재하지도 못하고, 미나미노처럼 두뇌가 명석하지도 않다. 하물며 구마다 같은 적극성도 없다. 호시야가 이 자리에 있는 건 오로지 주오선 방위대의 정기 라이브 공연을 처음부터 한 번도 빠지지 않고 보았다는 경험을 높이 평가받기 때문이다.

2011년의 데뷔 공연을 관람한 사람은 산증인이라고 불리며 지금도 팬들 사이에서 존경을 받고 있다. 호시야는 몇 안 되는 산증인 중 한 명으로 팬들 사이에서 인정을 받고는 있지만, 사실 우연히 전단지를 받아 공연을 보러 간 것뿐이다. 그로부터 6년 후 일이 이렇게 될 줄은 상상도 못했다.

"아무튼 마냥 침울해하고 있을 수만은 없으니 맛있는 거라도 먹고 기운을 내자고."

다와다가 그렇게 말하고는 메뉴를 집어 테이블 한복판에 펼쳤다. 구마다도 거들었다.

"선생님 말씀이 옳아. 다들 먹고 싶은 거 시켜. 홋시, 또 뭐 마실래?"

"난 아직……."

"오늘은 빼지 말고 팍팍 마셔. 안 마시고는 못 버티겠다, 젠장."

안 마시고는 못 버티겠다. 그 기분을 모르는 건 아니다. 정기 라이브 공연을 보러 가면 반드시 오기쿠보 히토미가 웃는 얼굴로 맞아 준다. 당연한 일로만 여겼는데 다음부터는 그렇지 않을 것이다.

호시야는 울컥해서 레몬 사와를 꿀꺽꿀꺽 들이켜다가 그만 사레가 들렸다.

자정이 지났을 무렵, 호시야는 구마다를 부축하며 나카노 길의 북쪽 방향으로 걸어갔다. 구마다는 보기와 달리 술이 별로 세지 않아서 결국에는 늘 호시야가 집까지 바래다준다. 둘 다 아라이에 살고 호시야가 5번지, 구마다가 4번지이므로 거리도 가깝다.

"우리의, 희망, 그건 너라는, 존재. 그러니, 결코 지지 마……."

취한 구마다가 주오선 방위대의 노래를 흥얼거렸다. 정식 앨범을 발매하지 않고 공연에서만 부르는 노래이기에 이른바 아는 사람만 아는 곡이다. 더구나 주오선 방위대는 지하 아이돌이라 대중적 인지도가 아주 낮다.

현재 일본에서는 수많은 지하 아이돌이 활동 중이다. 지하 아이돌에 엄밀한 정의가 내려진 것은 아니지만, 간단히 말하면 텔레비전 같은 대중 매체를 중심으로 활동하는 일반적인 아이돌과 다르게 라이브 하우스를 중심으로 활동하는 아이돌을 가리킨다. 대부분의 라이브 하우스가 방음 문제로 지하에 있으므로 지하 아이돌이라는 호칭이 정착된 것 아니냐는 썰도 있다. 지하 아이돌이라는 호칭에서 느껴지는 부정적인 이미지가 싫어서 자칭 인디 아이돌이나 라이브 아이돌이라 부르는 그룹도 많다.

어쨌거나 일본에는 수많은 지하 아이돌이 존재하는데, 그수가 폭발적으로 늘어난 데에는 인터넷 서비스의 보급이 한 못했다. SNS나 동영상 사이트를 이용하면 비용을 들이지 않고 자신의 퍼포먼스를 손쉽게 온라인상에 올릴 수 있는 세상이 되었다. 시부야 거리에서 스카우트되어 엄격한 트레이닝을 받은 다음 기나긴 오디션을 이겨 낸 끝에 데뷔한다는 식의 과정을 몽땅 생략하고, 대뜸 온라인상에 자신의 노래와 춤을 공개하는 게 가능한 세상이 된 것이다. 이제는 연예 기획사에 소속되지 않고 개인으로 활동하는 지하 아이돌도 많다.

지하 아이돌의 특징 중 하나는 팬과 거리가 가깝다는 것이다. 특히 라이브 후에 열리는 이벤트, 소위 체키를 대표적인 예로 들 수 있겠다. 체키는 500엔에서 1천 엔 정도 하는 티켓을 구입해 아이돌과 투 숏 사진을 찍는 팬 서비스를 가리킨다. 체키의 매상은 아이돌의 수입과 직결되기에 팬은 물론 아이돌에게도 빼놓을 수 없는 이벤트다. 물론 호시야도 정기 라이브 공연 때마다 오기쿠보 히토미와 체키를 찍었다.

주오선 방위대는 지하 아이돌 중에서도 유서 깊은 부류다. 수많은 지하 아이돌이 증식과 분열을 되풀이하는 가운데, 6년이나 그룹을 유지하는 건 희귀한 일이라고 해도 과언이 아니다. 현재 멤버는 리더 나카노 미오(23), 오기쿠보 히토미(22), 고엔지 유이(20), 아사가야 나오(19), 미타카 고토네(17), 이렇게 다섯 명이다. 주오선 방위대는 주오선의 역 이름에서 멤버의 성씨를 따왔다. 이들의 특징은 멤버를 교체한다는 것이다. 결성 당시 멤버, 이른바 근속 멤버는 나카노 미오와 오기쿠보 히토미뿐이고 나머지 세 명은 도중에 들어와서 정해진 성씨를 물려받아 활동하는 멤버다.

주오선 방위대는 멤버를 교체하며 6년이나 활동을 이어왔지만 아직 지하 아이돌이라는 범주에서 벗어나지 못했다. 단, 이는 운영진의 의도라는 것이 팬 사이의 정설이다. 방송 출연 같은 대중적인 노선을 걷지 않아도 정기 라이브 공연을 열면 나름대로 관객이 들기 때문에 충분히 이익이 창출된다.

멤버도 가지각색이다. 지하 아이돌이 좋아서 활동하는 멤버도 있을 테고, 대중적으로 뜨기 위해 열심히 하는 멤버도 있으리라. 예전 고엔지(이름은 모모코였다)는 어떻게든 대중의 사랑을 받고 싶다는 이유로 재작년에 탈퇴했지만, 여태 방송 출연 소식을 듣지 못했고 하다못해 다른 라이브 공연에서 그녀의 얼굴을 본 적도 없다. 고탄다의 윤락업소에서 일한다는 그럴싸한 소문도 돌았다. 나중에 보면 그런 유의 소문은 진실로 밝혀지곤 한다.

"구마, 다 왔어. 열쇠 줘."

"늘 미안해, 홋시."

구마다가 사는 연립 주택 앞에 도착했다. 그를 부축해서 계단을 오른다. 셀 수 없이 많이 와 보아서 이제는 요령이 몸에 배었다. 2층 제일 앞쪽 방이다. 문을 열고 구마다의 몸을 밀어 넣었다.

"홋시, 고마워."

"어차피 가는 길인데 뭘."

구마다의 집은 주오선 방위대의 굿즈로 가득하다. 옷걸이에는 최애 티셔츠라고 불리는 특제 티셔츠가 걸려 있고, 벽에는 체키를 잔뜩 붙여 놓았다. 호시야는 벽에 붙이지는 않지만 비슷한 양의, 아니 더 많은 체키를 서랍 속에 소중하게 넣어 두었다. 장식하냐 보관하냐 차이만 있을 뿐 오기쿠보 히토미를 사랑하는 마음은 똑같다.

"그럼 갈게, 구마."

호시야는 방을 나서서 바깥 계단을 뛰어 내려갔다. 멀리 신주쿠 부도심의 네온 불빛이 보였다. 호시야는 스마트폰을 꺼내 들고 네온 불빛을 보며 길을 걸었다.

트위터에 들어갔다. 히토미가 새로 올린 트윗은 없었다. 마지막으로 올린 트윗은 열흘 전쯤에 스타벅스의 말차 크림 프라푸치노 사진이었다. 글 없이 사진만 올렸다. 어느 매장에서 주문해 마신 것이겠지.

그 트윗에 수많은 댓글이 달렸다. 대부분은 몸 상태를 걱정하는 팬들이 쓴 것이었다. 호시야는 댓글 아이콘을 누르고 '히토밍, 괜찮아?' 하고 적었다. 댓글 제일 밑에 호시야가 쓴 글이 달렸다.

뭘 기대한 건 아니었다. 술김에 시험 삼아 댓글을 달았을 뿐이다. 그런데 다음 순간 놀라운 일이 벌어졌다. 방금 남긴 댓글에 대댓글이 달린 것이다. 히토밍 본인이었다.

고마워.

짤막한 대댓글. 히토미가 어디선가 트위터에 접속 중이라는 증거였다. 자정이 넘은 시각에 말이다. 호시야는 자기도 모르게 그 자리에 멈추어 서서 주변을 둘러보았다. 주택가는 쥐 죽은 듯 조용했다.

이번에는 히토미에게 DM이 왔다. DM이란 다이렉트 메시지의 약자로, 아까 그 글은 트위터 이용자라면 누구나 볼 수 있지만 DM은 사적인 대화라 다른 사람이 볼 수 없다. 호시야는 얼른 DM을 열었다.

호시야 씨, 시간 있어?

호시야는 너무 놀라서 하마터면 소리를 지를 뻔했다. 히토미에게 DM이 온 건 처음이다. 어쩌지? 뭐라고 답장하면 좋을까. 호시야는 고심 끝에 떨리는 손가락으로 답장을 보냈다.

응. 무슨 일이야?

이 짧은 문장을 쓰는 데 30초는 걸린 듯했다. 잠시 기다리니 히토미에게서 또 DM이 왔다.

상담하고 싶은 일이 있는데, 괜찮아?

상담 정도는 얼마든지 해 줄 수 있다. 호시야는 답장을 보냈다.

난 괜찮아. 무슨 상담인데?

호시야는 그 자리에 서서 답장이 오기를 기다렸다. 바로 답이 올 줄 알았지만 좀처럼 DM이 오지 않았다. 기다리다 지쳐 걸음을 옮기려는데 또다시 답장이 왔다.

미안해. 잘못 생각했어. DM 지워 줘. 나도 지울게.

혹시나 해서 한동안 더 기다려 보았지만 DM은 오지 않았다. 지워 달랬다고 바로 지울 순 없었다. 잘못 생각했다고 했지만 절대 그렇지 않을 것이다. 대체 히토미는 뭘 상담하려 했던 걸까. 히토미는 오늘부터 휴식기에 돌입했다. 그 일과 무관하지 않으리라.

불안해서 미칠 것 같았다. 그렇다고 남에게 선불리 상의하기도 꺼려졌다. 크게 숨을 들이마셨다. 꿈을 꾸는 것 같았다. 호시야는 고요한 밤길 속으로 다시 걸음을 옮겼다.

✳

수납과는 무사시다이라 시청의 1층 서쪽에 있다. 세금 관련 과들이 모인 구역이다. 앞으로 10분 후면 정오이므로 구라타 유미는 화장실로 향했다. 오늘은 금요일이다. 시청은 사람들로 붐볐다.

화장실에서 돌아와 자리에 앉았다. 수납과에는 창구가 두 개 있다. 하나는 허리 정도 높이의 납세자용 납부 창구다. 번호표를 뽑고 자기 번호가 불리면 지참해 온 세금 통지서 등의 내용에 맞게 세금을 납부한다. 납부 창구에는 늘 촉탁 직원 두 명이 앉아 있다. 오늘은 그렇지 않지만, 납부 기한일에는 긴 줄이 생기기도 한다.

다른 창구는 흰색 아크릴판으로 자리를 구분해 놓은 나지막한 카운터다. 이쪽은 납세 상담을 하러 온 사람이 앉아서 용무를 보는 곳으로, 찬찬히 이야기를 듣거나 설명해야 할 경우에는 여기로 안내한다.

딩동댕동. 정오를 알리는 벨이 울렸다. 옛날에 학교에서 들었던 벨 소리와 똑같다. 무사시다이라 시청에서는 아침에 업무를 시작할 때, 저녁에 업무를 종료할 때, 그리고 점심시간 전후에 총 네 번 이 벨이 울린다.

수납 총무계 직원은 유미를 포함해 도합 네 명이다. 그중에서 유미가 제일 어리고, 그 위가 여자인 나가노 미나 서기, 남자인 나카무라 다케키 주사보, 구리야마 고지 주사 겸 계장으로 이어진다. 구리야마 계장이 지갑을 들고 수납과에서 나갔다. 나가노 미나도 역시 밖으로 나갔다. 나카무라는 자리에서 도시락을 꺼냈다. 계장은 아마도 단골집인 메밀국수집이나 라면집에, 미나는 편의점에 점심을 사러 갔으리라. 밖에서 먹는 파와 안에서 먹는 파는 거의 반반이며, 유미는 어머니가 싸 준 도시락을 가지고 다닌다. 오늘은 점심을 늦게 먹는다. 점심시간 업무 당번이기 때문이다.

점심시간이라는 이유로 업무를 중단할 수 없으므로 창구가 있는 과에서는 점심시간에 교대로 당번을 선다. 수납과에서는 수납 총무계에서 한 명, 수납계에서 두 명, 납부 창구의 촉탁 직원이 한 명, 이렇게 네 명이 정오부터 오후 1시까지 전화와 창구 업무에 대응한다.

단, 점심시간에는 전화가 별로 오지 않는다. 주민세나 국민 건강 보험료 납부 통지서를 일제히 발송한 시기에는 전화가 끊임없이 울리기도 하지만, 오늘은 9월 1일이라 그런 큰 이벤트가 없다. 다만 9월 1일은 방재의 날이기도 해서 오전에 청사 밖 광장에서 진화 활동 등의 방재 훈련이 열렸고, 여기 동원되지 않은 직원은 평소와 다름없이 업무를 보았다.

자리에서 사무를 보고 있자니 나가노 미나가 돌아왔다. 그녀는 들고 있던 편의점 비닐봉지에서 샐러드를 꺼내 자기 책상에 내려놓았다.

"미나 주무관님, 오늘 한잔하러 가세요?"

평소 빵이나 파스타를 사 오는 미나가 저녁에 약속이 있을 때는 샐러드를 사 온다는 걸 유미는 알고 있었다. 미나는 샐러드에 드레싱을 뿌리면서 대답했다.

"응. 여자 동기 몇 명이랑 밥 먹으러 가. 최근에 역 앞에 생긴 이탤리언 레스토랑."

"좋겠다. 거기 평이 괜찮더라고요."

미나는 올해 서른 살로, 유미보다 두 살이 많다. 얼굴이 갸름하니 기모노가 잘 어울릴 것처럼 생겼다. 요 몇 년간 결혼하려고 애쓴 모양이지만, 30대에 들어서면서 왠지 모르게 후련해졌다는 것이 미나의 주장이다. 둘은 나이가 비슷해서 맛집이나 미용에 관한 수다를 자주 떤다.

이미 점심을 다 먹어 치운 나카무라 다케키 주사보는 책상에 푹 엎드려 낮잠을 자고 있었다. 그는 누구와도 터놓고 지내려 하지 않는 좀 별난 사람이다. 사무실에서 사람들이 잡담을 나누고 있어도 적극적으로 끼지 않는다. 후리후리하니 기린을 닮았다고, 유미는 몰래 생각한다.

점심시간이 지나간다. 가끔 전화가 울렸지만 그다지 어려운 문의는 아니라서 자리에 앉아 업무에 집중할 수 있었다. 시계를 보니 곧 12시 40분이었다. 그때 전화가 울렸고 유미는 곧바로 수화기에 손을 뻗었다. "안녕하세요. 무사시다이라 시청 수납과, 구라타입니다."

수화기 너머의 상대방은 대형 은행의 콜센터 직원이었다. 통화 내용은 대략 이러했다.

통장 정리를 했는데 기억에 없는 인출이 있었다는 항의 전화가 왔다. 조사해 보니 무사시다이라시에서 국민 건강 보험료를 자동 이체했다. 하지만 그 고객은 자동 이체를 신청한 기억이 없다고 한다. 그래서 은행 측은 시청에 문의해 보겠다고 했다.

"알겠습니다. 해당 고객의 성명과 생년월일 좀 알려 주세요."

유미는 마우스를 클릭해 시민 정보 관리 시스템(과원들은 그냥 '시스템'이라고 부른다)에 들어갔다. 세무 관련이나 개호 보험 관련 부서의 직원은 시스템에 접속해 시민의 주소와 생년월일 등의 기본 정보는 물론, 세액과 체납액 등을 열람할 수 있다. 일단 생년월일로 검색해 해당하는 시민 정보를 화면에 띄웠다. 유미는 은행 콜센터 직원에게 답변했다.

"1기분 국민 건강 보험료가 자동 이체됐네요. 분명 그쪽 은행 계좌에서 이체됐어요. 올해 5월에 자동 이체 신청을 하셨는데요."

"5월이요?"

"네. 5월이요. 자동 이체 신청서를 확인해 볼 테니 잠깐만 기다려 주시겠어요?"

"네. 알겠습니다. 감사합니다."

유미는 보류 버튼을 누른 후 자리에서 일어나 안쪽 창고로 향했다. 당해 연도 서류는 그곳에 보관하는 게 원칙이다. 메모해 온 해당자의 개인 코드로 서류를 찾았다. 자동 이체 신청서 사본은 금방 나왔다. 유미는 대충 훑어보자마자 상황을 파악했다.

은행에 항의 전화를 한 건 납세자 본인, 즉 세대주인 남편인 모양이다. 하지만 자동 이체 신청서에는 둥글둥글하니 여성스러운 글씨가 적혀 있었다. 신청한 사람은 세대주의 아내가 아닐까. 본인이 모르는 사이 다른 가족이 자동 이체를 신청하는 건 생각보다 흔한 일이다.

두툼한 파일을 들고 자리로 돌아와 보류를 해제하고 수화기를 들었다. 유미는 서류를 바탕으로 상대방에게 의견을 전했다.

"가족분께서 자동 이체 신청서를 제출하셨는지도 모르겠어요."

"아, 그렇군요. 그럼 그렇게 설명하겠습니다."

"네. 잘 부탁드립니다."

전화를 끊었다. 무릎에 얹어 두었던 파일을 들고 안쪽 창고로 향했다. 원래 있던 자리에 파일을 가져다 놓고 창고에서 나오는데 수납과의 전화벨 소리가 울렸다. 유미의 책상에 있는 전화였다. 미나는 점심을 다 먹은 듯 자리에 없었고, 나카무라는 낮잠에서 깨어날 낌새를 보이지 않는다. 유미는 자리까지 돌아가는 대신에 가장 가까이 있던 전화의 수화기를 집어 들었다.

"안녕하세요. 무사시다이라 시청 수납과, 구라타입니다."

잠시 응답이 없기에 유미는 다시 말했다.

"안녕하세요. 무사시다이라 시청 수납과, 구라타입니다."

"저, 좀 묻고 싶은 게 있는데, 괜찮나?"

이 한마디만으로 유미는 기분이 찜찜한 것이 잘못 걸렸구나 싶었다. 시민의 문의나 불만 전화에 대응한 게 하루 이틀도 아니고, 수납과에 배속된 지 3년째 되니 이제는 목소리와 말투만 듣고도 어떤 예감이 들 때가 있다. 유미의 경험상이건 그리 좋지 못한 유형의 전화였다.

"무슨 일이신가요?"

꺼림칙한 예감이 든다고 해서 수화기를 내려놓을 수도 없으니 유미는 하릴없이 대꾸부터 했다. 상대의 말을 알아듣기 힘들어서 전화기 버튼을 조작해 통화 음량을 높였다.

"창피한 이야기지만 내 지인이 막무가내로 집을 나갔어. 그래서 이리저리 알아보니 아무래도 무사시다이라시? 거기 있나 보더라고. 그래서 주소 좀 문의하려고. 메모할 준비됐나? 이름은 바바 히토미. 생년월일은……."

평소 습관대로 부근에 있던 메모지에 일단 받아 적었다. 하지만 이 문의에 답변을 할 수는 없다. 개인 정보 보호 차원에서도 시민의 정보를 남에게 쉽사리 알려 주어서는 안 된다. 남자가 말을 이어 갔다.

"아마 한 달 전쯤에 그쪽으로 이사했을 거야. 좀 알아봐 주겠어?"

"죄송하지만, 말씀하신 부분에 대해서는 답변을 드릴 수 없습니다."

"왜?"

"왜냐고 하신들…….."

지금 유미는 창고 근처 작업 공간에 앉아 있다. 창구에서 보면 제일 안쪽에 있는 곳이고, 다른 과원들의 책상이 밀집한 곳과도 비교적 거리가 멀다. 컴퓨터와 인쇄기 몇 대가 놓여 있어 통지서 따위를 인쇄하거나 봉입 작업을 하는 곳이다. 점심시간에는 절전을 위해 불을 꺼 놓으므로 다른 곳에 비해 약간 어둡다.

"개인 정보라서?"

"네. 그렇습니다." 유미가 대답했다. 이제는 개인 정보라는 말이 세간에서도 널리 사용되고 인식도 많이 달라졌다. 남자도 밑져야 본전이라는 마음으로 물어본 듯했다. "죄송합니다. 개인 정보는 알려 드릴 수 없어서요."

유미는 그렇게 말하며 가까이 있는 데스크톱 컴퓨터의 마우스를 움직였다. 화면 보호기가 해제되고 단조로운 색채의 배경 화면이 표시되었다. 누군가 사용했는지 시스템이 이미 켜져 있었다. 한 달 전에 이사를 왔다면 세금 관련 정보는 없을 가능성이 높다. 유미는 시스템에 접속했다. 시스템으로 무사시다이라시에 주민 등록이 있거나 과거에 주민 등록이 있던 시민의 정보를 확인할 수 있다.

"거참, 야박하게 굴지 말고 좀 가르쳐 줘도 괜찮잖아."

"죄송합니다."

"당신, 이름이 뭐랬지?"

말해 주고 싶지 않다. 하지만 유미는 민원인에게 이름을 가짜로 알려 줄 만한 배짱이 없다. 어쩔 수 없이 답했다.

"구라타입니다."

"성씨는 구라타. 이름은?"

"유미입니다."

대답하면서 유미는 바바 히토미라는 이름을 시스템 검색란에 입력했다. 해당자는 한 명뿐이었다. 바바 히토미. 1994년생. 남자의 말처럼 지난달 하순에 전입한 듯했다. 현재 주소는 무사시다이라시 나카마치 5번지 3-7 어반하이츠 나카마치 202호였다.

"구라타 씨, 제발 부탁이야. 히토미가 그쪽으로 이사 간 거 맞잖아."

"죄송합니다만, 대답해 드릴 수 없습니다."

어반하이츠 나카마치. 그저께 갔기에 기억이 생생하다. 야간 징수 업무 때 제일 먼저 방문한 곳이다. 자전거를 타고 돌아온 여자에게 5천 엔을 징수했다. 그때 함께 있던 촉탁 직원 사토가 가르쳐 주었다. 보증금과 계약금, 보증인 없이도 입주할 수 있는 연립 주택이라 사연 있는 사람들이 많이 사는 곳이라고. 이 바바 히토미라는 여자도 어떤 사건으로 말미암아 무사시다이라시로 도망쳐 온 건지도 모른다. 가장 유력한 가능성은 바로 가정 폭력이다. 그렇다면 이 남자가 혹시⋯⋯.

"어쩔 수 없군. 나도 솔직히 말할게. 사실 히토미는 내 여자 친구야. 쭉 같이 살았는데 갑자기 집을 나갔어. 내 돈까지 훔쳐서."

그럼 경찰에 가면 되잖아. 유미는 그 말을 꿀꺽 삼켰다. 섣부른 언급으로 불난 데 기름을 끼얹어서는 안 된다.

"여기저기 찾아본 결과, 아무래도 무사시다이라시에 있는 게 아닌가 싶어. 이봐, 구라타 씨, 내 얘기 듣고 있는 거야?"

"아, 네. 듣고 있습니다."

가능하다면 전화를 끊고 싶었다. 간단한 일이다. 이대로 수화기를 내려놓으면 되니까. 시청에 가끔 맨션 구입을 권유하는 광고 전화가 오곤 하는데, 그럴 때는 상대의 이야기를 듣지 않고 철컥 끊어 버리기도 한다.

유미의 속마음을 알아차린 듯 남자가 말했다.

"전화 끊어도 소용없어. 당신 이름 기억해 놨으니까. 끊어도 바로 다시 걸 거야."

진절머리가 났다. 아주 성가신 상대에게 제대로 걸린 듯하다. 유미는 컴퓨터 오른쪽 아래에 있는 디지털시계를 보았다. 12시 50분이 다 되어 간다. 수납계에서는 점심시간 업무 당번으로 보이는 과원이 전화 통화 중이었고, 수납 총무계에서는 나카무라가 책상에 엎드려 자고 있다.

"처음에는 탐정에게 의뢰할까도 싶었지. 하지만 알아보

니 비용이 만만치 않더라고. 그래서 내가 직접 찾아내기로 마음먹었어. 적어도 무사시다이라시로 갔다는 건 알고 있으니까."

이 남자의 말을 곧이들어서는 안 된다. 바바 히토미라는 여자가 돈을 훔쳐 달아났다는 이야기는 거짓말이리라. 동거 상대의 폭력을 견디다 못해 도망쳤다는 게 훨씬 설득력 있다. 관공서에 근무하다 보면 유사한 사례를 얼마든지 보고 듣는다.

"실은 그저께 그쪽에 갔었어. 무사시다이라시. 역 앞에 있는 부동산 중개소에 갔는데 주인이 아주 서글서글한 거야. 그래서 한번 물어봤어. 사정이 있어서 금방 얻을 수 있는 방을 찾는다고. 그랬더니 그 형씨가 친절하게 찾아서 인쇄까지 해 주더군. 다섯 곳. 이 중에 히토미가 사는 연립 주택이 있지 않을까 싶어서 한 군데씩 돌아다니면서 감시해 보려다가, 내가 그렇게 한가한 사람은 아니라서 말이야."

불쾌했다. 전화를 일방적으로 끊어 버리고 싶은 마음이 굴뚝같았다. 유미는 결심한 듯 말했다.

"죄송합니다만, 이만……."

"끊어도 소용없다고 했잖아. 자, 자, 오래 끌지는 않을 거야. 지금부터 부동산 중개소 직원이 알려 준 곳을 부를 테니까, 히토미가 사는 데가 있으면 '네'라고 한마디만 해. 간단하지? 구라타 씨한테는 피해 안 가도록 할게."

"그러니까 그럴 수……."

남자는 유미의 말을 무시하고 말을 이었다.

"일단 첫 번째. 무사시다이라시 도, 사카…… 아, 도사카 초인가. 도사카초 4번지에 있는 그린 빌리지. 구라타 씨, 맞으면 대답해. 약속했어. 그럼 두 번째. 음, 두 번째는……."

전화 저편에서 남자가 멋대로 주소를 읽어 나갔다. 이렇게까지 끈덕지게 구는 사람은 처음이었다. 끈덕질 뿐만 아니라 교활함도 느껴진다. 말발이 좋다고 할까. 완전히 상대의 손안에서 놀아나는 듯한 느낌이 들었다. 이렇게 된 이상 전화를 그냥 끊는 수밖에 없다. 그러고 나서 계장에게 보고하고 지시를 받아야 한다.

"죄송합니다만, 끊겠……."

"다섯 번째. 나카마치 5번지에 있는 어반하이츠 나카마치."

유미는 자신도 모르게 말문이 막혀서 전화를 끊을 타이밍을 놓치고 말았다. 수화기에서 남자의 목소리가 들렸다.

"구라타 씨, 어때? 이 중에 히토미가 사는 곳이 있었어?"

"그, 그런 질문에 답변을 드릴 수는……."

"내 감인데, 마지막이 수상하지 않아? 음, 어반하이츠 나카마치였나? 뭔가 숨을 삼키는 기척이랄까 그런 걸 느꼈는데. 아니야?"

대답하기 난감했다. 섣불리 입을 열었다가는 말꼬리를 붙잡고 늘어질까 봐 두려웠다.

"반응이 없네. 그럼 어반하이츠 나카마치가 맞는다고 봐도 무방한 거겠지."

"아, 아니에요."

"아니야?"

"그게, 아, 답변드릴 수 없습니다."

실수였다. 어느새 유미의 이마에 땀이 맺혀 있었다. 이건 맞는다고 대답한 거나 마찬가지 아닌가. 아니나 다를까 남자가 만족스러운 목소리로 말했다.

"구라타 씨의 반응을 보니 대충 감이 오네. 에이, 걱정하지 마. 지금이 아니더라도 조만간 히토미의 주소를 알아냈을 테니까. 고마워, 구라타 씨."

전화가 뚝 끊겼다. 유미는 잠시 그 자리에서 움직일 수 없었다. 내가 뭘 잘못 말했나. 아니다. 잘못 말한 건 없었다. 상대가 일방적으로 떠들다가 멋대로 추측했을 뿐이다. 나는 개인 정보를 유출하지 않았다. 그것만큼은 100퍼센트 단언할 수 있다. 하지만…….

유미는 겨우 일어나서 자신의 자리로 돌아갔다. 의자에 앉자 나가노 미나가 구리야마 계장과 함께 즐겁게 대화를 하면서 돌아왔다. 원래대로라면 보고해야 하겠지만 왠지 그럴 마음이 생기지 않았다.

점심시간이 끝났음을 알리는 벨이 울렸다. 이미 많은 직원이 자리로 돌아왔고 수납 총무계 직원도 모두 착석했다. 벨 소리가 끝남과 동시에 유미는 책상 밑에 놓아둔 가방을 집었다.

"점심 먹고 올게요."

유미는 수납과를 나서서 재빨리 복도를 걸어갔다. 누군가에게 쫓기는 듯한 기분 탓인지 걸음이 점점 빨라졌다. 여자 화장실로 들어갔다. 다행히 아무도 없는 것 같았다. 유미는 세면대의 물을 틀고 그리 더럽지도 않은 손을 꼼꼼히 씻었다.

"모레 3시쯤에 데리러 갈게."

눈앞에 앉은 남자가 말했다. 이름은 기쿠치 나오야. 유미의 남자 친구다. 오늘은 금요일이라 일이 끝난 후에 만나 식사를 하러 왔다. 무사시다이라시 교외에 있는 양식집이다.

"모레? 우리 보기로 했었나?"

"잊었어? 야간 야구 경기 보러 가기로 했잖아."

유미는 핸드백에서 수첩을 꺼냈다. 수첩에 모레 날짜로 '야간 야구 경기'라고 분명하게 적혀 있었다. 유미는 수첩을 다시 넣고 나오야에게 사과했다.

"미안, 미안. 3시라고 했지? 알았어."

"질 것 같지만 표를 사 버렸으니 어쩔 수 없지."

"야쿠르트가 잘 못했었나?"

"꼴찌를 독주 중이지. 게다가 모레는 히로시마하고 붙으니까. 히로시마는 올해도 강하거든. 다나기쿠마루(2016년부터 세 시즌 동안 히로시마 도요 카프의 1번, 2번, 3번 타자를 맡은 다나카 고스케, 기쿠치 료스케, 마루 요시히로를 줄여 부르는 말이다 – 옮긴이)가 아주 잘 때리고 있어."

나오야도 무사시다이라 시청에서 정직원으로 일한다. 유미보다 한 살 많은 스물아홉 살이며 근무 연수도 유미보다 1년 더 길다. 시청 야구부 소속인 나오야는 거기서 유미와 안면을 텄다. 처음에는 그저 시청 야구부원과 매니저로서 만나 간단하게 안부를 주고받는 정도의 사이였다. 2년 전에 복도에서 마주쳐 이야기를 나누다가 다음에 밥이라도 같이 먹자며 나오야가 작업을 걸었다. 당시 만나는 사람이 없던 유미는 그의 작업을 받아들이기로 했다. 몇 번의 데이트 후에 정식으로 사귄 지 1년 반 정도가 되었다.

"제발 좀 이겨라. 이러다간 올해 내내 지는 경기만 보게 생겼어."

도쿄 야쿠르트 스왈로스의 팬인 나오야는 야구 시즌이면 수도 없이 진구 구장까지 경기를 보러 가고, 유미도 가끔 따라간다. 대학생 때 야구부 매니저였으므로 규칙은 알지만, 솔직히 야쿠르트를 그렇게까지 응원하고 싶은 마음은 들지 않는다. 오히려 대학생 때 사귀었던 남자 친구의 영향으로 응원했던 히로시마 도요 카프에 더 애착이 가지만, 목에 칼이 들어와도 나오야 앞에서 대놓고 그런 말을 할 수는 없다. 다 떠나서, 구장에서 마시는 생맥주 맛 하나만큼은 끝내주기에 그나마 위안이 된다.

"어? 입맛 없어?"

나오야가 물었다. 유미가 시킨 햄버그스테이크가 반 정도 남아 있었다. 유미가 접시를 앞으로 밀어내며 말했다.

"먹어. 오늘 점심시간 업무 당번이라서 점심을 늦게 먹었어."

"그렇구나. 그럼 내가 먹을게."

나오야가 포크로 햄버그스테이크를 푹 찍어서 자기 접시로 옮겼다. 그가 햄버그스테이크를 입에 넣으며 말했다.

"유미, 괜찮으면 이번 달 안에 집에 같이 가자. 부모님이 워낙 성화셔서."

"난 괜찮은데, 아버님이 바쁘지 않아?"

"뭐, 그건 그렇지만 내가 일정을 조정해 볼게."

무사시다이라 시청에서 일해 온 나오야의 아버지는 현재 부시장이라는 요직에 있다. 나오야는 이른바 있는 집 자식이라 그런지 성격에서 여유로움이 묻어난다.

무사시다이라는 도쿄도 다마 지역 동부에 위치한 인구 14만 명 정도의 시다. 유미도 시청에 들어가고 나서야 깨달았지만, 관공서는 아주 폐쇄적인 집단으로 걸핏하면 정치적인 냄새를 풍겼다. 나오야 같은 퇴직한 직원의 자녀가 꽤 많이 일하고 있으며, 시 의회 의원의 자녀도 있다. 때문에 아무개가 시장 선거에 출마한다거나 시 의회 의원을 노린다는 이야기를 심심치 않게 듣는다.

"저기요, 이것 좀 치워 주시겠어요?"

나오야가 지나가던 종업원을 불러 빈 그릇을 치워 달라고 했다. 디저트는 커피였다.

나오야에게 정식으로 청혼을 받지는 않았으나 그와 결혼하는 게 당연한 수순인 듯 분위기가 흘러갔다. 나오야의 부모님을 만나는 것도 일련의 과정 중 하나겠지. 나오야는 부시장의 아들인 데다 직장에서의 평판 또한 나쁘지 않다. 키도 크고, 구릿빛 피부에서 운동을 즐긴다는 걸 알 수 있다. 일도 꽤 잘하는 듯하니 결혼 상대로서 충분히 매력적이다. 분명히 이 남자랑 결혼하게 될 거야. 유미 본인도 막연하게나마 그렇게 생각한다.

만혼(晩婚)의 물결은 무사시다이라 시청에도 흘러와 20대에 결혼하는 게 신기하게 여겨질 정도다. 하지만 아이를 가지고 싶으니, 요즘은 20대가 가기 전에 결혼하는 것도 나쁘지 않다는 생각이 든다.

"이제 어디 갈까?"

나오야가 물었다. 밤 9시가 다 된 시간이었다. 나오야가 이렇게 물을 때는 호텔에 가고 싶다는 의미다. 유미는 그의 제안을 살며시 거절했다.

"미안. 오늘은 몸이 좀 안 좋아서……."

"감기 걸렸어?"

"그건 아닌데. 피로가 좀 쌓인 것 같기도 하고."

유미는 커피를 한 모금 마셨다. 점심시간 업무 당번 때 받은 전화가 신경 쓰였다. 그 전화 때문에 마음이 무겁다. 과연 적절히 대응한 걸까. 그걸로 된 걸까. 내내 그 생각뿐이다.

전화를 건 남자는 바바 히토미라는 여자의 행방을 찾고 있었다. 동거하던 여자 친구가 돈을 훔쳐서 집을 나갔다. 남자의 주장은 그랬지만 거짓말이 아닐까 싶었다. 둘이 어떤 관계인지 확실하지 않지만, 혹시 여자가 남자로부터 도망친 건 아닐까.

결코 유미가 주소를 알려 준 것은 아니다. 남자가 부동산 중개소에서 받은 목록에 그 여자가 사는 연립 주택이 있었을 뿐이다. 굳이 따지자면 부동산 중개소의 잘못이라고 할 수 있겠지만, 그럼에도 걱정이 되어 죽을 지경이었다. 만약 그 남자가 바바 히토미에게 해코지라도 한다면……. 생각만으로 기분이 우울해졌다.

"아, 모레는 날씨가 맑대. 기대된다."

나오야가 스마트폰을 보며 말했다. 모레 날씨를 인터넷으로 알아본 모양이다. 창밖에 이슬비가 내리고 있었다. 이번 주는 날씨가 계속 흐리다. 역시 야구를 보러 가려면, 게다가 돔 구장이 아니라면 날씨가 맑아야 한다.

평소 같으면 맛있는 생맥주를 마실 생각에 신이 났겠지만, 지금 유미는 도저히 그럴 기분이 아니었다.

유미네 집은 무사시다이라시 남쪽의 주택가에 있다. 쇼와(일본의 연호, 1926~1989년 ─ 옮긴이) 시대 후기에 조성된 신흥 주택지로, 구입자의 대부분이 올해로 50대 후반을 맞는 세대라 어느 집이나 가족 구성이 비슷하다. 부부와 미혼 자녀로 구성된, 이른바 핵가족이 근처에 많다.

"다녀왔습니다."

현관에서 신발을 벗고 거실로 향했다. 어머니 요시에가 그녀를 맞아 주었다.

"왔니? 일찍 들어왔네?"

"뭐, 그냥. 아빠는 아직?"

평소 같으면 거실 텔레비전 앞에 앉아 있을 아버지 가쓰노리의 모습이 보이지 않았다. 요시에가 대답했다.

"회식이래. 슬슬 들어올 때가 됐는데."

"그렇구나."

유미는 거실을 지나 2층으로 올라갔다. 2층에는 부모님의 침실과 유미의 방이 있다. 유미는 자신의 방으로 들어가 침대에 걸터앉았다.

점심시간 업무 당번 때 받은 전화가 아직까지 머릿속을 맴돌았다. 아무 일도 없으면 좋으련만.

"유미, 씻어야지."

계단 아래에서 어머니가 소리를 지르기에 유미도 질세라 큰 소리로 대답했다.

"알았어. 좀 이따가."

유미는 헤이세이(일본의 연호, 1989~2019년 - 옮긴이) 원년에 태어났다. 은행원인 아버지 가쓰노리와 보험 설계사였던 어머니 요시에 사이에서 태어난 외동딸이다. 아버지 가쓰노리는 당시 대형 도시 은행(대도시에 영업 기반을 두고 많은 지점을 거느리는 전국적 규모의 은행 - 옮긴이)의 니시신주쿠 지점에서 일했기 때문에 교통편이 좋은 무사시다이라시에 집을 마련하리라 결심했단다.

올해로 쉰일곱 살이 된 아버지는 순풍에 돛 단 듯한 인생을 살지는 못했다. 아버지가 근무하는 도시 은행은 헤이세이 시대에 두 번이나 합병을 당했다. 합병 때는 어김없이 구조 조정이라는 명목으로 정리 해고를 감행했고, 그때마다 유미 가족은 미묘한 분위기에 휩싸였다. 이번에야말로 잘리는 건 아닐까, 하고 아버지가 느꼈던 압박감이 가족에게도 전염된 것이다. 하지만 아버지는 두 번의 합병에도 정리 해고되지 않고 살아남아 현재에 이르렀다. 정년을 3년 앞둔 지금은 스가모 지점의 지점장이다. 유미가 공무원이 되기로 마음먹은 건 그런 아버지의 모습을 보면서 자랐기 때문인지도 모른다.

유미는 무사시다이라시에서 고등학교를 졸업한 후 시부야구에 있는 사립 대학 문학부에 진학했다. 집에서 통학이 가능한 거리였으나 마침 아버지가 두 번째 합병에서 무사히 생존한 터라 자취를 허락받을 수 있었다. 유미는 이케지리에 방을 얻어 거기서 4년을 살았다.

대학 생활은 즐거웠다. 유미는 같은 과 여학우들과 놀면서 야구부 매니저로 활동했다. 당연히 남자들과 접촉할 기회가 많아져 여왕 대접도 받아 보았다. 하지만 호시절은 눈 깜짝할 새에 지나갔고, 그녀는 어느덧 대학교 4학년이 되어 있었다.

유미가 구직 활동을 했던 2011년은 동일본 대지진이 일어난 시기라 좀 혼란스럽긴 했지만 취직이 그렇게까지 힘들지는 않았다. 대다수의 동기들이 대기업에 취직하기를 희망하는 가운데 오로지 유미만이 공무원을 지망했다.

그러나 공무원이 되는 일 역시 쉽지는 않았다. 길어지는 불황의 영향인지 공무원의 인기가 높아진 것이다. 인기 있는 지자체의 경쟁률은 10대 1을 넘었고, 무사시다이라시는 그 인기 있는 지자체 중 한 곳이었다. 유미는 대학교 3학년 때부터 공무원 시험공부를 시작했지만 단번에 붙을 것이라고 생각하지는 않았다. 그래서 여러 지자체의 1차 시험에 응시했다.

지자체 공무원 시험은 대체로 봄부터 여름에 걸쳐 치러지는 1차 시험의 합격자가 면접과 단체 토론 같은 2차 시험에 응시하는 방식으로 진행된다. 유미는 여덟 개 지자체의 1차 시험에 원서를 내고 시험을 보았다. 도쿄 도내 지자체 세 곳, 나머지는 지바와 가나가와였다. 인생은 알 수 없다는 누군가의 말처럼, 유미는 1지망인 무사시다이라시 외의 다른 1차 시험에 모두 불합격했다. 고향인 무사시다이라시에서만 살아남은 것이다.

공무원 지망자는 대부분 여러 지자체의 시험에 응시하므로 2차 시험에는 응시하지 않는 사람이 속출한다. 그래서인지 2차 시험의 경쟁률은 그다지 높지 않았다. 그렇게 유미는 당당하게 무사시다이라 시청에 채용되었다. 졸업을 앞둔 3월, 그녀는 4년간 생활했던 이케지리의 연립 주택에서 방을 빼고 무사시다이라시의 집으로 돌아왔다.

당시 유미에게는 사귀는 남자가 있었다. 야구부의 한 학년 선배로 유미가 대학교 1학년 여름부터 사귀었으니 3년 반 동안 커플이었던 셈이다. 그는 유미보다 한 해 먼저 졸업해 도쿄 도내에 있는 자동차 제조사에 취직했다. 지금 돌이켜 보아도 그만큼 마음이 잘 맞는 남자는 없었다. 그와 결혼하고 싶었고, 당연히 결혼할 것이라 믿어 의심치 않았다. 처음에는 1년 기한으로 시작한 야구부 매니저를 4년이나 계속한 것도 그가 있었기 때문이었고, 히로시마 도요 카프를 응원하게 된 것도 그의 영향이었다. 그런데 유미가 무사시다이라시의 본가로 돌아간 직후, 그가 규슈 지방의 후쿠오카 지사로 전근 발령을 받아 부랴부랴 이사를 가게 되었다. 또 유미는 유미대로 그해 4월에 무사시다이라 시청에 정식 채용되었다.

처음으로 배치된 곳은 시민과라는 부서였다. 위치는 시청 1층 정면. 호적 등본 등의 각종 증명서를 발행하고 전입과 전출 등의 주민 등록에 관한 업무를 보는 부서다. 1년 차는 연수도 있고 해서 눈이 빙글빙글 돌 만큼 바쁜 나날을 보냈다. 게다가 유미가 대학생 때 야구부 매니저였다는 사실이 들통나서(아무에게도 말한 적 없으므로 누군가 이력서를 보고 퍼뜨린 게 틀림없다) 시청 야구부 매니저까지 맡아야 했다. 그러다 보니 후쿠오카로 전근 간 그와 만날 기회가 확 줄어들었고 공무원 2년 차가 되기 전에 헤어졌다.

시민과에서 3년을 보낸 후로는 수납과로 이동해 일하고 있다. 지금까지 평온한 나날을 보내 왔고, 앞으로도 분명 그럴 것이라 믿었다. 세상 사람들이 공무원 하면 떠올리는 이미지대로 앞으로도 안정된 생활이 이어지리라고 생각했다.

유미는 새하얀 시트를 머릿속에 떠올렸다. 오늘 그 시트에 까만 점 같은 얼룩이 하나 생겼다. 아직은 그 정도에 불과하다. 멀리서 보면 존재조차 모를 테니 크게 신경 쓸 필요는 없을 듯했다. 그럼에도 어쩐지 불길한 예감이 들어 마음이 싱숭생숭했다.

"유미, 빨리 씻으라니까."

다시 어머니의 목소리가 들렸다. 유미는 "알았어." 하고는 침대에서 일어섰다.

✳

호시야는 아침 일찍 일어난다. 대개는 오전 6시 반에 눈을 뜬다. 근처 편의점에서 아침 8시부터 오후 5시까지 일주일에 5일을 일하기 때문이다. 스마트폰 알람을 듣고 깰 때가 많지만 이날은 달랐다. 알람 소리가 아니라 전화 수신음을 듣고 깨어났다. 머리맡에 놓아둔 안경을 끼고 시끄럽게 울리는 스마트폰을 집었다. 화면에 '구마'라는 이름이 떠 있었다.

"야, 호, 훗시, 야…… 당장, 다, 당장…… 봐……. 어, 어째서…… 아."

휴대폰 너머의 구마다가 어찌나 격앙되어 있던지 무슨 소리를 하는지 당최 이해가 되지 않았다. 애당초 구마다가 이렇게 이른 시간에 일어난 것 자체가 별일이다. 오전 6시가 조금 넘은 시간이었다.

"구마, 왜 그래? 진정해."

"어, 어떻게 진정, 하겠냐. 훗시, 당장, 당장 인터넷에 들어가 봐. 일단 끊을게. 히, 히토밍이……."

64

전화가 끊겼다. 대체 구마다는 뭘 알리고 싶었던 걸까. 호시야는 즉시 야후 뉴스에 접속했다. 줄지어 있는 기사 중 하나에 시선이 빨려들었다.

'지하 아이돌, 시체로 발견, 살인인가'.

설마 이건가……. 호시야는 크게 숨을 들이마셨다. 무서웠지만 절로 스마트폰 화면에 손이 갔다. 기사의 세부 내용이 떴다.

'3일 밤, 도쿄도 무사시다이라시의 그린 공원에서 젊은 여성이 시체로 발견되었다. 날붙이에 가슴을 찔려 과다 출혈로 사망한 것으로 추정된다. 무사시다이라서는 정황상 살인일 가능성이 높다고 보고 수사를 시작했다. 사망자는 무사시다이라시에 거주하는 바바 히토미 씨(22)로, 히토미 씨는 나카노를 거점으로 활동 중인 지하 아이돌 그룹 주오선 방위대에 오기쿠보 히토미라는 예명으로 소속되어 있었다. 운영진은 아직 확실치 않은 부분이 많으므로 지금으로서는 할 말이 없다고 입장을 표명했다.'

호시야는 두 눈을 의심했다. 기사를 읽는 도중에 "말도 안 돼. 말도 안 돼. 말도 안 돼." 하고 소리 내어 되풀이했다. 기사에는 사진이 한 장 첨부되어 있었다. 라이브 공연 무대를 멀리서 찍은 사진인데, 너무 멀어서 춤추는 다섯 명의 모습은 확인이 거의 불가능하다. 사건과 관계없는 자료 사진 같기도 했다.

히토미가 죽었다. 이 무슨 날벼락 같은……. 믿기지가 않는다. 믿을 수 없다. 거짓말이다. 당연히 거짓말이다…….

전화 수신음이 울려 퍼졌다. 구마다에게 전화가 왔지만 지금은 받을 기분이 아니었다. 몸이 납덩이처럼 무겁다. 비틀비틀 침대에서 내려온 호시야는 벽 앞에 놓인 테이블까지 기다시피 걸어가서 컴퓨터를 켰다. 전화 수신음이 겨우 몇 었을 즈음 컴퓨터가 켜졌다.

바로 인터넷으로 들어가서 여러 사이트를 죽 둘러보았다. 하나같이 같은 뉴스가 올라와 있었다. 트위터에서도 '주오선 방위대'라는 단어가 트렌드에 떴다. 처음에는 야후 뉴스에서 실수로 이상한 기사를 올린 게 아닌가 싶었지만, 이렇게까지 많은 사이트에 올라와 있으니 틀림없는 사실이다. 정말로 히토미가…….

어느덧 호시야는 테이블에 푹 엎드려 난생처음이라 할 만큼 큰 소리를 내질렀다. 자신의 목소리 같지 않았다. 야수의 포효 같기도 했다. 안 돼. 안 돼. 히토미가 죽다니…….

얼마나 그러고 있었는지 알 수 없었다. 얼굴은 이미 눈물과 콧물로 범벅이 되었다. 일어나 욕실로 가 얼굴을 씻었다. 수건을 들고 거실로 돌아왔다.

침대에 떨어져 있던 스마트폰을 주웠다. 메신저에는 수많은 메시지가 남겨져 있었다. 쉰 개도 넘는다. 호시야는 알림 기능을 꺼 놓으므로 메시지가 와도 소리가 나지 않는다.

호시야는 히토미가 최애인 팬들이 스무 명 정도 모인 '히토밍 응원방'이라는 채팅방에 속해 있다. 아직 읽지 않은 메시지들은 오전 5시부터 올라왔다. 처음으로 뉴스를 본 팬이 링크를 올린 걸 시작으로 메시지가 주르르 이어졌다. 전부 히토미의 부보(訃報)를 대하는 심경이다. 경악. 절망. 당혹. 슬픔. 분노.

다른 채팅방에도 읽지 않은 메시지가 있었다. 이쪽은 '히토밍 탄생제 실행 위원회'로 요전에 감상전을 열었던 멤버 네 명만 있는 채팅방이다. 구마다 말고 다른 두 사람도 이미 뉴스를 보았는지 놀라서 메시지를 남겼다. 구마다는 호시야만 반응이 없는 걸 보고 걱정되어 전화한 것이리라.

히토미가 죽었다. 정말로 죽어 버린 걸까.

호시야는 현실을 받아들일 수 없었다. 히토미는 아직 젊다. 고작 스물두 살이다. 그런데 어째서 이런 일이…….

스마트폰을 내던지고 침대에 털썩 앉았다. 온몸에서 힘이 쭉 빠져나간 것 같았다. 무릎이 바들바들 떨렸다. 깊은 숲속을 헤매는 것 같았다. 아무리 걸어도 끝이 보이지 않는 숲.

다시 전화 수신음이 들렸다. 숲에서 나와, 하고 말하는 듯한 느낌에 호시야는 스마트폰을 집어 들었다. 구마다의 전화였다. 통화 아이콘을 누르고 스마트폰을 귀에 대자 구마다의 목소리가 들렸다.

"홋시, 기사 봤어? 봤겠지. 그딴 걸 어떻게 믿으라는 거야.

우리 히토밍이……."

"미안, 구마. 지금은…… 무리야."

"훗시. 야, 훗시……."

전화를 끊고 생각해 냈다. 지난주에 히토미가 보낸 DM. 상담하고 싶은 일이 있는데, 괜찮아? 그렇게 적혀 있었다.

히토미는 도움을 요청한 건지도 모른다. 그런데도 나는 아무것도 할 수 없었단 말인가. 아무것도 해 주지 못했단 말인가…….

"그날 저는 근처 편의점에 아르바이트를 하러 갔어요. 하지만 전혀 기억이 나지 않아요. 희한하게도 일한 기억이 일절 남아 있지 않은 거죠."

유미는 카운터 안쪽에서 호시야라는 남자의 이야기를 들었다. 그는 오기쿠보 히토미의 열성 팬이라고 한다. 주오선 방위대라는 아이돌 그룹이 데뷔했을 때부터 라이브 공연을 단 한 번도 빼먹지 않고 보았다는, 그야말로 '찐 팬'이다. 그런 사람들이 있다는 걸 말로만 들었지, 이렇게 실제로 만나기는 처음이었다.

"정신을 차리니 아르바이트가 끝났더군요. 어느새 저녁이었어요. 정말로 기억이 쑥 빠져나가 버렸더라고요."

소위 말하는 아이돌 오타쿠이리라. 유미는 그런 부류들에게 괴짜 같다는, 즉 상대하기 힘들 것 같다는 이미지를 품고 있었다. 하지만 호시야는 겉모습이 비교적 평범하니 오타쿠 같은 느낌이 들지 않았다. 이야기를 듣고 나서야 비로소 아이돌 오타쿠였구나 싶었다.

"우울했죠. 콱 죽어 버리고 싶을 만큼 우울했어요. 실은 히토미에게 상담하고 싶은 일이 있다는 DM을 받았거든요. 그때 뭔가 조치를 취했다면 히토미를 구할 수 있었을지도 모른다고 생각하니 더 우울하더라고요."

사건이 발생하기 전주 늦은 밤에 히토미가 호시야에게 트위터 DM을 보내왔단다.

사건을 재검증하고 싶다. 아까 호시야는 그렇게 말했다. 어쩌면 그는 오기쿠보 히토미를 구하지 못했다는 죄책감을 떨치지 못한 나머지, 여태 사건을 조사 중인 건지도 모른다.

"저, 커피 좀 리필해 주시겠어요?"

호시야가 조심스럽게 물었다. 카페 론도에서는 런치 타임 외의 시간에 1회에 한해 무료로 커피를 리필해 준다. 유미는 필터를 끼운 후 커피 가루를 넣고 뜨거운 물을 부었다. 호시야가 흥미로운 얼굴로 서버에 떨어지는 커피를 바라보았다. 갓 내린 커피를 컵에 따라 호시야 앞에 내려놓았다. 호시야가 컵을 들어 코에 가까이 댔다.

"향이 좋네요. 요즘은 편의점 커피도 인기라지만 내린 커피는 역시 달라요. 어떻게 다른지 설명은 못하겠지만요. 어쨌든 카페는 오랜만이네요. 요즘은 가게에 들어가는 게 워낙 겁이 나서요."

코로나 시국이 계속되는 가운데, 카페에서 일하는 유미조차 개인적으로 다른 가게에 들어가는 데 약간의 용기가 필요하다.

호시야는 커피를 한 모금 마시고 컵을 테이블에 내려놓았다. 그러고 나서 다시 본론으로 돌아갔다.

"제가 의문스러운 건, 과연 구라타 씨가 전화를 받은 게 우연이었느냐 하는 점이에요."

바바 히토미는 3년 전 9월 3일 밤에 죽었다. 그로부터 이틀 전, 9월 1일 금요일 낮에 유미가 일하던 무사시다이라 시청 수납과에 전화가 왔다. 점심시간 업무 당번이었던 유미가 그 전화를 받았다. 내내 우연일 것이라 여겨 왔고, 그 외의 가능성은 전혀 고려해 보지 않았다.

"어떠세요, 구라타 씨? 정말로 우연이었다고 생각하세요?"

거듭 묻기에 유미는 자신도 모르게 대답했다.

"네. 그렇겠죠."

"수납과라고 했던가요? 당시 몇 분이 일하셨나요?"

수납 총무계가 네 명, 수납계가 열 명, 납부 창구에 촉탁 직원이 세 명, 징수 담당 외근 촉탁 직원이 네 명, 그리고 서무 담당 임시 직원이 한 명, 총 스물두 명이다.

"스물두 명이요. 아, 과장님도 포함하면 스물세 명이네요."

"23분의 1의 확률로 구라타 씨가 그 남자의 전화를 받았다. 그런 말씀이시군요."

"뭐, 그런 셈이지만."

엄밀하게는 아니다. 과에 전화가 와도 과장은 절대로 받지 않고, 징수 담당 촉탁 직원도 전화를 받지 않는 것이 관례다. 전화는 정직원이 받는다. 그냥 수납과의 분위기가 그랬다. 더구나 그 전화는 점심시간에 왔다.

"점심시간 업무 당번이라는 제도가 있는데요……."

유미는 그 제도에 대해 설명했다. 호시야는 몸을 내밀고 유미의 이야기에 귀를 기울였다. 그가 입은 티셔츠 가슴께에 CDF라는 알파벳이 박혀 있었다. 어떤 의미가 있는 말일까.

"그렇군요." 유미의 설명이 끝나자 호시야는 팔짱을 꼈다. "점점 압축이 되네요. 점심시간 업무 당번은 과 전체에서 네 명이었다. 그렇다면 확률은 4분의 1이잖아요."

"아니요. 납부 창구의 촉탁 직원은 전화를 못 받으니까……."

"그럼 3분의 1이네요."

이론상은 그렇다. 하지만 그날은 우연히 유미가 점심시간 업무 당번이었고, 만약 다른 날이었다면 점심시간 업무 당번도 다른 사람이었을 것이다. 그저 우연이다. 하지만 호시야는 더욱 날카롭게 질문했다.

"구라타 씨가 일하셨던 계는 총원이 네 명이었죠. 점심시간 업무 당번은 교대로 맡았나요?"

"네. 맞아요. 우리 계는……."

계장을 시작으로 시계 방향으로 당번을 맡았다. 휴가를 낼 때는 옆 사람이 대신해 주지만 원칙적으로는 나흘에 한 번꼴로 당번이 돌아왔다. 달이 바뀌면 자기 자리의 탁상 달력에 점심시간 업무 당번을 표시하는 게 유미의 습관이기도 했다.

"그럼 일단 그 규칙만 파악하면 구라타 씨가 언제 점심시간 업무 당번을 설지 예측하는 일은 간단한 거네요."

"어떻게요? 어떻게 규칙을 파악하는데요?"

"그야 시청은 자유로이 드나들 수 있잖아요. 점심시간에 멀리서 살펴보면 돼요. 오늘은 누가 자리에 남아 있는지 확인하면 그만이니까요."

확실히 그렇긴 하다. 수납 총무계로 한정할 경우, 일주일쯤 와서 살펴보면 점심시간 업무 당번을 어떻게 서는지 알아낼 수 있으리라. 하지만 유미는 도저히 인정하고 싶지 않았다. 그 전화를 받은 건 우연이었다. 내내 그렇게 생각해 왔고, 또 그렇게 생각하고 싶었다. 만약 우연이 아니라면 그 남자가 유미를 노려서 전화를 건 셈이 아닌가. 지금까지의 생각을 완전히 뒤집어엎는 가히 대담한 가설이다.

사건 발생 후, 사방팔방에서 그 전화의 내용을 꼬치꼬치 캐물었고 유미는 대답하지 않을 수 없는 입장이었다. 하지만 어디까지나 그 전화를 우연히 받았다는 것이 전제로 깔려 있었다. 웬 이상한 남자가 건 전화를 불운하게도 유미가받아 버렸다. 그것이 사건 관계자들의 공통된 인식이었다.

"예를 들면 말이죠." 유미는 자신이 아까보다 말이 많아졌다는 것을 깨달았다. 어느 틈엔가 호시야의 흐름에 말려들었는지도 모른다. "점심시간에는 다른 전화도 와요. 실제로 그 전화를 받기 전에 다른 문의 전화를 받았어요. 만약 제가 다른 전화에 대응 중이었다면 수납계의 점심시간 업무당번이 받았을 테고, 그쪽도 전화를 받는 중이었다면 우리계의 동료가 대신 전화를 받았겠죠. 설령 저를 노리고 전화를 걸었다 쳐도 만약 다른 사람이 받으면 그 남자는 어쩔 작정이었을까요?"

"간단해요. 끊고 다시 걸면 되죠."

유미는 놀랐다. 호시야의 말대로였다. 너무나 단순해서오히려 떠오르지 않은 해답이기도 했다.

"말없이 끊으면 됩니다. 그리고 구라타 씨가 받을 때까지 계속 거는 거죠. 다만 구라타 씨가 점심시간 업무 당번이면 전화를 받을 확률이 비교적 높겠죠. 아, 하지만 정말로 그 남자가 구라타 씨를 노리고 전화를 걸었는지는 모를일이에요."

"모를 일이라면서 왜⋯⋯."

날카롭게 검증한 것처럼 말해 놓고 모르겠다고 얼버무린다? 대체 이 남자의 의중이 뭘까. 호시야는 작게 웃으며 대답했다.

"아까도 말씀드렸다시피 저는 사건을 재검증하고 싶어요. 구라타 씨가 전화를 받은 건 과연 우연이었을까요? 지금까지 그런 생각을 해 본 적이 있으신가요?"

유미는 대답하지 않았다. 그런 식으로 생각한 적은 전혀 없었고, 그렇게 지적한 사람도 없었다. 아니, 처음에는 누군가 물어보았을지도 모른다. 하지만 유미가 모르는 남자라고 하자 그것이 당연한 정답이 되어 전화를 건 남자와 유미는 일절 관계가 없다는 게 통설로 확정되고 퍼져 나간 듯한 느낌이 든다.

"저는 지난 3년 내내 사건에 대해 고민해 왔어요. 구라타 씨는 물론, 경찰보다 더 진지하게 고민했다고 자부합니다. 고민에 들인 시간만큼은 그 누구에게도 뒤지지 않을 거예요. 그리고 전 누구보다도 오기쿠보 히토미에 대해 잘 알아요. 찐 팬이자 성공한 오타쿠이니까요. 그런 제 직감이 이 사건에 이면이 있다고 알리고 있어요."

호시야 다카히로는 아까 카페에 들어왔을 때만 해도 긴장한 듯 땀을 흘리며 치뜬 눈으로 내부를 둘러보는 것이 매우 수상했다. 하지만 지금 유미의 눈앞에 있는 그는 어쩐지 자신감이 넘쳤다. 셔츠 소매에서 뻗어 나온 팔이 너무 앙상해서 빈약해 보이는 건 부정할 수 없지만.

그때였다. 딸랑딸랑 종이 울리며 카페 출입문이 열렸다. 반소매 와이셔츠를 입은 남자가 들어왔다. 호시야와 달리, 남자는 억센 체격에 피부가 검게 그을려 있었다. 남자는 곤혹스러운 표정으로 실내를 관찰하듯 둘러보았다. 호시야가 남자에게 말했다.

"아, 증인 B가 오셨네. 잘 오셨어요. 어서 오세요, 형사님."

남자와 눈이 마주쳤다. 마스크를 썼지만 어쩐지 낯익은 눈이었다. 남자가 이쪽을 보고 머리를 꾸벅 숙이기에 유미도 고개를 살짝 숙였다.

비가 추적추적 내리며 공원의 나무를 적셨다.

사건 현장은 무사시다이라시 미도리초에 위치한 그린 공원이다. 공원 한복판에 널찍한 잔디밭이 있어 근처에 사는 아이들의 놀이터 역할을 하는 듯했다. 겐다 고스케는 공원 안의 산책로를 걸어가며 흰 장갑을 꼈다. 지금 이 공원은 출입 금지다. 파란 제복을 입은 감식과원이 수사를 시작했다. 분명 미세 증거물을 채취하는 것일 터다.

감식과원들은 벤치 주변을 꼼꼼하게 조사했다. 지금은 옮겨지고 없지만 시체는 벤치 위에서 발견되었다. 공교롭게도 비가 내리는 중이다. 아까 텔레비전의 기상 캐스터가 비가 내려서 기온이 크게 오르지 않을 것이라고 했다.

"겐 선배, 고생이 많으십니다."

정장을 입은 남자가 비닐우산을 들고 다가왔다. 후배 형사인 마키무라다. 고개를 끄덕여 인사를 받아 주고 나서 겐다는 사건 현장인 벤치로 시선을 옮겼다.

나무 벤치다. 그 위에 흰색 로프로 시신의 형태를 표시해 놓았다. 머리의 위치로 보건대 무릎부터 아래쪽은 벤치 바깥쪽에 내팽개쳐져 있었을 것으로 추정된다. 옆에서 마키무라가 말했다.

"참 끔찍한 짓을 저질렀네요. 피해자는 스물두 살이래요."

겐다는 무사시다이라서 형사과에 소속된 형사다. 올해로 47세. 형사로 일한 지 20년쯤 된다. 계급은 경위다. 무사시다이라서에 배치되고 3년 차를 맞았다. 관내에서 살인 사건이 발생한 건 올 들어 처음이었다.

시체가 발견된 건 어젯밤 10시이고, 최초 발견자는 근처에 사는 남자 회사원이었다. 개를 산책시키다가 벤치에 누워 있는 여자를 발견하고 즉시 119에 신고했고, 출동한 구급 대원이 사망을 확인했다. 직후에 형사과 전원이 호출되어 겐다도 어젯밤 늦게까지 이 부근에서 탐문 수사를 벌였다. 그는 날이 샐 무렵에 집으로 돌아가 2시간쯤 눈을 붙인 후 다시 현장으로 복귀한 참이다. 피해자의 소지품으로 무사시다이라시에 거주하는 바바 히토미라는 신원이 확인되었다.

"너도 알아? 그, 주오 어쩌고, 하는 그룹."

"아니요. 오늘 아침에 인터넷으로 알아봤어요. 주오선 방위대. 지하 아이돌이래요."

"지하 아이돌은 또 뭐야? 지하에서 활동하기라도 하나?"

"어떤 의미에서는 그런가 보더라고요."

마키무라가 설명해 주었다. 주오선 방위대는 6년 전에 결성된 아이돌 그룹으로, 주로 라이브 무대를 중심으로 활동한다고 한다. 텔레비전 같은 대중 매체에는 등장하지 않아서 지하 아이돌이라고 불리는 듯하다. 멤버는 다섯 명이고, 살해당한 바바 히토미, 예명 오기쿠보 히토미는 결성 당시부터 멤버였다고 한다.

"저도 조사해 보고 알았는데요. 지하 아이돌이 꽤 많은가 보더라고요. 직업이라고 부를 수 있다는 게 신기합니다. 학생이 아르바이트하듯이 아이돌 활동을 하는 경우도 있대요."

겐다 세대에서는 아이돌 하면 마쓰다 세이코나 나카모리 아키나 같은 이름을 제일 먼저 떠올릴 것이다. 오냥코 클럽이라는 그룹도 있었다. 겐다가 고등학교에 올라갔을 무렵에 폭발적으로 인기를 끈 그룹이다. 이후로 아이돌이라 불리는 몇몇 존재에 대해 들은 것 말고는 최신 유행으로부터 완전히 멀어졌다.

겐다는 감식 작업에 방해가 되지 않도록 주의하며 시체 발견 현장인 벤치로 다가갔다. 감식과원은 우비를 착용하고 작업 중이다. 피해자는 날붙이에 가슴을 찔렸으며, 아직 감정 결과가 정식으로 나오지는 않았지만 과다 출혈로 사망했다는 데 의견이 모아지고 있다. 어젯밤부터 공원 일대를 수색했지만 흉기는 발견되지 않았다. 오늘 중으로 무사시다이 라서에 수사본부가 설치될 터였다. 이르면 오후에 수사 회의가 열릴지도 모른다.

"근처에 사는 회사원이 시체를 발견했다고 했지?"

겐다의 말에 마키무라가 수첩을 보며 대답했다.

"네. 개를 산책시키던 중이었대요. 매일 밤 그 시간대에 나온다고 증언했습니다."

"이 벤치 말이야. 좀 후미진 곳에 있는데." 겐다가 아까 걸어온 산책로를 가리키며 말했다. "공원을 가로지르려면 여기까지 안 들어와도 되잖아. 그 회사원은 일부러 여기까지 걸어왔다는 건가."

"포켓몬을 했다고 합니다."

"게임?"

"네. 그래서 여기까지 왔다고 주장하는 모양이에요. 처자식도 있는 양반이니 딱히 의심할 필요는 없을 것 같은데요."

겐다는 벤치 앞에서 물러나 마키무라와 나란히 산책로를 걸었다. 겐다는 마키무라와 한 팀이 되어 주변 지역의 탐문을 맡았다.

비가 그칠 낌새를 보이지 않았다. 이렇게 비가 내리면 증거를 씻어 낸다는 차원에서도 골치가 아플 수밖에 없다. 비 때문에 범인에게 유리한 일이 발생하지 않으면 좋으련만, 하고 생각하며 겐다는 작은 물웅덩이를 뛰어넘었다.

✳

그날 유미는 시청 남쪽에 있는 민간 계약 주차장에 차를 대고 여느 때처럼 출근했다. 자리에 앉은 건 8시 15분이었다. 평소와 다름없는 시간이다. 업무는 15분 후에 시작되고 출근한 사람은 반 정도다.

"안녕하세요."

차례차례 출근하는 동료들에게 인사하며 유미는 들고 온 스테인리스 물통을 책상에 놓았다. 차가운 보리차가 든 물통이다. 예전에는 여직원이 차를 준비하는 관습도 있었다지만 이제는 다 사라졌다. 직원이 각자 좋아하는 음료를 가져오거나 탕비실에서 알아서 끓여 마신다.

스마트폰 메신저에 메시지가 들어왔다. 남자 친구 기쿠치 나오야다. 나오야는 3층에 있는 전산 시스템과라는 부서에서 근무한다. 다음 주 금요일을 비워 놓으라는 내용의 메시지였다. 그날 나오야의 아버지이자 부시장인 기쿠치 기이치와 식사를 함께하려는 것이리라.

남자 친구의 아버지와 식사를 한다. 드디어 올 게 왔다. 남자 친구의 아버지가 부시장이라 좀 긴장되기는 하지만, 그 사실을 모르고 나오야와 사귄 것도 아니니 이제 와 꽁무니를 뺄 수는 없었다.

알았다는 의미로 곰 모양 이모티콘을 보냈다. 곧바로 읽었다는 표시가 뜨고, 이번에는 나오야가 야쿠르트 스왈로스의 마스코트인 쓰바쿠로 이모티콘을 보냈다. 쓰바쿠로가 야구 방망이를 들고 타격 자세를 취하고 있는 이모티콘이다.

유미는 스마트폰을 책상 서랍에 넣었다. 수납 총무계 전원이 출근을 했다. 컴퓨터를 켜고 비밀번호를 입력하는데 업무 시작을 알리는 벨 소리가 들렸다. 과원들이 줄줄이 일어섰다.

"그럼 9월 4일 월요일 조례를 시작하겠습니다."

마에다 가쓰하루 과장이 입을 열었다. 매주 월요일은 꼭 조례를 연다. 다른 과도 크게 다르지 않았다. 주변을 둘러보니 다른 과 직원들도 일어서 있었다.

"그럼 수납계부터요. 음, 내일 화요일에……."

조례 때는 일정을 확인한다. 무슨 요일에 어떤 서류를 발송한다거나, 무슨 요일에 아무개가 어디로 출장을 간다거나, 하는 내용이다. 두 계의 계장이 일정을 발표한 후 마지막으로 과장이 과원들에게 말했다.

"그럼 마지막으로 당부하겠습니다. 어, 다음 주부터 9월 정례 회의가 시작되니까 일반 질문(지방 의회 의원이 지자체의 시책 상황과 방침 등에 대해 보고 및 설명을 요구하거나 질문하는 것을 통틀어 일반 질문이라고 한다 – 옮긴이)의 내용에 주의하도록 하세요."

시청은 행정 서비스를 수행하는 기관이다. 요람에서 무덤까지라는 말처럼 태어나서 출생 신고를 하고 죽어서 사망 신고를 하기까지, 행정 서비스는 시민의 생활과 떼려야 뗄 수 없는 관계에 있다.

이러한 행정 서비스가 있는 한편으로, 지자체에는 반드시 의회가 있다. 시의 경우는 시 의회인데, 여기서 조례나 예산에 관해 논의한다. 나이와 직책이 높아질수록 의회에 가까워지지만 의회와 엮일 일이 거의 없는 유미 같은 젊은 직원들은 눈앞의 업무만 수행하면서 하루하루를 보낸다.

"9월 들어서도 더운 날이 계속되고 있습니다. 다들 건강 관리 유념하시고요. 아, 참, 시내에서 흉흉한 사건이 벌어진 모양이에요. 특히 여직원들은 퇴근길을 비롯해 늦은 시간에 외출할 때 조심하기 바랍니다. 그럼 일주일간 힘차게 일해 봅시다."

"잘 부탁드립니다."

조례가 끝났다. 유미는 의자에 앉으며 옆자리의 나가노 미나에게 물었다.

"미나 주무관님, 흉흉한 사건이라니, 무슨 일 있었어요?"

"몰랐어? 미도리초의 그린 공원에서 살인 사건이 일어난 모양이야. 아침 뉴스에도 나왔어."

"그래요?"

금시초문이었다. 평소대로라면 아침에 느긋하게 뉴스를 보았겠지만, 오늘따라 어머니가 아침부터 이웃들과 버스 여행을 가는 바람에 도시락을 싸느라 텔레비전을 볼 여유가 없었다.

"아침부터 그 일로 난리도 아니야." 비스듬히 앞자리에 앉은 구리야마 계장이 대화에 끼어들었다. 무사시다이라시의 지역 캐릭터인 무삿시 군이 프린트된 폴로셔츠를 입었다. "아이돌이 살해당했다나 봐. 우리 시에 아이돌이 살고 있었다니 의외라니까."

"지하 아이돌이에요, 계장님." 평소에 말이 없는 나카무라가 정정해 주었다. "아이돌이라고는 하지만 완전히 다르거든요. 방송에도 한 번 나온 적 없고, 인지도도 거의 없을걸요?"

"그나저나 무섭네요. 살인마가 그 부근을 돌아다니고 있을지도 모르잖아요."

"걱정하지 마. 미나 씨는 분명 습격당하지 않을 테니까."

"계장님, 그게 무슨 말씀이세요?"

유미는 세 사람의 대화를 들으며 인터넷에 들어갔다. 직장 컴퓨터로도 인터넷을 할 수 있다. '무사시다이라시, 사건'이라고 검색하자 수많은 기사가 떴다. 그중 하나를 열어서 읽었다.

'3일 밤, 도쿄도 무사시다이라시의 그린 공원에서 젊은 여성이 시체로 발견되었다. 날붙이에 가슴을 찔려 과다 출혈로 사망한 것으로 추정된다. 무사시다이라서는 정황상 살인일 가능성이 높다고 보고 수사를 시작했다. 사망자는 무사시다이라시에 거주하는 바바 히토미 씨(22)로⋯⋯.'

바바 히토미. 바바 히토미. 바바 히토미. 여자의 이름이 머릿속에 메아리처럼 울려 퍼졌다. 실제로 소리 내어 중얼거렸던 듯도 한데 인식조차 못할 만큼 유미는 동요했다.

'히토미 씨는 나카노를 거점으로 활동 중인 지하 아이돌 그룹 주오선 방위대에 오기쿠보 히토미라는 예명으로 소속되어 있었다. 운영진은 아직 확실치 않은 부분이 많으므로 지금으로서는 할 말이 없다고 입장을 표명했다.'

욕지기가 올라왔다. 유미는 자기도 모르게 일어나 수납과에서 나갔다. 복도를 달려 화장실로 뛰어들었다. 청소 중이라는 팻말이 세워져 있었지만 그런 걸 따질 상황이 아니었다. 청소하는 아주머니가 있었으나 아랑곳하지 않고 제일 안쪽 칸으로 들어갔다. 구역질을 했다. 하지만 아침에 먹은 거라고는 홍차뿐이라 올라오는 거 없이 위액이 섞인 침만 줄줄 흘렀다. 레버를 눌러 물을 내렸다.

동명이인 아닐까. 그렇지만 이름이 바바 히토미인 여자가 무사시다이라시에 한 명밖에 없다는 건 이미 시스템상에서 확인했다. 지난주 금요일에 정체 모를 남자에게서 한 통의 전화가 걸려 왔고, 그 남자가 찾는 여자의 이름이 바바 히토미였다. 그 여자가 살해당한 건가……

언제까지고 화장실에 틀어박혀 있을 수는 없다. 다시 물을 내리고 화장실 칸을 나와 세면대 거울 앞에서 입을 몇 차례 헹구어 냈다. 거울에 비치는 얼굴이 어찌나 창백한지 누가 보아도 아픈 사람 같았다.

상관없다. 나하고 상관없는 일이다. 유미는 그렇게 마음을 다독이고 나서 여자 화장실을 나왔다.

＊

저녁 7시, 겐다는 무사시다이라서의 회의실에 있었다. 바바 히토미 살인 사건의 수사 회의가 막 시작된 참이었다. 낮에 한 번 열렸지만 그때는 수사원들의 맞대면 겸 수사 방침 발표 정도로 끝났기에 이번이 본격적인 수사 회의라 할 수 있다. 수사 1과 담당자가 일어나서 이제까지 판명된 사실을 보고했다.

"시체의 사후 경직과 위 내용물을 검사한 결과, 사망 추정 시각은 저녁 8시에서 10시 사이로 밝혀졌습니다. 정황상, 살해 후에 현장으로 옮긴 것이 아니라 시체 발견 현장에서 살해된 것으로 보아도 무방할 듯합니다."

날 길이 20센티 정도의 칼에 찔렸으며 상처가 폐까지 도달했다고 한다. 흉기는 일반 가정에서 볼 수 있는 식칼인 듯하다는 것이 감식과의 견해였다. 한편 시체에 성범죄의 흔적은 없고 체액도 검출되지 않았다고 한다. 피해자가 반항한 흔적이 없는 것으로 보아 면식범의 소행일 가능성이 높았다.

다음은 피해자의 자택을 조사한 수사원의 보고였다. 한 남자가 일어나 보고를 시작했다.

"피해자는 한 달 전쯤에 무사시다이라시에 전입 신고를 했습니다. 그전에는 나카노구 히가시나카노에 위치한 연립 주택에 살았고요. 이사 온 지 얼마 안 돼서인지 집 안에 소지품은 별로 없었습니다."

히토미의 집에는 최소한의 가구만 있었다고 한다. 짐도 다 풀지 않아 벽 앞에 종이 박스가 쌓여 있기도 했다.

"현재 감식과가 지문 등을 채취하고 있습니다. 동시에 피해자의 스마트폰 포렌식도 진행 중입니다. 이상입니다."

스마트폰은 정보의 보물 창고다. 특히 20대 젊은이에게 SNS는 필수이니 이걸 확인하면 소유자의 인간관계가 명확해진다고 해도 과언이 아니다. 사건 당일의 행동도 메신저 등을 통해 밝혀질 가능성이 있다.

다음으로 앞쪽 간부석의 제일 가장자리에 앉아 있던 빼빼 마른 남자가 일어섰다. 남자가 마이크에 입을 가져다 대고 말했다.

"제4계 오이시입니다. 피해자가 소속된 아이돌 그룹인 주오선 방위대의 사장 겸 매니저라는 남자에게 이야기를 들었습니다."

겐다는 수사원석 제일 뒤편에 앉아 있었다. 옆에서는 후배 마키무라가 열심히 메모를 하고 있다. 간부석과는 거리가 꽤 멀지만 오이시는 겐다를 알아본 모양이었다. 한순간 "어?" 하는 표정을 지었지만 바로 진지한 표정으로 돌아가 보고를 이어 나갔다.

"피해자는 지난주부터 휴식에 들어갔습니다. 정식 발표는 지난주에 했지만 실질적으로 지난달 중순부터 이벤트에 참가하지 않았습니다. 표면적인 이유는 컨디션 난조입니다만, 실은 스토킹에 시달렸다고 합니다. 무사시다이라시로 이사한 것도 스토커에게서 달아나기 위해서였다고 매니저가 증언했습니다."

상당히 유력한 정보라 할 수 있었다. 스토커가 범행을 저질렀을 가능성이 급부상했다.

"피해자를 스토킹한 자의 정체를 시급히 알아내야 한다고 봅니다."

아이돌이었다고 하니 당연히 팬이 있을 것이다. 도가 지나친 팬의 범행일 가능성도 있겠으나 섣부른 판단은 금물이다. 게다가 피해자에게 비공식적인 이성 관계가 있었을지도 모르는 일이었다.

수사원 중 한 명이 수첩을 들고 일어섰다.

"이어서 피해자의 가족 관계에 대해 보고하겠습니다. 오기쿠보 히토미, 본명 바바 히토미는 오타구 가마타 출신입니다. 아버지는 곤도 리이치, 어머니는 아쓰코. 부부는 가마타역 근처에서 음식점을 운영했는데요. 아버지는 피해자가 다섯 살 때 병으로 사망했고, 피해자가 열 살 때 어머니가 가게 단골이었던 바바 야스오와 재혼해 바바로 성이 바뀌었습니다."

피해자는 고등학교 졸업과 동시에 가마타의 본가를 떠나 홀로 자취를 시작했다고 한다. 바바 야스오와 아쓰코 부부는 지금도 가마타에서 음식점을 운영하고 있다.

"피해자는 본가에 거의 들르지 않았는데요. 어머니 아쓰코는 올해 설 연휴에 피해자와 마지막으로 만났다고 합니다. 이상입니다."

수사원이 자리에 앉자 사회자가 회의실을 둘러보며 말했다.

"이어서 지탐반, 보고 부탁드립니다."

지탐반은 사건 현장 인근 지역의 탐문 수사를 맡는다. 이번 수사에서 겐다는 마키무라와 한 팀으로 지탐반에 배치되었다. 일반적으로는 본청(일본 도쿄도를 관할하는 경찰 본부인 경시청을 가리킨다 - 옮긴이)과 관할서 수사원이 한 명씩 팀을 짜지만 인원이 모자라서 이렇게 된 것이다. 지탐반이 순서대로 첫날의 성과를 보고했지만 이렇다 할 만큼 눈에 띄는 내용은 없었다. 사건 현장인 그린 공원은 낮에는 근처 주민들로 붐비지만 밤에는 인적이 드문 곳이다. 가끔 개를 산책시키거나 달리기를 하면서 지나가는 사람은 있지만, 역시나 밤에는 무서워서인지 여자들은 공원에 발을 거의 들이지 않는다고 했다.

지탐반의 보고가 끝나자 내일 이후의 수사 방침이 발표되었다. 피해자의 교우 관계, 특히 스토커의 정체를 밝혀내는 데 주력하고, 현장 주변에서 탐문 수사도 신속하게 진행하기로 했다.

"그럼 해산."

사회자의 말에 수사원들이 삼삼오오 회의실을 나섰다. 겐다도 자리에서 일어나려는데 위에서 "오랜만이네." 하는 소리가 들렸다. 고개를 들자 아까 눈이 마주쳤던 본청 수사 1과 제4계 오이시 형사가 서 있었다.

"오랜만입니다, 계장님."

"건강해 보이는군, 겐 씨."

겐다는 3년 전까지 본청 수사 1과에 있었다. 그때 오이시에게 여러모로 신세를 졌다. 오이시는 두 기수 선배로 후배를 잘 챙긴다.

"그냥 그렇죠, 뭐. 계장님이야말로 신수가 훤하십니다."

"딱히 그렇지도 않아. 이래 보여도 여기저기 고장이 났다고."

이번 사건을 담당한 건 제4계다. 수사본부 상석에 수사 1과의 관리관(각 과의 관리직으로서 과장, 이사관에 이어 세 번째로 높은 직위이며 보통 서너 개의 계를 총괄한다 - 옮긴이)과 무사시다이라서 서장 등이 자리한다고는 하나, 실질적인 현장 책임자는 오이시였다.

"겐 씨에게 부탁할 일이 있어. 무사시다이라 시청에 좀 다녀와 줘."

"시청에요? 무슨 일로요?"

"가나가와에서 있었던 사건 기억하지?"

"아, 5년 전이었던가요."

가나가와현의 한 시에서 스토킹 살인 사건이 발생했었다. 30대 여자가 살해되고 범인도 자살해서 뒷맛이 좋지 않았다. 사람들의 관심이 집중된 사건이라 당시 겐다는 언론 보도를 자주 확인했다.

"만약을 위해 관공서를 확인해 두는 편이 좋겠다는 의견이 나와서."

살인을 저지르기 전에 그 가해자는 거듭된 스토킹 행위로 징역형 집행 유예를 선고받은 상태였기 때문에 피해자의 주소를 알 수 없었다. 그러자 가해자는 탐정 사무소에 의뢰를 했다. 의뢰를 받은 탐정 사무소가 다시 다른 조사 회사에 의뢰를 했고, 그 조사 회사가 시청에 전화를 걸어 피해자의 주소를 입수한 것으로 밝혀졌다.

"어디까지나 가능성 중 하나야." 오이시가 설명을 이어 갔다. "피해자인 지하 아이돌은 여기 이사 온 지 얼마 안 됐어. 스토커에게서 도망쳤다면 세심한 주의를 기울여 이사를 했을 거야. 그렇다면 범인이 주소를 어떻게 알아냈을까? 아마 관공서에 문의했을 가능성도 없진 않겠지."

"알겠습니다. 시청에 문의해 보면 되는 거죠?"

"이런 일을 겐 씨에게 부탁하려니 미안하지만, 아무래도 관할서가 나서야 원활할 것 같아서. 잘 부탁해."

오이시는 겐다의 어깨를 도닥이고는 간부석 쪽으로 걸어 갔다. 겐다는 뒤에 서 있던 마키무라에게 말했다.

"이야기 들었지? 내일 아침에 시청에다 전화해 봐. 가능하면 담당자를 직접 만나서 이야기하고 싶으니 약속 좀 잡아 주고."

"알겠습니다."

겐다는 수사본부에 설치된 회의실을 나왔다. 저녁 7시 반이 다 된 시간이지만 탐문 수사는 계속된다. 특히 이번 사건은 저녁 8시에서 10시 사이에 벌어진 것으로 추정되므로 이 시간대 현장 주변의 동향이 중요하다.

겐다는 마키무라와 함께 엘리베이터를 탔다.

＊

"젠장, 왜 이런 일이 벌어진 거야."

구마다가 생맥주를 마시고 테이블에 잔을 거칠게 내려놓았다. 호시야는 나카노의 술집 칠복신에 와 있었다. 세무사 다와다와 법률 사무원 미나미노도 있다. 오기쿠보 히토미가 사망했다는 소식을 듣고 급히 모인 것이다. 호시야를 포함한 넷 다 안색이 좋지 않은 데에다 분위기도 툭하면 어두워졌다. 당연하다. 히토미가 죽었으니까. 심지어 살해당했다.

"절대로 용서 못해. 히토밍을 죽인 놈을 절대 용서하지 않을 거야."

월요일 밤이다. 술집은 퇴근길에 한잔하는 회사원들로 붐볐다. 인터넷에 사건 관련 기사가 올라오고 텔레비전에서도 보도되었지만, 주오선 방위대의 인지도가 낮은 탓인지 호시야가 생각했던 것보다 큰 주목은 받지 못했다.

"빌어먹을, 왜 죽은 거야, 히토밍."

구마다가 한탄했다. 나머지 세 명은 아무 말도 하지 않았다. 옆자리에서 떠드는 손님의 목소리가 몹시 귀에 거슬렸다.

호시야 씨, 시간 있어?

히토미가 트위터에서 보낸 DM을 수없이 보고 또 보았다. 지난주 목요일 자정이 지났을 무렵에 온 메시지. 일개 팬에게 상담을 요청할 만큼 히토미가 절박한 상황에 몰렸다는 건 틀림없는 사실이다. 실제로도 살해당했으니까.

호시야는 이 메시지에 대해 세 사람에게 털어놓을 용기가 없었다. 지난주에 바로 운영진한테 알리는 등의 어떤 행동에 나섰다면 히토미의 인생은 바뀌었을지도 모른다. 어찌 보면 히토미의 죽음에 호시야도 일부 책임이 있는 셈이었다. 그걸 알면 이 셋은 어떤 시선을 보낼까. 구마다는 욕을 퍼부을 가능성도 있다. 이런 생각이 들자 두려워서 그 메시지에 대해 도저히 털어놓을 수가 없었다.

"난노 씨, 말 좀 해 봐. 이제부터 어떻게 되는 거야? 경찰이 히토밍을 죽인 범인을 체포할 수 있을까?"

구마다의 질문에 미나미노는 고개를 들고 우롱차 잔을 테이블에 내려놓았다. 구마다 말고는 전부 소프트드링크를 마시고 있다. 지금은 술을 마실 기분이 아니다.

"이런 살인 사건이 발생하면 관할 경찰서에 수사본부가 설치되고 수사원들이 범인을 찾아. 경찰이 바보는 아니야. 열심히 수사하겠지."

"반드시 붙잡겠지?"

"그건 모르지. 일본에서 살인이나 강도 같은 강력 범죄 검거율은 50에서 80퍼센트 사이를 왔다 갔다 한다고 해. 하지만……."

"검거율이 그렇게 낮아?" 구마다가 말허리를 끊었다. "가령 70퍼센트라고 해도 나머지 30퍼센트는 못 잡는다는 소리잖아."

"구마, 진정해. 난노 말 좀 다 들어 보자."

다와다가 타이르자 구마다는 고개를 살짝 숙였다. "미안해, 난노 씨."

"괜찮아. 검거율 이야기가 나왔으니 말인데, 범죄 전체의 검거율은 30퍼센트 정도야. 너무 낮아서 놀랐지?"

일본은 치안이 좋다고 믿어 의심치 않았다. 하지만 범죄 검거율이 30퍼센트라면 안이하게 치안이 좋다고 말할 수 없을 것 같았다. 미나미노가 설명을 계속했다.

"발생한 모든 범죄가 대상이니까 자전거 절도 같은 것도 포함되지. 근데 자전거 절도범은 잘 안 잡혀. 그래서 검거율이 낮아지는 거야. 아까 이야기로 다시 돌아가면, 강력 범죄 검거율은 전체에 비해 높아서 50에서 80퍼센트 정도야. 하지만 살인으로 한정하면 검거율이 100퍼센트에 가까운 해도 있어. 살인은 증거가 남기 쉽고 범행 동기로도 범인을 지목할 수 있는 경우가 많거든."

살인. 사람을 죽이는 것이 얼마나 중대한 범죄인지 호시야는 진지하게 생각해 본 적이 없었다. 어지간한 원한 없이는 남을 죽이려고 마음먹지 않을 테고, 일단 살인을 저지르는 게 어디 쉬운 일인가. 호시야도 형사 드라마 정도는 본 적이 있다. 요즘은 머리카락 한 올로 DNA를 확인할 수 있는 시대다. 과학 수사도 진보했으니 옛날처럼 증거를 놓치는 일이 많지는 않으리라.

"지금은 경찰 수사에 기대를 걸어 보는 수밖에 없어. 일본 경찰은 우수해. 분명 히토밍을 죽인 범인을 찾아낼 거야. 그렇게 믿고 기다리는 수밖에."

미나미노의 말은 지극히 타당했지만 호시야의 마음을 편하게 해 주지는 못했다. 그만큼 상실감이 컸다. 가슴에 구멍이 뻥 뚫린 것 같다는 심정이 바로 이런 게 아닐까 싶었다.

호시야는 히토미와 여러 번 이야기를 나누었다. 정기 라이브 공연이 끝나고 체키를 찍을 때면 반드시 대화를 나누었다. 오늘 어떤 곡이 좋았다는 둥 헤어스타일이 바뀌었다는 둥 라이브 무대만 화제로 삼은 것이 아니라, 호시야가 편의점에서 일한다는 사실을 히토미도 알고 있었으므로 신상 디저트에 대해서도 이야기했다. 호시야가 추천한 신상품을 먹어 보고 히토미가 감상을 들려준 적도 있었다. 호시야는 자신과 히토미가 단순한 아이돌과 팬의 관계는 아니었다고 생각한다.

나머지 세 사람도 마찬가지일 것이다. 의심할 여지 없이 셋 다 히토미의 열렬한 팬으로서 저마다 다른 추억을 가슴에 품고 깊은 슬픔에 잠겨 있다.

"우린 히토밍에 대해 아무것도 몰랐나 봐."

구마다가 마음속 깊이 사무치는 표정으로 말했다. 그의 기분이 십분 이해된다. 거주지만 해도 그렇다. 호시야는 히토미가 무사시다이라시에 살았다는 걸 몰랐다. 그녀가 히가시나카노에 사는 줄로만 알았다.

전부 다 안다고 생각했지만 실은 아무것도 몰랐다는 걸 깨달은 순간 호시야는 정신이 번쩍 들었다. 히토미가 출연한 공연은 거의 다 보러 갔었고 트위터도 부지런히 확인했다. 그렇지만 호시야가 알고 있었던 건 오기쿠보 히토미라는 지하 아이돌의 겉모습뿐이었고, 바바 히토미라는 본체에 관해서는 전혀 몰랐다. 오기쿠보 히토미가, 아니 바바 히토미가 누군가에게 살해당할 만큼 위태로운 상황에 몰려 있었건만 그 사실을 까맣게 몰랐다는 게 너무나 속상했다.

"다들 주목." 다와다가 스마트폰을 들고 말했다. "인터넷에 새로운 기사가 올라왔으니 확인해 봐. 히토밍이 스토킹을 당했던 모양이야."

"정말이에요, 선생님?"

구마다와 미나미노가 일제히 스마트폰을 집었다. 인터넷에 바로 기사가 떠서 호시야도 어렵지 않게 기사를 찾을 수 있었다.

'3일 밤, 무사시다이라시에서 시체로 발견된 지하 아이돌 오기쿠보 히토미(본명 바바 히토미) 씨가 생전에 스토킹을 당했다는 사실이 경찰 관계자를 취재한 결과 밝혀졌다. 경찰은 히토미 씨의 스토커가 범행에 관여했을 가능성이 높다고 보고 수사를 진행 중이라고 한다.'

"이거였구나." 구마다가 신음하듯 말했다. "갑자기 휴식에 들어가다니 이상하다 싶었어. 이게 이유였던 거야. 스토킹을 당해서 정신이 피폐해진 거라고. 히토밍이 최근에 살이 쏙 빠졌었잖아. 본인은 더위를 먹었다고 했지만 그런 게 아니었어."

이제야 이해가 갔다. 히토미의 휴식 발표는 너무나 뜬금없었기에 다른 이유가 있는 것 아니냐고 추측하는 팬들도 있었다. 기간은 확실하지 않지만 스토킹이 히토밍의 정신을 좀먹었던 게 분명하다. 그러다 마침내 한계에 달해 휴식을 택한 것이다. 운영진과 상담한 끝에 괴롭지만 그런 결단을 내린 것이 틀림없다.

화가 나서 미칠 것 같았다. 아이돌을 맹목적으로 응원하는 심정을 호시야도 모르는 바는 아니나 넘지 말아야 할 선이란 게 있는 법이다. 미행해서 집을 알아내거나 우편함을 훔쳐보거나 초인종을 누르거나, 하면 팬으로서 실격이다. 하지만…….

그 기분은 안다. 이해가 간다. 여기 모인 네 명 모두 비슷한 망상을 해 본 적이 있을 터다. 히토미에 대해 좀 더 알고 싶다. 히토미와 좀 더 친해지고 싶다. 가능하면 사적으로도 친해져서 잘만 되면……. 아이돌 팬이라면 누구나 반드시 머릿속에 그려 보는 망상이고, 이런 유의 망상이야말로 아이돌 오타쿠의 특기이자 원동력이라고 해도 과언이 아니다.

"용서 못해."

구마다가 맥주를 들이켜고 빈 잔을 테이블에 쾅 내려놓았다. 구마다는 잔뜩 취해서 눈이 완전히 풀려 버렸다. 오늘 밤에도 구마다를 집까지 바래다주어야 할 듯싶다.

"좀 들어 봐."

미나미노가 입을 열었다. 아주 진지한 표정이라 호시야는 자기도 모르게 자세를 바로 했다.

"이 기사가 정말이라면 범인은 히토밍의 스토커일지도 몰라. 어쩌면 스토커는 우리 같은 열성 팬일 수도 있잖아. 그럼 히토밍의 팬을 대상으로 수사를 펼칠 가능성도 있다는 얘기겠지."

"잠깐만, 난노 씨. 경찰이 우리를 의심한다는 거야?"

구마다가 미나미노에게 날카로운 시선을 던졌다. 미나미노는 그 시선을 정면으로 받으며 대답했다.

"그래. 내가 수사본부의 책임자라면 히토밍 주변에 의심스러운 용의자가 없을 경우에는 팬에게 시선을 돌릴 거야. 우리는 전부 팬클럽에 가입했으니까 이름이고 주소고 운영진이 전부 파악하고 있어. 그걸 토대로 경찰이 찾아올 수도 있겠지. 그러니 알리바이 정도는 알아서 미리 확인해 두는 편이 좋을 거야."

"그럼 난 괜찮겠네." 구마다가 가슴을 폈다. "일요일 밤에는 여기서 일했으니까. 히토밍이 살해…… 아니, 그렇게 된 건 밤이잖아. 적어도 난 가게에 있었어. 다른 종업원이 증언해 줄 거야."

정확한 사망 추정 시각은 아직 발표되지 않았는지 인터넷 뉴스를 뒤져 보아도 알 수 없었다. 어젯밤이라는 것만 확실했다. 어제 호시야는 평소처럼 편의점에서 아르바이트를 하고 오후 5시가 지나서 귀가했다. 그리고 다음 날 아침까지 방에서 한 발짝도 나가지 않았다. 다만 혼자 살아서 그 사실을 증언해 줄 사람은 없다.

식은땀이 났다. 호시야에게는 알리바이를 입증할 만한 거리가 없다. 목이 타서 우롱차를 한 모금 마셨다. 구마다가 세 사람의 얼굴을 둘러보며 물었다.

"나머지는 어때? 홋시, 어젯밤의 알리바이를 증명해 줄 사람은 있어?"

"그게…… 없어."

기어드는 목소리로 대답하자 대각선 앞쪽에 앉은 다와다가 말했다.

"나도, 홋시. 어젯밤에 집에서 혼자 텔레비전을 봤거든. '여자 성주 나오토라'의 내용은 기억하지만 이런 건 전혀 도움이 안 되겠지, 난노?"

다와다의 질문에 미나미노가 대답했다.

"그렇죠. 실은 저도 알리바이가 딱히 없어요. 저 역시 집에 혼자 있었거든요. 하지만 알리바이가 없다고 해서 경찰이 무턱대고 의심하진 않을 거예요. 혹시 조사를 받게 되면 섣부른 거짓말은 하지 않아야겠죠.”

넷 중 셋이 알리바이가 없다. 네 명 다 독신에 혼자 살아서 예상된 결과였다. 하기야 기혼자가 이렇게까지 지하 아이돌에 시간과 돈을 쏟아부을 수는 없다. 시간과 지갑에 여유가 없다면 아이돌 팬질은 못한다.

“훗시, 괜찮아? 안색이 안 좋아 보여.”

“응. 괜찮아.”

나는……. 호시야는 마른침을 삼켰다. 그는 트위터에서 히토미와 DM을 주고받았다. 경찰이 이 사실을 알아내면 필시 수사선상에 오르리라.

✳

유미는 지칠 줄 모르고 스마트폰을 들여다보았다. 2시간도 넘게 오기쿠보 히토미의 사건 속보를 검색하는 중이다. 같은 기사를 몇 번이나 다시 읽고 또 검색한다. 지금 이 순간에도 어떤 기자가 인터넷에 새로운 속보를 올릴지 모른다. 그렇게 생각하자 검색하는 손을 멈출 수 없었다.

컴퓨터로는 트위터에 들어가 오기쿠보 히토미라는 단어로 알림을 설정해 두었다. 근 30초에 한 번꼴로 트윗이 떴지만 대부분은 오기쿠보 히토미의 죽음을 애도하는 팬의 목소리였다.

밤 11시가 지났다. 지금으로부터 1시간 전쯤 오기쿠보 히토미에 관한 트윗 수가 현저하게 늘어났다. 인터넷에 올라온 기사 때문인 듯했다. 기사에는, 오기쿠보 히토미가 스토킹을 당했으며 그 스토커가 범행에 관여했을 가능성이 높다고 적혀 있었다. 기사에 반응한 사람들이 트위터에 글을 쓴 결과, 오기쿠보 히토미가 화제에 오른 것이다.

기사의 댓글칸에 따르면, 지난주 수요일에 주오선 방위대의 정기 라이브 공연이 열렸을 때 오기쿠보 히토미가 휴식에 들어간다는 소식이 발표되었다고 한다. 운영진은 컨디션 난조가 원인이라고 했지만, 실은 스토킹에 시달려 정신적 스트레스가 심했던 탓 아니겠냐는 것이 팬들의 추측이다.

인터넷에 올라온 기사보다 댓글칸에서 더 많은 정보를 얻을 수 있는 시대다. 오기쿠보 히토미가 스토커를 피하기 위해 최근에 무사시다이라시로 이사했다는 댓글도 있었다. 분명 오기쿠보 히토미를 아는 팬이 남긴 것 같다. 유미 또한 그 댓글이 사실임을 알고 있다. 오기쿠보 히토미는 분명 한 달 전에 무사시다이라시로 전입했다. 유미 본인이 시청의 시스템으로 확인했으니 틀림없다.

금요일 점심시간에 온 전화가 떠올랐다. 연령대가 불확실한 남자였다. 남자는 히토미의 행방을 찾는다면서 무사시다이라시로 이사했을 가능성이 있다고 했다. 히토미의 남자 친구라고 주장했지만 과연 진짜일지는 의심스럽다. 문제는 그 남자가 오기쿠보 히토미 살인 사건에 관여했는지다.

만약 그렇다면 나는 범죄, 그것도 살인 사건에 협력한 셈이다. 나 때문에 오기쿠보 히토미가 살해당한 것이다.

너무 두려웠다. 자신이 살인 사건의 공범자일지도 모른다는 생각에 덜컥 겁이 났다. 동시에 걷잡을 수 없는 후회에 사로잡혔다. 그때 대응을 제대로 하긴 한 건가. 전화를 아예 받지 말았어야 했다. 물론 때늦은 후회였다. 오기쿠보 히토미가 죽은 건 돌이킬 수 없는 현실이다.

지하 아이돌. 이것이 사망한 오기쿠보 히토미의 직업이다. 보통 방송에 출연하는 아이돌과 달리 지하 아이돌은 라이브 하우스 활동에 중점을 두는 듯했다. 유미는 주오선 방위대라는 그룹의 존재조차 알지 못했다.

인터넷에는 주오선 방위대의 뮤직 클립이 없었다. 그도 그럴 것이 주오선 방위대가 정식으로 앨범을 발매한 적이 없기 때문인데, 유미는 그 사실을 방금에야 알았다. 자체 제작한 CD를 라이브 공연장에서 구입할 수 있지만 일반적으로 유통하지는 않았다고 한다. 주오선 방위대의 모습은 동영상 사이트에 올라온 이벤트 영상 속에서 유일하게 확인할 수 있었다. 누군가 몰래 촬영해서 올린 동영상으로, 쇼핑몰에 설치된 것 같아 보이는 특설 무대에서 베이지색 옷을 입은 다섯 명의 여자들이 춤을 추고 있었다. 유미는 누가 오기쿠보 히토미인지 알아보지 못했다. 그보다는 똑바로 보지 못했다고 하는 편이 맞겠다.

계단을 올라오는 발소리가 들렸다. 문을 두드리는 소리가 나고, 평소 같으면 이미 잠들었을 어머니가 말을 걸었다.

"유미? 몸은 좀 어떠니?"

입맛이 없다. 아직 씻지도 않았다. 몸이 안 좋다고 말했으므로 어머니가 걱정이 되어 올라온 것이다.

"괜찮아. 이제 씻을 거야."

"무리하지 말고 얼른 자. 엄마도 잘게."

발소리가 멀어졌다. 스마트폰 메신저에 메시지가 들어왔다. 남자 친구 기쿠치 나오야였다. 다음 주 금요일에 그 사람의 집에 가기로 약속했다. 그의 부모님에게 인사하기 위해서다. 원래 같으면 뭘 입고 갈지, 어떻게 자기소개를 할지 걱정하겠지만 지금은 도저히 그럴 상황이 아니다.

'아버지가 다음 주 금요일에 근처 초밥집을 예약했대.'

유미는 수신된 메시지를 읽고 뭐라고 답할까 망설였다. 초밥을 싫어하지는 않지만 지금은 전혀 당기지 않았다. 유미는 기뻐하는 곰 모양 이모티콘을 보내고 나서 다시 검색을 시작했다.

＊

　전날 아무리 늦게 들어오더라도 아침은 반드시 차려 먹는다. 이는 겐다가 스스로에게 부여한 규칙이었다.

　초반에는 익숙지 않은 요리를 하느라 힘들었지만 지금은 완전히 숙달되었다. 오늘 아침은 밥, 된장국, 연어 구이, 달걀말이다. 그야말로 가정식의 정석이다. 달걀말이의 모양이 다소 볼품없기는 하지만 맛에는 별 차이가 없다. 겐다는 앞치마를 벗으며 계단 아래에서 소리쳤다.

　"다카시, 밥 먹어라."

　겐다는 부엌으로 돌아와 밥을 푸고 된장국을 떴다. 아들 다카시는 그제야 1층 거실에 얼굴을 내밀었다. 머리에 까치집이 지어져 있었다. 다카시는 나지막이 "잘 먹겠습니다." 하고는 밥을 먹기 시작했다. 다카시는 올해 열일곱 살, 고등학교 2학년이다.

　아내와는 3년 전에 이혼했다. 당시 겐다는 수사 1과 소속으로, 경시청 기숙사에서 가족과 함께 살았다. 어느 날 기숙사 근처에서 탐문 수사를 하다가 점심을 먹으려고 집에 갔는데, 바깥 복도에서 웬 남자와 마주쳤다. 남자는 시선을 피하며 도망치듯 엘리베이터에 올라탔다. 집에 들어서자 아내가 화들짝 놀란 듯 겐다를 맞이했다. 머리가 좀 헝클어진 것 같기도 했다.

겐다는 아내를 다그쳤다. 아내는 바로 실토했다. 형사를 상대로 버텨 본들 소용없다고 생각했는지도 모른다. 상대는 고등학교 동창이란다. 동창회에서 재회해 눈이 맞았다는 익숙한 레퍼토리였다. 겐다는 부정을 저지른 아내를 용서할 수 있을 만큼 관대하지 못했다. 그들은 2주 후에 이혼 서류에 도장을 찍었다.

다카시는 겐다가 키우기로 했다. 전처가 상간남과 살림을 차릴 태세라, 그렇다면 아이는 본인이 키우겠다고 했다. 문제는, 수사 1과의 일이 고되다 보니 다카시를 위해 충분한 시간을 낼 수 없다는 것이었다. 인사과에서도 이런 그의 사정을 배려해 준 건지 그다음번 정기 인사 이동 때 겐다를 무사시다이라서로 이동시켜 주었다.

이 집은 셋집이다. 다만 건축 연수가 얼마 되지 않아서 부엌 같은 데는 비교적 새것이다. 이 집으로 이사를 왔을 때 아침만은 반드시 차려 먹자고 맹세했다. 아직까지 그 맹세가 깨어지지 않았다고 하면 좋겠지만, 휴일 아침은 사 온 빵으로 때우기도 한다.

"낫토 먹을래?"

"아니. 후리카케(김, 참깨, 가다랑어포, 소금 등의 재료를 혼합해 만든 가루로 밥에 뿌려서 먹는다 - 옮긴이) 있잖아."

다카시는 그렇게 말하고 후리카케를 밥 위에 뿌렸다. 아들은 된장국 사발 옆에 스마트폰을 놓아두고 밥을 먹을 때도 화면에서 눈을 떼려 하지 않는다. 처음에는 야단도 쳐 보았지만 이제는 못 본 척 넘어간다. 요즘 애들은 다 이런 모양이다.

"아빠 당분간 늦게 들어올 거야. 저녁밥 좀 부탁해."

"알았어."

이혼하기 전에는 다카시와 대화를 많이 하지 않았다. 그러다 단둘이 살게 되고 나서야 마주 보고 이야기를 나누게 되었다. 하지만 남자끼리의 대화는 그렇게 길지 않다.

다카시는 중학생 때 육상을 했는데 특히 장거리가 빨랐다. 그러나 고등학교에 들어간 후로 동아리 활동은 하지 않는다. 중학생이라는 예민한 시기에 부모가 이혼하고 전학을 가게 되자 다카시도 나름대로 생각한 바가 있었던 모양이다. 그래도 요즘은 어울리는 친구가 생겼는지 늦게 들어오기도 한다. 그런 점에서는 겐다도 조금 안심했다.

"잘 먹었습니다."

다카시는 일어나서 빈 그릇을 싱크대에 가져다 놓은 후 스마트폰을 들고 욕실로 향했다. 지금은 오전 7시 반이다. 다카시가 8시에 먼저 집을 나서고 잠시 뒤에 겐다가 출근하는 것이 이들의 일상이었다.

겐다는 차를 마시며 조간신문을 보았다. 1면은 국회 관련 기사였다. 사회면에는 역시 오기쿠보 히토미 살인 사건의 속보가 실렸다. 스토커의 범행일 가능성을 언급하는 기사였다.

오늘은 무사시다이라 시청에 갈 예정이다. 피해자의 주민 정보가 유출되었는지 확인하기 위해서다. 시청 앞에서 만나는 편이 빠를지도 모르겠다는 생각에, 겐다는 스마트폰을 집어 들고 후배인 마키무라의 번호를 찾았다.

오전 9시가 지났을 무렵, 겐다는 무사시다이라 시청 3층의 회의실에 있었다. 시청 쪽 출석자는 모두 네 명이었다. 기획 경영부장, 전산 시스템과장, 전산 시스템 관리계장과 그의 부하 직원이었다.

"그래서 만약을 위해 이렇게 찾아뵌 겁니다."

마키무라가 설명을 마쳤다. 넷 다 언론을 통해 사건에 대해서 익히 들었던 모양이다. 전산 시스템 관리계장이 대표로 물었다.

"그러니까 형사님들은 저희 직원이 범인한테 바바 히토미 씨랬나, 아무튼 그분의 개인 정보를 유출했다고 생각하시는 거로군요."

"꼭 그렇다기보다는요." 하며 마키무라가 말을 이어 갔다. "어디까지나 그럴 가능성도 있다고 보는 것뿐입니다. 그나저나 이 경우, 직원이 바바 히토미의 개인 정보를 조사했는지 알아낼 수 있는 겁니까?"

네 사람은 서로를 번갈아 보았다.

겐다는 사건 보고서를 작성할 때 사용하는 것 말고는 컴퓨터에 해박하지 못하므로 얼른 덧붙였다.

"죄송합니다만, 컴퓨터랑 네트워크라고 하나요. 제가 이런 건 잘 몰라서요. 최대한 알기 쉽게 설명해 주시면 감사하겠습니다."

"알겠습니다. 그럼 기쿠치 주무관이 설명해 드려."

기쿠치라는 직원이 등을 쭉 폈다. 네 사람 중에서 유독 젊어 보였다. 아마도 20대 후반 정도가 아닐까 싶었다. 야외 활동을 좋아하는지 피부가 보기 좋게 그을려 있었다.

"전산 시스템과의 기쿠치입니다. 시청에서 이용하는 기간 시스템은 주민 정보는 물론, 세금 및 복지 관련 정보와도 연동되며 등록된 직원은 누구나 열람이 가능합니다. 내부 직원들은 편하게 시스템이라고 불러요."

대충 감은 잡혔다. 흡사 주민 하나에 다양한 정보가 주렁주렁 매달려 있는 느낌이리라. 생년월일과 주소뿐만 아니라 그 사람이 세금을 얼마나 냈고 또 미납분은 얼마나 되는지도 단번에 파악할 수 있을 것이다.

"관계 부서에 근무하는 정직원, 임시 직원, 촉탁 직원이 등록돼 있습니다. 연초에 등록한 사람만 시스템에 접속할 수 있는 방식이고요."

"시스템에 접속할 수 있는 직원은 얼마나 됩니까?"

마키무라의 질문에 기쿠치라는 직원이 대답했다.

"250명 정도 되려나요. 전 직원의 4분의 1 정도입니다. 그리고 형사님이 물어보신 부분이요. 결론부터 말씀드리면, 가능합니다. 해당 정보를 열람한 사람, 정확히 말하면 컴퓨터를 알아낼 수 있거든요. 어느 컴퓨터에서 접속했는지 시간도 알아낼 수 있어요. 이건 벤더 쪽 업무일 테지만요."

벤더란 판매 공급원을 의미하는 말인 듯하다. 무사시다이라시에서 사용하는 시스템은 대형 컴퓨터 기기 제조사가 개발한 소프트웨어이고, 관련 자회사가 벤더로서 시스템 관리를 맡는다고 한다. 시스템 장애 같은 문제가 발생했을 때 시청 담당자가 벤더인 자회사에 연락해 시스템 복구를 의뢰한다는 이야기였다.

"그럼." 겐다가 헛기침을 하고 말을 이었다. "정식으로 의뢰하겠습니다. 해당자의 이름은 바바 히토미. 현재 주소는 무사시다이라시 나카마치 5번지 3-7, 어반하이츠 나카마치 202호. 바바 히토미의 주민 정보를 열람한 직원의 기록을 제공해 주셨으면 합니다."

"기간은요? 최근에 열람 횟수가 늘었을 텐데요."

기쿠치의 말에 겐다는 생각에 잠겼다. 직원도 인간이다. 사건이 발생했음을 알고 최근에 검색한 사람도 많으리라. 그렇다면 사건이 발생하기 이전으로 범위를 좁히는 편이 나을지도 모른다.

"바바 히토미가 이쪽으로 이사 온 날짜부터 9월 3일 일요일 이전까지로 부탁드립니다. 되도록 빨리요."

"알겠습니다. 그것도 벤더 측에 전달할게요."

기쿠치가 그렇게 말하며 수첩에 메모를 했다. 다른 세 사람은 그저 이야기만 듣고 있었다. 이들은 직함만 높을 뿐 실무에는 어두운지도 모른다. 뭐, 경찰 조직도 이와 크게 다르지 않다.

"저기, 기쿠치 씨." 마키무라가 말을 꺼냈다. "좀 궁금한 게 있는데요. 방금 정보를 열람한 컴퓨터를 알아낼 수 있다고 말씀하셨는데, 누가 열람했는지는 모르는 건가요?"

"그걸 설명하려면 좀 복잡한데요. 시스템을 사용하려면 개인 ID와 비밀번호가 필요합니다. 시스템이 설치된 컴퓨터가 있다고 치죠. 그 시스템을 사용하기 위해서는 개인 ID와 비밀번호 입력이 필수예요. 그러니 어느 컴퓨터에서 누구의 ID로 접속했는지는 파악할 수 있어요. 그렇지만 실제로 누가 열람했는지를 따지려면 이야기가 좀 달라진다고 할까……."

언뜻 이해가 갔다. 시스템을 열어 둔 채 자리를 비웠을 경우, 다른 사람이 손을 댈 가능성이 있다는 뜻이다. 하지만 이런 것까지 고려하면 경우의 수가 한없이 늘어날 듯싶었다.

겐다와 마키무라는 신속한 조사를 당부한 후 회의실을 빠져나왔다. 엘리베이터를 타고 1층으로 내려갔다. 비교적 새 건물인 듯 1층도 탁 트인 구조다. 같은 관공서이지만 노후화가 진행된 무사시다이라서와는 하늘과 땅 차이다.

1층은 시민들로 붐볐다. 완장을 찬 안내 담당자들이 돌아다니는 모습이 보였다. 관청은 개방적이다. 누구에게나 열려 있어 입장에 제한이 없다. 시민이든 아니든 모두가 안에 출입할 수 있다. 설령 범죄자라도 마찬가지다.

"선배님, 일단 서로 갈까요?"

"그러지."

청사 앞 로터리의 버스 정류장에서 몇몇이 벤치에 앉아 버스를 기다리고 있었다. 오늘은 온종일 탐문 수사를 할 예정이다. 햇살이 강한 걸 보니 날이 더울 것 같았다.

✳

"유미 씨, 괜히 무리할 것 없어. 몸이 안 좋으면 하루쯤 쉬어도 되는데."

구리야마 계장의 말에 유미는 애매하게 웃었다.

"괜찮아요. 감사합니다."

유미는 오전 근무를 쉬었다. 아침에 눈을 떴는데 머리가 깨질 듯이 아파서 몸을 일으키기 힘들었다. 간밤에 스마트폰을 계속 붙들고 있었던 탓인지도 모른다. 두통약을 먹고 나니 좀 나아져서 오후에는 출근을 했다.

수납과는 여느 때와 다름없이 시끌벅적하다. 1층은 수많은 시민들이 방문하는 곳이라 늘 어딘가에서 이야기하는 소리가 들린다. 가끔 다른 과에 볼일이 있어서 다른 층에 가기도 하는데, 1층과 달리 물을 끼얹은 듯 아주 고요한 층도 있다. 시장실과 비서과가 있는 3층은 특히 조용해서 복도를 걸어가는 발소리가 들릴 정도다.

오후 4시가 다 되었을 즈음이었다. 수납과에 직원 두 명이 들어왔다. 그중 한 명은 유미의 남자 친구인 기쿠치 나오야였다. 다른 사람은 이름은 모르지만 나오야의 직속 상사인 계장인 듯했다.

두 사람은 그대로 과장에게 다가갔다. 과장의 자리는 창구에서 가장 멀리 떨어진 1층 제일 안쪽이다.

두 사람은 과장과 이야기를 나누었다. 유미는 컴퓨터 화면을 보면서 과장 쪽에 의식을 집중했다. 전산 시스템과가 수납과에 무슨 용건으로 온 건지 너무 궁금했다. 혹시 그 사건과 관련된 건 아닐까. 그렇다면 나는……

셋이서 불과 5분 정도 이야기를 나누었음에도 유미에게는 그 시간이 몹시 길게 느껴졌다. 과장이 일어서서 과원들의 자리 쪽으로 왔다. 그러고는 수납계에 있는 한 여직원에게 말을 걸었다.

"엔도 씨, 잠깐 시간 괜찮아?"

"네."

엔도 아키는 수납계의 임시 직원이다. 나이는 23세. 공무원을 지망했지만 작년에 시험에 떨어져 시험공부를 하며 임시 직원으로서 경험을 쌓고 있다. 올해는 1차 시험에 무사히 합격했고 2차 시험을 준비 중이라고 들었다. 과장이 아키에게 뭔가 말하자 아키는 약간 당황한 듯한 얼굴로 일어섰다. 전산 시스템과 직원 두 명을 포함한 넷은 통로로 나가서 회의실로 들어갔다.

나오야가 시스템 관리 및 운용에 관련된 일을 한다는 건 유미도 안다. 시스템 버전 업그레이드 등의 작업이 있으면 입회를 해야 해서 휴일 출근도 잦았다. 4년 전 현재의 시스템이 도입되었을 때, 전산 시스템과에 막 배치된 나오야는 매일같이 야근을 했다고 한다. 온갖 테스트 끝에 시스템을 도입하더라도 실제로 운용해 본 다음에 판명되는 문제가 수두룩하기 때문이다.

"방금 과장님하고 나간 남자가 부시장님 아들이잖아."

구리야마 계장이 누구에게랄 것도 없이 말했다. 나오야를 가리키며 하는 말이었다. 유미 옆자리의 나가노 미나가 대답했다.

"맞아요. 기쿠치 주무관이요."

"상당한 미남이네. 아버님한테서 술을 몇 번 얻어먹었지. 옛날 일이긴 하지만."

나오야와 공개 연애를 하지는 않았지만 딱히 비밀도 아니었다. 사내 연애이니까 들켜도 어쩔 수 없다는 생각은 가지고 있었다. 사귄 지 1년 반이 지났음에도 예상 외로 주변에 많이 알려지지 않았다. 수납과에서도 젊은 남직원 몇몇만 알고 있는 정도다.

유미는 과장을 비롯한 네 사람이 들어간 회의실 문을 힐끗 보았다. 그들은 좀처럼 나오지 않았다. 출납실에 가야 할 용무가 있어 유미는 서류를 들고 일어섰다. 출납실에서 돌아온 후에도 회의실 문은 여전히 닫혀 있었다. 또 기다리기를 10분. 드디어 회의실 문이 열리고 사람들이 나왔다.

임시 직원 엔도 아키의 표정이 마음에 걸렸다. 눈물을 글썽이는 것 같기도 했고, 그런 아키를 격려하듯 과장이 웃으며 뭐라고 말하는 모습도 보였다. 전산 시스템과의 두 사람은 그대로 통로를 빠져나갔다. 수납과로 돌아온 아키가 자리에 앉았다. 주변 사람들이 걱정스럽게 말을 걸었지만 아키는 아무 대답 없이 컴퓨터 화면만 응시했다. 대체 회의실에서 무슨 말을 들은 걸까.

아키가 손수건을 들고 일어섰다. 통로로 나간 아키는 화장실 쪽으로 걸어갔다. 유미는 아키를 쫓아가서 무슨 일이 있는지 캐묻고 싶은 마음을 애써 억눌렀다.

전화는 연결되지 않았다. 저녁 7시가 지났다. 평소 같으면 나오야가 벌써 귀가했을 시간이다. 유미는 스마트폰을 침대에 내려놓았다.

30분 전에도 전화를 걸었지만 연결되지 않았다. 두 번이나 나오야에게 전화를 건 셈이다. 용건은 물론 엔도 아키에 대해서다. 넷이서 무슨 이야기를 했는지 궁금해서 전화를 걸었는데 부재중 전화를 더 남기면 수상쩍어할 것 같았다. 두 번이나 전화를 건 일 자체로 이미 충분히 수상하지만.

왜 엔도 아키가 전산 시스템과의 호출을 받았을까. 혹시 이런 건가. 아키가 직장 컴퓨터를 사적인 용도로 사용했다. 컴퓨터로 할 만한 개인적인 일이라면 인터넷 쇼핑 같은 걸까. 그걸 전산 시스템과가 알아내고 따로 불러내 주의를 주었다. 완전히 말도 안 되는 이야기는 아니다.

침대 위에서 이리저리 상상의 날개를 펼쳤다. 단, 죄다 자신에게 유리하게끔 말이다. 그 전화 때문은 절대로 아니다. 엔도 아키의 개인적인 사정이지 내가 지난주 금요일에 받은 그 전화와는 상관없다. 분명 그렇다. 틀림없다.

유미는 나지막한 진동음을 듣고 침대에서 벌떡 일어났다. 전화가 왔다. 나오야였다. 유미는 살짝 긴장한 채로 전화를 받았다. "여보세요?"

"나야. 전화했던데. 아직 업무 중이라."

"미안해. 시간 외 근무였구나."

"응. 근데 지금 휴식 시간이라서 5분 정도는 괜찮아. 무슨 일이야?"

"별일은 아니고." 유미는 마음을 진정시키며 잡담하듯 말을 꺼냈다. "오늘 오후에 우리 과에 왔었잖아. 엔도 씨가 충격을 많이 받은 것 같길래 걱정돼서."

단숨에 말하고 나서 반응을 기다렸다. 아무리 연인이라지만 업무상 비밀을 밝히는 건 공무원으로서 피해야 할 일이다. 나오야는 분명 얼버무리고 넘어갈 것이다. 그러나 유미의 예상과 다르게 나오야는 순순히 입을 열었다.

"뭐, 조만간 소문이 날 테니 상관없겠지. 일요일에 살해당한 지하 아이돌 있잖아. 실은 그 일 때문에."

역시. 자신도 모르게 비명이 새어 나올 뻔해서 유미는 오른손으로 입을 틀어막았다.

"몇 년 전에 가나가와 쪽에서 스토커가 살인을 저질렀잖아. 범인이 조사 회사에 의뢰해서 전 여친의 주소를 알아낸 그 사건과 비슷한 일이 있었던 게 아닌가 싶어 경찰이 조사 중이야."

그 사건이라면 익히 알고 있다. 실은 처음부터 그 사건이 머리를 스쳤지만 생각하지 않으려고 애썼다. 시청 직원이 개인 정보를 유출하는 바람에 비극이 발생한 안타까운 사건이었다.

"그래서 벤더에 조사해 달라고 했더니 수상한 열람 기록이 남아 있더라고. 수납과의 엔도 씨랬나? 그 사람의 로그인 비밀번호로 접속해서 피해자의 데이터를 열람한 기록이 남아 있었어."

그날 유미는 자신의 컴퓨터로 바바 히토미의 주민 정보를 열람하지 않았다. 작업 공간의 컴퓨터를 사용했다. 로그인 상태이길래 그대로 사용했던 게 기억난다. 즉, 엔도 아키가 로그인한 컴퓨터다.

"엔도 씨는 전혀 기억에 없다고 했어. 나도 같이 있었는데 거짓말하는 것처럼은 안 보이더라. 죽은 지하 아이돌은 이사 온 지 한 달밖에 안 됐으니 보통은 데이터를 볼 일이 없겠지."

"그렇구나." 유미는 별 감흥 없다는 듯 맞장구를 쳤다. "그럼 누가 데이터를 봤는지 전산 시스템과에서는 알 수 있어?"

스마트폰을 귀에 가까이 댔다. 나오야가 이렇게 나와 평범하게 이야기하고 있다는 건 그들이 아직 진실에 다다르지 못했다는 증거다.

"그걸 알면 이 고생을 안 하겠지." 나오야가 쓴웃음이 섞인 목소리로 말했다. "아무래도 엔도 씨가 로그아웃을 안 하고 자리를 뜬 거 같아. 그렇다면 다음 사람이 컴퓨터를 그대로 사용했단 얘기니까 그게 누군지 밝혀내라는데, 무리야, 무리. 뭐, 수납과 사람일 가능성은 높겠지만."

그래서 야근을 하는 건가. 감시 카메라 같은 건 없어서 누가, 언제, 어느 컴퓨터를 사용했는지 밝혀내기는 사실상 불가능할 듯했다. 누군가 특별히 말을 꺼내지 않는 한.

"슬슬 가야겠다. 경찰이랑 협의해야 해."

"겨, 경찰?"

"응. 경찰. 지금까지 판명된 사실을 보고해야 해. 시스템 장애 담당은 나지만, 이번 일은 장애라기보다 운용 방법에 관한 보안 문제야. 그럼 내가 아니라 계장님 안건이지."

이런 밤중에 협의를 하다니, 경찰이 진지하게 정보 유출을 수사 범위에 넣고 수사를 진행 중이라는 확실한 증거 아닐까. 그렇게 생각하자 너무 무서웠다. 과연 이대로 잠자코 있어도 될까. 스스로 손을 들고 나서는 편이 낫지 않을까.

"미안, 유미. 일하러 가야겠다."

"갑자기 전화해서 미안해."

"괜찮아. 내일 그쪽에서도 어떤 움직임이 있을지 몰라. 또 메시지 보낼게."

전화가 끊겼다. 유미는 스마트폰을 든 채 잠시 굳어 버렸다. 경찰이 움직이고 있다. 그야말로 궁지에 몰린 범인이 된 듯한 심경이었다. 내일 솔직히 털어놓는 편이 나을지도 모르겠다 싶었다.

✳

겐다는 무사시다이라 시청 3층 회의실에 있었다. 오늘 오전에도 왔던 회의실이었다. 벌써 조사 결과가 나왔는지 여기로 오라고 했다. 곧 저녁 8시다. 서에서는 수사 회의가 진행 중일 것이다.

"이상과 같은 조사 결과를 벤더에게 받았습니다. 시청 내부에서 바바 히토미의 데이터를 세 번 열람했어요. 수상한 건 수납과예요. 시각은 지난주 금요일 12시 47분 30초. 엔도 아키라는 임시 직원의 ID와 비밀번호로 로그인했는데, 본인은 기억이 전혀 없다고 증언했습니다."

기쿠치라는 젊은 남직원이 설명했다. 수납과 이외의 열람 기록은 시민과와 국민 건강 보험과에 남아 있었다. 시기는 지난달 하순경에 바바 히토미가 전입 신고를 하러 시청을 방문한 날의 기록인 듯하다. 두 과의 직원이 시스템에 입력했기 때문에 남은 기록이고, 특별한 의도는 없는 것 같다는 것이 전산 시스템과의 견해였다.

"수납과 직원이 바바 히토미의 정보를 볼 이유, 그러니까 직무상 바바 히토미의 정보를 확인해야 할 이유가 있을까요?"

옆에 앉은 마키무라가 질문했다. 겐다보다 젊어서 이런 유의 이야기를 잘 이해하는 듯하다.

"저도 수납과 업무를 완벽하게 아는 건 아니지만." 기쿠치는 그렇게 서론을 깔고 나서 대답했다. "수납과는 말 그대로 세금을 징수하는 부서예요. 전입한 지 얼마 안 됐으니 시에서 바바 히토미에게 세금을 부과하지는 않았을 겁니다. 다만 국민 건강 보험에 가입을 한 듯하니 이번 달 안에 국

민 건강 보험료가 부과되기는 할 거예요. 납부 기한은 아직
멀었습니다."

　세금이 발생하지 않은 시민의 정보를 수납과 직원이 열
람할 이유가 없다고 말하고 싶은 것이리라. 마키무라가 이
어서 질문했다.

　"예를 들어서 말이죠. 바바 히토미 본인이 수납과에 직접
전화해서 세금이 어떻게 되느냐고 문의했다고 칩시다. 그러
면 직원은 정보를 확인하겠죠."

　"아마도요. 그런 경우가 있다면요."

　"그리고 컴퓨터 말인데요. 로그인 상태는 얼마나 유지됩
니까?"

　겐다도 자리에 컴퓨터가 있으니 경험한 적이 있었다. 로
그인한 후 한동안 컴퓨터를 조작하지 않으면 슬립 모드에
들어가 비밀번호를 재입력해야 해서 귀찮다.

　"보통은 2분 후에 슬립 모드에 들어가도록 설정돼 있습니
다. 하지만 모든 컴퓨터가 다 그런 건 아니고요. 문제의 컴퓨
터를 확인했는데, 슬립 모드로 들어가지 않도록 설정을 변
경했더라고요."

　"아무나 마음대로 사용할 수 있는 상태였다는 말씀이시
군요."

　"그렇습니다."

　전산 시스템 관리계장이 머리를 숙였다. 이해가 갔다. 통

일된 보안 규정을 마련해 놓아도 직원이 충실하게 지킨다는 보장은 없는 법이다.

"아까 말씀하신 엔도 아키 씨가 거짓말을 했을 가능성은 없습니까?"

그러자 지금까지 아무 말도 없었던 남자가 대답했다. 오전에는 없었던 사람으로, 아까 수납과장이라고 소개받았다. 나이는 50대 초반 정도로 보였다.

"저도 이야기를 들었는데, 금요일 낮에는 밖에 식사하러 나가서 자리에 없었다고 하더군요. 그리고 엔도 씨는 임시 직원이라 점심시간에는 기본적으로 일을 하지 않을 겁니다."

"그렇군요."

이어서 직원들이 점심시간을 어떻게 보내는지 들었다. 다들 제각각이라 밖에 나가서 먹고 오는 사람도 있고, 자기 자리에서 식사하는 직원도 있다고 한다. 한편 수납과는 당번제가 있어서 직원 네 명이 점심시간에도 업무를 본다고 했다.

"문제가 있었던 날에 누가 점심시간 업무 당번이었는지 알아보려고 하는데, 어떻게 말을 꺼내야 할지 영 난감하네요."

수납과장이 관자놀이 언저리를 긁적거리며 말했다. 확실히 점심시간 업무 당번이었던 직원 네 명은 의심해 볼 필요가 있을 듯하다. 그렇지만…….

"잠깐만요."

겐다가 끼어들었다. 궁금한 점이 있었기 때문이다.

"참고로 어느 컴퓨터입니까? 어느 컴퓨터를 사용했는지 알면 열람한 직원을 쉽게 가려낼 수 있을 것도 같은데요."

"죄송합니다. 설명이 부족했네요."

기쿠치가 회의실에 있던 사람들에게 인쇄물을 나누어 주었다. 수납과 배치도인 듯했다. 책상 배치와 직원 이름, 그리고 컴퓨터 번호 등이 적혀 있었다. 앞쪽에 방문객을 상대하는 창구가 있고, 집무실 내부는 두 개 구역으로 나누어져 있었다. 집무실과 창구가 두루 보이는 안쪽에 과장의 자리가 있다.

"과장님 자리 오른편에 테이블이 있죠."

기쿠치 말대로 거기에는 직원의 이름이 적혀 있지 않은 테이블이 있었다.

"직원들은 여기를 작업 공간이라고 부르는 모양입니다. 프린터가 있어서 통지서를 일괄적으로 인쇄하거나 인쇄한 통지서를 봉투에 넣는 장소라고 들었어요. 문제의 정보는 여기 놓여 있는 컴퓨터로 열람했어요. 오전에 엔도 씨가 여기서 내내 작업을 하다가 점심시간이 되자 로그아웃을 하지 않고 자리를 떴다고 하네요."

주변에서 좀 떨어진 곳이므로 집중해서 작업하고 싶은 직원도 그곳을 이용한다고 한다. 이 말인즉슨 거기가 그다지 눈에 띄지 않는 곳이라는 뜻이다. 일부러 그 컴퓨터를 사용했다고도 볼 수 있다. 나중에 발각되었을 때 자신의 흔적이 남지 않도록 주의를 기울였을 가능성도 있었다.

어쨌든 섣부른 판단은 금물이다. 정보를 열람한 사람이 어떤 의도로 바바 히토미를 조사했는지 아직 분명히 밝혀진 건 아니다. 겐다는 앞에 늘어선 직원들에게 말했다.

"일단은 문제의 정보를 열람한 사람이 누군지 확인하고 싶군요. 이건 시청 측에 맡기겠습니다. 괜찮으시겠습니까?"

대답한 것은 전산 시스템과장이었다.

"알겠습니다. 한번 해 보죠."

"다만 너무 공개적으로는 말고요. 아무래도 살인 사건 수사다 보니 민감한 부분이 있어서요."

"유의하겠습니다."

지난주 금요일 점심시간에 누군가 수납과 컴퓨터로 바바 히토미의 주민 기록을 열람했다. 그로부터 이틀 후에 바바 히토미는 시체로 발견되었다. 이 두 가지 사실에 상관관계가 있는지가 핵심이다.

"수납과 자리 배치가 어떻게 돼 있는지 한번 보고 싶은데, 가능할까요?"

"그럼요. 오늘은 아무도 안 남아 있을 겁니다."

회의실을 나서서 엘리베이터를 타고 1층으로 내려갔다. 야근 중인 사람들이 있는지 드문드문 불빛이 보였다.

"여기가 수납과입니다."

통로를 따라 배치된 창구 너머로 책상들이 보였다. 꽤 넓었다. 작업 공간의 위치를 확인하니 확실히 주변과는 거리가 있어 작은 외딴섬 같은 인상을 주었다. 프린터와 종이 박스 따위가 어지러이 놓여 있다.

겐다는 수납과 배치도를 다시 들여다보았다. 수납과 직원은 20여 명이다. 이 가운데 바바 히토미의 정보를 외부에 유출한 사람이 있을까.

✳

아침에 평소대로 출근한 유미는 과에 미묘한 분위기가 감돈다는 사실을 알아차렸다. 직원은 아직 반 정도밖에 출근하지 않았지만 어쩐지 뒤숭숭한 느낌이었다. 유미는 찜찜한 예감을 느끼며 자리에 앉았다.

"좋은 아침."

"안녕하세요."

인사가 오가는 가운데 유미는 컴퓨터를 켰다. ID와 비밀번호를 입력했다. 잠시 기다리자 메일 수신을 알리는 메시지가 표시되었다. 청내 메일이다.

청내 메일 기능을 작동시켰다. 새로 온 메일의 제목만 보았는데도 누군가 차가운 손으로 등을 쓰다듬은 것처럼 오한이 들었다. '발설 엄금! 수납과 작업 공간의 단말기로 정보를 열람한 건에 대해'라는 제목으로, 보낸 사람은 전산 시스템과장이었다. 유미는 급히 메일을 읽었다.

'수납과 직원 여러분께. 지난주 9월 1일 금요일 점심시간에 누군가 수납과 동쪽 테이블(통칭, 작업 공간)에 있는 ○○사의 데스크톱 컴퓨터(네트워크 번호 ××-××××××)로 시청 전산 시스템에 접속해 바바 히토미라는 주민의 정보를 열람했음이 조사 결과 밝혀졌습니다. 해당 정보를 열람한 사람, 또는 열람자가 누군지 아는 사람은 아래에 적힌 담당자에게 알려 주시기 바랍니다(내선 전화나 메일). 또한 아주 중요하고 민감한 문제가 포함된 사안이므로 직장 등에서 다른 사람에게 상담하지 말고 즉각 말씀해 주시면 감사하겠습니다.'

담당자의 내선 번호와 메일 주소가 맨 밑에 적혀 있었다. 전산 시스템과장의 직통 번호인 모양이다. 나오야와는 어젯밤에 잠깐 이야기를 나누었다. 이제부터 경찰과 협의를 한다고 했다. 본격적으로 정보를 유출한 범인을 색출하기 위해 나섰다고 보아도 무방할 듯했다.

유미는 마른침을 꿀꺽 삼켰다. 당사자뿐만 아니라 목격자에게도 정보 제공을 호소하는 것이 마음에 걸렸다. 그날 작업 공간에서 통화한 걸 본 사람이 있는 걸까. 걱정이 되어 생각에 생각을 거듭했지만 짐작 가는 구석은 없었다.

업무 시작을 알리는 벨 소리에 유미는 문득 정신을 차렸다. 어쩐지 평소와 다른 분위기가 감돈다. 직원들은 대부분

출근하면 습관처럼 컴퓨터부터 켠다. 메일을 읽은 직원들이 주변의 반응을 살피는 것이 분명했다.

물론 어느 곳이든 분위기 파악을 못하는 사람이 있다. 유미 앞에 앉은 나카무라 주사보가 그랬다. 좋게 말해 주관이 뚜렷한 것이지, 기본적으로 주변에 무신경한 사람이다. 나카무라가 구리야마 계장에게 말했다.

"계장님, 바바 히토미라는 사람이 살해당한 지하 아이돌이죠?"

"그, 그런가."

구리야마가 그런 걸 왜 물어보느냐는 듯한 얼굴로 대답했다. 그럼에도 나카무라는 입을 다물 생각이 없어 보였다.

"예명은 오기쿠보 히토미라는 모양이에요. 아, 7월 하순에 전입했네요. 이야, 스물두 살이네. 그 나이 먹도록 인기 없는 아이돌로 활동했다니, 심정이 어땠으려나."

나카무라는 유미 앞자리이므로 유미 쪽에서는 나카무라의 컴퓨터 화면을 볼 수 없다. 하지만 그가 시스템의 주민 정보를 보고 있는 건 틀림없었다. 동시에 인터넷에 접속해 뉴스 사이트도 보고 있을 것이다.

"이봐, 나카무라, 그 정보는 보지 않는 게 좋을걸."

"괜찮아요, 계장님. 다른 사람들도 다 볼 텐데요, 뭐."

그러면서 옆 구역의 수납계를 보았다. 젊은 직원들이 뭔가 수군대는 모습이 보였다. 나카무라가 말을 이었다.

"어쨌거나 나쁘지 않은 방법 같은데요? 쉽게 말해 저희한 테 밀고를 하라는 거잖아요. 마녀사냥 말이에요."

마녀사냥이란 말이 유미의 가슴에 푹 박혔다. 세계사에 해박한 건 아니지만 그 정도 용어는 안다. 중세 유럽에서 기독교도가 이단자를 박해한 행위다. 가혹한 고문과 부조 리한 재판으로 수많은 희생자가 발생했다고 세계사 시간에 배웠다.

나는 마녀인가. 그렇게까지 비난받을 짓을 저질렀나. 생 각만 해도 구역질이 날 만큼 가슴이 울렁거렸다.

"상금을 주면 고마울 텐데요. 상금은 무리더라도, 그렇지, 내년에 희망하는 곳으로 이동시켜 준다든가."

"이봐, 나카무라, 적당히 해."

계장이 못을 박자 나카무라는 혀를 쏙 내밀었다.

"죄송합니다. 그나저나 지난주 금요일이네요. 점심시간 업무 당번은 구라타 주무관이었지? 구라타 주무관, 뭐 아 는 거 없어?"

유미는 느닷없이 날아든 질문에 적잖이 당황했다. 그렇 지만 동요했다는 게 들통나지 않도록 새침한 표정으로 말 했다.

"글쎄요, 기억이 잘 안 나는데요."

"난 점심시간에 보통 자니까 말이야. 대체 누구 짓일까요?"

나카무라가 의문을 던졌지만 계원 중 누구도 대답하지 않았다. 나카무라가 이어서 말했다.

"하여튼 이건 큰 문제예요. 정보를 외부에 유출한 거니까요. 걸리면 분명 처분감이라고요."

거북한 침묵이 흘렀다. 섣불리 입을 열었다가는 괜한 의심을 살 것 같은 분위기였다. 수납계도 마찬가지인 듯 어쩐지 부자연스러운 분위기가 수납과 전체를 감쌌다.

솔직하게 전부 털어놓자. 이렇게 각오하고 출근했지만 마음이 흔들렸다. 목을 조여 오는 범인 색출 작업, 즉 나카무라의 표현을 빌리자면 마녀사냥이 시작되자 스스로 입을 열기가 두려웠다.

"자, 자, 일들 하자고. 오늘은 오후에 회의가 있지?"

계장이 들으라는 듯이 말하고는 업무에 들어갔다. 옆에 앉은 나가노 미나도 컴퓨터 화면을 들여다보며 계좌 정보를 입력하기 시작했다. 고개를 돌려 과장 자리를 보았다. 마에다 과장은 통화 중이었다. 평소 과장이 뭘 하는지 전혀 궁금하지 않았지만 오늘만큼은 달랐다. 혹시 통화 상대가 전산시스템과장 아닐까. 그 메일을 읽은 직원들의 동태를 관찰해 보고하는 건 아닐까.

주위를 둘러보았다. 주변 사람들이 전부 적으로 보였다. 의심병이 단단히 든 것 같았다.

과장은 여전히 통화 중이다.

＊

　나는 아이돌 오타쿠다. 호시야는 이 사실을 자각하고 있
으며, 그렇다고 해서 자기 비하를 할 생각은 없다.

　오타쿠의 기원은 1970년대까지 거슬러 올라간다. 당시
애니메이션이나 특촬물(슈퍼히어로나 괴수가 등장하는 일본의
영상물을 가리키는 용어 - 옮긴이) 애호가 중 일부가 "댁(일본
어로 '오타쿠'라고 한다 - 옮긴이)은 어떤 작품을 좋아해요?"와
같은 2인칭 표현을 썼는데 거기서 파생된 말이라고 한다.

　지금은 어떤 장르를 열광적으로 사랑하는 사람을 총칭하
는 말로 사용된다. 소위 서브컬처 장르에 머물지 않고 지
도 오타쿠나 역사 오타쿠 등 일반화해서 사용할 때도 많다.

　호시야는 지금 신주쿠에 자리한 라이브 하우스에 와 있
다. 눈앞의 무대에서는 아이돌들이 노래하는 중이다. 지난
달에 결성된 신인 그룹이라고 한다. 호시야는 곁에 있는 구
마다와 함께 건성으로 박수를 치며 분위기를 맞추었다.

　오늘은 합동 라이브 공연을 하는 날이다. 같은 무대에 몇
몇 아이돌 그룹이 연이어 등장하는 형식이다. 이 같은 합동
라이브 공연은 자주 열리며, 주로 주말에 하지만 이렇게 평
일 낮에 하기도 한다. 오늘은 오후와 밤, 총 두 번의 공연이
있고 주오선 방위대는 둘 다 출연한다.

　다른 그룹이 출연할 때는 적당히 흘려 넘기다가 최애가

나오면 분위기를 살리기 위해 목청껏 소리친다. 이게 아이돌 오타쿠의 생리다. 지금도 크게 콜을 보내는 오타쿠의 모습이 눈에 띈다.

호시야는 한 달에 평균 열다섯 번 정도 공연을 보러 간다. 한 달에 두 번 있는 정기 라이브 공연 외에는 이러한 합동 라이브 공연이 대부분이다. 지난달에는 여름 페스티벌이 몇 번 개최되었으므로 스무 번을 넘었다. 특히 다마가와강 하천 부지의 특설 무대에서 열린 야외 라이브 공연은 힘든 기억으로 남아 있다. 열사병에 걸릴 것처럼 더웠고 실제로 몇몇 관객이 쓰러져 구급차에 실려 갔다.

"다음이야, 훗시."

"알았어."

신인 그룹이 들어가자 소개 멘트와 함께 주오선 방위대가 등장했다. 평소처럼 밀리터리 룩 무대 의상을 입었다. 무대로 뛰어나온 멤버는 네 명뿐이었다. 멤버들은 같은 간격으로 늘어서서 대표곡 '진격! 주오선 방위대'를 불렀다.

호시야는 곡에 맞추어 콜을 보냈다. 호시야 주변에 주오선 방위대 팬들이 집결해 있어 콜의 열기는 뜨거웠다. 다른 팬들도 박수를 치며 예의를 갖추어 응원해 주었다.

"우리 미오, 잘한다! 최고야!"

옆에서 구마다가 목이 쉬어라 소리쳤다. 반쯤 자포자기한 것도 같고, 허무한 기분을 털어 내려는 것 같기도 했다. 히토미가 없는 무대는 보고 있기가 괴롭다. 이제 다시는 히토미의 웃는 얼굴을 볼 수 없다.

첫 번째 곡이 끝났다. 리더인 나카노 미오가 앞으로 나서서 마이크를 쥐고 입을 열었다.

"공연장을 찾아 주신 여러분, 안녕하세요. 주오선 방위대의 나카노 미오입니다. 다들 아시겠지만……."

미오가 말을 잇지 못하고 입을 막았다. 마이크를 통해 꽉 억누른 울음소리가 들렸다. 다른 세 멤버가 걱정스럽게 바라보는 가운데 미오는 다시 마이크를 입에 가까이 댔다.

"오, 오늘은 무대에 서지 말까, 하는 생각도 했지만 그랬다간 히토밍이 분명 화를 낼 테니 이렇게 저희 모두가 이 자리에 섰습니다. 두 번째로 보내 드릴 곡은 히토밍이…… 히토밍이 센터인 '오기쿠보 예스터데이'입니다. 많은 성원 부탁드려요."

전주가 흘러나왔다. 무대에 자리 잡은 멤버들을 보자 가슴이 찢어지는 것 같았다. 텅 비어 있는 한가운데는 원래 오기쿠보 히토미가 서야 할 센터 자리였다. 비록 지금은 비어 있지만, 그 자리에서 춤추던 히토미의 모습이 눈에 선했다.

"우와, 히토밍. 맹렬, 열렬, 히토밍!"

목이 터져라 소리쳤다. 크게 부르면 히토미가 불쑥 나타나지 않을까, 하는 망상을 품고 호시야는 콜을 보냈다. 하지만 아무리 기다려도 히토미는 나타나지 않았다.

"예쁘다, 아름답다, 히토밍. 우리의 여신, 히토밍!"

눈물로 시야가 흐려졌다. 무대에서 춤추는 네 명의 멤버 또한 눈물로 뺨이 젖었을 게 분명했다.

상담하고 싶은 일이 있는데, 괜찮아?

히토미가 보낸 메시지는 지금도 지우지 않고 들여다본다. 나는 히토미를 구해 주지 못한 병신 중의 상병신이다.

내가 뭘 할 수 있을까. 호시야는 오직 이 생각만 한다. 이제 와 경찰에 신고한들 아무 의미도 없다. 히토미가 스토커 때문에 고생했다는 건 경찰도 알고 있는 사실이므로 이 메시지는 아무런 도움이 되지 않는다. 뭐라도 할 수 없나, 나만이 할 수 있는 일은 없나, 그런 생각뿐이다.

이윽고 곡이 끝났다. 네 사람은 허리를 굽혀 인사하고 들어갔다. 오늘은 두 곡만 공연하는 모양이다.

네 사람의 모습이 사라지자 어째선지 급격한 피로가 몰려와 호시야는 제대로 서 있을 수 없었다. 의자에 앉아 무릎에 팔꿈치를 얹었다. 그리고 울었다. 다음 그룹을 소개하는 멘트가 들렸지만 호시야는 계속 울었다.

"울지 마, 홋시. 울지 말래도."

그렇게 말하며 구마다가 등을 문질러 주었다. 그러는 구마다도 분명 울고 있을 것이라고 호시야는 생각했다.

오후 5시가 지났을 무렵 집에 돌아왔다. 역시 히토미가 없는 주오선 방위대는 보고 있기가 괴롭다. 남은 네 멤버를 응원하고 싶은 마음이 없는 건 아니지만 지금은 괴로운 마음이 더 크므로 밤에 있을 2부는 보지 않기로 했다. 구마다는 다와다와 합류해 2부도 본단다.

현관 앞에 섰다. 문을 열려는데 발소리가 들렸다. 바깥 복도를 걸어오는 두 남자가 보였다. 남자들은 호시야에게 똑바로 걸어왔다. 이 사람들은 분명……

"호시야 다카히로 씨 맞으시죠?" 한 남자가 품에서 카드 지갑 같은 걸 꺼내서 보여 주며 말했다. "경시청 수사 1과에서 나왔습니다. 저는 가쓰마타, 이쪽은 에토입니다. 잠깐 시간 좀 내주시겠어요?"

거절을 용납하지 않는 단호함이 느껴졌다. 호시야는 떨리는 목소리로 대답했다.

"아, 네. 알겠습니다."

"아시겠지만, 저희는 일요일에 시체로 발견된 바바 히토미 씨의 사건을 수사 중입니다. 호시야 씨는 바바 씨의 팬인 것 같던데요."

"네, 뭐."

"실은 바바 씨의 스마트폰 포렌식을 했는데요. 피해자가 호시야 씨로 추정되는 인물과 연락을 했다는 결과가 나와서요."

올 것이 왔구나. 호시야는 예상보다 빠르다고 생각했다.

히토미가 메시지를 삭제한다고 했으니 어쩌면 들통나지 않을 가능성도 있지 않을까 싶었다. 하지만 이렇게 된 이상 어쩔 수 없다.

"지난주 수요일, 아니, 자정이 지났으니 목요일이네요." 호시야는 솔직하게 밝혔다. "트위터로 연락했어요. 제 댓글에 대댓글이 달렸고, 그 후에 몇 번의 DM이 오갔습니다."

"내용은요?"

내용은 형사들도 이미 알 것이다. 그래도 호시야는 자세히 설명했다.

"히토미가 휴식기를 가진다는 걸 알고 걱정하는 댓글을 적었어요. 그랬더니 히토미가 상담하고 싶은 일이 있다기에, 제가 저라도 괜찮다면 말해 보라고 했어요. 하지만 곧바로 없었던 일로 하자는 메시지를 보내왔고, 그걸로 끝이었어요."

"예전에도 바바 씨와 개인적으로 연락한 적이 있습니까?"

"아니요. 지난주가 처음이었어요. 아, 체키 때는 몇 번 이야기를 나눴지만."

체키라는 말에 두 형사가 서로를 마주 보았다. 딱히 질문은 하지 않고 뒤에서 수첩에 메모만 하던 남자의 눈에 웃음이 깃들었다. 이 자식, 오타쿠로군, 하고 생각하는 듯싶었다. 이제는 이런 시선에 아주 익숙하다. 오히려 그래서 더 마음이 편안해졌다.

"그러니까 개인적으로 바바 씨와 만난 적은 없다는 거로 군요."

"네. 공연장 밖에서는 만난 적이 없어요."

"지난 일요일 밤 8시부터 10시 사이에 어디에 계셨습니 까?"

알리바이 확인이다. 요전에 미나미노가 충고했으므로 마음의 준비는 이미 했다.

"집에 있었어요." 그렇게 말하고 호시야는 현관문을 가리 켰다. "오후 5시에 일 끝내고 돌아와서 다음 날 아침까지 집에 있었죠."

"그걸 증명해 줄 분은 계십니까?"

"아니요. 안타깝게도 없네요. 혼자 살거든요. 다만……."

미나미노의 충고를 들은 후 자신의 알리바이를 증명할 방법이 없을까 내내 고민했다. 그러다 한 가지 결론에 다다랐다.

"컴퓨터로 온라인 게임을 했어요. 그 시간에도 로그인 상태였을 거예요. 게임 회사에 문의하면 확인할 수 있을 겁니다."

"게임이라고요?"

두 형사는 또다시 얼굴을 마주 보았다. 이번에는 둘 다 표정이 변하지 않았다. 오타쿠는 성가시다고 생각하는지도 모른다. 둘 다 30대로 보이니까 온라인 게임 정도는 알 것이다.

게임 이름과 닉네임을 알려 주자 두 형사는 인사를 하고 자리를 떴다. 형사들이 계단을 내려가는 걸 확인한 후 호시야는 문을 열고 안으로 들어갔다. 신발을 벗기 전에 숨을 크게 내쉬었다.

형사들이 특별히 자신을 의심하는 것처럼 보이지는 않았다. 어쩌면 자신 말고도 SNS로 히토미와 대화를 나눈 사람이 있어서 하나하나 진술을 듣고 다니는지도 모른다.

대체 누가 히토미를 죽였을까. 경찰이 범인을 검거할 수 있을까. 경찰에게만 맡겨 놓아도 정말로 괜찮을까.

✳

오후 6시, 유미는 일과를 마치고 자리에서 일어났다. 가방을 들고 시청을 나섰다. 주차장으로 걸어가는데 뒤에서 자신을 부르는 소리가 들렸다. 그저 이름을 불렀을 뿐인데 유미는 자기도 모르게 뛸 듯이 놀랐다. 완전히 겁을 먹었다는 증거다.

"수납과 난리 났지?"

예전에 시민과에서 함께 일했던 여직원이었다. 메일에 발설 엄금이라고 적혀 있었지만 입이 가벼운 직원은 어디에나 있다. 이 상태라면 시청 전체에 퍼지는 건 시간문제다. 유미는 모호하게 대답했다.

"그러게요."

"그나저나 골치 아프겠다. 무심코 유출했을 가능성이 클

건데, 설마 사람이 죽으리라고 상상이나 했겠어?"

말은 그렇게 했지만 마치 정보를 유출한 사람 탓에 살인 사건이 발생했다는 듯한 뉘앙스다. 전화를 건 사람이 오기 쿠보 히토미를 살해한 범인으로 확정된 게 아님에도 당연히 그럴 거라는 분위기가 형성되고 있었다.

"유미, 대체 누구 짓이야? 수납계의 젊은 남직원 아냐?"

"글쎄요…… 거기까진 저도…….."

"하긴 알아도 말 못하겠다."

여직원은 이해한다는 얼굴로 "다음에 봐." 하고는 멀어져 갔다. 유미는 주차장으로 가서 차 문을 열고 운전석에 올라 탔다. 크게 숨을 내쉬었다. 이제 어떻게 되는 걸까.

공무원이라는 직업상 지금까지 연수를 많이 받았다. 큰 회의실에 모여 대학교수나 인재 파견 회사의 강사에게 강의를 듣는 것이다. 최근 강의 내용은 상사의 갑질이나 성희롱 같은 직장 내 괴롭힘이 주를 이루었다. 예전에는 정보 보안이나 공무원의 부정부패 등에 대해 다룬 적도 있다. 대개는 강의 도중에 영상을 보여 준다. 영상 제작 회사가 만든 교육용 비디오로 각각의 상황을 재현한다.

몇 년 전에 본 정보 보안 영상이 떠올랐다. 연기자가 학교 교사라는 설정이었다. 남교사가 학생 정보를 USB 메모리에 저장해 집에 가지고 가려 한다. 일이 너무 바쁜 나머지 휴일에 집에서 일할 생각이다. 퇴근하다 편의점에 들른 후 남교사는 차 털이를 당했음을 깨닫는다. USB 메모리가 사라졌다.

즉시 보고했지만 이미 늦었다. 텔레비전 뉴스에서 보도할 만큼 큰 소동이 벌어지고 남교사에게 비난의 화살이 쏟아진다. 남교사는 담임 직위가 해제되고 아내는 아이를 데리고 잠시 친정으로 간다. 남겨진 남교사는 정신적으로 궁지에 몰려 마음에 병이 든 나머지 휴직을 신청한다.

영상의 마지막 장면이다. 상점가를 걷는 남교사가 건널목에 다다른다. 마침 차단기가 내려와 경보음이 울려 퍼지는 가운데 빨갛게 깜박이는 경보기가 흐릿해지면서 영상이 끝난다. 뒷맛이 개운하지 않은 데다 자살을 암시하는 결말에 직원들 사이에서 실소가 새어 나왔다. 그렇지만 더는 그 비디오를 비웃을 기분이 아니었다.

솔직히 털어놓을까, 아니면 입을 꾹 다물까. 오늘도 일하는 내내 이 생각만 했다. 공무원으로서, 아니 도의적으로도 솔직히 털어놓아야 마땅하다는 건 안다. 자신이 저지른 실수이니 책임을 지는 게 당연하다. 하지만 좀처럼 털어놓을 용기가 나지 않았다. 오히려 시간이 흐를수록 이대로 잠자코 있는 게 현명하지 않을까 싶은 생각마저 든다.

이번 일은 어쩌면 원 스트라이크 아웃에 해당하지 않을까, 하는 생각을 지울 수가 없었다.

자신이 정보를 누설한 장본인이라고 자진해서 나섰다고

치자. 틀림없이 큰 난리가 날 것이다. 어쨌거나 사람이 하나 죽었으니까. 연수받을 때 본 영상 속 남교사의 사례와는 비교도 안 될 터다.

물론 경찰 조사도 받을 것이다. 어쩌면 개인 정보 보호법에 저촉될지도 모르고, 살인에 협력한 죄(그런 죄가 있는지는 모르지만)를 물을 가능성도 있다. 그러면 근신이나 감봉 처분을 넘어 징계 면직 처분을 받을 수도 있지 않을까.

애써 공무원이 되었는데 고작 5년 반 만에 이렇게 잘릴 수는 없다. 생각이 여기에까지 미치자 정말로 울고 싶을 지경이었다. 아니, 실제로 눈물이 뺨을 타고 흘러내려 유미는 손등으로 눈물을 닦았다.

자진해서 밝힌들 용기 있다고 칭찬해 줄 사람은 없다. 비난하는 목소리와 무자비한 처분만이 기다리고 있을 게 뻔하다. 그렇다면 들키지 않는 쪽에 걸어 보는 것도 한 방법이 아닐까, 하는 생각이 고개를 들기 시작했다.

공무원으로서 해서는 안 될 생각이라는 건 잘 안다. 하지만 파멸로 향할 것이 뻔한 가시밭길에 스스로 발을 들여놓을 용기가 없었다. 아무튼 지금은 가만히 있자. 눈앞에 있는 맹수가 지나갈 때까지 숨죽인 채 몸을 숨기는 것이 상책이다.

잠깐만. 정말로 그래도 될까. 잠자코 있어도 괜찮을까. 역시 솔직하게 밝히는 것이 공무원으로서 올바른 길 아닐까.

생각하면 생각할수록 수렁에 빠져드는 게 실감되었다. 마치 깊은 골짜기로 떠밀린 것 같은 기분이었다.

유미는 고개를 들었다. 계속 주차장의 차에 앉아 있으면 수상쩍어 보일 것이다. 지금은 눈에 띄지 않는 게 중요하다. 유미는 시동을 걸고 차를 출발시켰다.

＊

"겐 씨, 잠깐 볼까."

저녁에 수사 회의가 끝난 후 수사 1과 제4계 계장 오이시가 불렀다. 겐다는 마키무라와 회의실 앞쪽으로 향했다. 무사시다이라 시청 수납계에서 누군가 피해자의 개인 정보를 열람한 건은 이미 오이시에게도 보고했다. 상당한 흥미를 느꼈는지 후속 보고를 기대하는 모양이다.

"아직 연락은 없습니다. 오늘 아침에 수납과 과원에게 메일을 보냈다고 합니다."

오이시는 당분간 이 일에 관해서는 수사 회의에서 보고하지 말라고 지시했다. 시청 직원이 개인 정보를 유출했다면 아주 민감한 사안이다. 공식 발표를 포함해 정치적인 판단도 필요했다.

"수납과는 몇 명이랬지?"

"스물세 명입니다."

"다른 과 직원도 드나들 수 있나?"

"가능은 합니다만, 그건 아닐 거라는 게 그쪽 견해입니다."

그들이 세운 작전은 막다른 골목으로 몰기에 가까웠다. 정보를 유출한 사람에게 자진해서 나서기를 촉구함과 동시에, 목격자에게도 정보 제공을 호소한 모양이다. 당사자 입장에서는 상당한 압박으로 다가올 터다. 입을 다물기로 결심하더라도 누군가 찌르면 끝장이니까.

"겐 씨, 시청 쪽에 상황을 좀 물어봐."

"알겠습니다."

겐다가 대답하자 "제가 하겠습니다." 하고 마키무라가 스마트폰을 꺼냈다. 마키무라가 통화하는 걸 보고 오이시가 목소리를 약간 낮추며 물었다.

"겐 씨, 아들은 잘 지내?"

"네. 덕분에."

"이제 고등학생이지?"

"2학년입니다. 귀가부라고 하나요? 동아리 활동도 안 하고 빈둥빈둥 지내고 있습니다."

만약 아내가 바람을 피우지 않았더라면 지금까지 수사 1과 소속일지 모르지만 요즘은 관할서 업무도 제법 마음에 들었다. 특히 무사시다이라시는 강력 범죄가 빈번하게 일어나는 지역이 아니라서 업무도 그리 고되지 않다.

"내년에 수험생이네. 진로 이야기는 좀 하고?"

"딱히 해 본 적은 없는데요. 터놓고 한번 이야기해야죠."

다카시와 단둘이 살고부터 이야기를 할 기회가 많이 늘긴 했으나 아직 아들의 진심까지 접하진 못한 기분이었다. 아들을 오랜 세월 아내에게만 맡겨 놓았다. 때문에 어느 정도 거리감을 두어야 서로가 편하다. 둘이 산 지 3년이 지난 지금도 아들을 완벽하게 파악하지 못했다.

"겐 씨, 조만간 한잔하러 가지."

"좋죠."

오이시의 표정은 결코 밝지 않았다. 사건이 발생한 지 오늘로 사흘째이건만 범인을 찾아낼 유력한 유류품이나 목격자의 증언을 확보하지 못한 상황이다. 수사본부에서는 피해자가 스토킹에 시달렸으니 스토커가 범인이 아니겠냐고 추측하지만 정작 스토커의 정체는 베일에 싸여 있다.

애당초 해결이 어렵지 않으리라고 예상했다. SNS가 보급된 시대이니만큼 스마트폰 포렌식을 하면 피해자의 교우 관계 등을 간단히 알아낼 수 있다. 수사원 대부분이 그렇게 낙관하는 낌새였고 겐다도 마찬가지였다.

그러나 피해자의 스마트폰 포렌식 결과를 분석해 메일, 메신저, 트위터까지 모조리 뒤졌지만 의심할 만한 내용의 대화는 발견되지 않았다. 다른 스마트폰이 더 있을 가능성을 고려해 주요 휴대 전화 제조사에 조회해 본 결과, 바바 히토미 명의로 등록된 단말기는 하나뿐이었다. SNS를 캐면 뭔가 나올 것이라는 계산은 완전히 빗나갔다.

"오래 기다리셨죠?"

그렇게 말하며 마키무라가 다가왔다. 그가 스마트폰을 든 채로 보고를 시작했다.

"전산 시스템과 직원과 통화했는데요. 현재 시점에서 자백한 사람은 아직 없답니다. 목격자 정보도 들어오지 않은 모양이고요."

아직 하루도 지나지 않았다. 분명 당사자는 압박이 상당할 것이다. 내일이면 뭔가 움직임이 있지 않을까. 겐다는 막연히 생각했다.

"알았어. 겐 씨, 앞으로도 잘 부탁해."

"알겠습니다."

오이시는 겐다의 어깨를 가볍게 두드리고 간부석 쪽으로 걸어갔다. 오늘도 일찍 들어가지는 못할 것 같다. 수사본부가 설치된 회의실에는 많은 수사원이 남아 있었다.

이튿날도 아침부터 수사에 나섰다. 할당된 구역을 돌아다니며 탐문하는 것이 겐다와 마키무라에게 주어진 임무다. 사건이 발생한 다음 날, 피해자의 사진이 수사원 모두에게 배포되었다. 바바 히토미의 사진이다. 홍보용인 듯 베이지색 의상을 입고 권총을 쏘는 듯한 자세로 찍었다. 귀엽기는 했지만 아이돌이라는 존재 자체가 겐다에게 썩 와 닿지는 않았다.

"죄송합니다. 잠깐 괜찮으실까요?"

마키무라가 앞에서 걸어오던 노인을 불러 세웠다. 운동복을 입은 노인은 걷기 운동 중인 듯 목에 수건을 두르고 있었다.

"무사시다이라서에서 나왔습니다. 얼마 전 그린 공원에서 발생한 살인 사건을 수사 중인데요. 몇 가지 여쭤 봐도 될까요?"

"그럼. 그린 공원은 자주 다니니까. 사건이 있었던 날은 안 갔지만."

"이 여자분을 본 적 있으십니까?"

마키무라가 사진을 보여 주었다. 노인이 사진을 빤히 들여다보더니 대답했다.

"흠, 이 처자가 아이돌이야? 아이돌치고 세련된 구석이 전혀 없구먼. 내가 소싯적에 본 야마구치 모모에나 핑크 레이디 같은 아이돌은 일반인이랑은 완전히 다른 매력이 넘쳤는데 말이야."

노인이 내뱉은 신랄한 말에 겐다는 쓴웃음을 지었다. 바바 히토미는 그냥 아이돌이 아니라 지하 아이돌이다. 야마구치 모모에나 핑크 레이디와 같은 선상에 놓고 비교하는 건 너무 가혹하다.

주머니에서 진동이 느껴졌다. 스마트폰에 낯선 번호가 찍혀 있었다. 통화 아이콘을 터치하고 휴대폰을 귀에 가져다 댔다.

"네. 겐다입니다."

"형사님, 무사시다이라 시청 전산 시스템과의……."

전산 시스템과장이었다. 약간 당황한 듯한 말투다. 뭐라도 진전이 있었던 걸까.

"진정하고 차분히 말씀하세요. 무슨 일이십니까?"

"그 일 말인데요. 목격자가 나왔습니다. 어떻게 할까요?"

전산 시스템과장 말로는, 수납과의 한 직원이 메일로 접촉을 해 왔다고 한다. 짚이는 구석은 있지만 확실한 증거가 없어서 난감하다는 내용이었단다.

"알겠습니다. 바로 가겠습니다."

전화를 끊었다. 마키무라는 노인의 잡담을 상대하고 있었다. 겐다는 억지로 이야기에 끼어들어 감사를 표하고 나서 그 자리를 떴다. 큰길로 나가 택시를 잡았다. 택시에서 통화 내용을 마키무라에게 전달했다. 무사시다이라 시청과 협력하는 건에 관해서는 전부 오이시로부터 위임을 받았다.

15분쯤 지나 무사시다이라 시청에 도착했다. 3층의 전산 시스템과로 가자 과장과 직원들이 맞이해 주었다. 얼른 메일부터 확인했다. 정작 수상하다는 사람의 이름은 언급하지 않아 얼핏 보기에는 호들갑을 떠는 것 같기도 했다.

"누가 보낸 겁니까?"

"나카무라라는 남직원이요. 나이는 30대 초반일 거예요. 수납 총무계 소속입니다."

"호출 부탁드립니다. 음, 어디 회의실 같은 데가 있으면 좋겠는데요."

"알겠습니다. 준비하겠습니다."

그로부터 5분 후 3층에 있는 회의실로 안내를 받았다. 동석한 사람은 겐다와 마키무라, 시청 쪽은 전산 시스템과장과 전산 시스템 관리계장, 담당자인 기쿠치다. 이미 나카무라라는 남직원에게 전화를 걸어 짬이 나는 대로 이쪽으로 오도록 지시했다고 한다.

"실례합니다."

호리호리한 남자가 회의실로 들어왔다. 그다지 긴장한 기색은 없고 오히려 침착했다. 전산 시스템과장이 말했다.

"나카무라 주무관, 바쁠 텐데 미안해. 이쪽은 무사시다이라서에서 나온 형사님들이셔."

겐다는 고개를 살짝 숙였다. 나카무라가 의자에 앉자 겐다는 말을 꺼냈다.

"와 주셔서 정말 감사드립니다. 저는 무사시다이라서의 겐다, 이쪽은 마키무라라고 합니다. 거두절미하고, 그 일에 대해 뭘 아시는 모양인데요. 아는 대로 다 말씀해 주시면 수사에 큰 도움이 될 겁니다."

"그전에." 나카무라가 모두의 얼굴을 둘러보며 말했다. "제가 찔렀다는 건 꼭 비밀로 해 주세요. 아까 호출 전화도 마침 제가 받았으니 망정이지 다른 사람이 받았으면 어쩔 뻔했습니까? 전산 시스템과에서 저를 호출했다는 게 다 알려지잖아요. 앞으로도 쭉 수납과에서 일해야 하는데 논란을 일으키기는 싫습니다."

툭툭거리는 말투였지만 틀린 말도 아니다. 밀고했다는 사실이 주변에 들통나면 여러모로 불편해지는 것이 조직이다. 겐다는 웃음을 띠며 말했다.

"알겠습니다. 앞으로는 조심하겠습니다."

"뭐, 형사님께 드리는 말씀은 아니지만요."

나카무라가 직원 쪽에 시선을 주었다. 다루기 힘든 사람일지도 모르겠다. 겐다는 이야기를 재촉했다.

"그래서 뭘 목격하셨습니까, 나카무라 씨?"

"지난주 금요일이었죠. 저는 점심시간에 보통 낮잠을 잡니다. 책상에 이렇게 푹 엎드려서요."

나카무라는 엎드리는 시늉을 하고 나서 말을 이었다.

"평소처럼 잠을 청했어요. 시간은 기억나지 않아서 확실치 않고, 아무튼 우리 계의 전화가 울렸어요. 점심시간 업무 당번이 받을 테니 신경 안 썼는데, 전화를 받질 않는 거예요."

어쩌면 점심시간 업무 당번이 다른 일을 하고 있는 것 아닐까 생각하고 나카무라가 손을 뻗어 전화를 받으려 했는데 수화기를 잡기 직전에 전화벨이 멎었다. 누가 받았나 주변을 살펴보니 작업 공간에 놓인 전화기 앞에 사람이 있었다.

"받았구나 싶어서 다시 잠들었어요. 그러고 나서 1시에 점심시간이 끝났음을 알리는 벨이 울리기 조금 전에 깼고요."

작업 공간에서 전화에 대응한 사람이 있다, 하고 나카무라는 주장하는 것이다. 그 사람이 작업 공간의 컴퓨터를 사용했을 가능성도 없지는 않다. 바바 히토미의 주민 정보를 열람한 건 금요일 12시 45분경이니까.

"작업 공간에서 전화에 대응한 직원이 누구입니까?"

겐다가 묻자 나카무라는 목소리를 살짝 낮추어 대답했다.

"구라타 주무관요. 우리 계 구라타 유미 씨. 금요일은 그 사람이 점심시간 업무 당번이었어요."

＊

"이보쇼, 난 해고당했다고. 그런데 세금을 어떻게 내라는 거야! 무슨 일을 이따위로 해!"

남자의 목소리가 귀에 꽂혔다. 유미는 아까부터 전화 응대 중이었다. 상대는 회사에서 해고되었다. 회사에 다닐 때는 특별 징수로 월급에서 공제되던 시도민세가 퇴직하면서 보통 징수로 전환되어 납부 통지서가 날아온 걸 보고 화가 난 남자는 시청에 전화를 걸었다. 어째서인지 그 전화가 수납과로 연결되어 마침 유미가 수화기를 든 것이다.

"액수는 또 왜 이렇게 많아? 백수가 돈이 어디 있다고."

"그렇지만 납부해 주셔야 하고요. 다만 납부 방법은 상담이 가능합니다. 분할해서 납부하실 수도 있고요."

"하지만 결국엔 내라는 거잖아. 공무원들은 이래서 문제라니까. 세금으로 월급 받는 주제에 거들먹거리기는."

이런 유의 전화는 자주 온다. 각 세금을 취급하는 부서로 전화를 돌리면 간단하지만, 일단 일반적인 상식으로 납득시켜 보는 게 좋긴 하다.

"납부 통지서와 신분증을 지참해서 시청을 방문해 주시면 개별적으로 상담해 드리겠습니다."

"뭐, 오늘은 이만 됐어. 이거 자동 이체도 되는 거지?"

"네. 편의점에서도 납부하실 수 있습니다."

"알았어. 조만간 낼게."

전화가 끊겼다. 유미는 수화기를 내려놓고 컴퓨터 화면을 보았다. 출납실에 제출할 서류를 작성하던 중이었다. 마우스를 조작하며 남의 일이 아니구나 싶었다. 방금 전화 말이다.

남자는 해고당했다고 했다. 정보를 유출한 일이 발각되면 유미의 처지도 위험해지리라는 건 불 보듯 뻔하다. 게다가 공무원은 고용 보험법 적용 대상이 아니다. 즉, 퇴직하면 실업 수당을 받지 못한다. 회사원은 일정 기간 실업 수당을 받으며 재취업할 수 있지만, 공무원은 퇴직한 순간부터 수입이 없어진다.

공무원 6년 차, 지금은 없는 거나 마찬가지다. 지금 해고당하면 어떻게 될까. 생각만 해도 무서웠다. 아니, 실제로는 머릿속이 온통 이 생각으로 가득해서 밤잠을 제대로 이루지 못하는 지경이다.

머리가 아팠다. 가방에서 휴대용 약통이 든 파우치를 꺼내 탕비실로 향했다. 두통약을 한 알 먹었다. 파우치에서 꺼낸 손거울에 얼굴을 비추어 보았다.

얼굴이 말이 아니었다. 눈밑에 다크서클이 짙게 생겼다. 턱선이 조금 날렵해진 것 같은데 결코 건강한 느낌은 아니었다. 요 며칠 식욕이 없었다. 오늘도 도시락을 반쯤 남겼다. 도시락을 싸 준 어머니에게는 미안하지만 남은 밥과 반찬은 버렸다.

탕비실을 나서서 통로를 걸어 수납과로 돌아갔다. 나카무라가 보였다. 아까 전화를 받고 나가더니만 돌아온 모양이다.

어제 전산 시스템과에서 수납과에 메일을 보냈다는 사실이 이미 시청 전체에 소문이 난 듯하지만 유미가 알기로 이렇다 할 진전은 없는 것 같았다. 자신만 입 다물고 있으면 끝까지 숨길 수 있을지도 모른다. 이렇게 생각할 때마다 유미는 이래서야 자신도 범죄자 아니냐며 자조한다.

표면상으로는 수납과에 아무 변화도 없다. 창구에는 세금을 내려는 사람들이 줄을 서고, 납세 관련 상담을 하러 온 사람이 직원의 설명에 귀를 기울인다. 각 책상에서는 직원들이 저마다 업무를 보고 있다. 평소와 다름없는 모습이다. 하지만 직원들은 다들 속으로 궁금해하고 있을 것이다. 개인정보를 유출한 게 누구인지. 대체 그 마녀가 누구인지.

전화벨 소리를 듣고 정신을 차렸다. 울리고 있는 건 유미의 대각선 앞쪽에 있는 전화기였다. 멍하니 있다가 한 박자 늦게 유미가 손을 뻗는 바람에 옆자리의 나가노 미나가 먼저 수화기를 집었다.

"안녕하세요. 무사시다이라 시청 수납과, 나가노입니다."

일에 집중하자. 그렇게 마음먹고 컴퓨터 화면으로 눈을 돌렸을 때 나가노 미나가 불렀다.

"유미 씨, 전화."

"누군데요?"

"몰라. 물어도 말 안 하던데."

아까 그 사람일지도 모른다. 물어보려던 내용을 깜박해서 바로 다시 전화를 거는 건 흔한 일이다. 유미는 보류 버튼을 누르고 나서 수화기를 귀에 댔다.

"여보세요. 전화 바꿨습니다. 구라타입니다."

응답이 없었다. 유미가 다시 말했다.

"전화 바꿨습니다. 누구신지요?"

"아, 구라타 씨, 전화 받았네. 다행이야."

얼굴에서 핏기가 싹 가셨다. 주변의 소음이 사라지고 수화기에서 들리는 소리만 선명해진 것 같았다. 마치 자신만 다른 세계로 이동한 듯하다. 남자가 말을 이었다.

"그때는 고마웠어. 당신이 히토미의 주소를 알려 준 덕분이야. 정말 큰 도움이 됐어."

그 말을 끝으로 전화가 뚝 끊겼다. 유미는 수화기를 쥔 채 잠시 굳어 버렸다. 얼마나 그러고 있었는지 모르겠다. 멀리서 자신을 부르는 목소리가 들렸다.

"유미 씨, 괜찮아?"

미나가 걱정스럽게 말을 걸었지만 신경 쓸 여유가 없었다. 혹시 이 남자가 그 지하 아이돌을…….

주변을 둘러보았다. 방금 전화를 건 남자가 어디선가 이쪽을 보고 있을 것만 같았다. 1층에 있는 시민들을 살펴보았다. 저 남자인가. 아니다. 아니면 저 남자?

어쨌든 지금 당장 달아나야 한다. 왠지 모르게 그런 생각에 사로잡혔다. 달아나야 한다. 지금 당장 여기서 달아나지 않으면 진짜로 마녀 취급을 당한다.

일어나서 걸음을 옮겼다. 마침 창구에서 돌아온 남직원과 부딪쳐서 균형을 잃었다. 뭐야? 빨리 도망쳐야 하는데…….

눈이 핑글핑글 돌았다. 이윽고 유미의 시야가 깜깜해졌다.

"잘 오셨어요. 어서 오세요, 형사님."

한 남자가 난감한 기색으로 카페에 들어섰다. 카운터 안쪽에 있는 유미를 보고 남자가 고개를 꾸벅했다. 모르는 얼굴은 아니다. 유미도 고개를 살짝 숙였다. 카운터에 앉은 호시야가 말했다.

"형사님, 이쪽으로 오시죠."

이름은 겐다였던가. 3년 전 사건 때, 몇 번 이야기를 나눈 무사시다이라서의 형사다. 겐다가 카페를 둘러보더니 마스크를 벗고 말했다.

"오랜만입니다. 여긴 언제부터?"

유미가 대답했다. "1년 됐어요. 어, 앉으세요."

호시야는 왜 겐다를 여기로 불렀을까. 그의 진의는 모르겠지만 어쨌든 겐다는 3년 전 사건을 수사한 관계자이기도 하다. 호시야의 목적이 사건 재검증이라면 그가 어떻게 증언할지 흥미롭기는 했다.

겐다가 카운터의 의자에 앉았다. 호시야와 한 칸 떨어진 자리였다. 일단 손님이니까 유미는 물잔에 물을 따라 겐다 앞에 내려놓았다.

"뭐 드시겠어요?"

"아이스커피로."

선반에서 잔을 내리고 제빙기의 얼음을 잔에 넣었다. 여름철이라 미리 만들어 둔 아이스커피를 냉장고에서 꺼내 잔에 따랐다. 빨대를 꽂고 시럽과 크림을 곁들여 겐다에게 내주었다.

"감사합니다."

겐다는 시럽과 크림을 넣고 빨대로 휘저은 다음 아이스커피를 한 모금 마시더니 고개를 끄덕였다.

"음, 맛있네요."

"감사합니다."

"이 카페는 혼자서?"

"아니요. 사장님이 계신데 잠깐 자리를 비우셨어요."

카페 주인인 마쓰다는 분명 파친코 게임장에 갔을 것이다. 바쁜 런치 타임이 끝났으니 어쩌면 저녁때까지 돌아오지 않을지도 모른다.

"정말 감사합니다." 호시야가 겐다에게 말했다. 살짝 험상 궂은 인상의 형사와 삐쩍 마른 아이돌 오타쿠라니, 기묘한 조합이었다. "와 주실 줄 몰랐어요."

"그런 편지를 받았는데 무시할 수 없지. 난 무사시다이라 서 형사과의 겐다야. 당신이 호시야 씨?"

"네. 제가 호시야입니다."

두 사람은 초면인 듯하다. 호시야가 무사시다이라서 편 지를 보내서 형사를 여기로 불러낸 건가. 편지에 뭐라고 썼 는지 모르지만 겐다가 여기까지 온 걸 보면 나름 호기심을 자극하는 내용이었으리라.

"오늘로 만 3년이네. 그래서 오늘을 고른 건가?"

겐다도 알고 있었던 모양이다. 오늘이 오기쿠보 히토미 의 기일이라는 걸 말이다. 호시야는 당연하다는 듯 고개를 끄덕였다.

"그런 것도 있고, 마침 얼마 안 남았길래 날짜를 맞춘 것 도 있고요."

"직업은 뭐지?"

"세무사 사무소에서 일하고 있어요."

유미는 좀 놀랐다. 아까 이야기를 듣고 여태껏 편의점에 서 일하는 줄 알았다. 그러자 호시야가 설명했다.

"제 아이돌 오타쿠 친구라고 할까요. 아무튼 그중에 다와다 씨라는 세무사가 계신데요. 낫살이나 먹고 아르바이트로 생활하는 제가 딱해 보였는지 2년 전에 채용해 주셨어요. 그냥 조수 역할이라고 보면 돼요."

사실 유미도 세무사라는 직업에 다소 흥미가 있었다. 유미는 올해 서른한 살이다. 이대로 카페에서 내내 아르바이트만 할 수는 없다. 그럼 무슨 일을 해야 할까 고민하다가 역시 자격증을 따는 게 좋겠다는 생각이 최근에 들었다. 수많은 자격증 가운데 관공서 수납과에 있었던 경험을 다소나마 살릴 수 있는 세무사 자격증에 관심이 갔다. 게다가 세금은 절대로 없어지지 않는다. 누구에게나 따라붙는 의무다.

"그나저나 잘 지내는 것 같아서 다행이군요." 겐다가 유미를 보고 말했다. "퇴직했다는 건 알고 있었습니다. 어떤 의미에서는 당신도 불행한 희생자 아닌가요?"

퇴직하고 반년은 집에 틀어박혀 지냈다. 모든 게 귀찮고 밖에 나갈 기력도 없었다. 그러다 사소한 일을 계기로 밖에 나가게 되었다. 스마트폰이 고장 난 것이다. 사용하던 스마트폰을 떨어뜨린 뒤로 상태가 안 좋아졌다.

수리할까, 아니면 새로 살까. 집에 틀어박혀 있더라도 외부와 연결되는 수단인 스마트폰은 꼭 필요하다. 이런 자신의 모순된 모습에 코웃음이 났다. 아무튼 대리점에 가야 해결되는 문제라, 유미는 거의 반년 만에 외출을 시도했다. 그게 2018년 봄이었다. 이후 조금씩 외부 활동을 시작했다.

"그런데 호시야 씨, 대체 뭘 하려는 거지?"

겐다가 카운터로 몸을 내밀며 말했다. 부드러운 표정이었지만 눈에 웃음기가 없었다. 일견, 호시야가 무슨 말을 할지 기대하는 것 같기도 했다. 호시야는 허리를 쭉 펴고 대답했다. 아무래도 형사를 앞에 둔 만큼 긴장한 것처럼도 보였다.

"진상 규명을 위해 사건을 재검증할 겁니다. 일종의 재판 같은 거죠."

"재판? 피고인도 없고, 검사와 변호사도 없는데."

"일단 구라타 씨가 증인 A고, 형사님이 증인 B예요. 이야기를 진행할게요." 호시야가 헛기침을 하고 말을 이었다. "아까도 구라타 씨와 이야기했지만, 범인의 전화를 구라타 씨가 받은 게 과연 우연이었을까 의심스러워서요."

"우연이 아니었다는 건가?"

"네. 범인은 의도적으로 구라타 씨를 끌어들인 겁니다."

호시야는 자신 있다는 듯 고개를 끄덕였다.

"수납과에서는 점심시간에 돌아가며 당번을 섰죠. 덧붙여 구라타 씨가 전화를 받지 않을 경우 끊으면 그만이고요. 그러니 범인은 구라타 씨를 노리고 전화했다. 그렇게 볼 수도 있겠죠."

호시야가 겐다에게 말했다. 아까 유미가 들었던 것과 별 차이 없는 내용이었다.

"그런데 어째서 구라타 씨지? 왜 하필 구라타 씨와 통화해야 하는데?"

"그건 모르겠어요. 하지만 그런 점들을 하나씩 의심해 볼 필요는 있겠죠."

왜 나였을까. 유미는 그 점을 의심해 본 적이 단 한 번도 없었다. 그저 그 시간에 자신이 우연히 전화를 받았을 뿐이라고 오늘날까지 믿어 의심치 않았다.

호시야가 겐다에게 물었다.

"범인이, 아니, 범인으로 추정되는 남자가 구라타 씨에게 다시 전화를 건 게 언제였나요?"

"9월 7일 목요일 오전이었어. 사건이 발생하고 나흘 후였지."

그날 일이 기억이 나긴 하되 군데군데 애매한 구석도 있다. 범인으로 추정되는 남자의 두 번째 전화를 받은 직후 유미는 직장에서 정신을 잃었다. 그 전후의 기억은 얇은 베일 같은 것에 덮여 있다.

"그 사람은 왜 구라타 씨에게 또 전화를 했을까요?"

호시야가 의문을 던졌다. 겐다가 이쪽으로 시선을 던졌다. 배려하는 눈빛이라는 걸 유미는 알아차렸다. 당시 상황이 떠올라 기분이 상하지는 않을까 걱정하는 것이다. 문제없다는 의미로 유미가 고개를 끄덕이자 겐다가 입을 열었다.

"감사를 표하고 싶었으니까. 내가 듣기론 그래."

그때는 고마웠어. 당신이 히토미의 주소를 알려 준 덕분이야. 정말 큰 도움이 됐어.

수화기 속 남자는 그렇게 말했다. 그 말을 들은 순간 유미는 갑자기 극심한 공황 상태에 빠졌다. 그러고는 남자가 어디서 자신을 보고 있는 것 아닐까, 하는 착각에 빠져 달아나야 한다는 강박 관념에 휩싸였다.

"왜 감사를 표해야 하는데요?"

"알 게 뭐야. 불쑥 그런 충동이 들었나 보지."

범죄자, 특히 엽기적인 범죄자는 자신의 범행을 세상에 알리고 싶어 하는 심리적 경향이 있다는 것이 정설이다. 그런 내용의 인터넷 기사를 훗날 읽었다. 범인이 유미에게 굳이 전화를 건 것도 그러한 심리 때문이라고, 그 인터넷 기사는 멋대로 결론을 내렸다.

"충동 때문이 아니라면요?"

"감칠나게 뜸 들이지 마. 무슨 말이 하고 싶은 건데?"

"간단해요. 구라타 씨를 공격한 겁니다."

호시야는 담담한 표정으로 말을 이었다.

"구라타 씨에게 전화해서 감사를 표한다? 범인에게 전혀 득 될 게 없는 짓이잖아요. 자칫하면 자신을 찾아낼 만한 흔적이 남을지도 모르는데요. 그럼에도 범인이 위험을 무릅쓰고 구라타 씨에게 감사 전화를 걸었다는 건 그 전화 역시 범인의 계획 중 일부였다고 볼 수 있지 않을까요?"

논리에 어긋나는 부분은 없어 보였다. 겐다도 진지한 표정으로 호시야의 이야기에 귀를 기울였다.

"그리고 생각해 보세요. 감사 전화가 왔기 때문에 그 남자가 범인이라고 결론 난 것 아닌가요? 만약 전화가 오지 않았다면 첫 번째 전화와 히토밍, 아니, 오기쿠보 히토미의 죽음을 연관 지을 근거가 없었겠죠."

확실히 그렇다. 감사 전화가 왔기 때문에 전화를 건 남자가 범인이라고 저절로 결정된 것이나 마찬가지다. 당신 덕분에 히토미를 죽일 수 있었다, 하는 메시지로 받아들일 수 있었으니 말이다.

"즉, 당신은." 겐다가 팔짱을 긴 채 말했다. "범인이 처음부터 의도적으로 구라타 씨를 노렸다. 그렇게 말하고 싶은 거로군."

"맞습니다. 아쉽게도 증거는 없지만 범인은 구라타 씨를 함정에 빠뜨리고 싶었던 것 아닐까요? 아시다시피 구라타 씨는 실제로 시청을 그만뒀어요. 만약 구라타 씨의 인생을 망치는 게 범인의 동기였다면 성공했다고 할 수 있겠죠."

"그렇게까지 해서……."

겐다가 탄식하듯 말했다. 구라타 유미의 인생을 망치기 위해 살인을 저지른다. 이게 대체 무슨 말인지 유미는 전혀 이해가 가지 않았다. 그런 생각은 꿈에도 하지 않았다. 그저 운 없이 말려들었을 뿐이라고 여겼다.

"아, 오해는 하지 마시고요, 형사님. 오기쿠보 히토미를 죽이고 싶은 마음이 먼저입니다. 구라타 씨에 대한 공격은 덤 같은 거예요."

덤이라고는 하지만 호시야의 주장은 너무나 충격적이었다. 나는, 그러니까 구라타 유미는 범인이 의도적으로 사건에 끌어들인 피해자라고, 호시야는 주장하는 것이다.

"구라타 씨, 저도 아이스커피 한 잔 주실래요?"

"아, 알았어요."

카운터 안에서 유미는 아이스커피를 준비했다. 겐다는 생각에 잠긴 듯 눈을 감았다. 이 형사와 처음 만난 건 3년 전 그날이다. 장소는 시립 병원이었다고, 유미는 기억한다.

"형사님, 구라타 주무관이 깨어났답니다."

수납과장이 겐다에게 다가와 알려 주었다. 무사시다이라 시립 병원 1층 로비에 있는 대기실이다. 오후 2시가 다 된 시각이었다.

이변이 발생한 건 지금으로부터 3시간 전인 오전 11시경이었다. 겐다 일행이 시청 3층 회의실에서 앞으로 어떻게 대응할지 협의하고 있었을 무렵이다. 구라타 유미는 수납과의 자기 자리에서 통화를 마친 후 비틀비틀 일어나 걸음을 옮기려다 다른 직원과 부딪쳐서 넘어졌고 그대로 정신을 잃었다고 한다. 즉시 구급차가 출동했고 그녀는 시립 병원으로 옮겨졌다.

"의사 말로는 과로해서 빈혈을 일으켰다는군요. 링거를 다 맞으면 집에 가도 된답니다. 조금만 기다리세요."

그로부터 30분 후 간호사가 링거를 다 맞았다고 알려 왔다. 안내를 받은 곳은 면담실이라는 방이었다. 일단 시청 쪽 사람이 먼저 이야기를 듣기로 하고 안으로 들어갔다. 겐다는 마키무라와 함께 복도에서 기다렸다.

"형사님, 오래 기다리셨죠?" 수납과장이 면담실 문을 열고 얼굴을 내밀었다. "구라타 주무관이 형사님께 드릴 말씀이 있답니다. 들어오세요."

겐다는 면담실로 들어갔다. 그리 넓지 않은 방에 가구라고는 4인용 테이블 하나뿐이었다. 의자에 여자 한 명이 앉아 있었다.

여자는 아주 초췌해 보였다. 연갈색으로 염색한 긴 머리에 이목구비가 단정하니 화장을 제대로 하면 미인 소리를 들을 만한 외모이나, 지금 모습은 안쓰러울 만큼 수척했다. 겐다는 여자의 정면에 앉았다. 마키무라도 옆에 앉았다. 시청 쪽 사람은 꼼짝도 하지 않고 벽 앞에 꼿꼿이 서 있었다.

"안녕하세요. 무사시다이라서에서 나온 겐다라고 합니다. 이쪽은 마키무라고요. 저희에게 하실 말씀이 있다고 들었는데요."

구라타 유미가 고개를 들었다. 각오보다는 체념에 가까운 감정이 감도는 얼굴이었다. 유미가 말을 꺼냈다.

"저예요. 전부 제 탓이에요. 제가……."

유미가 갑자기 울음을 터뜨렸다. 무너진 댐 같았다. 이렇게 되면 진정되기를 기다리는 수밖에 없다. 젊은 여자라 보기 싫게 우는 모습을 남들이 보면 부끄러울 수 있으니 겐다가 시청 쪽 사람에게 눈치를 주었다. 그들도 이쪽 의도를 이해한 듯 면담실에서 나갔다.

잠시 가만히 지켜보았다. 5분쯤 지나자 유미가 겨우 진정된 것 같기에 겐다는 입을 열었다.

"어때요? 좀 후련해지셨어요?"

"네. 많이요." 구라타 유미는 눈을 내리깐 채 고개를 숙였다. "죄송해요. 남 앞에서 이렇게 울다니, 저도 참."

요 며칠간 유미는 혼자서 비밀을 끌어안고 끙끙댔으리라. 털어놓을까, 끝까지 숨길까를 두고 내내 고민했을 게 틀림없다. 그런 스트레스가 눈물로 분출된 것이다.

"그럴 만도 하죠. 지난주 금요일에 무슨 일이 있었는지 자세하게 말씀해 주시겠어요?"

"네. 그날 점심시간에 전화가 왔어요. 안쪽 창고에서 나오는 길에 전화벨이 울리기에 가까운 작업 공간에서 전화를 받았어요. 전화를 건 사람은 어떤 남자였어요. 바바 히토미라는 여자에 대해 알려 달라고 하더군요."

겐다는 옆을 힐끗 보았다. 마키무라와 눈이 마주치자 서로 고개를 끄덕였다. 누군가 시청에 전화를 걸어 피해자에 대해 문의했다. 사건에 관여했는지는 확실치 않지만 분명 주목할 만한 가치가 큰 정보였다.

"개인 정보라서 알려 줄 수 없다고 거절했지만 어찌나 끈질기던지……."

"그래서 알려 주셨습니까?"

겐다가 재촉하듯 묻자 유미는 고개를 저었다.

"전 아무것도 알려 주지 않았어요. 그 사람이 부동산 중개소에 다녀왔다면서 몇몇 장소를 댔어요."

남자가 무사시다이라시에 있는 부동산 중개소를 찾아가, 사정이 있으니 금방 들어갈 수 있을 만한 방을 찾아 달라고 부탁해서 다섯 곳을 알아냈다는 이야기였다.

"그 다섯 군데를 차례대로 말했어요. 저는 흘려들었다고 생각했는데, 잠깐의 빈틈이랄까, 뭔가 감지했는지 그중 한 곳을 멋대로 정답이라고 우기기 시작했어요."

"거기가 정말로 바바 히토미의 주소였습니까?"

"네. 근처에 있던 컴퓨터로 주민 정보를 확인했거든요."

남자가 제시한 다섯 후보 중에 바바 히토미가 거주하는 연립 주택이 실제로 있었다는 뜻이다. 간과할 수 없는 정보였다.

여기는 병원 면담실이다. 오래 죽치고 있을 만한 곳은 못된다. 어디든 차분히 앉아서 이야기를 듣고 싶었다. 가능하면 경찰서 취조실이 제일이지만, 유미의 몸 상태를 고려하면 바람직하지 않을 것 같았다.

"구라타 씨, 죄송하지만 이야기를 좀 더 자세하게 듣고 싶은데요. 자리를 옮기는 게 어떨까요?"

마키무라가 일어나 면담실에서 나갔다. 시청 쪽 사람들에게 사정을 설명하기 위해서다. 일단 그들을 돌려보냈다. 겐다는 최대한 웃음을 띠고 말했다.

"너무 긴장하실 것 없어요. 가까운 카페에라도 가죠. 커피 사 드릴게요."

"알겠습니다."

유미는 어깨를 축 늘어뜨린 채 고개를 살짝 끄덕였다.

겐다는 오후 4시가 지났을 무렵 무사시다이라서 수사본부로 돌아왔다. 전화로 요점만 대강 전달한 터라 오이시가 목이 빠지게 기다리는 중이었다. 다른 수사원들도 모여 있는 가운데 겐다는 구라타 유미로부터 알아낸 사실을 보고했다.

"겐 씨, 월척을 건졌군. 범인 확정이나 마찬가지잖아."

첫 번째 전화만이라면 또 모른다. 하지만 오늘 유미에게 걸려 온 두 번째 전화는 결정타라 할 수 있었다. 전화를 건 남자가 유미에게 감사를 표했기 때문이다. 이는 자기가 범인임을 암시하는 행동으로 볼 수 있다.

"내일부터는 본격적으로 시청에 수사 협조를 요청하는 게 좋겠군요. 범인, 아니, 현재 단계에서는 용의자이지만 그자는 적어도 두 번 무사시다이라 시청에 전화를 걸었습니다."

시립 병원 근처의 카페에 사람이 너무 많아서 약간 거리가 있는 패밀리 레스토랑으로 갔다. 구석진 박스석에서 유미로부터 사정을 듣고는 몇 가지 사실을 알아냈다.

일단 전화를 건 사람은 남자고, 나이는 넓게 잡아 20대에서 40대다. 다만 말을 알아듣기 힘들었다는 증언을 감안하면, 손수건 따위를 수화기에 대고 통화했을 것으로 추정된다.

자신과 동거 중이던 바바 히토미가 돈을 훔쳐 달아나서 행방을 쫓고 있다. 그것이 남자의 주장이었다. 하지만 주오선 방위대 매니저의 증언에 의하면 바바 히토미는 남자와 동거를 하지 않았다.

바바 히토미는 8월에 매니저에게 스토킹을 당하고 있다는 사실을 털어놓았다고 한다. 지인과 상의해 무사시다이라시로 이사했음에도 스토커가 들러붙었고, 이에 정신적으로 궁지에 몰린 그녀가 매니저에게 상담을 요청했다는 것이다. 다만 지난주에 전화를 건 남자는 바바 히토미의 주소를 모르고 있었다. 만약 전화를 건 남자가 범인이자 바바 히토미에게 들러붙은 스토커라면, 바바 히토미는 일종의 피해 망상에 시달렸을 가능성도 농후하다.

"시청에 전화했다는 남자 말인데, 시내의 부동산 중개소를 찾아간 건 틀림없겠지?"

오이시가 재차 확인하자 겐다는 고개를 끄덕였다.

"아직 확인은 못했지만 구라타 유미는 그렇게 증언했습니다."

"당장 탐문부터 해야겠군."

오이시의 말에 근처에 있던 수사원 몇 명이 회의실을 빠져나갔다. 지금 바로 갈 모양이다. 역 앞을 중심으로 시내에는 부동산 중개소가 여러 군데 있다.

"또 뭐 없나? 사투리를 썼다거나 말버릇이 있다거나. 용의자를 특정할 수 있을 만한 특징이 있으면 좋겠는데."

"딱히 없는 모양입니다. 오늘 밤에 찬찬히 생각해 보라고 말은 해 놨습니다."

내일 이후로도 간격을 두고 유미에게 계속 진술을 요구해야 하지 않을까 싶었다. 그 부분은 오이시를 비롯한 간부의 판단에 달렸다. 유미는 범인으로 추정되는 남자와 이야기를 나누었을 가능성이 있는 유일한 사람이다. 중요한 증인이라는 건 의심할 여지가 없다.

"시청에 전화한 남자의 신원이 밝혀지는 게 제일 좋겠지만, 그게 그렇게 쉽지는 않겠지."

오이시가 말했다. 겐다도 그 의견에는 동감이었다. 시청 직원에게서 피해자의 주소(아무래도 유미의 반응만 보고 판단한 모양이지만)를 알아낸 것도 모자라 감사 전화까지 건다? 어쩐지 사람을 얕잡아 보는 듯한 인상이다. 이런 유형의 범죄자는 오히려 꼬리를 잘 드러내지 않는 법이다.

"전화남은 어떨까요?"

한 젊은 수사원이 머뭇거리며 말했다. 초면인 걸 보니 본청 수사 1과 형사인 듯하다. 젊은 수사원이 말을 이었다.

"시청에 전화한 남자라고 하면 좀 길지 않습니까. 줄여서 전화남이라고 하는 거죠."

십 수년 전에 전차남이 큰 화제가 되었다. 인터넷 게시판을 무대로 한 러브 스토리다. 드라마와 영화로도 제작되었는데, 의외로 겐다에게도 영화를 본 기억이 남아 있었다.

"전화남이라, 그렇게 하지."

오이시가 젊은 수사원의 의견을 받아들였다. 전화남의 정체를 찾는 것이 수사 방침 중 하나로 확정되자 전속 수사원이 배치되었다. 겐다와 마키무라는 무사시다이라 시청과 협력하고 그들과의 관계를 조율하는 역할을 계속 맡기로 했다.

진술 청취는 유미의 몸 상태를 고려해 내일 이후에 진행하도록 결정되었다. 전화남에게서 걸려 온 전화 통화 기록에 관해서는 수사 1과에서 문서로 무사시다이라시에 정보 제공을 요청한다고 한다. 상대가 행정 기관이다 보니 이러한 절차를 밟는 일이 불가피하단다. 그 외에 여러 가지 사항을 확인하고 나서 마침내 해산했다.

"그럼 가서 일들 봐."

오이시가 손뼉을 치며 말했다. 수사원들의 표정이 약간 밝아졌다. 드디어 범인일지 모를 자의 윤곽이 드러나기 시작했다. 전화남의 존재를 밝혀낸 건 분명 큰 진전이지만, 아까 시립 병원 면담실에서 본 유미의 우는 얼굴이 겐다의 머릿속에서 떠나지 않았다.

유미는 결코 피해자의 주소를 먼저 발설하지 않았다. 상대에게 유도 심문을 당해 빈틈을 보였을 뿐이다. 하지만 그 순간의 실수로 너무나 큰 짐을 짊어지고 있다.

압박감에 짓눌리지 않으면 좋으련만. 겐다는 유미가 걱정이 되었다.

＊

"실례합니다."

유미는 회의실로 들어갔다. 무사시다이라 시청 6층에 있는 회의실이다. 안에서 직원 몇 명이 유미를 기다리고 있었다.

"거기 의자에 앉아."

직원 하나가 말했다. 기획 경영부장이다. 유미는 시키는 대로 회의실 한가운데에 있는 의자에 앉았다. 다섯 남자는 유미로부터 3미터 정도 떨어진 거리에 일렬로 앉아 있었다.

어제 두 형사에게 진술한 후 조퇴를 허락받았다. 신기하게도 어젯밤에는 푹 잤다. 아침에 일어나 출근해도 될지 망설이고 있자니 구리야마 계장이 괜찮은지 걱정하는 전화를 걸어 왔다. 동시에 문제가 된 일에 대해 시청 상부에 설명하는 자리가 마련되었다고 알려 주었다. 구리야마 계장도 과장에게서 대충은 이야기를 들은 모양이었다.

그리고 지금 유미는 회의실 의자에 앉아 있다. 눈앞에 나란히 앉은 다섯 직원은 과장, 부장 들이다. 수납과장, 전산시스템과장, 인사과장, 총무과장, 기획 경영부장, 그 외에 직원 두 명이 회의실 구석 자리에 대기 중이다. 둘 다 기획 경영과 직원으로, 회의 기록차 자리를 지키는 듯했다. 지금 회의실에 있는 사람들은 유미를 제외하면 전부 남자다.

"지난주 금요일에 받은 전화와 어제 받은 전화에 대해 자세하게 설명해 보도록."

기획 경영부장이 말했다. 유미는 "네." 하고 대답하며 말문을 열었다.

"전화를 건 사람은 남자였습니다. 제가 전화를 받자······."

"아, 미안, 미안." 기획 경영부장이 끼어들었다. "좀 자세하게 설명해 주겠나? 예를 들면 시간 같은 거 말이야. 세세한 부분까지 빼먹지 말고."

"알겠습니다. 저희 과에서는 점심시간에 업무 당번을 서는데, 지난주 금요일은 제가 당번이었습니다. 은행에서 문의 전화가 와서······."

유미는 담담하게 말을 이어 갔다. 이렇게 될 줄 반쯤은 예상했으므로 당혹스럽지는 않았다. 왠지 모르게 기시감이 느껴졌다. 그러고 보니 지금 이 상황은 시청에서 치른 2차 시험 면접과 비슷했다.

그때는 다른 회의실이었을 것이다. 앞에 나란히 앉은 면접관 다섯 명이 이런저런 질문을 했다. 공무원에 지망한 이유, 장래에 해 보고 싶은 일 따위에 대해서 말이다. 긴장해서 뭐라고 대답했는지 기억나지 않지만 적어도 한 가지는 분명하다. 그때와 비교하면 지금이 훨씬 냉정하다는 것이다.

이유는 모르겠다. 스스로도 놀랄 만큼 유미는 냉정했다. 말이 막힘 없이 술술 나온다. 요 일주일간 그 남자와 나눈 대화를 몇 번이고 되새겨 본 덕분일까. 아니면 누가 자신의 이야기를 들어주길 바랐던 걸까. 그래. 이거다. 남에게 털어놓고 싶었던 것이다.

"남자의 목소리는 알아듣기 힘들었습니다. 천 같은 걸 수화기에 대고 있는 것 같기도 했어요. 나이는 20대에서 40대 정도 같았습니다."

오기쿠보 히토미를 살해한 죄의 책임을 퍼센트로 나타낸다고 치자. 물론 그녀를 살해한 범인이 제일 나쁘다. 분명 범인의 책임이 90퍼센트쯤 된다. 나머지 10퍼센트는 오기쿠보 히토미의 주변 환경이다. 오기쿠보 히토미와 가깝게 지내던 친구들이나 일을 관리하던 매니저 같은 사람들. 그리고 거기에 유미도 포함된다. 범인에게 피해자의 개인 정보에 관한 힌트를 준 무능한 시청 직원.

"남자는 시내의 부동산 중개소에서 알아낸 다섯 곳의 주소를 불렀습니다."

앞에 앉은 다섯 간부의 반응은 제각각이었다. 팔짱을 낀 채 듣는 사람도 있고, 메모하는 사람도 있었다. 가끔 옆 사람과 짧은 말을 주고받기도 했다. 다섯 명에게서 전해지는 기척이라든가 분위기는 그다지 우호적이지 않았다. 전부 유미의 잘못이라고 애초부터 단정한 것처럼도 느껴졌다.

마녀재판이라는 말이 있다. 사냥한 마녀들을 소추하는 것을 가리킨다. 지금 여기서 벌어지고 있는 일은 유미가 마녀임을 증명하기 위한 확인 작업인지도 모른다. 역시 자신은 마녀로 몰릴 모양이다.

"어제 온 전화는 짧았습니다. 그때는 고마웠다, 당신이 히토미의 주소를 알려 준 덕분이다, 정말 큰 도움이 됐다, 세세한 말투까지는 잘 기억나지 않지만 대략 그런 내용이었어요. 전화를 끊고 나서 너무 겁이 나 자리에서 일어섰습니다. 그리고 누구랑 부딪쳐서…… 거기서부터는 기억이 나지 않습니다. 깨어나니 병원 침대였어요."

처음부터 끝까지 최대한 아는 대로 설명했다. 시간을 따지면 15분쯤 지났으려나. 입안이 바싹 말랐지만 공교롭게도 마실 것은 준비되어 있지 않았다.

"몇 가지 물어볼 게 있는데." 기획 경영부장이 입을 열었다. "지난주 금요일과 어제 온 전화, 동일 인물인 건가?"

어제 형사도 같은 질문을 했다. 유미가 대답했다.

"단정할 수는 없지만, 목소리는 아주 비슷했어요. 어제 전화는 짧아서 판단하기 어려운 점이 있긴 합니다."

"구라타 주무관이 개인 정보를 유출하지 않은 건 틀림없지?"

"네."

"그럼 그 남자는 다섯 곳 중 자기가 원하는 곳을 어떻게 알아냈을까?"

"제가 숨을 삼키는 기척을 느꼈다고 했습니다. 그 후에 말을 주고받다 알아차린 것 같아요. 무슨 말을 했냐 하면……."

그럼 어반하이츠 나카마치가 맞는다고 봐도 무방한 거겠지. 이 말을 듣고 "아니에요." 하고 대답한 게 후회되었다. "답변드릴 수 없습니다."라며 모호하게 얼버무려야 했다. "아니에요." 하고 대답하는 바람에 뒤이어 남자가 "아니야?"라며 되물었을 때 어떻게 대답해야 할지 몰라 한순간 정신이 멍해졌다. 냉정하게 따지면 남자의 말이 맞았기 때문이다. 당황한 유미의 기분이 전해졌는지 남자는 어반하이츠 나카마치가 수상하다고 알아서 판단했다.

"그렇군."

기획 경영부장이 볼펜으로 테이블을 탁탁 두드렸다. 다섯 명 중에서 가장 젊지만 승진은 가장 빠르다. 장래에 부시장으로 발탁되지 않겠냐는 소문이 도는 간부 직원이다.

"사정은 대충 이해했어. 그나저나 구라타 주무관, 본인이 무슨 짓을 했는지 알겠지?"

기획 경영부장의 시선은 싸늘했다. 흡사 범죄자를 쳐다보는 듯한 눈빛이다.

"안 그래도 시민들은 공무원을 엄격한 눈으로 바라보는데, 아주 큰 사고를 쳤군. 옛날 같으면 할복감이야."

무슨 소리를 하는 건지 이해가 되지 않았다. 머릿속이 새하얘졌다. 할복이라면 배라도 가르라는 건가. 사극에나 나올 법한 짓을 내가 왜 해야 한단 말인가.

"자, 자, 부장님, 진정하세요. 아직 구라타 주무관이 공범으로 확정된 게 아니잖아요."

다른 남자가 말했다. 나를 공범 취급하는 건가. 딱 한 번, 진짜 딱 한 번 실수를 저질렀다고 살인범의 공범이 되어 버린단 말인가.

마지막으로 기획 경영부장이 던진 말은 아주 멀리서 들리는 것 같았다.

"구라타 주무관, 이만 돌아가서 업무 봐. 말하지 않아도 알겠지만 이번 일에 대해서 절대 함부로 입 놀리지 말고. 참, 나중에 경찰이 진술을 다시 듣고 싶다니까 그쪽도 대응 잘해."

다섯 명은 기획 경영부장을 중심으로 이마를 맞대듯이 모여서 수군거리기 시작했다. 이제 유미는 안중에도 없는 것 같았다. 그들의 입에서 '경찰'이나 '언론' 같은 단어가 나왔다. 이런 사태를 초래한 책임이 자신에게 있다는 건 알지만 어쩐지 소외된 것 같은 기분이었다. 그만큼 사태가 심각해졌다는 의미인지도 모른다.

분명 내게는 잘못이 있다. 완벽하게 대응했다고 하기 힘들다. 하지만 불행한 사고를 당한 것과 비슷하지 않나 싶었다. 그럼에도 이 다섯 명의 관리자들은 고생이 많았다거나 너무 낙심하지 말라는 등의 격려를 해 주지 않았다. 격려까지는 바라지도 않았으나 그와 비슷한 말조차 일절 나오지 않자 유미는 충격을 받았다.

유미는 비틀비틀 일어섰다. 자리에서 돌아서니 기획 경영과 직원 두 명이 이쪽을 보고 있었다. 유미는 두 사람에게 고개를 끄덕하고는 회의실을 나왔다.

＊

겐다는 부하 직원 마키무라와 시청 3층의 회의실에 있었다. 시청 직원 두 명도 함께였다. 그들은 시설 관리과라는 부서의 직원으로서 둘 다 30대로 보였다.

"이게 실제로 수납과 수납 총무계에 있던 전화기이고, 이쪽이 안쪽 작업 공간에 있던 전화기입니다."

테이블에는 전화기 두 대가 놓여 있다. 둘 다 같은 제조사에서 출시한 동일 제품인 듯했다. 액정 화면 밑에 작은 버튼이 여러 개 달려 있다. 오늘 아침 일찍 수납과에서 회수했다고 한다.

어제 수사 1과에서 무사시다이라 시청에 정식으로 협조 요청을 해서 동의를 얻었다. 지금 시청의 다른 회의실에서는 수사 1과 형사들이 구라타 유미에게서 진술을 받고 있다. 겐다와 마키무라는 어제 이야기를 다 들었으므로 굳이 동석은 하지 않고 다른 관점에서 수사에 착수했다.

"이게 문제의 번호입니다."

직원이 전화기를 조작해 보였다. 액정 화면에 '수신'이라는 글씨가 뜨고 그 밑에 전화번호와 전화가 온 시간이 표시되었다. 어제 오전 11시 5분에 090으로 시작되는 휴대전화 번호로 전화가 왔다. 범인으로 추정되는 전화남의 번호다.

마키무라가 번호를 수첩에 메모하고 스마트폰 카메라로 액정 화면을 찍었다. 발신 번호를 감추지 않았으니 불법으로 입수한 휴대 전화일 가능성이 높다. 그래도 일단 문의해 볼 필요는 있다.

"마키무라, 부탁해."

"알겠습니다."

마키무라가 자신의 스마트폰으로 사진을 수사본부에 보냈다. 통신사에 조회해 보기 위해서다. 겐다가 시청 직원에게 물었다.

"이 전화기에 수신 이력이 몇 개나 저장되죠?"

"최대 서른 개요. 이전 기록은 자동으로 삭제되게끔 설정된 것 같습니다."

다른 전화기, 즉 지난주 금요일에 유미가 사용한 전화기에는 문제의 전화에 대한 기록이 남아 있지 않은 듯했다. 하지만 이쪽도 통신사에 문의하면 전화가 온 시간과 전화번호를 알아낼 수 있으리라.

"청내에서는 전화기를 전부 대여해서 쓰고 있는데요." 직원 한 명이 말을 꺼냈다. "악질적인 민원인이 많은 부서는 차례차례 최신 기종으로 교체하는 중입니다. 수납과도 그 대상이라 수납계는 지난달에 전화기를 교체했고요. 최신 기종은 버튼을 누르면 통화가 녹음되죠. 수납계에 전화가 왔다면 녹음할 수 있었을 텐데요."

수납과는 주로 세금 징수를 담당하는 수납계와 후방에서 지원하는 역할을 담당하는 수납 총무계로 구성되는데, 유미는 수납 총무계 소속이다. 이 부분에 대해서는 겐다도 이미 설명을 들었다.

"협조해 주셔서 감사합니다. 필요한 게 있으면 또 연락드릴게요."

두 직원에게 감사를 표하고 회의실에서 내보냈다. 테이블에 놓인 전화기 두 대를 내려다보았다. 아까 직원도 말했듯이 통화를 녹음했다면 결정적인 증거가 되었겠지만 이제 와서 아쉬워한들 아무 소용없다.

"선배, 어떻게 할까요?"

"글쎄."

전화남의 정체는 스토커다. 그것이 수사본부의 판단이고, 겐다도 이의는 없었다.

악랄한 스토커에게 시달리던 바바 히토미는 이사를 가기로 결심하고 약 한 달 전에 무사시다이라시에 전입했다. 어떤 방법을 사용했는지 확실치 않지만, 전화남은 바바 히토미가 무사시다이라시로 이사 갔다는 사실을 알아냈다. 그리고 부동산 중개소에 가서 당장 들어갈 수 있는 방을 물색했다. 총 다섯 곳이었다.

보통은 한 곳씩 감시하든지 해서 이사 간 장소를 찾아냈을 터다. 하지만 전화남은 시청에 문의하는 쪽을 택했다. 그리고 마침 그 전화를 받은 사람이 수납과 직원, 구라타 유미였다.

전화남이 바바 히토미를 죽인 범인이라고 확정된 건 아니나 그럴 가능성이 크다. 그렇지만 통화 음성이 남아 있지 않으므로 모든 건 유미의 증언에 달렸다. 어제 이야기해 본 바로는 제법 자세하게 기억하는 것 같으면서도, 더 세세한 부분까지 기억하느냐고 하면 역시 물음표가 남는다.

"수사 1과가 어떻게 하고 있는지 보고 올까. 그다음에 탐문하러 가는 편이 나을 거 같은데."

"알겠습니다."

겐다는 마키무라와 함께 회의실을 나섰다. 3층은 비교적 조용한 부서가 모여 있는지 복도가 괴괴했다. 지나가던 여직원이 눈인사를 했다. 마치 이쪽이 형사라는 걸 안다는 듯한 눈빛이었다.

구라타 유미가 범인에게 개인 정보를 유출했다는 소문은 청내에 얼마나 퍼졌을까. 유미의 앞날을 생각하니 기분이 울적해졌다.

✳

오전 작업은 4층에서 끝나겠군. 노가미 노보루는 방수 손목시계를 힐끗 보며 생각했다. 스기나미구 시모타카이도에 있는 6층짜리 맨션이다. 노가미는 폴리셔라는 자동 광택기로 맨션 바깥 복도를 청소하는 중이었다. 중성 세제를 뿌린 복도를 폴리셔로 닦으며 천천히 앞으로 나아갔다.

맨션을 청소하는 순서는 대개 일정하다. 우선 고압 세척기와 폴리셔를 최상층으로 옮긴다. 그리고 복도를 청소하면서 한 층씩 내려간다. 서너 명이 한 팀으로 일할 때가 많은데, 오늘은 세 명이다.

"이만하고 밥 먹으러 가자."

귓가에 목소리가 들려 고개를 돌리자 동료 가와고에가 서 있었다. 오늘의 작업자 중에서 가장 연장자이자 실질적인 리더다. 흔히 일주일은 같은 사람끼리 팀을 짜므로 가와고에와 함께 일하는 날이 많다. 마지막 한 명은 회사에서 가장 젊은 히라이라는 남자였다.

노가미는 4층 청소를 마치고 폴리셔 전원을 껐다. 혹시 몰라 플러그도 뽑았다. 그러고 나서 다른 두 명과 엘리베이터를 타고 1층으로 내려갔다. 걸어서 2분 거리에 있는 패밀리 레스토랑을 미리 찾아 놓았다. 아침에 일터로 향하는 차에서 스마트폰으로 점심 먹을 곳을 검색하는 것이 매일의 일과다.

노가미는 다카다노바바에 위치한 주식회사 다쓰미 클린 서비스에서 일한다. 다쓰미 클린 서비스는 도쿄 도내의 건물을 청소하는 회사다. 종업원은 20여 명으로 소규모이나 청소 일정은 몇 달 후까지 꽉 차 있었다. 야근도 없고 주말과 공휴일은 반드시 쉬기 때문에 노가미는 지금 다니는 직장이 대체로 만족스러웠다.

셋이 박스석에 앉았다. 뭘 시킬지는 정해져 있다. 이런 유의 패밀리 레스토랑에는 꼭 있는 런치 세트에 밥을 곱빼기로 시키는 게 보통이다. 가격도 7,800엔이면 충분하다.

결국 셋 다 런치 세트에 곱빼기로 밥을 시켰다. 노가미는 물을 한 모금 마시고 담배에 불을 붙였다. 가와고에도 담배를 입에 물었다. 히라이는 전자 담배였다. 작년 즈음부터 필립 모리스에서 출시한 전자 담배인 아이코스를 피우는 녀석이 하나둘씩 보이기 시작했다. 한번 빌려서 피워 보았는데, 담배를 피우는 것 같지 않았다.

담배를 한 대 더 태우려는데 음식이 나왔다. 토마토소스를 뿌린 치킨 소테다. 노가미는 식사를 시작했다. 가와고에와 히라이도 묵묵히 밥을 먹었다.

노가미는 밥을 먹으며 스마트폰을 꺼내 인터넷에 접속했다. 자주 들어가는 경마 정보 사이트다. 그러자 가와고에가 물었다.

"이번 주에 중상 경주(일본 경마에서 G1, G2, G3 세 등급의 경주를 묶어서 부르는 말로 상금이 높고 인기가 많아 중요한 경주다 - 옮긴이)가 있던가?"

"있어요. 게이세이배 오텀 핸디캡이랑 센토르 스테이크스요. 필요하면 사 드릴게요."

"됐어. G1만 살래. 옛날에는 매주 샀지만."

노가미의 취미는 경마다. 주말에는 반드시 마권을 산다. 19년 전, 직장 선배가 도쿄 경마장에 데려간 것이 계기였다. 그날은 일본 더비가 있었던 날로, 노가미는 패덕(경주 전에 말을 관객에게 선보이는 장소 - 옮긴이)에서 본 스페셜 위크라는 경주마에게 매료되었다. 그 말에게서 형언할 수 없는 거룩함이 느껴졌다. 스페셜 위크를 점찍고 처음으로 구입한 단

승식(정해진 경기에서 1등으로 들어오는 말을 맞히는 것 - 옮긴이) 마권이 멋지게 적중했다. 경마에 푹 빠진 건 그때부터였다.

"노가미, 꽤 땄다고 들었는데. 어때?"

"글쎄요, 올해는 본전이에요."

노가미는 군마현 다카사키시에서 태어나 고등학교 졸업 후 일자리를 구하러 도쿄로 상경했다. 첫 직장은 도쿄 도내의 비즈니스호텔이었는데, 3년 차에 말썽을 일으켜 해고되었다. 짜증 나는 상사를 폭행했기 때문이다.

상사는 잔소리를 입에 달고 살면서 신경을 툭툭 건드리는 인간이었다. 조례 시간에 늘 뭔가 지적했고, 가끔 있는 회식 자리에서도 설교를 늘어놓기 일쑤였다. 쌓이고 쌓인 울분이 최고조에 달한 어느 날 자신도 모르게 상사를 넘어뜨리고 몸에 올라타서 얼굴을 마구 후려갈겼다. 노가미는 머리를 세 바늘 꿰매는 상처를 입힌 혐의로 체포되었다. 일을 크게 만들고 싶지 않다는 호텔 쪽 의향으로 상사가 고소를 취하해서 노가미는 불기소 처분을 받았다.

이후로는 쭉 아르바이트를 했다. 주로 택배 관련 아르바이트를 했고 식당 같은 데서도 일했다. 수입의 대부분은 마권으로 바뀌어 사라졌다.

5년 전이었다. 비즈니스호텔에서 일하던 시절의 선배에게서 전화가 왔다. 그가 청소 회사를 차릴 거라며 직원으로 일하지 않겠냐고 제안했다. 노가미는 두말없이 단칼에 승낙

했다. 그 회사가 바로 주식회사 다쓰미 클린 서비스다. 사장의 이름은 이토 다쓰미. 노가미를 처음으로 도쿄 경마장에 데려간 사람이다. 노가미가 다짜고짜 상사를 때리는 사람이 아니라는 걸 알기에 잊지 않고 불러 준 것이다. 노가미도 그에게는 고분고분하다.

"슬슬 갈까."

이미 모두가 밥을 다 먹었다. 가와고에의 말에 일어나서 각자 계산을 하고 식당을 나섰다. 현재 시각은 12시 20분, 점심시간은 1시까지다. 보통은 회사 트럭에서 낮잠을 자거나 스마트폰을 하면서 시간을 보낸다.

오늘은 금요일이다. 이제 반나절만 더 일하면 내일부터 휴일이다. 토요일에는 집에서 텔레비전으로 경마를 보고, 일요일에는 나카야마 경마장에 갈 예정이었다. 지난주까지는 지방 여름 경마 시즌이었고 이번 주부터 드디어 가을 경마가 본격적으로 시작된다. 정말 기대된다.

트럭 조수석에 앉았다. 운전석에 앉은 가와고에가 시트를 뒤로 넘기고 누웠다. 히라이는 편의점에 간 건지 보이지 않았다. 노가미도 좀 잘까 싶어 조수석 시트를 뒤로 넘겼다.

✳

아무에게서도 연락이 오지 않았다. 오늘은 토요일로, 시청 야구부의 경기가 있는 날이다. 당연히 유미도 매니저로서 동행할 예정이었지만, 이런 상황에서는 아무래도 참가하기 어렵겠다 싶어 무단으로 불참했다. 평소 같았으면 문자나 메신저로 메시지가 왔겠지만 유미의 스마트폰은 온종일 잠잠했다. 긁어 부스럼 만들 것 없다는 거구나, 하고 유미는 받아들였다. 입장을 바꾸어 생각하면 연락을 꺼리는 마음도 이해가 간다. 살인범에게 개인 정보를 유출한 직원에게 뭐라고 말을 걸겠는가. 누구라도 난감할 것이다.

오늘은 내내 방에 틀어박혀 있는 중이다. 밤 10시가 훌쩍 넘은 시각이었다. 식욕이 없어서 아침부터 아무것도 먹지 않았다. 유미는 방에서 나와 1층으로 내려갔다.

아버지가 거실 소파에 앉아 텔레비전을 보고 있었다. 테이블 앞에 앉은 어머니도 시선은 텔레비전을 향한 상태였다.

'정말 착한 아이였어요. 공연이 시작되기 전에 꼭 인사를 하러 왔죠.'

유미가 거실로 내려왔다는 걸 알아차리고 아버지가 허둥지둥 리모컨을 조작해 채널을 바꾸었다. 유미는 짤막하게 말했다.

"틀어 줘."

"하지만……."

"괜찮아. 틀어 줘."

아버지가 채널을 되돌렸다. 심야 정보 방송이다. 지하 아이돌 살인 사건을 다루는 듯했다. 인터뷰를 하고 있는 사람은 나카노에 위치한 라이브 하우스의 경영자인 모양이다. 주오선 방위대가 이 라이브 하우스에서 한 달에 두 번 정기 라이브 공연을 한다는 건 유미도 인터넷에서 보아서 안다. 사건이 신경 쓰여서 이것저것 검색하다 알게 되었다.

'지난달에 마지막으로 봤었나. 그때도 간식을 가져왔었죠. 빨리 범인이 잡히면 좋겠네요.'

라이브 하우스 경영자의 인터뷰가 끝나자 스튜디오가 나왔다. 남자 아나운서가 패널에게 물었다.

'선생님, 스토커의 소행으로 봐도 될까요? 경시청의 정식 발표는 없습니다만.'

'그럴 가능성이 높죠. 피해자가 스토킹을 당했다는 사실을 소속사에서 발표했으니까요.'

'이 사건에는 어떤 사회적 배경이 있다고 보십니까?'

'지하 아이돌이 가깝고 친근한 존재였다는 게 크게 작용했겠죠. 팬 미팅 같은 데서 대화를 자주 나누다 보면 자신이 이 사람에게 특별한 존재가 아닐까 착각하는 겁니다.'

'그렇군요. 피해자의 명복을 빌며, 한시라도 빨리 사건이 해결되길 기대하겠습니다. 그럼 다음 특집입니다. 모리토모 학원 문제가 새로운 국면으로 접어들었습니다. 지난달 국가 보조금 사기죄로…….'

다음 주제로 넘어가자 유미는 팽팽하게 긴장된 분위기가

풀리는 걸 느꼈다. 어젯밤 부모님에게 일련의 일에 대해 숨김없이 털어놓았다. 부모님은 충격이 컸는지 아무 말도 하지 못했다.

"유미, 뭐 좀 먹을래? 저녁에 카레 먹었는데. 데워 줄까?"

"됐어."

"되기는 뭐가 돼. 아침부터 아무것도 안 먹었잖아. 금방 데워 줄 테니까 기다려."

어머니가 일어서서 부엌으로 갔다. 아버지가 텔레비전에 시선을 고정한 채 물었다.

"직장 상사가 뭐라고 안 하디?"

"뭘 뭐라고 해?"

"앞으로 어떻게 처우한다든가, 뭐 그런 거 말이야."

"별다른 말은 없었는데. 그냥 평소처럼 출근하면 되나 봐. 대신 이번 일에 대해서 절대 입 밖에 내지 말라는 말은 했어."

분명 시청 전체에 소문이 퍼졌으리라. 다가올 월요일이 이토록 우울하게 느껴진 적은 처음이다. 가능하면 쉬고 싶지만 한번 그러기 시작했다가는 끝도 없이 계속 쉬게 될 것 같아서 두려웠다.

특별 휴가라는 제도가 있다. 주로 우울증 등 심리적인 문제가 있는 직원에게 주어지는 휴가로 의사의 진단서가 필요하다. 무사시다이라 시청에서도 몇 명이 특별 휴가를 얻어

지금도 쉬고 있다는 걸 유미도 안다. 나도 이런 상태가 계속되면 마음에 병이 생기는 것 아닐까, 하는 불안도 적지 않다.

"우리 은행 말인데." 갑자기 아버지가 말을 꺼냈다. "내년부터 희망자는 65세까지 일할 수 있대. 왜, 연금 수령 연령이 높아졌잖아. 그에 따른 조치인가 봐. 다만 평사원으로 돌아가거나 관련 회사의 하위직으로 전근을 가거나, 하는 모양이지만."

아버지는 올해 쉰일곱이다. 정년퇴직하면 차를 몰고 어머니와 유유자적하게 전국을 여행하겠노라고 공언했다.

"별안간 말단 직원이 되는 셈이지만 그것도 나쁘진 않겠지. 아무래도 이게 시대의 흐름인가 싶다."

관공서에도 똑같은 제도가 있다. 과장이나 부장 같은 관리직이 정년퇴직 후에 재고용되는 형태로 일한다. 가끔 다루기 까다로운 사람이 있어서 힘들다는 소문이 들린다.

지금 같은 상황에서 아버지가 왜 이런 이야기를 꺼낸 걸까. 문득 유미는 아버지의 심정이 이해가 갔다. 설령 유미가 일을 그만두더라도 한동안은 집안 형편을 걱정할 것 없다고 말하고 싶은 것이리라. 아버지는 적어도 앞으로 8년간 현역으로 일할 의지가 있다는 뜻을 넌지시 비춘 것이다.

"고마워."

유미가 작게 말했지만 아버지는 못 들은 척하는 건지 텔레비전만 응시했다. 어제 기획 경영부장에게서 들은 말이 떠올랐다. 할복감이라고 했다. 만약 아버지가 이 사실을 알면 어떻게 될까. 너무 화가 난 나머지 시청에 쳐들어가서 고래고래 고함을 지를지도 모른다.

부엌에서 어머니 목소리가 들렸다.

"유미, 카레 다 데웠어."

"갈게."

유미는 자리에서 일어섰다. 식욕은 없지만 먹지 않으면 몸이 버티지 못하리라. 이러니저러니 하면서도 막상 자신은 평범하게 지내고 있다. 어쩌면 스스로 생각했던 것보다 정신력이 더 강한 건지도 모른다. 유미는 그릇을 들고 밥솥을 열었다.

＊

경주마들이 패덕을 빙 돌고 있다. 노가미는 경마 신문을 든 채로 그 광경을 지켜보았다. 지금 패덕을 걷고 있는 건 두 번째 경주인 미승리전(한 번도 승리한 적 없는 경주마가 출전하는 경주 - 옮긴이)에 출전하는 말들이었다.

"안녕하세요."

뒤에서 인사하는 목소리가 들렸다. 돌아보자 안경을 낀 남자가 서 있었다. 이름은 다카야마. 경마장에서 안면을 튼 사람이다. 몸이 야리야리하니 책벌레같이 생겼다. 노가미가 다니는 회사에서는 결단코 볼 수 없는 유의 인간형이다.

"오, 다카야마, 지금 왔어?"

"네. 노가미 씨는요?"

"나도 방금 왔어."

노가미는 기본적으로 무리를 짓지 않는 성격이랄까, 친구와 경마장에 오는 사람이 아니다. 동행이 있으면 경마에 집중할 수 없기 때문이다. 경마와 관련된 친구는 다카야마뿐이었다.

1년 반 전이었다. 도쿄 경마장의 스탠드석에서 옆에 앉아있던 남자가 실수로 종이컵에 들어 있던 맥주를 노가미의 청바지에 쏟았다. 다행히 그날은 마권이 척척 맞아떨어져서 기분이 좋았던 덕분에 눈에 쌍심지를 켜고 화를 내지는 않았다. 하지만 남자는 많이 미안했는지 바로 일어나 맥주와 닭튀김 2인분을 사 왔다. 둘이서 먹고 마시며 마지막 경주까지 함께 즐기다가 근처 술집에서 뒤풀이도 했다. 이것이 다카야마와의 첫 만남이었다.

연락처를 교환하지는 않았지만 그날 이후로도 두 사람은 경마장에서 가끔 마주쳤다. 술집에서 뒤풀이를 했을 때 경주를 어디서 보는지 서로에게 알려 주었기 때문이다. 다카야마는 젊은 나이에도 경마에 해박했고, 무엇보다 둘은 다케 유타카 기수를 좋아한다는 공통점이 있었다.

"다카야마, 그 아이돌 말이야. 끔찍한 일을 당하고 말았

네."

"그러게 말입니다. 저도 믿기지가 않아요."

다카야마가 응원하는 주오선 방위대의 멤버 중 한 명이 지난주 일요일에 살해당했다. 노가미는 그 뉴스를 인터넷에서 보았다. 노가미의 기억에 피해자 오기쿠보 히토미는 아주 늘씬한 이미지로 남아 있었다. 실은 다카야마가 티켓을 양도해 주어 노가미도 주오선 방위대의 라이브 공연을 세 번 정도 보러 갔었다.

주오선 방위대는 나카노의 라이브 하우스에서 한 달에 두 번 정기 라이브 공연을 하는데, 그들의 열성 팬인 다카야마는 연간 티켓을 가지고 있다. 반년 전쯤이었다. 다카야마가 일 때문에 도저히 시간을 낼 수 없다면서 티켓을 양도해 주었다. 당시 노가미는 라이브 공연이 처음이라 다소 어색한 기분으로 나카노로 향했다.

공연장은 절반도 차지 않았다. 관객은 남자만 50명 정도였다. 고등학생인 듯한 남자애들도 있었지만, 가장 많은 지분을 차지하는 건 30대로 보이는 청년들이었다. 특히 아주 평범한 회사원 같아 보이는 남자들이 많았다.

진짜로 재미있는 일은 공연이 시작된 직후에 벌어졌다. 다섯 명의 아이돌 멤버들이 무대 위에 올라온 순간, 그때까지 잠잠했던 남자들이 완전히 딴판으로 변해서는 펜 라이트 따위를 흔들며 소리를 질러 대기 시작했다.

대체 어디에 그런 활력이 숨어 있었던 거냐, 하는 생각에 노가미는 쓴웃음을 지었다. 무대 위의 아이돌보다 응원하는 남자들이 더 재미있었다. 그러다 얼마 지나지 않아 노가미는 깨달았다. 경마장에서 말에다 대고 달리라는 둥 제치라는 둥 소리치는 자신과 그들이 별반 다르지 않다는 것을 말이다.

1시간도 되지 않아 공연이 끝나고 멤버들과 팬들이 교류하는 시간이 열렸다. 돈을 내면 같이 사진을 찍어 주는 체키라는 이벤트가 있다는 건 다카야마에게 들어서 알고 있었다. 기왕 여기까지 온 김에 사진이라도 찍자 싶어 노가미는 체키 티켓을 구입하고 오기쿠보 히토미라는 멤버를 선택했다. 리더 나카노 미오가 제일 인기가 많고 오기쿠보 히토미가 두 번째라는 것도 다카야마에게 들어서 알고 있었다. 둘 중 하나를 고르라면 오기쿠보 히토미가 노가미의 취향이었다. 다섯 명 중에서 제일 키가 크고 아주 섹시했다. 요염해 보이기도 하고.

"저희 처음 뵙는 거죠?"

노가미의 차례가 되어 오기쿠보 히토미 앞에 섰는데 그녀가 대뜸 그렇게 말해서 살짝 당황스러웠다.

"응? 어떻게 알았어?"

"무대에서 객석이 훤히 보이거든요."

단순히 사진만 찍고 끝나는 게 아니라 비교적 길게 이야

기도 나눌 수 있는 듯했다. 멤버와의 거리가 너무 가까워서
놀랐다. 다른 네 멤버도 팬들과 친근하게 접촉했다. 아이돌
과 팬이라기보다 친한 친구 사이 같아 보이기도 했다.

"또 봐요."

오기쿠보 히토미의 배웅을 받으며 노가미는 라이브 하우
스를 빠져나왔다. 오기 전에는 이런 걸 보러 다니냐며 반쯤
무시하는 마음도 없잖아 있었지만 한번 와 보니 재방문 의
사가 생겼다. 오기쿠보 히토미와 찍은 사진을 보는데 활짝
웃는 그녀와 달리 자신은 긴장한 표정이 역력했다.

노가미는 그다음 달에 또 다카야마에게서 티켓을 양도받
아 나카노에 갔다. 공연 후에는 체키 티켓을 사서 오기쿠
보 히토미를 선택했다. 오기쿠보 히토미는 노가미를 기억
하고 있었다. 다카야마라는 남자 대신 왔다고 했지만 오기
쿠보 히토미는 다카야마가 누구인지 몰랐다. 다카야마는 다
른 멤버 팬인가.

얼마 전에도 라이브 공연을 보러 갔다. 그러나 오기쿠보
히토미는 무대에 올라오지 않았다. 공연 시작 전에 컨디션
난조로 참가를 보류한다는 짧은 해명이 있었다. 노가미는
스토킹하는 팬의 심리 상태를 왠지 알 것만 같았다. 그토록
가까이에서 친밀하게 접촉하다 보면 착각에 빠지는 놈이 한
둘 나와도 전혀 이상할 게 없을 듯하다.

노가미는 히토미와 단 두 번 체키를 찍은 게 전부인 사이

임에도 그 아이가 살해당했다는 현실이 실감이 나지 않는다. 지금이라도 라이브 공연을 보러 가면 아무렇지 않게 나와서 노래를 부를 것 같다. 하지만 오기쿠보 히토미는 더 이상 무대에 설 수 없다.

"다카야마, 아이스커피 마시자. 내가 사 줄게."

매점에서 아이스커피를 샀다. 계단에 앉아 아이스커피를 마시며 무릎 위에 경마 신문을 펼쳐 놓고 경주 결과를 예상했다. 다카야마도 경주 결과를 미리 점쳐 보지만 그는 주로 태블릿을 이용한다. 거기에 다양한 정보가 들어 있단다.

"아, 참, 노가미 씨." 다카야마가 뭔가 떠올랐다는 듯 말했다. "이번 주 수요일 밤에 시간 있으세요?"

"응. 또 일이야?"

"네. 우리 회사는 정말 악덕 기업이라니까요. 괜찮으면 쓰세요. 아까우니까."

다카야마가 그렇게 말하며 티켓을 한 장 주었다. 주오선 방위대의 라이브 공연 티켓이다. 다카야마는 회사원인 듯하지만 정확하게 어떤 일을 하는지는 모른다. 아무튼 야근이 많은 모양이다. 뭐 하러 연간 티켓을 샀나 싶었는데, 공연 때마다 구입하기가 귀찮다고 했다. 인터넷으로 예약해 편의점에서 요금을 내고 티켓을 받는 짓을 한 달에 두 번이나 하면 확실히 번거롭긴 할 것이다.

"알았어. 맨날 받기만 해서 미안하네. 그나저나 그런 사건이 있었는데도 공연은 하는구나."

"그러니까요. 실은 예정에 없던 공연이 갑자기 잡혔어요. 지난주 정기 라이브 공연이 영 어수선해서 운영진이 긴급 공연을 열기로 했다나 봐요. 어제 편의점에 가서 티켓을 샀는데, 상사가 느닷없이 야근을 하라지 뭐예요."

그건 참 안 되었다. 노가미도 야근을 싫어하므로 다카야마의 심정이 진심으로 이해가 갔다.

"추모 공연 같은 느낌이 아닐까 싶네요. 언론에 나올지도 모르는데, 괜찮으시겠어요?"

"난 그런 거 별로 신경 안 써."

객석에서 환성이 들렸다. 다음 경주에 출전하는 말이 입장한 모양이다.

다음에는 나카노 미오라는 멤버의 체키 티켓을 사자. 이른바 센터 멤버로, 몸집이 아담하고 이목구비가 단정하니 제일 인기가 많다. 이런 생각을 하며 노가미는 다카야마가 준 티켓을 윗옷 안주머니에 넣었다.

＊

월요일 오후 3시, 겐다는 무사시다이라 시청의 대회의실에 있었다. 대회의실에는 열다섯 명 남짓한 기자들이 모여 있었다. 곧 시청 쪽 관계자가 기자 회견을 가질 예정이었다.

오늘 오전에 움직임이 있었다. 시청 쪽이 기자 회견에서 사실을 공표하고 싶다고 했다. 겐다에게 그 의사를 타진한 건 기획 경영부장 나카쓰카였다. 그가 이번 정보 유출 건의 대응을 담당한단다.

겐다가 시청 쪽 의향을 수사본부에 전달하자 간부들은 협의에 들어갔다. 시청 쪽은 정보 공개를 우선시해, 되도록 빨리 공표하고 싶은 모양이었다. 시청의 입장도 이해가 갔다. 요즘 같은 세상에 직원의 실수를 마냥 감추는 게 상책은 아니다. 자칫 들통이라도 났다가는 무슨 비판을 받을지 모른다.

하지만 수사본부로서는 전화남의 정보를 공표하기가 망설여졌다. 공표가 사건 해결로 이어진다는 확신이 없었기 때문이다. 그러다 시청 쪽 의향을 수용해 조정한 결과, 수사본부가 한발 물러서는 형태로 기자 회견이 열리게 되었다.

"정각이 됐으니 기자 회견을 시작하겠습니다. 일단 다케쿠마 시장님의 말씀이 있겠습니다. 시장님, 부탁드립니다."

오른쪽 가장자리에 서 있는 사회자 뒤쪽 의자에 남자 몇 명이 앉아 있다. 안경을 낀 풍채 좋은 남자가 의자에서 일어나 중앙에 있는 연단으로 향했다. 남자는 들고 있던 서류를 내려놓고는 마이크에 대고 입을 열었다.

"바쁘실 텐데 많이들 와 주셔서 감사합니다. 시장 다케쿠마입니다. 여러분께 긴급히 드리고 싶은 말씀이 있어 이 자리에 모셨습니다."

무사시다이라시 시장인 다케쿠마 도루는 예전에 재무성 관료였다. 정년이 되기 전에 퇴직해 무사시다이라시 시 의회 의원에 당선되었고 재선까지 되면서 도합 두 번의 임기를 마친 후, 시장 선거에 입후보해 또다시 멋지게 당선되었다. 재무성 시절에 만들어 둔 중앙 관청과의 연줄이 무기이며, 건전한 재정 운영이 모토다. 2년 후 봄에 4년 임기가 끝나지만 재출마가 확실시되고 있다는 소문이다.

"지난주에 우리 시에서 안타까운 사건이 발생했습니다. 여러분도 아시다시피 연예인으로 활동하던 젊은 여성이 살해당했죠. 현재도 경찰이 열심히 수사 중인데요. 실은 사건이 발생하기 전에 피해자에 관한 정보를 제공해 달라고 요구하는 전화가 시청의 모 부서에 걸려 왔다는 사실이 밝혀졌습니다."

기자석이 술렁거렸다. 언론에 통지할 때 회견 내용은 전달하지 않았다. 별 기대 없이 왔던 기자들의 눈빛이 달라진 것 같았다.

"현재도 수사 중인 사안이라 자세한 내용은 공표를 보류할 방침입니다. 다만 한 가지 드리고 싶은 말씀이 있습니다. 저희 시청 직원은 결코 피해자의 개인 정보를 유출하지 않았습니다. 그 점은 꼭 알아주셨으면 합니다. 이상입니다."

기자들이 저마다 목소리를 높였지만 시장은 원고를 들고 연단에서 내려와 몇몇 직원과 함께 회의실을 떠났다. 사회자가 말했다.

"시장님은 공무가 있어서 먼저 실례하시겠습니다. 대신에 기획 경영부장이 여러분의 질문에 답변하겠습니다."

기획 경영부장 나카쓰카가 연단 앞에 서기가 무섭게 기자들이 질문을 퍼부었다.

"부장님, 대체 어떻게 된 겁니까? 시청 직원이 범인으로 추정되는 인물과 통화를 했다는 말씀입니까?"

"경찰이 수사 중이므로 답변드릴 수 없습니다. 제가 말씀드릴 수 있는 건 두 가지입니다. 하나는 피해자에 관한 정보 제공을 요구하는 전화가 시청에 걸려 왔다는 것, 또 하나는 문제의 전화를 받은 직원은 개인 정보를 일절 유출하지 않았다는 것입니다."

"어느 과에 온 전화입니까?"

"경찰 수사 중인 사안이라 답변드릴 수 없습니다."

"전화는 언제 왔습니까?"

"지지난주 금요일이라고 들었습니다."

겐다는 시청 측이 일종의 방위책으로서 기자 회견을 열었다는 사실을 간파했다. 범인이 구라타 유미와 통화하는 도중에 피해자의 주소를 알아냈다. 앞으로 수사를 통해 그 사실이 명백해질 경우 시청은 비난을 피할 수 없다. 이런 상황을 예상하고 미리 정보를 공개하자는 꿍꿍이다.

"전화를 건 사람은 남자입니까, 여자입니까?"

"답변드릴 수 없습니다."

"전화를 건 사람이 범인인가요?"

"그것도 답변드릴 수 없습니다. 수사 중이라서요."

경찰이 수사 중이라서 답변할 수 없다. 이 대사 하나로 기자들의 질문을 어느 정도는 쳐 낼 수 있다. 참 편리한 말이구나, 싶어 겐다는 내심 쓴웃음을 지었다.

나카쓰카가 기자들을 둘러보며 말했다.

"청내에 조사 위원회를 설치해 원인 규명 및 재발 방지책에 대해 협의할 예정입니다. 새로운 정보가 나오면 기자 회견을 열어 여러분께 다시 보고드리겠습니다. 그럼 이만 실례하겠습니다."

나카쓰카가 연단에서 물러났다. 사회자가 기자 회견이 끝났음을 알렸으나 기자들은 영 불만스러운 얼굴이었다. 어쨌든 빠르면 이 정보가 오늘 석간신문을 장식할 가능성이 있었다. 범인으로 추정되는 인물, 무사시다이라 시청에 문의 전화? 이런 헤드라인이 겐다의 머릿속에 떠올랐다.

겐다는 옆에 있던 마키무라에게 눈짓하고는 회의실을 나섰다.

＊

유미는 직장에서 일하는 중이었다. 하지만 어쩐지 가시방석에 앉아 있는 기분이었다. 지금 자신이 처한 상황에 초등학생 때 일이 오버랩되었다.

초등학교 저학년 때였다. 같은 반 여자애가 수업 중에 오줌을 쌌다. 이 사실을 눈치챈 담임 선생님이 그 애를 데리고 교실에서 나갔다. 반 아이들도 무슨 일이 일어났는지 알고 있었고, 큰 소리로 떠들며 놀리는 남자애도 있었다. 잠시 후 선생님이 혼자 교실로 돌아와서 처음 보는 아주 엄한 얼굴로 학생들에게 말했다.

'○○이 곧 교실로 돌아올 텐데 절대로 웃거나 놀리면 안 돼요. 혹시라도 그러면 절대 용서하지 않을 거예요.'

선생님은 다시 나가서 ○○을 데리고 들어왔다. ○○은 하의만 체육복을 입었지만 아무도 그 점을 걸고넘어지지 않았고 수업이 다시 이어졌다. 선생님의 으름장이 잘 먹혔는지 그날 누구도 ○○에 대해 언급하지 않았다.

당시의 ○○과 현재의 내 상황이 아주 흡사하다고, 유미는 생각했다. 평소와 다름없이 일하고 있지만 모두가 유미의 존재를 의식하는 동시에 교묘하게 무시한다.

"잠시만 기다리세요. 유미 씨, 비서과에서 전화 왔어."

옆에 앉은 나가노 미나가 그렇게 말하며 수화기를 넘겨주었다. 유미는 수화기를 받아서 귀에 댔다.

"전화 바꿨습니다. 구라타입니다."

비서과의 젊은 남직원이었다. 야구부 소속이라 안면은 있다. 아니, 안면이 있는 정도를 넘어 여러 번 같이 회식을 했고, 겨울에 스노보드를 타러 가는 일행 중 한 명이기도 했다. 하지만 그는 생판 남처럼 서먹서먹한 투로 말했다.

"구라타 씨, 시장님이 부르셨습니다. 시장실로 오세요."

"아, 알겠습니다."

수화기를 내려놓았다. 언젠가 이런 일이 있을 거라 생각했으므로 그리 놀라지는 않았다. 유미는 자리에서 일어나 수납과를 나왔다. 그러고는 복도를 지나 1층 중앙에 있는 계단으로 3층에 올라갔다.

3층에는 기획 경영부에 속한 과가 모여 있다. 남자 친구인 기쿠치 나오야가 소속된 전산 시스템과도 3층에 있지만 복도에서 본 바로는 자리를 비운 것 같았다. 복도 안쪽에 있는 자동문 너머가 비서과였다.

자동문으로 들어가니 카펫의 질부터 달라졌다. 흡사 고급 호텔의 로비를 걷는 듯한 감촉이었다. 비서과 직원이 각자 책상에서 업무를 보고 있었다. 그중 한 명, 아까 통화한 야구부 소속 남직원이 유미를 보더니 안으로 들어가라고 손짓했다. 유미는 복도 안쪽으로 나아갔다. 시장실 문이 열려 있었다.

"실례합니다."

"들어와."

넓은 방이었다. 호텔 스위트룸 같기도 했다. 한복판에 열

명은 족히 앉을 수 있을 법한 소파와 테이블이 놓여 있고 안쪽에 책상이 있었다. 책상 뒤편은 통유리이지만 지금은 커튼을 쳐 놓았다. 다케쿠마 시장은 의자에 앉아 서류를 읽고 있었다. 시장이 유미를 힐끗 보며 말했다.

"이쪽으로 오게."

책상 앞에 섰다. 시장실에 들어오는 건 이번이 처음이었다. 시장이 서류에서 고개를 들어 유미의 얼굴을 직시하며 말했다.

"자네가 구라타인가?"

"네. 수납과 구라타 유미입니다."

다케쿠마 도루 시장. 예전에 재무성 관료였다고 들었다. 2년 전 봄에 있었던 전국 동시 지방 선거에서 승리해 초선으로 시장에 취임했다. 유미가 시청에 근무한 뒤로 시장이 바뀐 건 그때가 처음이었고, 청내에 긴박한 분위기가 흘렀던 걸로 기억한다. 하지만 시장이 바뀌었다고 해서 유미의 업무가 특별히 달라지지는 않았다.

"이번 일은 정말로, 정말로 죄송합니다."

일단 사과부터 하자. 그렇게 마음먹었으므로 유미는 고개를 숙였다. 어제 기자 회견이 있었다고 들었지만 내용까지는 잘 모른다. 어젯밤 인터넷에 올라온 기사를 읽어 본 바로는, 범인으로 추정되는 남자가 시청에 문의했을 가능성을 언급한 게 전부였다. 직원이 정보를 유출했다고는 쓰여 있지 않았으므로 유미는 다소 안심했다.

"고개 들게."

시키는 대로 고개를 들었다. 시장이 말을 이었다.

"뭐, 이미 벌어진 일은 어쩔 수 없지. 그렇게 유난 떨 만한 일은 아닌 것 같지만 시대가 변한 건지도 모르겠군."

그다지 화난 것처럼 보이지는 않았다. 의외로 달관한 듯한 인상도 받았다.

"자네를 지켜 줄 생각이야. 하지만 경우에 따라서는 그렇지 못할 수도 있어."

지켜 주지 못하는 경우란 구체적으로 어떤 건지 유미로서는 알 길이 없었다.

"힘들겠지만 기운 내게. 결혼은 했나?"

"아니요. 아직……."

"빨리 마음잡고 결혼이라도 하는 게 좋겠군. 짝이야 얼마든지 있겠지."

시청을 그만두어라, 하는 의미로도 받아들일 수 있는 말이었다. 분명 시장은 높은 사람이다. 유미에게는 구름 위의 존재라고도 할 수 있다. 하지만 이런 식으로 에둘러서 강요하는 건 부당하다.

물론 잘못은 어디까지나 나에게 있다. 전부 내 잘못이다.

"실례하겠습니다."

목소리가 들렸다. 돌아보자 열린 문으로 한 남자가 얼굴을 들이밀었다. 부시장 기쿠치 기이치였다. 나오야의 아버지이기도 하다.

"시장님, 총무과장이 올린 자료는 살펴보셨습니까?"

"응. 방금." 시장이 대답한 후 유미를 힐끔 보았다. "자네는 이만 가 보게."

"네." 유미는 고개를 숙여 인사하고 몸을 돌렸다. 시장실을 나서며 부시장 옆을 지나쳤다. 눈인사를 했지만 부시장은 깡그리 무시하고 시장실로 쏙 들어갔다.

종종걸음으로 복도를 지나왔다. 비서과 직원들의 시선이 느껴졌다. 그들의 눈을 피하듯 얼굴을 돌리고 걸었다. 초등학교 때 하의만 체육복을 입고 교실에 들어왔던 ○○도 지금의 나와 비슷한 기분 아니었을까.

✳

앙코르. 앙코르. 앙코르. 앙코르.

공연장에 있는 남자들의 굵은 목소리가 들린다. 노가미는 함성을 흘려들으며 무대를 바라보았다. 멤버들은 무대에 없다. 사람들이 앙코르를 외친 지 벌써 2분쯤 지났다.

오늘을 포함해 라이브 공연을 네 번이나 보았으므로 대강의 흐름은 안다. 나중에 주오선 방위대가 무대에 재등장해 두세 곡을 더 부른다. 무대에 다시 올라와서 앙코르 공연을 하기까지 시간이 꽤 걸리는데, 그동안 팬들은 오로지 '앙코르'만을 연호해야 한다. 왜 그렇게 시간이 걸리지? 예전에 다카야마에게 물어보자 그가 가르쳐 주었다. 뒤편 대기실에서 지워진 화장을 고치거나 흐트러진 머리를 드라이어로 세팅한단다.

도중에 대화 타임이 있기는 하지만 약 45분간 멤버들은 무대에서 계속 춤을 춘다. 게다가 립싱크가 아니라 라이브다. 운동량이 상당할 테니 화장이 지워지고 머리가 흐트러지는 건 당연지사다.

앙코르를 외치는 목소리가 환성으로 바뀌었다. 네 멤버가 무대로 뛰어나왔기 때문이다. 멤버들은 손을 흔들며 정해진 위치에 서서 포즈를 취했다. 잠시 후 음악이 나옴과 동시에 화려한 스포트라이트가 이리저리 오갔다. 이윽고 노랫소리가 들려왔다.

난 지금 여기서 당신을 기다려. 그러기로 당신과 약속했으니까.

발표한 곡이 그리 많지는 않은지 앙코르 때는 주로 주오선 방위대의 대표곡을 부르는 듯했다. 군데군데 이름을 부르거나, 곡에 맞추어 목소리를 내는 등 관객들은 일사불란하게 성원을 보냈다. 오타쿠들의 기예, 줄여서 오타게(일본의 아이돌 오타쿠들이 공연장 등에서 좋아하는 아이돌에게 바치는 응원 퍼포먼스의 통칭 - 옮긴이)라고 한다는데, 이런 건 어디에 문의해야 가르쳐 주는 건지 노가미는 의문스러웠다. 팬 전용 사이트 같은 게 있나. 다음에 다카야마를 만나면 물어볼까.

앙코르곡은 총 세 곡이었다. 마지막에 리더인 나카노 미오가 마이크를 잡았다.

"여러분, 오늘 와 주셔서 정말 감사합니다. 비록 네 명이지만 힘을 합쳐 히토밍의 몫까지 열심히 할 테니 앞으로도 응원 부탁드려요."

공연장이 성대한 박수 소리에 휩싸였다. 노가미도 박수를 쳤다. 멤버가 한 명 줄어도 활동을 중단하지 않겠다는 결의를 표명한 것으로도 들리는 말이라 주변의 일부 팬들은 눈물을 보였다. 다들 왜 이렇게 호들갑을 떠나 싶었지만 4년 전에 트리플 크라운을 달성한 경주마 오르페브르의 은퇴식이 열렸을 때 노가미도 울었다.

"감사합니다."

네 멤버는 팬에게 손을 흔들며 퇴장했다. 친숙한 팬을 발견했는지 야단스럽게 손을 흔드는 멤버도 있었다. 연기일 가능성도 있겠지만 진심이라 믿고 싶었다. 반갑게 손을 흔들어 주는 멤버를 보며 팬도 굉장히 기뻐했으리라.

멤버들이 무대 뒤로 사라지자 장내 방송이 나왔다.

"오늘 공연장을 찾아 주신 분들께는 특별히 무료로 체키 티켓을 나눠 드렸습니다. 참가하실 분은 갖고 계신 체키 티켓을 확인하고 잠시만 기다려 주시기 바랍니다."

입장할 때도 같은 설명을 들었다. 평소에는 돈을 내고 사야 하는 체키 티켓을 무료로 받았다. 객석에 있는 관객들은 주변 사람들과 담소를 나누며 기다렸다. 5분쯤 지나자 객석 뒤편에 네 멤버가 나타났다. 넷은 같은 간격으로 서 있었다. 멤버마다 안내와 촬영을 담당하는 스태프가 두 명씩 붙어 있었다.

"고엔지 유이와 체키를 찍으실 분은 이쪽에 줄을 서세요."

"미타카 고토네는 이쪽입니다."

안내 담당이 이름이 적힌 종이를 들고 소리쳤다. 객석에 있던 관객들이 천천히 이동했다. 최대한 느지막이 줄을 서는 것이 이들의 습성임을 노가미는 알고 있었다. 마지막쯤에 서서 좋아하는 멤버와 알콩달콩 대화를 나누는 것이 체키의 묘미였다. 하지만 노가미는 굳이 이런 걸 따지지 않으므로 성큼성큼 걸어가서 나카노 미오의 줄에 섰다. 두 번째였다.

바로 노가미의 차례가 왔다. 나카노 미오가 환히 웃으며 물었다.

"감사합니다. 처음이신가요?"

"그, 그런 셈이지."

역시 귀엽다. 주오선 방위대 중에서 제일 아이돌같이 생긴 멤버가 나카노 미오였다. 몸집이 아담하니 키는 150센티 정도밖에 안 되어 보였지만, 리더와 센터로서 갖추어야 할

특유의 분위기 같은 게 느껴졌다.

"라이브 공연은 처음 보러 온 게 아니죠? 뵌 적이 있어요."

무대 위에서는 관객의 얼굴이 잘 보인다. 오기쿠보 히토미도 했던 말이다. 관객의 얼굴을 기억하는 것도 아이돌에게는 중요한 임무일지 모르겠다.

"자, 찍죠. 웃으세요."

나카노 미오의 말에 노가미는 촬영 담당이 든 카메라로 고개를 돌렸다. 플래시가 터졌다. 나카노 미오 쪽에는 이미 스무 명이 넘는 팬들이 줄을 서 있었다.

"감사합니다. 또 오세요."

노가미는 나카노 미오가 건넨 체키를 받고 물러났다. 체키를 찍은 후에 바로 돌아가는 사람은 얼마 안 된다. 다시 객석으로 돌아가거나 다른 멤버와 체키를 찍기 위해 줄을 서는 사람이 대부분이다. 노가미는 두꺼운 문을 열고 공연장을 빠져나왔다.

안쪽 대기실이라고 불리는 곳에 벤치가 몇 개 놓여 있었다. 노가미를 본 스태프가 "감사합니다." 하고 말을 붙였지만 노가미는 무시하고 빠르게 통로를 걸었다.

계단을 올라 지상으로 나갔다. 들고 있던 체키를 들여다보았다. 사진이 서서히 나타나는 중이었다. 눈을 깜박였는지 노가미의 눈이 반쯤 감겨 있었다. 옆에 선 나카노 미오는 사진 촬영에 익숙한 아이돌답게 입꼬리를 끌어올려 완벽한 미소를 짓고 있었다.

＊

　일종의 장관이었다. 지금 겐다의 앞에는 남자들의 얼굴 사진이 죽 줄지어 있다.

　장소는 무사시다이라서의 회의실이다. 실은 오늘 나카노의 라이브 하우스에서 주오선 방위대의 라이브 공연이 열렸다. 원래는 예정에 없었지만 오기쿠보 히토미를 추모하기 위해 긴급 편성한 모양이다.

　공연장을 찾은 관객의 얼굴을 찍으면 어떨까. 한 수사원의 의견이 받아들여져 라이브 하우스 경영자와 주오선 방위대 운영진의 협조 아래 즉시 작전을 실행했다.

　다큐멘터리 방송 제작을 위해 촬영 중입니다.

　이런 안내 문구와 함께 안내 데스크 뒤편에 카메라를 한 대 설치했다고 한다. 안내 데스크에 종이 티켓을 내거나 스마트폰으로 티켓 구매 내역을 보여 주고 음료를 받는 시스템이라서 공연을 보러 온 사람은 반드시 안내 데스크 앞에 한번 멈추어 서야 한다. 따라서 그곳에 카메라를 놓아두면 모든 관객의 얼굴을 찍을 수 있다.

　"겐 씨, 이 중에 범인이 있을까?"

　수사 1과의 오이시가 다가와서 물었다. 겐다는 대답했다.

"글쎄요, 반반 아니겠습니까."

바바 히토미를 살해한 범인을 잡을 유력한 단서는 아직 발견되지 않았다. 무사시다이라 시청에 전화한 남자, 이른바 전화남이 범인일 가능성은 높지만 현재로서는 그쪽도 수사가 지지부진하다. 걸려 온 전화번호를 알아내 조사하자 불법으로 유통된 휴대 전화, 소위 대포 폰임이 밝혀졌다.

"계장님, 라이브 공연은 어땠나요?"

수사본부에서 수사원 몇 명이 공연장에 잠입했는데, 오이시도 그중 하나라고 들었다.

"놀랄 노 자였지. 박력은 있더라. 근데 어쩐지 마음 한구석이 켕기기도 했어. 딸 같은 여자애들이 눈앞에서 춤추는 걸 보고 있으려니 말이야. 기묘한 체험이었어."

겐다도 동영상으로는 공연을 보았다. 쇼핑몰 같은 데서 주오선 방위대가 춤추는 모습을 팬이 몰래 촬영한 것이다. 지하 아이돌인 주오선 방위대는 정식으로 음반을 발매하지 않았고 프로모션 비디오도 없었다. 인터넷에 나도는 영상은 죄다 도촬한 것들뿐이었다.

"계장님, 다 됐습니다."

한 수사원이 오이시에게 말했다. 제대로 현상하지 않고 프린터로 뽑아서 해상도가 별로이지만 인상 정도는 알아볼 수 있는 얼굴 사진이다.

오늘 공연장을 찾은 관객은 126명이라고 들었다. 정기 라

211

이브 공연 때 수용 인원이 150명인 라이브 하우스가 절반도 차지 않는다니까 아주 성황이었다고 할 수 있으리라. 오이시를 포함해 수사원 네 명이 잠입했으니 진짜 관객 수는 122명. 그들의 얼굴 사진이 전부 여기에 붙어 있었다.

이 사람들의 이름을 하나도 빠짐없이 다 알아낼 수 있으면 좋겠지만 아무래도 어려울 듯했다. 하지만 신용 카드로 결제하려면 사이트에 등록을 해야 하므로 관객 중 절반 정도의 이름과 주소는 확보했다는 것이 운영진의 회답이었다. 등록된 이름이 본명이라는 보장은 없으나 운영진에게 리스트를 제공해 달라고 요청했다. 신용 카드로 결제하지 않은 나머지 관객은 편의점에서 요금을 지불했거나 당일 티켓을 구입했기 때문에 이름 등의 개인 정보는 알 수 없었다.

"다들 들어 봐."

오이시가 그렇게 말하며 손뼉을 쳤다. 밤 9시가 지난 시간임에도 수사본부에는 수사원 20여 명이 남아 있었다.

"여기 붙여 놓은 건 오늘 주오선 방위대의 추모 공연을 보러 온 사람들의 사진이야. 이 중에 범인이 있다는 확증은 없어. 그래도 탐문 수사를 할 때 이 사진을 유념하도록. 필요하면 사본을 갖고 나가도 돼."

수사원들이 벽에 붙은 사진을 들여다보았다. 혹시 탐문 수사 중에 만난 사람이 있는지 확인하는 것이리라. 겐다도 끝에서부터 얼굴 사진을 살펴보았다. 딱히 뭔가 기대한 건 아니었다. 익숙한 얼굴이 있을 것이라고는 생각지 않았기 때문이다.

하지만 벽 중간쯤에서 겐다의 시선이 멈추었다. 동시에 심장 박동이 급격히 빨라지는 걸 느꼈다. 설마 이런…….

10대 소년이었다. 검은 티셔츠를 입었다. 틀림없이 자신의 아들 다카시였다.

"선배, 왜 그러세요?"

마키무라가 이상한 낌새를 맡았는지 말을 걸었다. 아들이 공연을 보러 간 게 숨길 일은 아니었건만 겐다는 냉큼 거짓말을 해 버렸다.

"아니, 아는 사람인가 싶었는데 잘못 봤나 봐."

겐다는 옆으로 이동해 다른 사진을 올려다보았다. 하지만 시선이 자꾸 아들 사진으로 향했다. 다카시가 왜 카메라에 찍혔을까. 물론 녀석도 주오선 방위대의 팬이라는 뜻이겠지만 아들이 그런 줄은 꿈에도 몰랐다.

일단 다카시의 이야기부터 들어 보아야겠다고, 겐다는 굳게 마음먹었다.

밤 11시경 겐다는 집에 도착했다. 수사본부가 설치되어 있는 동안 경시청 수사원들은 서에 묵지만 관할서 수사원들은 평소대로 퇴근한다.

출퇴근에는 자가용을 이용한다. 무사시다이라서에 배치

되었을 때 구입한 중고 데미오다. 차에서 내려 짐을 올려다 보니 2층에 불이 켜져 있었다. 다카시가 아직 깨어 있는 모양이었다. 아들이 보통 몇 시에 자는지 겐다는 정확히 모른다. 가끔 새벽 1시까지 불이 켜져 있기도 한다.

문을 열고 집에 들어갔다. 조급한 마음을 억누르며 들고 있던 비닐봉지를 식탁에 내려놓았다. 이틀에 한 번 자정까지 영업하는 슈퍼마켓에 들러 장을 보는 것이 겐다의 습관이었다. 장 본 물건(대부분 달걀과 연어 등 아침 반찬거리다)을 냉장고에 넣고 넥타이를 풀며 계단을 걸어 올라갔다. 다카시의 방 앞에 멈추어 섰다.

"다카시, 자니?"

"아니."

"미안한데, 잠깐만 들어갈게."

다카시는 침대 위에 있었다. 드러누워 스마트폰을 하고 있었나 보다. 앞쪽의 책상에 참고서 따위가 놓여 있었다. 다카시는 허를 찔린 듯한 표정이었다. 그도 그럴 것이 겐다는 지금까지 다카시를 배려해 방에는 굳이 들어가지 않았기 때문이다.

"무슨 일이야?"

"잠깐 이야기 좀 할까."

다카시가 몸을 일으켜 침대에 책상다리를 하고 앉았다. 여전히 스마트폰을 손에 들고 있다. 게임을 하고 있었는지 희미한 전자음이 들렸다.

"오늘 말인데, 저녁에 뭐 했니?"

느닷없는 질문에 당황한 눈치였지만 다카시는 이내 대답했다.

"오늘? 딱히 한 거 없는데. 평소대로 집에 왔지."

"몇 시에?"

"시간? 그런 걸 어떻게 일일이 기억해? 8시쯤?"

주오선 방위대의 라이브 공연은 8시 반쯤에 끝났다고 들었다. 장소는 나카노다. 8시에는 집에 들어올 수 없다.

"저녁은?"

"라면 먹었어."

겐다가 집에 없을 때는 저녁때 편의점 도시락을 먹거나 밖에서 사 먹는 듯하다. 그러라고 용돈을 넉넉히 주는 것도 있다. 원하는 음식을 먹을 수 있어서 챙겨 주지 않는 걸 오히려 더 좋아하는 것 같기도 하다.

"어느 라면집?"

다카시는 대답 대신 의아한 얼굴로 되물었다.

"아빠, 지금 뭐 하자는 거야? 묻고 싶은 게 뭔데?"

"열흘 전, 지난주 일요일에 공원에서 젊은 여자의 시체가 발견됐어. 칼에 찔려 죽었지. 이름은 바바 히토미. 지하 아이돌로 활동하던 사람이야."

다카시는 입을 꾹 다물고 시선을 피하듯 벽을 바라보았다. 방에 들어왔을 때 만약 다카시가 주오선 방위대의 열성 팬이라면 벽에 포스터라도 붙여 놓지 않았을까 싶었지만 그런 유의 물건은 눈에 띄지 않았다. 하지만 옷걸이와 함께 커튼 봉에 걸어 놓은 검은색 티셔츠는 낯이 익었다. 아까 서에서 본 사진에서 다카시가 입고 있던 옷이었다. 분명 굿즈이리라. 가슴께에 CDF라는 알파벳이 박혀 있다. 비슷한 티셔츠를 입은 관객이 몇 명 있었던 게 기억났다.

"피해자는 주오선 방위대라는 아이돌 그룹 소속이었대. 창피하게도 아빠는 몰랐지만. 지금 그 사건을 다루는 수사 본부에서 일하는 중이야. 오늘 밤 나카노의 라이브 하우스에서 피해자를 추모하는 공연이 열렸는데 말이야. 자세한 수사 정보는 알려 줄 수 없지만 피해자의 스토커가 범인일 가능성이 높다고 보고 오늘 공연장에 온 관객들의 얼굴을 전부 촬영했어. 그중에……"

"공연 보러 갔었어. 그럼 안 돼?" 다카시가 갑자기 말을 잘랐다. 불쾌한 얼굴이었다. 이쪽을 제대로 보려고도 하지 않는다. "그러니까 아빠 말은 내 얼굴이 찍혀 있었다는 거잖아. 그럼 처음부터 그렇게 말하면 될 걸 갖고."

"미안. 뭐라고 말을 꺼내면 좋을지 몰라서. 다카시, 그 아이돌 팬이니?"

다카시는 아무 말없이 입을 다문 채 고개를 푹 숙였다. 이윽고 다카시가 고개를 들며 말했다.

"그게 왜? 내 취미에 간섭하지 마."

"팬이면 안 된다는 것도 아니고, 간섭할 마음도 없어."

아들의 취미에 간섭할 마음은 털끝만큼도 없다. 그러나 겐다는 다카시의 아버지인 동시에 바바 히토미 살인 사건을 수사하는 경찰이다.

"팬 된 지 오래됐어?"

다카시가 이쪽을 힐끗 올려다보았다. 자기 아버지가 형사의 얼굴로 묻는다는 걸 알아차렸는지도 모르겠다. 다카시는 다시 시선을 돌리고는 말했다.

"1년 정도? 학교 친구랑 라이브 공연 보러 갔다가 그날로 팬이 됐어."

아까 수사본부에서 확인한 바로는, 다카시의 얼굴 사진 앞뒤에 고등학생 정도로 보이는 소년의 얼굴 사진이 있었다. 분명 그들과 함께 공연을 보러 간 것일 터다.

"누구 팬인데?"

다카시는 대답하지 않았다. 퉁명스러운 얼굴로 벽만 쳐다본다. 겐다는 말을 이었다.

"아빠도 이것저것 공부하는 중이야. 피해자는 지하 아이돌이잖아. 아무래도 아빠한테는 낯선 분야라. 그래도 최애라는 말도 알아. 다카시, 네 최애는 누구야?"

"특별히 없어. 근데 나 같은 팬도 있어."

겐다는 이런 사실 또한 알고 있다. 특정한 멤버를 응원하지 않고 그룹 전체를 응원한다는 의미다. 겐다는 오랜 세월

요미우리 자이언츠의 팬이지만 지금은 특별히 좋아하는 선수가 없는데 이것과 비슷한 맥락이 아니겠냐고 자의적으로 해석했다.

"그렇구나. 그럼 이번 사건에 대해 마음에 걸리는 점은 없니? 팬 사이에 도는 소문 같은 것도 좋고. 오기쿠보 히토미에게 들러붙은 스토커가 있었다든가. 뭐, 비슷한 얘기라도 들은 적 없어?"

"없는데." 하고 다카시가 대답했다. "난 신참이나 마찬가지야. 아직 고등학생이잖아. 사람들 사이에 막 끼어들고 그러진 않아."

팬끼리 교류가 있다는 이야기는 들었다. 그런 데에는 적극적으로 관여하지 않는다는 뜻이리라. 공연당 티켓 가격은 3천 엔 정도라고 한다. 제법 저렴한가 싶었는데, 고등학생에게 3천 엔은 나름대로 큰 지출일 수 있다.

"이제 됐어? 나 아직 공부할 거 남았는데."

"그래? 미안, 미안."

겐다는 그렇게 말하고는 방을 나와 문을 닫았다. 그러고 나서 한숨을 푹 내쉬었다. 아들이 아이돌의 팬으로 활동한단다. 아버지로서 어떤 태도를 취하면 좋을지 통 모르겠고, 다카시도 어쩐지 쌀쌀맞은 태도였다.

겐다는 사춘기 아들을 대하는 게 얼마나 어려운지 새삼 실감했다.

＊

　오후 5시 15분, 업무 종료를 알리는 벨이 울렸다. 오늘도 아무 일 없이 시간이 흘렀다. 유미는 아주 평범하게 출근해 아주 평범하게 일하다 하루를 마쳤다. 주변 동료들도 아무 일 없었다는 듯 대해 주었지만, 평범함을 위장하고 있다는 위화감을 느끼지 않을 수 없었다.

　"수고하셨습니다."

　오늘은 목요일. 야간 징수 업무도 없으므로 비교적 일찍 퇴근하는 직원이 많다. 유미도 자료를 정리하고 자리에서 일어났다. 주변 직원들에게 "수고하셨습니다." 하고는 수납과를 나섰다.

　복도는 일을 마치고 퇴근하는 직원들로 혼잡했다. 수납과에는 평범하게 대해 주는 직원이 많지만 다른 과는 그렇지 않다. 유미가 지나가면 노골적으로 빤히 쳐다보는 직원도 있다. 유미는 필연적으로 눈을 내리깐다. 시선이야 마주치지 않으면 그만이다.

　직원 전용 출입구를 통해 밖으로 나왔다. 잠시 걷다 보니 앞쪽에 웬 남자가 서 있었다. 정장 차림의 남자는 퇴근하는 직원들에게 차례차례 말을 붙였다. 거의 모든 직원이 무시하고 지나가는데도 남자는 포기하지 않고 말을 붙였다.

　가끔 정치 단체가 유인물을 나누어 주기도 하는데, 남자의 손에 유인물 같은 건 없었다. 어쩐지 불길한 예감이 들었다. 거리가 5미터 정도로 좁혀졌을 때 남자가 꺼낸 말의 일부가 귀에 들어왔다.

"유미 씨라는 직원 아세요?"

단숨에 마음이 얼어붙었다. 한겨울 바다에 떠밀린 것 같은 기분에 사로잡혀 하마터면 걸음을 멈출 뻔했다. 유미는 다리에 힘을 주어 앞으로 나아갔다. 여기서 멈추어 서면 안 된다. 빨리 주차장으로 가야 한다.

남자가 이쪽으로 다가오는 기척이 느껴졌다. 잠시 후 머리 위에서 남자가 말했다.

"실례합니다. 〈주간 다큐먼트〉에서 나왔는데요. 구라타 유미 씨라는 직원 아세요?"

유미는 발을 힘껏 내디디며 걷는 속도를 높였다. 남자의 목소리를 무시하고 지나쳤다. 걸음을 늦추지 않고 그대로 나아갔다. 주차장이 이토록 멀게 느껴진 건 처음이었다.

드디어 주차장에 도착했다. 주차해 놓은 차로 향했다. 차 문을 열고 운전석에 올라탔다. 팽팽한 긴장이 확 풀리자 유미는 한숨을 내쉬었다.

〈주간 다큐먼트〉. 유미도 아는 주간지다. 정치에서 예능까지 폭넓게 다루되, 주로 사건 보도에 무게를 두는 경향이 있다. 아버지 가쓰노리가 통근 시간에 자주 읽는 잡지로 집 거실에도 가끔 놓여 있고는 한다.

기자로 보이는 남자가 분명 내 이름을 입에 올렸다. 어떻게 알아냈지? 아니, 그보다 앞으로 어떡하지? 상상만으로도 공포가 밀려왔다. 유미는 시동도 걸지 않은 채 애꿎은 앞 유리만 멍하니 응시했다.

　나지막한 진동음이 들렸다. 조수석에 놓아둔 핸드백에서 스마트폰을 꺼냈다. 남자 친구 기쿠치 나오야의 전화였다. 이 시간에 웬일로 전화를 걸었을까. 망설이다가 전화를 받기로 했다. "여보세요?"

　"아, 유미, 지금 어디야? 아직 청사에 있어?"

　"아니. 차에 있는데."

　"그렇구나. 실은 지금 야구부 후배한테 메신저로 연락이 왔는데……."

　언론사에서 나온 사람이 구라타 유미에 대해 냄새를 맡고 다니는 중이라고 나오야의 후배가 나오야에게 전달한 모양이다. 그와 유미의 관계를 알고서 연락한 것이다.

　"젠장, 어떤 인간이 언론에 퍼뜨린 거야?"

　나오야가 언짢은 듯 내뱉었다. 아주 오랜만에 나오야와 이야기한다. 지난주 화요일, 유미는 전산 시스템과에서 뭘 조사하는지 걱정되어 전화로 나오야에게 물어보았다. 그때 유미는 본인이 당사자임에도 시치미를 뗐다. 그 죄책감으로 나오야에게 연락을 삼갔다. 나오야도 그런 유미의 마음을 아는 건지 가끔 메신저로 몸 상태를 걱정하는 정도로만 그쳤다. 그럴 때마다 유미는 괜찮다, 고맙다, 하는 무난한 메시지만 보냈다.

"내일 문제가 되겠어. 위원회에서도 분명 화제로 삼겠지."

조사 위원회가 설치되었다는 건 유미도 안다. 오늘 오전에 수납과장이 업무 연락을 겸한 청내 메일을 보내와서 알았다. 이번 일에 대응하기 위해 기획 경영부장을 중심으로 위원회를 결성했다는데 상세한 내용까지는 적혀 있지 않았다.

"참, 미처 말 못했는데 실은 나도 조사 위원회 멤버로 뽑혔어. 허드렛일이나 하겠지만. 왜, 시스템 운용이 내 업무다 보니 이번 일과 직결돼 있잖아. 네 사정도 있고 해서 빼 달라고 계장님한테 부탁했는데 안 먹히더라고."

조사 위원회. 말 그대로 조사를 하는 위원회라는 뜻이겠지만, 대체 뭘 조사하겠다는 건지 유미는 짐작이 가지 않았다. 유미 본인이 체험하고 느낀 일은 하나도 숨김없이 경찰과 상사에게 말했다.

내가 잘못한 건 인정한다. 구체적인 개인 정보는 유출하지 않았다지만 그때 전화 응대에는 문제가 있었다. 그건 인정하지만, 지금은 가만히 좀 내버려 두라는 것이 유미의 솔직한 심정이었다.

"아, 맞다." 생각났다는 듯 나오야가 말했다. "내일 말인데, 상황이 상황이니만큼 일단 보류하자. 이번엔 어쩔 수 없지."

한순간 나오야가 무슨 소리를 하는 건지 알아듣지 못했

다. 그러다 겨우 생각났다. 내일 나오야의 아버지와 식사를 하기로 했었다.

정체불명의 남자에게 전화가 온 날 밤, 나오야가 부모님을 뵈러 가자고 했다. 교외의 양식집에서 햄버그스테이크를 먹으면서 그런 이야기를 나누었다. 그로부터 2주도 채 지나지 않았건만 유미를 둘러싼 상황은 180도 달라졌다. 그야말로 천국과 지옥이 따로 없다.

"상황이 좀 진정되면 다시 기회를 봐야지. 유미, 너무 심각하게 생각하지 마."

"응. 알았어."

"그럼 또 연락할게."

요전에 시장실 앞에서 나오야의 아버지와 마주쳤을 때 눈인사를 했지만 그는 아무 반응도 없었다. 유미를 그야말로 투명 인간 취급했다. 그때 보았던 부시장의 옆얼굴이 머릿속을 스쳤지만 유미는 얼른 떨쳐 버리고 시동을 걸었다.

✳

차 안은 침묵으로 가득했다. 노가미는 조수석에 앉아 있었다. 운전대는 가장 연장자인 가와고에가 잡았고, 나이가 제일 어린 히라이는 뒷좌석 한가운데에 앉았다. 저녁 7시가 넘었으니 평소 같으면 집에 있어도 이상하지 않은 시간이다.

오늘 청소하러 간 곳은 기타센주에 있는 4층짜리 맨션이
었다. 아침에 현장에 도착했을 때 통로 세척에 사용하는 중
성 세제를 보충해 오지 않아 말썽이 좀 있었다. 원래 도구나
세제는 제일 어린 팀원이 준비하므로 변명의 여지가 없는
히라이의 실수였다. 결국 가와고에가 다카다노바바에 있는
본사에 다녀오느라 작업이 늦어지는 바람에 예정에 없던 야
근을 하게 되었다.

무엇보다 화가 나는 건 히라이의 태도다. 자기 실수로 일
에 지장이 생겼는데도 딱히 반성하는 기색이 없다. 지금도
스마트폰으로 게임을 하고 있다.

다쓰미 클린 서비스에는 야근 수당이 없다. 따라서 계획
적으로 작업을 진행해 지정된 시간 안에 청소를 끝내는 것
이 철칙이다. 이런 실수로 야근을 하면 본전도 못 찾는다.

드디어 본사에 도착했다. 지정된 위치에 트럭을 댔다. 짐
칸에서 청소 용구며 다른 도구를 내렸다. 이제 이것들을 창
고로 옮기면 끝이다. 셋이서 묵묵히 뒷정리를 했다. 마지막
으로 따끔하게 한마디 정도는 해야지, 싶다. 노가미는 히라
이에게 말했다.

"내일은 제대로 해. 또 이랬다간 국물도 없을 줄 알아."

히라이는 대답하지 않았다. 노골적인 무시였다. 노가미는
뚜껑이 열렸다. 이 자식이, 뭘 잘했다고. 노가미는 근처에 기

대어져 있던 밀대를 걷어차고 그길로 창고를 나왔다.

주차장에 인접한 2층짜리 본사로 들어갔다. 본사라고 해서 그리 큰 건물은 아니고 예전에 신문 보급소였던 곳을 개축한 것이었다. 1층이 사무실, 2층이 물품 보관실 겸 창고다.

"오, 노가미, 수고했어."

사무실에는 이토 다쓰미 사장이 있었다. 말만 사장이지 일감을 따내기 위해 영업 사원처럼 돌아다니는 사람이다. 사장은 노가미가 10대 때 처음으로 취직한 호텔에서 노가미의 상사였다. 5년 전 노가미를 이 회사로 불러 준 은인이기도 하다.

"고생하셨습니다, 사장님."

"늦었네."

다른 직원들은 벌써 퇴근했을 시간이다. 노가미를 비롯한 세 사람이 마지막으로 도착한 게 분명했다. 히라이는 못 써먹겠다, 하고 이토에게 일러바치려다 말았다. 말해 보았자 소용없다. 시간만 아깝다.

"문제가 좀 있었어요. 어쨌든 일은 무사히 끝냈습니다."

"그럼 됐어. 아, 한잔하러 가고 싶네. 요즘 통 못 마셨어."

이토는 많이 바쁘다. 그도 그럴 것이 그는 영업 업무에 경리 업무까지 아내와 분담해서 처리한다. 또 사무 관련 업무는 그와 그의 아내, 그리고 그의 남동생 셋이서 담당한다. 말하자면 가족 경영인 셈이다. 예전부터 친분이 있었다고는 하나 이토는 사장이고 이제는 이토에게도 가족이 있다. 옛날처럼 마음 편히 술을 마시러 갈 수는 없다.

"나중에 시간 나실 때 한번 가시죠."

노가미는 그렇게 말하고 계단을 올라 물품 보관실로 들어 갔다. 옷을 갈아입으려고 사물함을 열었다. 회사에서 지급한 베이지색 작업복 상하의는 각자가 알아서 세탁해야 한다. 총 세 벌을 돌려 가며 입는다. 오늘은 금요일이라 작업복을 집에 챙겨 가는 날이었다. 어차피 가지고 갈 거니까 입고 가도 상관없으리라. 노가미는 사물함에 들어 있던 옷가지를 가방에 쑤셔 넣고 물품 보관실을 나섰다.

계단을 내려가자 마침 가와고에와 히라이가 사무실로 들어오는 중이었다. 두 사람을 보고 이토가 말을 걸었다.

"수고했어. 늦게까지 일하느라 힘들었겠네."

노가미는 히라이를 매섭게 노려보았다. 히라이는 눈을 맞추려고 하지 않았다. 한심한 놈. 노가미는 건물 뒤편의 이륜차 주차장으로 가서 스쿠터에 올라탔다. 노가미가 사는 연립 주택까지 스쿠터로 5분도 안 걸린다. 금요일은 퇴근길에 습관처럼 편의점에 들러 경마 신문을 산다.

스쿠터의 시동을 걸었다. 샤워를 하고 술을 마시며 경마 결과를 예상하는 것이 금요일 밤을 보내는 노가미만의 방식이다. 가을 경마가 본격적으로 시작되어 이번 주말을 포함한 사흘간의 연휴에 국화상과 추화상 트라이얼 경주(일부 G1 경주에 우선 출전권을 주는 경주를 가리킨다 - 옮긴이)가 열린다. 특히 추화상 트라이얼 경주에서 좋아하는 기수인 다케 유타카가 리스 그라슈라는 말을 탈 예정이었다. 노가미 개인적으로 장래가 기대되는 말이다. 경주가 기다려졌다.

신호등이 빨간불로 바뀌어 노가미는 스쿠터를 세웠다. 히라이와 다툰 일은 이미 머릿속에서 사라지고 주말에 있을 경마 생각만 가득했다.

다시 파란불로 바뀌었다. 노가미는 콧노래를 흥얼거리며 스쿠터를 출발시켰다.

※

겐다는 탐문 수사 중이었다. 사건 현장인 그린 공원 근처 주택가다. 오늘은 일요일이지만 휴일을 반납하고 수사에 나섰다. 사건이 발생한 지 2주가 지나도록 범인에 대한 결정적인 단서를 잡지 못했다.

"평소에는 일하신다고요?"

"네. 사건이 있었던 날은 낚시하러 갔고요. 피곤해서 금방 집에 와서 잤죠."

단독 주택이 밀집한 지역에서 한 집 한 집 돌아다니며 탐문을 하고 있다. 지금은 마키무라가 50대로 보이는 남자의 이야기를 듣고 있다.

"선배, 다음 집으로 가시죠."

별다른 수확 없이 옆집으로 향했다. 초인종을 눌러도 반응이 없었다. 집을 비운 거라 판단하고 다음 집으로 향했다.

한동안 헛수고가 계속되었다. 다음 집은 상업용 건물인 건지 차가 네 대쯤 들어가는 주차장이 있었다. 지금은 차가 없고, 입구는 은색 쇠사슬로 막혀 있었다. '유턴 금지'라고 적힌 간판이 잘 보이는 위치에 세워져 있었다. 눈에 띄는 건 그 간판뿐 상호명을 짐작할 만한 물건은 없었다.

"메밀국수집 같은데요."

마키무라가 말했다. 시선 끝에 걸린 나무 간판에서 '메밀촌 사와다'라는 글씨를 겨우 찾아낼 수 있었다. 유턴 금지 간판만큼은 아니지만 겐다의 주목을 끈 게 있었다. 바로 나무 간판 근처에 설치된 감시 카메라였다.

"지금은 영업 시간이 아닌 것 같은데 어떻게 할까요?"

아직 포렴은 걸어 두지 않았다. 그런데 감시 카메라의 위치가 절묘했다. 렌즈가 도로 쪽을 향하고 있다. 교통량은 그리 많지 않은 듯하고 실제로 걸어오는 동안에도 차가 거의 지나다니지 않았으므로, 만약 사건 당일의 영상이 남아 있다면 한번 살펴볼 가치는 있을 듯했다. 겐다가 고개를 끄덕이자 마키무라가 입구로 걸어갔다. 그가 미닫이문으로 고개를 들이밀며 말했다.

"죄송합니다만, 잠깐 시간 괜찮으실까요? 저는……."

잠시 기다리자 마키무라가 손짓했다. 허락을 얻은 모양이다. 겐다는 가게로 들어갔다. 점프 수트 형태의 작업복을 입은 남자가 두 사람을 맞이해 주었다. 머리에 하얀 수건을 둘렀다. 나이는 40대에서 50대 정도로 보였다. 내부 인테리어가 비교적 새것이라 가게를 차린 지 길어 보았자 2, 3년 아닐까 싶었다. 메밀국수를 좋아하다 못해 회사까지 때려치우고 장사를 시작한 건가.

"바쁘실 텐데 죄송합니다. 무사시다이라서의 겐다라고 합니다." 대충 자기소개를 하고는 단도직입적으로 물었다. "밖에 감시 카메라가 있던데요. 언제 설치하셨어요?"

사장이 팔짱을 낀 채 대답했다.

"반년 전인가. 경찰에도 상담하러 갔었는데 전혀 상대해 주질 않아서 말이야."

느닷없는 사장의 불평에 겐다는 적잖이 당황했다. 해당 분야의 장인 같은 용모에서 까다로울 것 같다는 인상이 풍겼는데, 아무래도 감이 들어맞은 듯했다. 하는 수 없이 이야기를 들어주기로 했다. 괜히 심기를 건드려서 쫓겨나면 안 된다. 사장이 계속했다.

"실수로 우리 가게 앞쪽 도로로 들어오는 차가 많아. 그런데 원체 길이 좁아야 말이지. 이러지도 저러지도 못하다가 결국 우리 주차장에 들어와서 유턴을 해. 하지만 우리 입장도 생각해 보라 이거야. 사유 재산을 멋대로 이용하는데, 형사님 같으면 참을 수 있겠어?"

사장은 울분을 토해 내듯 말했다. 한동안 말없이 귀를 기울여 주는 수밖에 없었다.

"요즘은 구로네코나 사가와 같은 택배 회사 트럭까지 들어와서 유턴을 한다니까. 열 받아서 쇠사슬을 걸어 놨는데 이걸 풀고 유턴하는 놈도 있어. 어처구니가 없어서 원. 그래서 감시 카메라를 단 거야."

"효과는 있었습니까?"

"그럼. 많이 줄었는데 아직도 가끔 유턴하는 인간이 있긴 해. 난 5년 전까지 상사 회사에 다녔어. 옛날부터 메밀국수를 좋아해서 언젠가 내 가게를 차리고 싶었지."

아무리 기다려도 사장은 본론으로 들어갈 기미를 보이지 않았다. 그럼에도 겐다는 참을성 있게 기다렸다. 까다로운 성격인 건 확실하고, 회사를 그만두고 가게를 차린 걸 보면 주관도 아주 뚜렷한 사람인 듯했다. 이런 사람의 성미는 절대로 거스르면 안 된다.

"그토록 바라던 가게를 차렸는데 손님용 주차장을 외부인들이 유턴하는 데 막 쓰니 어떻게 참겠어? 뭐, 밴댕이 소갈머리 같다고 해도 할 수 없지. 형사님, 내 말이 틀렸나?"

"아니요. 지당하신 말씀입니다. 그런데 사장님." 겐다는 슬쩍 말을 돌렸다. "밖에 달린 감시 카메라 말인데요. 계속 녹화 중인 거죠? 저거 며칠분이나 저장되는 겁니까?"

"설명서에는 3주 정도라고 돼 있었어. 디지털 녹화라고 하던가, 아무튼 대용량 카메라를 샀거든. 혹시나 재판에서 쓸지도 모른다는 생각으로 말이야."

"요 앞 공원에서 살인 사건 난 거 아시죠? 그날 밤 영상을 좀 볼 수 있을까 해서요."

"잠깐만 기다려. 막상 영상을 확인한 적은 별로 없어서."

사장은 그렇게 말하며 카운터 안쪽으로 들어갔다. 선반에 주르르 놓인 그릇이 눈에 들어왔다. 진귀한 소주병도 놓여 있었다. 잠시 기다리자 사장이 손짓했다.

"형사님, 준비됐어."

"감사합니다."

카운터 안으로 들어갔다. 태블릿 형태의 포스 단말기 옆에 노트북이 있었다. 화면에 가게 앞 도로가 비쳤다. 오른쪽 아래에 있는 시계를 보자 사건 당일 저녁 7시였다. "잠깐 실례하겠습니다." 하고 마키무라가 마우스를 조작해 빨리 감기를 했다. 사망 추정 시각은 저녁 8시에서 10시 사이다. 겐다는 노트북 화면을 주시했다. 사장도 팔짱을 낀 채 화면을 지켜보았다.

화면에는 별다른 움직임이 없었다. 행인이 없다시피 해서 계속 같은 풍경만 비쳤다. 가끔 개를 산책시키거나 달리기를 하는 인근 주민이 보였지만 영상을 정지시킬 만큼 수상해 보이지는 않았다.

그러다 한순간 오토바이가 화면 속을 가로질렀다. 단지 그뿐이었지만 살짝 마음에 걸리는 점이 있어 겐다는 마키무라에게 영상을 되감으라고 지시했다. 오토바이의 방향으로 보건대 그린 공원 쪽에서 달려온 것 같았다. 시각은 밤 9시 45분.

감시 카메라의 성능이 좋아서인지 비교적 선명하게 찍혔다. 다만 육안으로 오토바이 번호판까지 확인하는 건 불가능했다. 운전자는 아마도 남성인 듯했다. 어두운 색 옷을 입었고 풀페이스 타입 헬멧을 써서 얼굴은 보이지 않았다.

겐다는 영상이 검증할 만한 가치가 있다는 판단을 내렸다. 사건 현장인 그린 공원은 주택가에 있으므로 이런 영상은 매우 귀중하다.

"사장님, 혹시 이 영상 제공해 주실 수 있을까요?"

"당연하지. 도움이 된다면야."

"감사합니다."

마키무라가 스마트폰을 꺼내며 가게에서 나갔다. 컴퓨터에 정통한 수사원을 부르기 위해서다. 겐다는 다시 노트북으로 눈을 돌렸다. 인적 없는 밤의 도로가 화면에 비쳤다.

✳

유미는 커튼 틈새로 밖을 내다보았다. 아까와 같은 위치에 검은색 왜건이 서 있었다. 그녀는 커튼에서 손을 떼고 한숨을 크게 내쉬었다.

오늘은 일요일이다. 어제부터 내내 집에 콕 박혀 있었다. 1시간 전인 오후 4시경에 인터폰이 울렸다. 어머니가 인터폰을 받았다. 찾아온 남자는 본인을 〈주간 다큐먼트〉의 기자라고 소개한 모양이다. 카메라가 달린 인터폰으로 대응했기 때문에 기자는 당연히 집에 들어오지 못했지만, 기자가 찾아왔다는 데에 아버지는 불같이 역정을 냈다. 어머니 대신 인터폰 앞에 선 아버지는 마이크에 대고 소리를 쳤다. 이거 사생활 침해야. 또 인터폰을 눌렀다간 경찰에 신고할 줄 알아.

검은색 왜건에는 기자가 타고 있는 듯했다. 목요일 저녁에 시청 청사 앞에서 유미에 대해 묻던 그 기자일지도 모른다. 저기서 유미가 나오기를 기다릴 작정이겠지만 오늘은 볼일도 없으니 절대로 나가지 않기로 마음먹었다.

"유미, 잠깐 괜찮니?"

방 밖에서 아버지 목소리가 들렸다. 유미가 문 앞에 서서 "왜?"하고 묻자 아버지가 말을 꺼냈다.

"해당 잡지사에 메일을 보내서 정식으로 항의했어. 그리고 이웃에게 민폐라면서 경찰에도 신고했고. 명백한 불법 주차니까 곧 해결해 주겠지."

"알았어. 고마워."

"유미, 신경 쓸 것 없어. 조만간 조용해질 거야. 저녁은 지라시즈시(어패류나 달걀부침, 양념한 채소 같은 고명을 보기 좋게 얹은 초밥으로 회덮밥과 비슷하다 - 옮긴이)인가 보더라."

아버지의 발소리가 멀어졌다. 유미는 다시 창가로 가서 밖을 내다보았다. 검은색 왜건은 여전히 그 자리에 있었다.

침대 위에 놓아둔 스마트폰 화면에 불이 들어왔다. 메신저로 연락이 왔다. 나오야다.

나오야가 보낸 메시지에는 링크만 첨부되어 있었다. 인터넷 뉴스 사이트인 듯하다. 화면을 눌러 링크로 들어갔다. 기사를 읽는 도중에 유미는 심장이 점점 빨리 뛰는 걸 느꼈다.

'9월 초 어느 일요일, 도내의 한적한 주택가에 위치한 공원에서 20대 여성이 시체로 발견되었다. 피해자는 나카노의 라이브 하우스를 거점으로 활동하는 지하 아이돌 그룹 주오선 방위대의 멤버 오기쿠보 히토미(예명)로, 그룹 결성 당시부터 팬 사이에서 인기가 많았다고 한다.

피해자는 칼에 찔려 사망했다. 운영진의 발표에 따르면, 생전에 스토킹에 시달리던 피해자의 몸 상태가 나빠져 당분간 활동을 중단한다고 발표한 지 얼마 지나지 않아 사건이 발생했다. 대체 피해자에게 무슨 일이 있었던 걸까.

범인을 찾는 데 도움이 될 만한 증거는 발견되지 않았다. 하지만 다케쿠마 도루 무사시다이라 시장의 임시 기자 회견에 따르면, 사건이 발생하기 이틀 전 피해자에 관해 정보 제공을 요청하는 전화가 시청에 걸려 왔다고 한다. 수사 중이라 자세한 이야기는 할 수 없다는 답변으로 일관했지만, 이 전화를 건 인물이 범인일 가능성이 높다는 것이 경찰 관계자의 의견이다.

본지가 취재를 시작하고 정보를 제공해 준 인물이 있다. 무사시다이라 시청의 내부 사정을 잘 아는 A 씨 말로는 문제의 전화가 재정부 수납과로 걸려 왔다고 한다. 전화를 받은 사람은 20대 후반의 여직원 Y미 씨다. Y미 씨는 6년 차 직원으로, 착실해서 직장 내 평판도 좋다고 한다. 그런 Y미 씨가 왜 비열한 범죄자에게 개인 정보를 유출하고 말았을까.

취재반은 무사시다이라시로 향했다. 당연히 Y미 씨에게 진상을 묻기 위해서다. 공교롭게도 당사자를 만나지 못했지만 취재를 통해 Y미 씨의 인성이 밝혀졌다. 또한 점점 대중적으로 받아들여지고 있는 지하 아이돌이라는, 일견 화려한 직업의 이면에 감추어진 어둠에도 스포트라이트를 비추어 보려 한다.

자세한 내용은 모레 9월 19일에 발매되는 〈주간 다큐먼트〉에서 확인할 수 있다.'

기사에는 익숙한 시청 청사의 사진까지 실려 있었다. Y미. 틀림없이 유미를 가리키는 호칭이었다. 기사 하단의 댓글칸은 무서워서 들여다볼 엄두도 나지 않았다.

기사에서 무엇보다 용서가 되지 않는 대목은, Y미라는 직원이 개인 정보를 유출했다고 단정한 부분이었다. 억측뿐인 이런 기사가 용납되다니. 이런 걸 보고 속이 뒤집힌다고 표현하는 것이리라. 유미는 자신도 모르게 스마트폰을 벽에 내던지고 싶은 충동에 휩싸였다.

모레 발간되는 〈주간 다큐먼트〉에서 자신의 인성에 대해서도 다루겠단다. 맙소사. 최악의 상황을 이미 겪은 줄 알았는데 지금보다 더 안 좋은 상황에 빠질 수도 있다는 게 확실시되고 있었다. 이 주간지가 나오면 어떤 일이 벌어질지 상상조차 할 수 없었다.

나오야에게서 메신저가 왔다. '괜찮아?'라는 메시지였다. 전혀 괜찮지 않으므로 뭐라고 답해야 할지 망설여졌다. 또 메시지가 왔다. 이번에는 '난 네 편이야.'라고 쓰여 있었다. 그렇구나. 유미는 문득 깨달았다.

이 사람이 아군인지, 적군인지를 따져야 하는 시기가 온 것이다. 내가 마녀가 아니라는 사실을 믿어 주는 사람은 한 편이고, 나를 마녀로 몰려고 하는 사람은 적이다. 〈주간 다큐먼트〉의 기자는(주간지를 발간하는 출판사까지 포함해) 100퍼센트 적이다.

기사에 적힌 A라는 정보 제공자는 시청 내부자가 분명했다. 즉, 언론에 정보를 흘린 사람이 시청에 있다는 뜻이다. 대체 누가 그런 짓을 했을까. 기사를 읽자마자 유미의 머릿속에 떠오른 사람은 수납 총무계의 나카무라 다케키 주사

보였다.

이틀 전 금요일, 화장실 세면대 앞에서 시민과에 근무하는 동기와 우연히 마주쳤다. "유미, 힘들겠다." 하고 운을 뗀 동기는 놀랄 만한 이야기를 들려주었다.

바바 히토미의 개인 정보를 유출한 사람이 누구인지 정보 제공을 요구하는 청내 메일이 지난주에 수납과 전원에게 발송되었다. 이른바 밀고를 촉구하는 메일로, 그 메일을 받은 날 아침 수납과 전체가 묘한 분위기에 휩싸였던 기억이 지금도 생생하다. 동기는 그 메일에 반응해 유미를 밀고한 사람이 나카무라라고 알려 주었다.

혹시나 했는데 역시나였어. 나카무라 씨는 누가 뭐라고 하든 제 갈 길을 간달까. 좀 별난 사람이잖아.

나카무라가 남의 눈치를 살피듯 슬그머니 3층 회의실로 들어가는 모습도 목격되었다고 하니 그가 밀고한 게 틀림없는 듯했다. 나오야에게 물어보면 자세한 이야기를 들을 수 있을지도 모르지만 의혹이 사실로 판명된다면 너무 무서울 것 같았다. 나카무라의 자리는 유미의 맞은편이다. 한솥밥을 먹는 동료에게 밀고를 당했다. 이제는 누구를 믿어야 할지 모르는 지경에 이른 것이다.

기사 속 사진에 다시 눈길을 주었다. 매일같이 드나들던 시청 청사가 어쩐지 낯설게 느껴졌다.

✳

9월 18일 경로의 날, 겐다는 오전에 무사시다이라 시청으로 향했다. 공휴일이라 시청은 한산했다. 그는 엘리베이터를 타고 6층으로 올라갔다. 회의실에서는 직원들이 겐다 일행을 기다리고 있었다. 오늘 마키무라는 대동하지 않았다. 대신에 수사 1과 계장인 오이시와 왔다. 오이시가 일부러 발걸음을 한 것은 나름대로 중대한 사안이 발생했음을 의미한다.

시청 직원은 여덟 명쯤 모여 있었다. 모두 정장 차림이고 목에 이름표를 걸었다. 한복판에 앉은 남자가 제일 먼저 입을 열었다. 기획 경영부장 나카쓰카다. 이번 일을 진두지휘하는 입장에 선 직원이다.

"형사님, 바쁘실 텐데 오시라고 해서 죄송합니다. 그쪽에 앉으시죠."

비어 있는 의자에 앉자 나카쓰카가 말을 이었다.

"거두절미하고 본론으로 들어가겠습니다. 조사 위원회 여러분을 소집한 건 불의의 사태가 발생했기 때문입니다. 문제는 이겁니다."

나카쓰카가 서류를 보여 주었다. 실은 겐다도 이미 서에서 훑어보고 왔다. 내일 발간 예정인 〈주간 다큐먼트〉의 사본이다. 바바 히토미를 살해한 범인이 무사시다이라 시청에서 피해자의 개인 정보를 입수했다고 적혀 있으며, 개인 정보를 범인에게 유출한 건 수납과에 근무하는 20대 후반 여직원 Y미라고까지 언급했다. Y미는 물론 구라타 유미다. 실제로는 구라타 유미가 개인 정보를 유출한 게 아니지만 마치 그런 것처럼 기사를 썼다.

"이 주간지는 내일 발간됩니다. 어제 인터넷에도 선행 기사가 올라왔고요. 시청에서도 출판사에 항의할 계획이지만 발간을 중지시키는 것까지는 어렵지 않을까 싶습니다. 오늘은 대처 계획을 세우고 일이 이렇게 된 원인을 규명하기 위해 여러분을 모셨습니다."

"그러고 보니 목요일에 기자가 어슬렁거리는 것 같던데."

"그건 알고 있습니다. 제 부하 직원에게도 접촉을 시도한 모양이더라고요."

"아무 허가도 없이 멋대로 기사를 쓰다니 괜히 기레기라고 부르는 게 아니라니까."

직원들이 저마다 한마디씩 했다. 그러나 언론에 대한 불평불만만을 늘어놓을 뿐 건설적인 의견은 좀처럼 나오지 않았다. 물론 직원이 개인 정보를 유출했을 가능성이 대두되어 세간이 떠들썩해지는 건 흔한 일이 아니므로 이런 경우에 대비한 위기 대책은 미진할 수밖에 없다.

"그런데 형사님." 직원 하나가 물었다. "수사 상황은 좀 어떻습니까? 용의자는 찾아냈습니까?"

오이시가 대답했다.

"죄송하지만 수사 상황에 대해서는 말씀드릴 수 없습니다. 그저 예의 수사 중이라고만 알아주십시오."

어제 저녁, 메밀국수집에서 감시 카메라에 담긴 영상을 제공해 주었다. 즉시 영상을 분석한 결과, 겐다가 점찍은 스쿠터의 번호판이 판명되었다. 신주쿠 번호판이었다. 바로 신주쿠 구청에 조회를 의뢰했지만 연휴라 회신은 내일이 되어야 받을 듯했다.

"어쨌거나." 나카쓰카 기획 경영부장이 말했다. "A 씨라는 정보 제공자는 우리 직원일 가능성이 높아요. 청내의 정보를 언론에 흘리다니 직원으로서 절대 해서는 안 될 짓입니다. 앞으로 이런 일이 없도록 주의를 환기할 필요가 있습니다. 인사과와 상의해서 전 직원에게 주의문을 발송해야 할지도 모르겠습니다."

기사에는 구라타 유미에 관한 정보가 실려 있다. 내부자가 아니고서는 알 수 없는 내용으로서 분명 사례를 받고 해당 정보를 제공했을 터다. 물론 〈주간 다큐먼트〉 측은 절대로 정보원을 밝히지 않을 것이다.

"또 다른 사항 있습니까?"

"구라타 주무관 말인데요." 수납과장이 입을 열었다. "부장님과도 협의했는데, 당분간 자택에서 쉬게 할 생각입니다. 유급 휴가로요. 지금 구라타 주무관을 계속 출근시키는 건 가혹한 처사가 아닐까 싶어서요."

말은 유급 휴가라지만 흡사 자택 근신 같은 어감이다. 그렇다 하더라도 평소대로 출근해 호기심 어린 눈길에 시달리는 것보다는 백배 나으리라.

그 밖에 다른 질의 사항은 없었고 회의는 이걸로 끝이었다. 딱히 어떤 진전이 있었던 건 아니나 정보를 공유한다는 차원에서는 나쁘지 않았는지도 모르겠다.

겐다는 엘리베이터를 타고 1층으로 내려가 직원 전용 출입구를 통해 밖으로 나갔다. 주차장에 세워 둔 위장 경찰차에 올라타자 조수석에 앉은 오이시가 스마트폰을 꺼냈다. 전화가 왔는지 오이시는 바로 통화를 시작했다. 통화가 끝날 때까지 시동을 걸지 않고 기다렸다.

"겐 씨, 알아냈어. 신주쿠 구청에서 답이 왔어."

"빠르네요."

"우리 과장이 재촉한 게 아닐까. 아무튼 현재 밝혀진 정보는 이름, 주소, 생년월일뿐이야. 이름은 노가미 노보루. 38세. 5년 전에 번호판이 등록됐고, 등록 당시 주소는 다카다노바바."

스쿠터를 타고 현장 근처를 달려간 노가미 노보루라는 남자. 과연 이 남자는 사건과 관계가 있을까 없을까. 일단 이 점부터 조속히 조사할 필요가 있다. 겐다는 가속 페달을 밟아 위장 경찰차를 출발시켰다.

수사본부의 움직임은 빨랐다. 즉시 노가미 노보루의 신원 파악에 나섰다.

정오가 되기 전에 스쿠터 번호판이 등록된 당시의 주소지에 수사원이 급파되었다. 다카다노바바에 있는 목조 연립 주택으로, 문패는 없지만 연립 주택 뒤편 이륜차 주차장에 번호판이 동일한 스쿠터가 세워져 있었다고 한다. 노가미가 현재도 같은 곳에 살고 있다는 뜻이다. 택배 기사로 위장해 문을 두드려 보았지만 아무 반응이 없어 외출한 것으로 추정했다. 경시청의 대형 수사 차량이 현지에 도착하자 수사원들은 차량에 탑승해 노가미가 돌아오기를 기다렸다.

오후 5시, 노가미로 추정되는 남자가 나타났다. 키는 170센티 정도 되어 보이며 머리가 짧고 마른 체형이었다. 남자의 얼굴을 보고 한 수사원이 말했다. 어디서 본 것 같은 얼굴이라고.

바바 히토미의 추모 공연 때 찍은 사진에서 본 것 같다고 수사원은 주장했다. 그 수사원은 즉시 서에 연락해 문제의 얼굴 사진을 확인했다. 짐작이 들어맞았다. 노가미가 지난주에 있었던 주오선 방위대의 라이브 공연을 보러 왔었다는 사실이 판명되었다.

더불어 노가미에 관해 중대한 사실이 하나 더 밝혀졌다. 노가미의 체포 전력이 확인된 것이다. 그는 18년 전쯤에 상해 혐의로 체포된 적이 있었다.

사건의 자세한 정황도 드러났다. 당시 비즈니스호텔에서 일하던 노가미가 상사에게 폭력을 행사해 머리를 세 바늘 꿰매는 상처를 입혔다. 다만 호텔 측이 고소를 취하했기 때문에 불기소 처분을 받았다. 이 노가미라는 남자가 범인 아닐까, 하는 분위기가 수사본부에 흘렀다. 체포 전력이 있다는 것만으로도 심증은 변하는 법이다.

겐다는 보고를 듣고 퇴근했다. 밤 11시가 지나서야 집에 도착했다. 다카시는 웬일로 거실에서 텔레비전을 보고 있었다. 드라마 같았다. 다카시가 화면에 시선을 고정한 채 말했다.

"다녀오셨어요?"

"그래."

정장 상의를 벗어서 의자에 걸쳐 두었다. 냉장고에서 캔맥주를 꺼내 거실로 향했다. 다카시는 소파에 앉아 있었다. 겐다는 거실 바닥에 앉아 맥주를 한 모금 마시고는 말했다.

"끝나면 말해. 할 얘기가 있으니까."

아까 서를 나설 때 메신저로도 연락했다. 잠깐 이야기 좀 하고 싶다고. 다카시는 리모컨을 들어 텔레비전을 껐다.

"괜찮아. 딱히 보고 싶던 것도 아니니까."

"너한테 부탁이 있어." 겐다는 그렇게 말하고 허리를 쭉 폈다. "주오선 방위대 일이야. 실은 의심스러운 남자를 하나 찾아냈는데, 그 남자 사진 좀 봐 줄래?"

본부의 허가는 받았다. 주오선 방위대의 팬인 아들에게 노가미의 사진을 보여 주고 이야기를 듣고 싶다고 오이시에게 제안하자 허락해 주었다. 아들이 주오선 방위대의 팬이라는 우연을 수사에 활용해 볼 심산이었다.

"수사망에 걸린 남자야." 겐다는 노가미의 사진을 꺼내 테이블에 내려놓았다. "이 남자인데. 지난주에 공연도 보러 갔어. 혹시 못 봤어?"

다카시는 잠시 사진을 보다가 대답했다.

"봤어."

"정말?"

겐다는 무심코 몸을 내밀었다. 다카시는 사진을 집어서 가까이 들여다보며 말했다.

"응. 맞을 거야. 내 기억으로는 한 서너 번 왔어. 주오선 방위대 공연 관객이 적을 때는 4, 50명밖에 안 되니까 얼굴이 저절로 외워지거든. 그리고 난 체키를 안 찍지만 다른 사람들이 체키를 찍는 모습은 끝까지 구경해."

체키란 돈을 내고 아이돌과 투 숏 사진을 찍는 팬 서비스다. 지하 아이돌은 라이브 공연 후에 체키를 찍는데, 체키 매상이 아이돌의 수입에 직결된다고 한다. 다카시는 아르바이트를 하지 않으므로 자유롭게 쓸 수 있는 돈은 매달 받는 용돈뿐이다. 용돈 액수를 감안해 체키 같은 유료 팬 서비스에는 참가하지 않는 건지도 모른다.

"좀 인상적인 일도 있었고." 다카시는 사진을 테이블에 내려놓으며 말했다. "같은 줄에 앉은 적이 있거든. 난 북적북적한 앞쪽보다는 사람이 띄엄띄엄 떨어져 있는 뒤쪽에 앉는 편이야. 어쩌다 고개를 돌렸더니 이 사람이 같은 줄에 있었는데……."

공연 중에는 수많은 스포트라이트가 무대를 비춘다. 때마침 한 줄기 불빛이 노가미의 얼굴에 비쳤다.

"이 사람이 웃고 있더라고. 업신여기는 듯한 표정이었어. 좀 으스스했어."

희미하게 웃음 짓는 노가미의 얼굴이 눈앞에 떠오르는 듯했다. 대체 뭘 보고 웃은 걸까. 그 시선의 끝에 오기쿠보 히토미가 있었을까.

"아빠, 혹시 이 사람이 히토밍, 아니 오기쿠보 히토미를……."

다카시는 말하다 말고 입을 다물었다. 아버지의 직업상 이게 수사 정보와 관련된 이야기임을 이해한 것이리라. 겐다는 다른 질문을 꺼냈다.

"최애라고 하던가? 오기쿠보 히토미가 최애인 팬들 있잖아. 그중에서 리더 역할을 하는 사람이 누군지 알아? 혹시 알면 가르쳐 줘."

"리더인지는 모르겠지만, 구마다라는 사람이 꽤 유명해. 나카노 포레스트 근처에 있는 칠복신이라는 술집에서 일한

다나 봐. 히토밍이 최애인 팬들은 대개 거기서 오프 모임을
가져."

겐다는 자리에서 일어섰다. 이미 맥주 한 캔을 다 비웠다.
냉장고에서 캔 맥주를 하나 더 꺼내고 의자에 걸쳐 둔 정장
상의에서 수첩을 꺼냈다. 구마다라는 남자의 이름과 술집
이름을 메모했다.

"그리고 네 방에 티셔츠 있잖아. CDF는 뭐의 약자야?"

"주오라인 디펜스 포스. 주오선 방위대를 가리키는 말이
야."

"그렇구나. 그런데 다카시, 지난주 공연은 어땠어? 막 열
띤 분위기였니?"

"음, 글쎄." 다카시는 고개를 갸웃했다. "오기쿠보 히토미
가 죽었다는 걸 확실히 실감한 공연이었어. 지금까지 다섯
명이었는데 네 명이 됐으니까. 그걸 새삼 인식했다고나 할
까……."

이런 게 팬심인 건가. 세상을 떠난 오기쿠보 히토미에게
는 그녀를 최애로 아끼는 열성 팬들이 있다. 그들의 상실감
이 얼마나 클지 겐다는 짐작조차 할 수 없었다.

"다카시, 라면 먹을래?"

"좋지. 아빠가 끓여 줄 거야?"

"물론이지. 잠깐만."

선반 장을 열고 쟁여 둔 라면을 꺼냈다. 다카시는 스마트

폰을 들고 소파에 앉았다. 아주 잠깐이지만 모처럼 아들과 대화다운 대화를 나눈 느낌이었다. 어쩐지 기분이 좋았다. 응원하는 아이돌과 체키 정도는 찍게 해 주고 싶었다. 용돈을 좀 더 올려 줄까, 생각하며 겐다는 냄비에 물을 채웠다.

✳

당분간 출근하지 말고 집에서 쉴 것.

오전 7시 정각, 수납과장이 전화로 유미에게 전달한 내용이었다. 뒷일은 우리가 알아서 할 테니까 신경 안 써도 돼. 과장은 용건만 말하고 바로 전화를 끊었다.

〈주간 다큐먼트〉에 실린 기사 때문인 게 분명했다. 무사 시다이라 시청 수납과에 근무하는 Y미. 이 정도 정보가 제시되면 당사자가 누구인지 알아내는 건 시간문제다. 게다가 시청은 출입이 자유로우므로 언제 언론에서 몰려와도 이상할 게 없다. 그러니 구라타 유미의 출근을 보류하자. 상부에서 이런 결단을 내린 것이리라.

창밖을 보았다. 검은색 왜건은 없었다. 그저께 아버지가 신고해 준 덕분에 차는 바로 사라졌지만, 유미는 이따금씩 버릇처럼 커튼 틈새로 밖을 살폈다.

역시 가 보아야겠다. 유미는 잠옷을 벗고 청바지와 후드 티를 입었다. 스마트폰과 지갑만 챙겨서 방을 나섰다. 1층에 내려가자 어머니가 부엌에서 아침 식사를 준비 중이었다. 아버지는 욕실에 있는 모양이다.

"잘 잤니? 어머, 유미, 어디 가려고?"

"잠깐 편의점에. 나 오늘 쉬어. 아니, 오늘뿐 아니라 당분간 계속."

"편의점이라니. 이 시간에 왜……. 어? 당분간 쉰다는 건 또 무슨 소리야? 유미, 좀 기다려 봐."

어머니가 부르는 소리를 무시하고 밖으로 나왔다. 차에 올라타 시동을 걸고 출발했다. 제일 가까운 편의점까지 차로 5분도 걸리지 않지만 일부러 집에서 먼 편의점에 가기로 했다. 집 근처에서는 누구와 마주칠지 모른다. 20분쯤 차를 몰아 교외에 있는 편의점의 주차장으로 들어갔다. 비어 있는 주차 공간에 차를 대고 편의점에 발을 들여놓았다.

편의점은 출근하는 회사원과 학생 등으로 북적거렸다. 유미는 곧장 잡지 코너로 향했다. 오늘 발매된 〈주간 다큐먼트〉. 찾았다. 판매대에 다섯 권쯤 진열되어 있었다. 최근에 텔레비전으로 본 여자 연예인이 표지를 장식했다.

제일 앞에 놓인 걸 집었다. 실은 다섯 권을 몽땅 사서 어딘가에 내다 버리고 싶었지만 그랬다가는 계산대의 점원이 수상쩍게 여길 것이다. 편의점을 한 바퀴 돌며 500밀리짜리 녹차 페트병도 하나 들고 계산대로 향했다. 편의점에서 물건을 사는 것뿐인데 마치 나쁜 짓이라도 하는 듯한 기분이 들었다. 봉투는 필요 없어요. 돈을 낸 후 잡지와 녹차를 들고 편의점을 나섰다.

차로 돌아와 잡지를 펼쳤다. 정치와 관련된 시사 문제 다음에 그 기사가 나왔다. 인터넷에도 실렸던 무사시다이라 시청 청사 사진이 눈에 들어왔다. 기사를 읽었다.

잡지에서 속속들이 파헤치겠다고 장담한 것치고는 그리 상세한 내용은 적혀 있지 않았다. Y미는 싹싹한 성격이라는 내용과 시청 야구부 매니저라는 정보가 추가된 정도다. 아무래도 상관없을 정보이기는 하지만 시청 내부에 빠삭한 사람이 흘렸다고밖에 볼 수 없는 내용이다. 내통자가 있는 게 확실했다.

기사에는 지하 아이돌의 현실도 자세하게 실려 있었다. 팬들과 아주 가깝게 교류하다 보니 팬이 착각하는 경우가 발생한다는 내용이었다. 작년에도 비슷한 사건이 도쿄 도내에서 발생했지만 그쪽은 미수로 그쳤다고 한다.

유미는 지금까지 지하 아이돌이라는 존재 자체를 의식한 적이 없었다. 텔레비전에 나오는 AKB48이며 노기자카46 같은 유명 아이돌 그룹은 아이돌 판에서 몇 안 되는 톱 그룹들이며, 그녀들 밑으로 아이돌을 꿈꾸는 여자애들이 무수히 많다. 그녀들은 착실하게 라이브 공연을 열고 팬들과 소통해 가며 인기를 끌어올리기 위해 애쓴다. 주오선 방위대는 그러한 아이돌 그룹 중 하나고, 세상을 떠난 오기쿠보 히토미는 주오선 방위대의 멤버였다. 오기쿠보 히토미의 죽음을 애통해하는 팬도 분명 있으리라.

그런 팬들이 이 기사를 보면 어떻게 반응할까. 분명 유미가 저지른 짓을 용서하기 힘들 것이다. 여하튼 이 기사는 악의적이다. 오기쿠보 히토미가 살해당한 건 Y미라는 여직원에게 일부 책임이 있다, 하고 독자가 느끼도록 교묘하게 유도했다.

기사를 다 읽고 잡지를 무릎 위에 내려놓았다. 이런 걸 집에 들고 갈 수는 없다. 마침 편의점 입구에 쓰레기통이 있었다. 저기에다 버리면 되겠다.

유미는 차에서 내려 다시 편의점 입구로 걸어갔다. 그때 자동문이 열리고 아빠와 딸인 듯한 남자와 아이가 나왔다. 다섯 살 정도로 보이는 여자애는 어린이집 복장을 하고 있었다. 그 아이 옆에 있는 남자를 보고 유미는 무심코 걸음을 멈추었다.

나카무라였다. 수납 총무계의 나카무라. 상대도 유미를 알아보았는지 멈추어 섰다. 여자애가 의아한 표정으로 유미와 자기 아빠의 얼굴을 번갈아 보았다. 평소 같으면 비위를 맞추듯 웃음을 지었겠지만 지금은 표정이 싹 굳어 버렸다. 나카무라가 딸에게 말했다.

"유카, 이 사람은 아빠 친구야."

여자애가 머리를 꾸벅 숙이길래 유미도 겨우 목소리를 짜냈다.

"아, 안녕."

"유카, 차에 먼저 가 있어. 아빠는 친구랑 잠깐 이야기 좀 하고 갈게."

여자애가 뛰어가서 주차장에 세워진 흰색 미니밴의 뒷좌석에 올라탔다. 그 모습을 확인한 후 나카무라가 말했다.

"그거, 읽었지?"

나카무라의 시선이 유미가 들고 있는 〈주간 다큐먼트〉에 꽂혔다. 나카무라는 태연한 표정으로 말했다.

"실은 나도 편의점에 서서 읽었어. A 씨였나? 별 지독한 놈이 다 있더라. 분명 우리 직원일 거야."

정보 제공자 A 씨는 나카무라 아닐까. 유미 생각에는 그랬다. 이 남자는 나를 밀고했다. 이 남자라면 주간지에 정보를 제공해도 전혀 이상할 게 없다. 유미는 자신도 모르게 말을 꺼냈다.

"당신이…… 나카무라 주무관님이 그런 건 아니고요?"

"나? 아니야." 나카무라가 잡아뗐지만 입가에 웃음이 맺혀 있었다. "내 이미지가 별로인 건 알아. 그래도 그런 짓은 안 해. 구라타 씨 입장에서야 내가 의심스럽겠지만 그런 눈으로 보지 말아 줬으면 하는데."

"하지만, 하지만." 엉겁결에 다시 말이 튀어나왔다. 참을 수 없었다. "저를 윗선에 찌른 거 주무관님이잖아요. 소문다 났어요. 그러니까 이번에도 주무관님이……."

자동문이 열리고 남자 손님 하나가 나오는 바람에 유미는 입을 다물었다. 남자가 떠나기를 기다렸다가 나카무라가 입을 열었다.

"맞아. 전산 시스템과에 밀고한 건 나야. 하지만 조만간 분명히 들통났을걸. 게다가 더 이상은 무리라고 생각했어. 언제까지 버틸 수 있을까 걱정하면서 구라타 씨를 살폈거든. 내 앞자리니까."

정신적으로 궁지에 몰린 건 부정할 수 없는 사실이다. 그대로 겁을 집어먹은 채 하루하루를 보냈다면 언젠가 뻥 터지지 않았을까 싶기도 하다. 공기를 과하게 주입하면 풍선이 터지는 것처럼 말이다.

"믿어 달라고는 하지 않겠어. 하지만 〈주간 다큐먼트〉에 정보를 제공한 건 내가 아니야. 나도 그 정도 사리 분별은 할 줄 안다고."

그는 주변 사람과 친해질 생각이 없어 보이고 다소 삐딱하게 군다는 인상이 있다. 그래도 아까 딸을 바라보던 눈빛은 틀림없이 다정한 아버지의 진실된 그것이었다.

"양의 탈을 쓴 늑대라는 말 알지? 제일 친절하게 대해 주는 사람이 실은 배신자일 수도 있어. 뭐, 구라타 씨의 경우는 다를 수도 있지만. 이건 어디까지나 일반론이니까."

누군가 같은 편인 척하면서 실은 뒤통수를 치고 있다는

뜻인가. 그렇게 따지기 시작하면 믿을 사람은 아무도 없다. 지금이 바로 그런 상황이다.

"이만 가야겠다."

나카무라는 그렇게 말하고는 자기 차로 가서 운전석에 올라탔다. 기운 내라거나 너무 걱정하지 말라고 빈말을 던지지 않는 게 그다웠다. 생각했던 만큼 나쁜 사람은 아닌지도 모른다.

나카무라가 아니라면 대체 A 씨는 누구인가.

흰색 미니밴이 떠나는 모습을 지켜본 후 유미는 자기 차로 되돌아갔다.

✳

오후 3시가 되기 조금 전, 겐다는 마키무라와 함께 JR나카노역에 내렸다. 어젯밤 다카시가 알려 준 구마다의 직장인 칠복신에 연락하자 오후 3시에 와 달라고 했기 때문이다.

가게는 나카노역 북쪽 출입구에서 도보로 약 5분 거리에 위치한 잡거빌딩의 1층이었다. 문을 열었더니 영업 시간이 아닌 건지 내부가 침침했다.

"실례합니다. 무사시다이라서에서 나왔는데요."

안쪽에서 남자 하나가 나와서 말했다.

"제가 구마다입니다. 들어오세요."

머리에 수건을 두른 구마다는 20대 후반으로 보였다. 안내를 받은 안쪽 테이블에는 먼저 온 손님이 있었다. 정장을 입은 남자로, 구마다보다 나이가 많은 듯했다. 똑 부러지게 생긴 청년이다.

"형사님, 앉으시죠."

구마다의 말에 겐다는 의자에 앉았다. 구마다가 찻잔 네 개를 테이블에 내려놓았다. 그리고 본인도 의자에 앉아 입을 열었다.

"구마다 쇼헤이입니다. 세상을 떠난 히토밍 때문에 오신 거죠?"

"네, 뭐." 겐다가 대답했다. "어느 분께 구마다 씨 이야기를 들었습니다. 사망한 오기쿠보 히토미 씨를 열심히 응원하셨다던데. 자세한 이야기를 여쭤 보고 싶어서 연락드렸습니다."

겐다는 구마다 옆에 앉은 남자에게 시선을 주었다. 이 사람은 누구냐고 은근히 물어본 것이다. 그러자 구마다가 말했다.

"이쪽은 미나미노 씨예요. 저는 난노 씨라고 부르고요. 난노 씨도 히토밍의 팬이고, 저랑 오래 알고 지낸 사이예요. 형사님과 이야기하는 건 처음이라 도움을 받고 싶어서……."

그러자 미나미노라는 남자가 입을 열었다.

"미나미노라고 합니다. 저도 주오선 방위대, 그중에서도 오기쿠보 히토미 씨의 팬입니다. 구마다하고도 친하고요. 구마다가 전화로 동석해 달라고 부탁해서 왔습니다. 여기, 제 명함입니다."

미나미노가 명함을 주었다. 시나가와에 있는 변호사 사무소에서 일하는 모양이다. 직함은 법률 사무원이다. 즉, 변호사를 보조하는 업무를 한다는 뜻이다. 아이돌 팬의 직종이 다양하다고 듣기는 했지만 법률 사무원이라니 그저 놀라울 뿐이었다.

"그런데 형사님, 구마다에게 뭘 물어보시려고요?"

"꼭 구마다 씨라기보다 두 분 모두에게 여쭤 보고 싶은데요." 겐다는 그렇게 서론을 깔았다. "아시다시피 오기쿠보 히토미 씨는 살해당했습니다. 저희는 그 사건을 수사하는 중이고요. 범인은 오기쿠보 히토미 씨를 스토킹했을 가능성이 있습니다. 이를테면 열성 팬인 두 분께서 생각하시기에 그런 짓을 저지를 만한 인물이 없을까요?"

미나미노가 대답했다.

"안타깝게도 없네요. 저희도 만날 때마다 그 이야기를 하는데요. 누가 그랬을지 짚이는 구석이 전혀 없습니다. 오기쿠보 히토미 씨가 스토킹을 당했다는 이야기를 들었을 때 깜짝 놀란걸요."

열성 팬 중에 범인이 있지 않을까. 이런 의견은 수사원 사이에서도 일찌감치 나왔던 것이다. 결정적인 단서가 나오지 않아 슬슬 팬에게 개별적으로 접촉해 보자는 분위기가 돌기 시작했을 무렵에 노가미 노보루라는 남자가 급부상한 것이다.

"이 남자를 본 적이 있습니까?"

구마다는 준비해 온 노가미의 얼굴 사진을 테이블에 내려놓았다. 안색이 바뀐 구마다가 갑자기 손을 쭉 뻗어 사진을 집었다.

"형사님, 혹시 이 자식이 히토밍을 죽인 겁니까?"

사진을 찢어 버릴 듯한 기세였다. 그러자 미나미노가 타이르듯 말했다.

"구마다, 진정해. 형사님들께 협조하자고."

"너무 열 받아서. 알았어, 난노 씨."

구마다가 사진을 테이블에 내려놓았다. 정신적으로 좀 미성숙한가. 목소리도 튀는 것이 확실히 눈에 띄는 인간형이기는 하다.

"저도 한번 보겠습니다."

미나미노가 그렇게 말하고 사진에 시선을 주었다. 잠시 들여다보다가 고개를 들었다.

"음, 처음 보는 얼굴인데요."

"난노 씨, 나도 좀 보여 줘." 구마다가 사진을 가져갔다. "아, 자세히 보니 알겠는데. 공연 보러 몇 번 왔었잖아."

"그렇습니까?"

"네. 틀림없어요. 분명 지난주에도 왔었고요. 전 체키를 반드시 꽁지에서 찍으니까 먼저 체키를 찍는 사람들의 얼굴을 다 보거든요."

"꽁지라는 건……."

미나미노가 설명해 주었다. 아이돌과 체키를 찍기 위해 각 멤버 앞에 줄을 설 때 구마다는 반드시 맨 끝에 선다는 뜻이다. 그러면 뒤에 기다리는 사람이 없으니까 마음 졸이지 않고 느긋하게 아이돌과 이야기할 수 있는 특권이 생긴다.

"아마 반년 전이었을 거예요. 이 자식이 히토밍과 체키를 찍었습니다. 그래서 기억해요. 근데 그다음에 바로 미오랑 체키를 찍었어요. 이 자식, 교쵀애를 너무 쉽게 하는 거 아니냐고 생각했죠."

노가미가 공연 후에 바바 히토미와 체키를 찍었다. 큰 의미가 담긴 정보였다. 체키를 찍는 모습을 실제로 본 적은 없지만, 체키는 아주 가까이에서 아이돌과 접촉하는 행위라고 했다. 뿐만 아니라 대화도 몇 차례 주고받는다고 들었다. 드디어 노가미 노보루와 바바 히토미의 접점을 찾은 것이다.

"형사님, 이 자식이 히토밍을 죽였습니까?"

"죄송하지만 답변드릴 수 없습니다."

노가미의 동향이 서서히 밝혀지는 중이었다. 집 근처 다쓰미 클린 서비스라는 청소 회사에 다니고, 오늘도 출근한 듯하다. 회사 사장에게 이야기를 들어 보니 5년 전에 회사를 차릴 때 직원으로 고용했다고 한다. 그전에도 같은 직장에 있었던 동료였고, 노가미가 상해 사건을 일으켜 해고되었다. 사장은 노가미가 사람을 때려서 체포된 적이 있다는 사실을 알면서도 회사를 차리면서 일손이 아쉬워 불렀다고 한다.

직장 동료와 근처 주민에게서도 이야기를 들어 보고 싶었지만 어떤 경로로 당사자의 귀에 들어갈지 모르기에 현재로서는 수사에 신중을 기하고 있다.

"그런데 두 분은 정기 라이브 공연을 빼놓지 않고 보러 가십니까?"

겐다가 묻자 미나미노가 대답했다.

"시간이 나면 보러 갑니다. 구마다는 거의 개근상이고요. 그 밖에도 매번 보러 오는 사람이 몇 명 있습니다."

"팬은 얼마나 됩니까?"

"글쎄요, 주오선 방위대의 전체 팬은 대충 4, 500명 정도 되지 않을까요. 지방 사람도 포함해서요. 그중에 공연장 죽돌이인 광팬이 3, 40명 정도일 겁니다. 이 사람들은 정기 라이브 외에 다른 공연도 보러 가죠."

지금까지 다양한 업계의 사람을 만나 보았지만 지하 아이돌의 팬은 처음이었다. 말만 들어도 문화 충격이 아닐 수 없다. 물론 야구팀이나 축구팀을 열렬히 응원하는 서포터처럼 지하 아이돌을 응원하는 사람도 있을 수 있다. 그저 응원하는 대상이 다를 뿐이다.

"두 분은 공연을 통해 친해지셨습니까?"

"그렇죠." 미나미노가 대답했다. 법률 사무원으로 일하는 만큼 말이 논리정연해서 알아듣기 쉽다. "여러 번 마주치다 보니 자연스럽게 이야기를 나누게 됐어요. 구마다는 오기쿠보 히토미 씨의 팬 중에서 리더 같은 존재입니다. 그리고 다와다 씨, 호시야라는 사람과 함께 넷이서 자주 만나요."

그러고 보니 겐다는 생각나는 게 있었다. 지지난 주였나 수사 회의 때 호시야라는 남자에 대한 보고가 올라왔다. 피해자와 트위터로 개인적인 대화를 했다는 팬이었다. 알리바이는 없지만 사망 추정 시각에 온라인 게임을 했다고 주장하는 모양이었다. 피해자에게 살의를 품을 만한 동기도 없다고 했으니 아마 수사 대상에서 제외되었을 것이다.

"형사님, 부탁드립니다."

내내 잠자코 있던 구마다가 고개를 숙였다. 테이블에 이마가 닿을 만큼 머리를 푹 숙인 채로 그가 말했다.

"히토밍을 죽인 범인을 꼭 붙잡아서 감방에 처넣어 주세요. 제발 부탁드립니다. 무슨 일이든 협조할게요."

지난주까지는 이렇다 할 단서가 없어서 벽에 부딪힌 듯한 느낌을 지울 수 없었다. 하지만 지금은 노가미라는 용의자가 부각되어 수사본부도 활기를 찾았다. 겐다는 고개를 끄덕였다.

"맡겨 주십시오. 구마다 씨, 이만 고개 드시고요."

구마다가 고개를 들었다. 눈물을 글썽거리는 것처럼도 보였다. 본인도 알아챘는지 거듭 눈을 깜박였다. 의외로 순정남이구나, 생각하며 겐다는 찻잔에 손을 뻗었다.

✳

인터폰이 울렸다. 얼마 안 있으면 저녁 7시다. 노가미는 인터폰을 무시하기로 했다. 눈앞에 근처 도시락집에서 사온 치킨 난반 도시락이 있다. 샤워를 마치고 막 먹으려던 참이었다.

또다시 인터폰이 울렸다. 노가미는 리모컨을 들어 텔레비전 음량을 높였다. 인기 개그맨이 젊은 여배우와 어느 상점가를 거닐고 있다. 젓가락을 들었을 때 이번에는 문밖에서 사람 소리가 들렸다.

"노가미 씨, 경찰입니다. 잠깐만 나오시죠. 여쭤 볼 게 있습니다."

경찰이라는 단어는 마냥 흘려 넘길 수 없다. 경찰이 무슨 일로 왔을까. 어쩔 수 없다. 노가미는 도시락 뚜껑을 덮고 일어섰다.

노가미는 다다미 여섯 장(다다미 한 장은 1.65제곱미터, 약 0.5평 크기다 - 옮긴이)짜리 원룸에 살고 있다. 지은 지 오래된 건물이라 곳곳이 낡았다. 이 정도라면 차라리 재건축을 하는 편이 낫지 않을까 싶지만 행여 그랬다가는 자신의 거주지가 사라지게 되므로 노가미 본인도 곤란하다.

슬리퍼를 신고 문을 열었다. 문 앞에 남자 두 명이 서 있었다. 둘 다 정장을 입고 있었다. 한 명은 노가미와 나이가 비슷해 보였고 다른 한 명은 중년이었다. 중년 남자가 말을 꺼냈다.

"늦은 시간에 죄송합니다, 노가미 씨. 저는 경시청의 오이시라고 합니다. 이쪽은 사토고요."

경찰 수첩을 보여 주었다. 노가미는 경찰 수첩을 힐끗 보고 나서 퉁명스럽게 말했다.

"경찰이 무슨 일이죠?"

"시일이 좀 지났습니다만, 9월 3일 일요일에 어디 계셨습니까?"

형사는 생각했던 것 이상으로 저자세였다. 고압적인 느낌이 전혀 없었다.

"그런 건 왜 물어봅니까?"

"어떤 사건의 수사를 보강할 필요가 있어서요."

탐문 수사를 나왔다, 이거로군. 형사 드라마에 자주 나오는 장면이다. 노가미가 물었다.

"며칠이라고요?"

"9월 3일 일요일이요."

"9월 3일? 글쎄요, 잊어버렸는데."

"한번 잘 생각해 보십시오."

노가미는 휴일에 기본적으로 경마를 중심으로 활동한다. 9월 3일은 니가타 기념 경주가 열린 날이라 아침부터 내내 신주쿠의 장외 마권 판매장 윈즈에 있었다.

"그날이라면 신주쿠의 윈즈에 갔었는데. 집에 돌아온 건, 어디 보자, 6시 정도였던가."

"그 후에는 뭘 하셨습니까?"

"술 마시고 잤습니다. 그게 다예요."

그날은 경마 결과도 시원찮았다. 곧장 돌아와서 컵라면을 안주 삼아 냉장고에 있던 레몬 추하이를 홧김에 벌컥벌컥 마신 기억이 났다. 그러다 술기운이 돌자 잠이 들었고 깨어나니 아침이었다.

"그날 행적을 증명해 줄 분은 계십니까?"

"없어요. 보다시피 혼자라."

무슨 일일까. 9월 3일에 부근에서 무슨 사건이라도 난 건가. 그래서 관련 수사라도 하는 중인가. 하지만 무슨 사건인지 전혀 짐작이 가지 않았다.

"노가미 씨, 최근에 무사시다이라시를 방문한 적이 있으십니까?"

느닷없이 질문의 방향이 바뀌어 노가미는 당황했다. 무사시다이라시에 간 적은 없었다. 무사시다이라시는 도쿄 서부에 있는 베드타운인데, 노가미에게는 연고가 없는 곳이었다. 도쿄 경마장이 있는 후추시라면 자주 가지만 말이다.

"안 갔어요. 됐죠? 밥 먹다 나왔단 말이에요."

"마지막으로 한 가지만 더요." 형사는 끈질기게 물고 늘어졌다. "주오선 방위대라는 아이돌 그룹을 아십니까?"

"압니다. 왜요? 알면 안 됩니까?"

"지난주에 공연을 보러 가셨죠?"

"그게 뭐 어때서요? 그냥 공연 보러 간 건데요. 밥 좀 먹게 그만합시다."

노가미는 억지로 문을 닫았다. 형사가 밖에서 뭔가 말했지만 무시하고 텔레비전 앞에 앉았다. 캔 추하이를 한 모금 마시고 젓가락을 집었다.

주오선 방위대의 멤버 중 한 명이 살해당했다는 건 안다. 오기쿠보 히토미다. 노가미도 두어 번 오기쿠보 히토미와 체키를 찍었다.

오기쿠보 히토미를 죽인 범인이 체포되었다는 소식은 아직 듣지 못했다. 보아하니 경찰이 단서를 얻기 위해 공연을 보러 갔던 관객을 일일이 찾아가 이야기 중인가 본데 고생이 이만저만이 아닐 듯싶다. 그나저나 우리 집 주소는 어떻게 알았지?

텔레비전에서 개그맨과 여배우가 즐겁게 담소를 나누고 있었다. 노가미는 치킨 난반을 입에 넣었다.

✽

밖은 아직 어두침침했다. 겐다는 노가미 노보루가 사는 다카다노바바의 연립 주택 근처에 있었다. 곧 오전 6시. 전신주 뒤편에 몸을 숨긴 채 때를 기다리는 중이다. 날이 밝자마자 노가미에게 임의 동행을 요구하고 동시에 가택 수색을 결행한다는 게 어젯밤에 결정된 사안이었다.

어젯밤 오이시와 수사원 한 명이 노가미에게 접촉해 대화를 시도했으나 별다른 성과는 없었다. 다만 오이시 말로는, 노가미가 주오선 방위대라는 단어에 과민 반응을 보였단다.

이미 회사 직원 등에게서도 이야기를 들었지만, 노가미는 주변 사람에게 마음을 열고 지내는 성격이 아니라서 직장에 친한 사람도 없다니까 신변을 털어 본들 더는 나올 게 없으리라는 것이 수사원들의 견해였다. 그렇다면 다음으로 취해야 할 행동은 뻔하다. 당사자에게 직접 캐묻는 것이다.

영장은 없다. 임의 동행을 요구할 뿐이다. 지금 단계에서 임의 동행을 요구하는 건 시기상조 아닌가, 하는 의견을 내놓는 수사원도 있었다. 겐다도 내심 동감이었다.

상부가 임의 동행을 요구하기로 결심한 이유는 두 가지다. 우선 노가미에게는 상해죄로 체포된 전력이 있다. 불기소 처분을 받았지만 체포된 건 명백한 사실이며, 이는 그가 난폭한 성격임을 증명한다.

또 하나는 특별히 의심할 만한 다른 대상이 없다는 극히 소극적인 이유다. 사건이 발생한 지 2주가 넘자 수사본부에 안달하는 분위기가 감돌았다. 이렇게 된 이상, 일단 수상쩍은 사람부터 철저하게 조사해 보자는 것이다.

신문 배달 오토바이가 눈앞을 지나갔다. 계단을 내려오는 여러 명의 발소리가 들렸다. 남자 한 무리가 겐다 쪽으로 다가왔다. 총 세 명. 그들은 맞은편에 있는 연립 주택(노가미의 집을 감시하기 위해 수사본부에서 빌린 집)에서 나왔다. 원래 이런 일에는 수사 1과의 수사원만 동원되지만, 이번에는 노가미에 관한 정보를 본부에 알린 공적을 고려해 겐다도 동행을 허가받았다.

"갈까, 겐 씨."

"네."

겐다는 세 사람을 따라갔다. 그 외에도 노가미가 도주를 꾀할 때를 대비해 수사원 몇 명을 곳곳에 배치해 두었다.

연립 주택 부지로 들어가 바깥 계단을 올랐다. 노가미의 집은 202호다. 감시 결과, 노가미는 오전 8시 이후에 출근을 하며 어제 7시경에 편의점에 가는 모습이 확인된 걸로 보아 아침에 비교적 일찍 일어나는 것으로 추정했다.

오이시가 인터폰을 누르고 문을 두드렸다.

"노가미 씨, 이른 아침에 죄송합니다만 경시청에서 나왔습니다. 노가미 씨, 일어나셨습니까?"

문을 두드리는 소리가 주변에 울려 퍼졌다. 오이시는 끈질기게 문을 두드렸다. 일정한 리듬이라도 타듯이. 잠시 기다리자 문이 열리고 헝클어진 머리를 벅벅 긁으며 남자가 고개를 내밀었다.

"젠장, 아침 댓바람부터 뭐야?"

"노가미 씨, 아침 일찍 죄송합니다만 당신은 살인 혐의를 받고 있습니다. 무사시다이라시의 공원에서 오기쿠보 히토미라는 지하 아이돌이 살해당한 거 아시죠?"

노가미는 졸음이 싹 달아난 모양인지 눈을 부릅뜨며 말했다.

"알지. 하지만 난 범인이 아닙니다. 뭔가 착각한 거 아닙니까?"

"서에서 이야기하시죠. 동행해 주시기 바랍니다."

"싫어. 출근해야 한다고. 이만 가요."

노가미가 문을 닫으려 했지만 수사 1과의 젊은 형사가 손을 뻗어 문을 잡았다. 힘이 꽤 센 듯 노가미가 아무리 잡아당겨도 문은 닫히지 않았다.

"이거 놔. 놓으라니까."

"노가미 씨, 실은 다쓰미 클린 서비스의 사장님께도 이미 말씀드렸습니다. 오늘 하루 노가미 씨를 빌리겠다고요."

사장이라는 단어가 나오자마자 노가미의 안색이 살짝 변했다. 역시 직장인에게 사장이라는 존재는 큰 건가. 5년 전,

사장이 노가미를 회사에 꽂아 주었다. 그때의 은혜를 잊지는 않았을 것이다.

"우리 사원 중에 그런 죄를 저지를 사람은 없으니 실컷 조사해 보라고 하시더군요. 어때요, 노가미 씨? 사장님의 체면이 구겨지지 않도록 본인이 결백하다는 사실을 직접 증명해 보이시는 게 어떻겠습니까?"

노가미는 오이시의 얼굴을 잠시 노려보다가 확인하듯 말했다.

"정말로 사장님이 그러셨단 말이지?"

"틀림없습니다. 확인해 보셔도 상관없어요."

"알았어. 근데 준비 좀 하고. 그 정도는 괜찮잖아."

"그럼요. 천천히 하세요. 다만 문은 열어 두시고요."

노가미는 혀를 차더니 몸을 돌려 방 안쪽에 있는 문을 열고 들어갔다. 화장실일까. 건너편에서도 수사원이 지키고 있으므로 창문으로 도망쳐도 걱정은 없다. 오이시의 부하 직원 하나가 스마트폰으로 누군가와 통화를 했다. 위장 경찰차를 연립 주택 앞에 대라고 지시하는 모양이다.

2분 후 노가미가 밖으로 나왔다. 가볍게 청바지에 체크무늬 셔츠를 입었다. 문을 잠그려는 노가미를 보고 오이시가 말했다.

"노가미 씨, 집을 좀 살펴봤으면 하는데요. 물건을 옮기거나 하지는 않겠습니다. 협조해 주시면 의심도 빨리 풀릴 거예요."

노가미는 미심쩍은 눈으로 오이시를 쳐다보았지만 결국 포기한 듯 열쇠를 오이시에게 넘겼다. 위장 경찰차는 이미 연립 주택 앞에 도착했다. 노가미는 형사들 사이에 껴서 바깥 복도를 걸어갔다.

"아까부터 대체 몇 번을 말하는 거야. 무사시다이라시에는 간 적이 없다니까."

"이상한걸. 그럼 왜 당신 스쿠터가 감시 카메라에 찍힌 건데?"

"몰라. 댁들이 뭔가 착각한 거겠지."

무사시다이라서의 취조실에서 노가미의 진술을 듣는 중이었다. 노가미는 2시간째 모르쇠로 일관했다. 겐다는 취조실 옆방에서 반투명경으로 상황을 지켜보았다. 오이시도 팔짱을 낀 채 옆에 서 있었다. 진술 조사는 오이시의 부하 직원들이 맡았다.

사건 당일, 노가미는 낮에 신주쿠에 있는 장외 마권 판매장에 있었으며 마지막 경주가 끝난 후에는 신주쿠를 어슬렁거리다가 집에 갔다고 진술했다. 집에는 오후 6시경에 도착했다고 한다. 문제는 그 후다.

바바 히토미의 사망 추정 시각은 저녁 8시에서 10시 사이다. 메밀국수집 감시 카메라에 노가미의 스쿠터가 찍힌 건 밤 9시 45분. 만약 범인이 그 스쿠터를 타고 범행 현장에서 달아난 거라면 범행 시각은 밤 9시 30분 정도로 추산할 수 있다.

노가미는 집에 온 뒤에 술을 마시고 잠들었다고 진술했다. 하지만 이를 증명해 줄 제삼자는 없었다. 즉, 노가미에게는 알리바이가 없다.

"피해자와 일면식이 있었잖아. 공연 때 피해자를 보고 반했나?"

"우연히 공연을 보러 갔을 뿐이라니까."

"하지만 당신이 피해자랑 사진을 찍는 걸 목격한 사람이 있어."

"돈을 내면 누구나 단둘이 사진을 찍을 수 있어. 그것도 몰라?"

"멤버는 네 명이 더 있어. 그런데도 당신은 굳이 바바 히토미를 골랐지. 홀딱 빠져서 그런 거잖아."

"아니래도. 홀딱 빠지기는 누가 홀딱 빠졌다고 그래?"

주오선 방위대의 라이브 공연을 보러 간 경위에 대해서는 이미 진술했다. 다카야마라는 경마 친구에게 티켓을 받았다고 한다. 그러니까 지금까지 다카야마라는 남자가 양도해 준 티켓으로 공연을 보러 간 거라는 게 노가미의 주장이었다.

다카야마는 누구지? 수사원이 질문하자 노가미는 종잡을 수 없는 답변을 내놓았다.

경마장에서 안면을 튼 후로 가끔 경마장에서 마주쳤지만 연락처를 교환하지는 않았다. 친구라기보다 그냥 아는 사람 정도의 사이라서 다카야마가 어디 살고 무슨 일을 하는지도 모른다. 노가미가 연락처를 모르는 이상 이쪽으로서는 그를 찾을 방도가 없다.

"좋아하지도 않는 여자랑 왜 쓸데없이 사진을 찍는데?"

"나 원 참, 거기서는 다들 찍어."

서른여덟 살이라고 들었지만 생긴 건 좀 더 젊어 보였다. 보통 스토킹 살인범은 내향적인 경향이 강한데 겐다가 품고 있던 범인의 이미지와 조금 다른 듯했다. 물론 이건 어디까지나 겐다의 주관에 지나지 않는다.

"실례하겠습니다."

문을 두드리는 소리와 함께 수사원 두 명이 겐다와 오이시가 있는 방에 들어왔다. 다카다노바바에서 가택 수색을 진행한 수사원이다. 그중 한 명이 앞으로 나와서 테이블에 비닐봉지를 내려놓았다. 속에는 휴대 전화가 들어 있었다. 폴더식 피처 폰이다.

"벽장에서 발견했습니다. 비밀번호로 잠겨 있어서 감식과에 넘기려고요. 그리고 이런 것도 발견했습니다."

비닐봉지를 하나 더 내려놓았다. 속에는 날 길이가 20센티쯤 되는 식칼이 들어 있었다. 겐다는 눈이 동그래졌다.

"얼핏 보기에 혈흔은 없습니다만 바로 분석을 의뢰하겠

습니다.”

“부탁해. 서두르라고 전해 줘.”

“알겠습니다.”

두 수사원은 압수한 증거품을 들고 방에서 나갔다. 만약 저 식칼에서 피해자의 DNA가 검출되면 그야말로 외통수다. 노가미가 달아날 길은 없다. 오이시가 겐다를 보고 말했다.

“겐 씨, 부탁이 있는데. 이야기 좀 할까?”

※

무사시다이라서 방문은 이번이 두 번째다. 첫 번째는 유미가 시민과에 있던 시절, 시내 공공시설에 포스터를 배포하는 업무 때문이었다.

1시간 전에 경찰에서 전화가 왔다. 어머니가 불러서 1층에 있는 집 전화의 수화기를 들었다. 상대는 무사시다이라서의 겐다라는 형사였다. 유미가 수납과에서 쓰러져 병원에 실려 갔을 때 만난 형사. 유미의 이야기를 친절하게 들어주었으므로 나쁜 인상은 아니었다.

목소리를 들어 주었으면 하는 남자가 있으니 꼭 서로 와주십시오.

겐다는 그렇게 말했다. 범인이 붙잡힌 것이다. 유미는 겐다의 말에 담긴 뜻을 즉시 이해했다. 들어 주었으면 하는 목소리가 있다는 게 아니라 목소리를 들어 주었으면 하는 남자가 있다고 했다. 요컨대 경찰이 남자의 신변을 확보했다는 의미로도 볼 수 있었다.

알겠다고 대답한 후 채비해서 차를 몰고 무사시다이라서로 향했다. 그리고 정문 쪽 출입구 앞에서 기다리고 있던 겐다와 만났다.

"여기입니다."

겐다가 멈추어 문을 열어 주었다. 회의실 같았다. 그리 넓지는 않다. 앉아 있던 남자 세 명 중 제일 연장자로 보이는 사람이 유미에게 말했다.

"와 주셔서 감사합니다. 경시청 수사 1과 오이시라고 합니다. 겐다 형사에게 얘기 들으셨죠?"

"네. 대강은."

경찰은 현장 근처 감시 카메라 영상을 토대로 도쿄 도내에 거주하는 한 남자를 찾아냈고, 현재 그 남자를 임의 동행해 조사 중이란다. 임의 동행이 강제가 아니라 본인의 승낙하에 경찰서로 데려오는 조치라는 건 유미도 안다.

"구라타 씨는 범인으로 추정되는 남자, 저희가 일명 전화남이라고 부르는 자의 목소리를 유일하게 들은 분입니다. 지금 그 남자의 목소리를 들려 드리겠습니다."

오이시라는 형사가 말했다. 유미는 과연 자신이 그렇게 중대한 임무를 해낼 수 있을까 불안해졌다. 누가 보아도 불안해하는 게 분명한 유미의 긴장을 풀어 주려는지 옆에 서 있던 겐다가 덧붙였다.

"너무 걱정하실 것 없어요. 구라타 씨의 의견은 참고만 할 거니까요."

"알겠습니다."

오이시가 눈짓했다. 그러자 근처에 있던 다른 형사가 벽으로 이동해 커튼을 걷었다. 창문인 줄 알았는데 옆방을 볼 수 있는 반투명경이었다. 동시에 목소리가 들렸다. 천장에 작은 스피커가 설치되어 있었다.

"기본적으로 주말은 경마장에 갑니다. 도쿄 경마장에도 가고 나카야마에도 가죠. 경마장에 안 갈 때는 신주쿠의 윈즈에 갈 때가 많던가. 옛날에는 고라쿠엔에 갔었지만 요즘은 신주쿠에 더 자주 가요."

남자 목소리다. 하지만 전화를 걸어 온 그 남자의 목소리인지는 확신할 수 없었다.

"목소리를 들어 줬으면 해서 모셨으니 원래는 반투명경으로 볼 필요까진 없지만 가능하면 용의자의 얼굴도 봐 주셨으면 합니다. 사전 조사차 시청을 찾아갔을 가능성도 없지는 않으니까요."

오이시의 말에 유미는 반투명경 앞으로 다가갔다.

책상 양쪽에 남자 셋이 앉아 있었다. 유미 쪽에서 볼 때 오른쪽에 앉은 청바지에 체크무늬 셔츠 차림의 남자가 이 사

람이겠구나 싶었다. 남자는 뜻밖에 여유로운 태도로 형사와
이야기를 나누었다.

"지금 다니는 회사? 딱히 불만 없는데요. 사장님이 잘해
주니까요. 월급도 나쁘지 않고. 무엇보다 주말에 쉬어서 좋
아요. 네? 히라이랑 내가 싸웠다고요? 싸우긴 뭘 싸웁니까."

목소리에 집중했다. 과연 그 남자의 목소리일까. 미묘했
다. 비슷한 것 같기도 하지만 맞는다고 단정하기도 어려웠
다. 전화 너머 남자의 목소리는 좀 더 흐릿하니 수건이나 손
수건을 수화기에 대고 말한 것 같았다.

"울컥한 건 아니고요. 세제를 잊어버린 놈이 잘못한걸요.
형사님, 그런데 이 이야기가 무슨 상관입니까?"

아까 겐다는 참고하려는 것뿐이라고 했지만, 만약 그 남
자의 목소리와 비슷하다고 증언하면 어느 정도 신빙성 있는
증거로 받아들여질 게 분명하다. 여기에 생각이 닿자 섣불
리 증언하기가 망설여졌다.

"죄송해요, 형사님." 유미는 몸을 돌리며 작은 목소리로
말했다. 너무 크게 말하면 취조실에 들릴 것만 같았다. "잘
모르겠어요. 죄송합니다."

유미가 고개를 숙이자 겐다가 다가왔다.

"죄송하긴요. 당시에 통화할 때는 긴장했을 테니 잘 모르
실 수도 있죠. 어때요? 비슷한지 비슷하지 않은지 따지자면
어느 쪽입니까?"

"비슷하게 느껴지지 않는 건 아니다? 정도요?"

"그렇군요."

겐다가 고개를 끄덕였다. 뒤에 있던 오이시도 마찬가지였다. 유미는 참지 못하고 말했다.

"하지만 제 기분 탓일지도 몰라요. 만약 나중에 재판에서 증언하라고 하시면 거절할 거예요. 그 정도로는 자신이 없어요."

스피커를 끈 듯 취조실에서 들려오던 목소리가 멎었다. 겐다가 말했다.

"어디까지나 참고 삼아 여쭤 봤을 뿐입니다. 고생 많으셨어요. 감사합니다."

겐다가 문을 열었다. 떠나기 전에 한 번 더 반투명경을 쳐다보았다. 체크무늬 셔츠를 입은 남자는 웃음을 띤 채 형사와 이야기를 나누고 있었다.

그 웃음을 보자 유미는 등골이 서늘해졌다. 만약 이 남자가 오기쿠보 히토미를 살해한 범인이라면 그에 상응하는 벌을 주고 싶다. 이 남자 때문에 자신의 인생도 엉망이 되었으니까.

방을 나선 유미는 겐다와 함께 복도를 빠르게 걸었다. 범인이 잡히면 속이 후련해질 줄 알았는데 마음속의 답답함은 여전히 풀리지 않았다.

"할 말이 뭔데? 그나저나 유미, 많이 말랐네. 밥은 제대로 먹는 거야?"

조수석에 올라탄 기쿠치 나오야는 유미의 얼굴을 보고 말했다. 오후 3시가 지난 시간. 장소는 시청 근처 계약 주차장이다.

"갑자기 불러내서 미안해."

"괜찮아. 그것보다 무슨 이야기인데?"

시청 앞인데 나올 수 있어? 할 말이 있어.

5분 전에 메신저로 이렇게 메시지를 보냈다. 마침 짬이 났는지 곧바로 읽었다는 표시가 떴고 나오야가 나온 것이었다.

"이거 읽었어?"

유미는 운전석 도어 포켓에 꽂아 둔 잡지를 꺼내 나오야의 무릎 위에 내려놓았다. 나오야는 잡지를 보고 쓴웃음을 지었다. 어제 발매된 〈주간 다큐먼트〉다. 버리지 않고 보관해 두었다.

"대충 훑어보긴 했어. 인터넷 기사랑 별 차이 없던걸. 하지만 과장, 부장 들은 골치를 좀 앓는가 보더라. 그 사람들은 종이 매체에 너무 과민 반응한다니까."

그건 이해가 갔다. 특정 연령층 이상의 사람들은 지금도 인터넷보다 신문이나 잡지에서 정보를 얻는다. 유미의 아버지도 그렇다. 그도 〈주간 다큐먼트〉의 독자다.

"소문을 수군거리기 좋아하는 사람들은 내버려 두는 수

밖에 없어. 조만간 다들 잊어버릴 거야. 게다가 유미가 범죄를 저지른 것도 아닌데, 뭘."

유미에게 무슨 일이 있었는지 알고 있는 듯한 말투였다. 나오야는 조사 위원회에 속해 있으니까 유미가 간부들 앞에서 사정을 설명하고 나서 작성된 보고서를 읽어 보았는지도 모른다.

"빨리 범인이 잡히면 좋겠다. 그럼 다 해결될 텐데."

아까 무사시다이라서에서 본 체크무늬 셔츠 차림의 남자 얼굴이 떠올랐다. 웃음을 띤 채 형사와 이야기를 나누고 있었다. 그 남자가 범인일 가능성이 높은 모양이었다. 하지만 나오야에게 말할 수는 없다. 겐다도 발설을 금지했다.

"저기, A 씨는 누구일까?"

유미가 묻자 나오야는 고개를 갸웃했다.

"글쎄, 근데 수납과의 나카무라 씨라는 소문이 돌긴 해. 청내에서도 그 사람이 유미를 찔렀으니까. 뭐, 뭐가 진실인진 모르지만."

역시 그렇구나. 유미는 상황이 파악되었다. 지금까지라면 유미도 나카무라를 제일 먼저 의심했겠지만, 일전에 편의점 앞에서 짧은 대화를 나눈 후 그에 대한 인상이 싹 바뀌었다. 그는 겉으로만 그렇게 보일 뿐 단순히 인간관계에 요령이 없는 게 아닐까, 하는 생각이 고개를 들기 시작했다.

"양의 탈을 쓴 늑대."

"응? 무슨 소리야?"

"일전에 어떤 사람이 그랬어. 제일 친절하게 대하는 사람이 실은 배신자일 수도 있다."

"유미, 이상한 소리 하지 마. 꼭 날 의심하는 것처럼 들리잖아."

확실한 증거가 있는 건 아니다. 나카무라와 이야기했을 때부터 막연히 들던 생각이었다. 사건이 발생한 후 가장 친절하게 상담에 응해 준 사람은 가족을 제외하면 나오야뿐이다. 가장 든든한 한편이 실은 배신자일 가능성을 완전히 배제해 두고 싶었다.

"아니지? 나오야가 그런 거 아니지? 아니라고 똑똑히 말해."

"알았어. 나 아니야."

그렇게 말하면서도 나오야는 어쩐지 안절부절못하는 기색이었다. 유미의 시선을 피하듯 앞 유리만 본다. 앞에는 주차된 다른 차만 있다.

"이래 보여도 내가 당사자니까." 유미도 나오야처럼 앞에 주차된 차의 꽁무니를 바라보며 말했다. "출판사에 문의해 볼 수도 있어. A 씨의 정체를 알려 준다면 인터뷰에 응하겠다. 이렇게 거래를 제안하면 어떨까. 그럼 A 씨의 정체를 알려 줄지도 모르지."

"맘대로 해."

나오야가 차 문으로 손을 가져갔다. "잠깐만!" 하고 유미가 뻗은 손을 나오야가 뿌리쳤다. 이쪽을 외면한 채 나오야가 말했다.

"너랑은 이걸로 끝이야."

나오야가 문을 열고 조수석에서 내렸다. 그러고는 바지 주머니에 양손을 넣고 청사를 향해 걸어갔다.

희미하게 한기가 느껴졌다. 〈주간 다큐먼트〉에 정보를 흘린 건 분명 나오야다. 그는 대체 왜 그런 짓을 했을까.

솔직히 이유는 모르겠다. 다만 추측해 보자면 현재 교제 중이라는 두 사람의 관계 때문이 아닐까 싶었다. 나랑 헤어지고 싶어서 그런 짓을 한 게 아닐까.

부시장을 아버지로 둔 그는 이른바 금수저다. 그러니 결혼 상대도 나름대로 수준이 맞아야 한다. 이 점에서 유미는 나무랄 데 없다. 유미 본인은 무사시다이라 시청에 근무하는 공무원이고, 아버지는 대형 도시 은행의 지점장이다.

하지만 이번 사건으로 상황이 바뀌었다. 유미의 경력에 흠집이 생긴 것이다. 불량품이 된 유미와는 결혼할 수 없다. 나오야는 그렇게 생각했겠지만 자신이 먼저 이별을 고할 수는 없었다. 제 한 몸 지키는 것을 최우선시하는 그에게 그다음으로 중요한 건 자신의 인상과 평판이다. 가능하면 유미가 시청에서 떠나는 전개로 흘러가야 바람직하다. 그러기 위해서는 유미를 좀 더 궁지에 몰 필요가 있다. 그래서 나오야는 출판사에 정보를 제공한 것 아닐까.

전부 상상에 지나지 않는다. 하지만 방금 그의 반응을 보건대 잘못 짚었다고는 할 수 없을 듯했다. 나오야가 바로 양의 탈을 쓴 늑대였던 것이다.

파렴치한 같으니라고. 더 이상 눈물도 나지 않는다. 화가 나는 걸 넘어서 어이가 없었다.

무엇보다 용서할 수 없는 일은, 직장에서 나오야의 지위는 조금도 흔들리지 않는다는 것이다. 그는 부시장의 아들로서 앞으로도 순조롭게 시청에서 경력을 쌓아 올리리라. 조만간 다른 여자를 만나 결혼을 할지도 모른다. 이런 미래를 예상하고 있자니 너무나도 분하고 슬펐다.

어쨌거나 한 가지는 확실해졌다. 이제 누구도 믿을 수 없고 믿어서도 안 된다.

※

취조가 시작된 지 이틀째다. 오전 8시 50분, 노가미는 경찰관의 안내를 받아 무사시다이라서에 들어섰다. 그를 서까지 순찰차에 태워 온 것이다. 간밤에 귀가를 허락하되 도주를 염려했는지 밤새 연립 주택 앞에 순찰차가 서 있었다.

아침 정보 방송은 죄다 인기 가수 아무로 나미에의 은퇴 소식에 대해 떠들고 있었다. 1년 후에 은퇴한다고 본인 홈

페이지에 발표했단다. 노가미는 도무지 흥미가 없었다. 이보다 경찰 조사가 훨씬 더 중요하다. 아마 오늘 중으로는 혐의가 풀리리라. 어제와 오늘 이틀 연속으로 일을 쉬게 되었다. 직원들 모두에게 사과라도 한번 해야겠지만 일전에 살짝 다툼이 있었던 히라이에게까지 사과를 하려니 몹시 아니꼬웠다. 그러고 보니 어제 이야기한 형사는 히라이와 다툰 걸 알고 있었다. 회사에도 와서 물어보고 다녔다는 뜻이다.

"이쪽입니다."

경찰관이 어제와 똑같은 방으로 안내했다. 책상과 의자가 놓인 살풍경한 방이다.

형사는 이미 의자에 앉아 있었다. 어제 내내 이야기를 나누었던 남자 형사다.

"형사님, 안녕하세요."

가벼운 기분으로 인사했다. 이 형사와는 어제 하루 이야기를 하면서 완전히 마음을 텄다고 생각했다. 하지만 형사는 날카로운 시선을 던지며 짤막하게 말했다.

"앉아."

"화났어요? 왜 그래요?"

의아해하며 노가미는 자리에 앉았다. 분위기를 파악하기 힘들었다. 이 사람이 왜 이렇게 화가 났지. 혹시 어제 나를 너무 풀어 주었다고 상사에게 욕이라도 먹었나.

문이 열렸다. 처음 보는 형사가 들어와서 책상에 웬 비닐봉지를 내려놓았다. 안에는 휴대 전화가 들어 있었다. 앞에 앉은 형사가 입을 열었다.

"당신 방 벽장에서 발견된 휴대 전화야. 본 적 있지?"

처음 보는 물건이다. 이게 내 방 벽장 속에? 대체 왜…….

"휴대 전화를 분석한 결과 바바 히토미가 사용하던 것으로 판명됐어. 보조로 사용하던 소위 차명 폰이지. 주로 문자 메시지용이었는지 바바 히토미는 'S'라는 자와 자주 문자 메시지를 주고받았어. 아니, S와 문자 메시지를 하기 위해 이 휴대 전화를 갖고 있었다고 해야 맞겠군."

노가미는 비닐봉지에 든 휴대 전화를 다시 보았다. 폴더 식이고 은색이다. 난생처음 보는 이 휴대 전화가 내 방에서 발견되었다고 한다. 뭔가 착오가 있었던 게 아닐까.

"현재 S의 정체는 불명이지만 바바 히토미의 상담 상대였던 것 같아. 특히 스토커에 관한 상담이 많더군. 무사시다이라시로 이사한 것도 S의 권유 때문이었고. 바바 히토미는 7월 말에 이사했지. 바바 히토미가 이사했다는 사실을 알고 스토커, 즉 당신은 바바 히토미의 새 주소를 알아내려고 안달이 났어."

"잠깐만요. 난 스토커가 아닌……."

노가미가 끼어들려고 했지만 형사는 들은 체도 않고 말을 이었다.

"미행했겠지. 바바 히토미도 신중하게 행동했겠지만 어

쨌든 당신은 바바 히토미가 무사시다이라시에 살고 있다는 사실을 알아냈어. 그러고는 머리를 굴렸지. 급하게 이사했으니 분명 보증인 따위가 필요 없는 데 살지 않을까. 당신은 무사시다이라시의 부동산 중개소를 찾아가 그런 곳을 소개받은 거야.”

이 형사는 왜 이런 이야기를 지어내는 걸까. 노가미는 자신이 처한 상황을 이해할 수 없어 잠자코 형사의 말에 귀를 기울였다.

“그다음에 당신은 시청에 문의했어. 적당히 전화를 걸어 직원에게 직접 물어봤겠지. 하지만 요즘 같은 세상에 관공서에서 그리 쉽게 개인 정보를 알려 줄 리가 없잖아. 그래서 당신은 시청 직원의 반응으로 때려 맞혔어. 당혹스러워하거나 동요하는 기색은 전화상으로도 전달되는 법이니까.”

이 형사가 대체 무슨 소리를 하는 거지. 노가미는 언성을 높였다.

“작작 좀 해. 난 아무 짓도 안 했어. 아무것도 모른다고.”

형사가 노가미를 무섭게 노려보았다. 어제는 볼 수 없었던 차가운 눈빛이다.

“처음에는 다들 그렇게 말해. 자기는 아무 짓도 안 했다고. 하지만 곧 말이 바뀌지. 죽일 생각은 없었다는 둥 나쁜 뜻은 아니었다는 둥, 이딴 소리를 지껄여. 한 놈도 예외 없이 말이야.”

"생사람 잡지 마. 난 절대로……."

노가미의 말을 막듯 형사가 다시 입을 열었다.

"범행 시각에 현장 부근에서 당신의 스쿠터가 감시 카메라에 찍혔어. 그리고 어제 가택 수색 때 당신 집에서 바바 히토미의 휴대 전화가 발견됐고. 덧붙여 휴대 전화에는 바바 히토미의 지문이 남아 있었어. 그리고 결정타는 이거야."

형사가 품에서 사진 한 장을 꺼내 책상에 내려놓았다. 식칼이 찍혀 있었다. 하지만 노가미는 한 번도 본 적 없는 물건이었다.

"당신 방 벽장에서 휴대 전화와 함께 발견됐지. 감정 결과, 혈액 반응이 나왔고 피해자와 동일한 DNA가 검출됐어. 이 식칼이 흉기야. 그게 뭘 의미하는지는 당신도 잘 알겠지?"

"잠깐만. 이건 뭔가……."

문이 열리고 또 다른 형사가 들어왔다. 그 형사는 서류 한 장을 테이블에 내려놓았다. 앞에 앉은 형사가 서류를 들고 훑어보며 말했다.

"체포 영장이야. 오전 9시 5분. 노가미 노보루를 오기쿠보 히토미, 본명 바바 히토미 살인 및 시체 유기 혐의로 체포한다."

꿈이라도 꾸는 것 같았다. 내가 왜 체포된단 말인가. 집에서 피해자의 휴대 전화와 흉기인 식칼이 발견되었다. 그딴 건 모르겠고, 무사시다이라시에도 간 적이 없다. 도무지 이해가 가지 않는다. 대체 왜 이런 일이…….

"시간은 넉넉해. 전부 실토해 주셔야겠어."

형사가 끈적한 시선을 던졌다. 등골이 오싹했다.

여기 있어서는 안 된다. 다들 합세해서 나를 범인으로 몰려고 한다. 여기서 달아나야 한다.

일어서려고 하자 갑자기 뒤에서 꽉 눌렀다. 그래도 억지로 일어서려고 하다가 의자와 함께 바닥에 나뒹굴었다.

"놔. 이거 놓으라고."

도망치고 싶다. 이런 곳에 있기 싫다. 나는 무고하다. 그 여자를 죽이지 않았다.

필사적으로 몸부림쳤지만 형사는 힘이 세다. 오른손에 수갑이 채워졌다. 절망에 휩싸인 노가미는 여기서 달아나야 한다는 일념으로 죽어라 사지를 버둥거렸다.

정말이야. 믿어 줘. 난 아무 짓도 안 했어.

노가미 노보루라는 남자가 오기쿠보 히토미를 살해한 혐의로 체포되었다. 유미가 연락을 받은 건 3년 전 9월 21일이었다. 오전에 겐다가 전화로 알려 주었다.

바로 그 겐다가 지금 유미 앞의 카운터석에 앉아 있다. 그 옆에 자리를 한 칸 비우고 앉아 있는 남자는 자칭 오기쿠보 히토미의 팬인 호시야다. 시간순으로 사건의 개요를 돌이켜 보다 노가미가 체포되었을 당시에 이르렀다.

"노가미가 죄를 순순히 인정했나요?"

호시야가 겐다에게 물었다. 겐다는 순간 망설이다가 말을 고르는 듯 천천히 입을 열었다.

"한사코 부인했지. 자기는 안 그랬다. 자기는 아무것도 모른다. 무사시다이라시에는 간 적도 없다. 그런 말만 되풀이했다고 들었어."

"형사님은 취조에 참석하지 않으셨다는 말씀인가요?"

"응. 체포하고 나서 경시청으로 신병을 인도했거든. 그다음 일은 나도 자세히 몰라. 말만 전해 들었지."

노가미가 체포된 다음 날 뉴스였을 것이다. 형사에게 이끌려 경찰차에 올라타는 노가미의 얼굴을 보고 저 남자가 범인이구나, 했다.

체포된 후의 사정은 신문과 주간지 기사로만 접했다. 자세한 사정은 지금도 잘 모른다. 간단히 말하면 노가미 노보루는 기소되었지만 재판에서 자신의 죄를 부인했단다. 그의 재판은 여전히 진행 중이다.

"구라타 씨는 사건 당사자 중 한 명이라 할 수 있겠지만 당신은 뭐, 상관없겠지."

겐다는 잠깐 뜸을 들이다 이야기를 들려주었다.

"경시청은 노가미의 신병을 넘겨받아 취조를 시작했어. 노가미는 일관되게 무고함을 주장하는 한편으로, 피해자에게 호의를 품었다는 사실만큼은 인정했다고 들었어. 그런 와중에 놈에게 변호사가 붙었지."

노가미는 다카다노바바에 있는 청소 회사에 다녔는데, 그 회사 사장이 선임한 변호사인 듯했다.

"놈은 일관되게 무죄를 주장했어. 하지만 수사진은 그를 범인이라 믿어 의심치 않았지. 흉기가 발견된 게 컸어. 그걸 결정적인 증거로 보고 검찰에 송치한 거야.”

방에서 피해자의 지문이 찍힌 휴대 전화뿐만 아니라 흉기도 발견되었다. 누가 보아도 둘 다 결정적인 증거다.

“검찰 조사에서도 놈은 죄를 인정하려 들지 않았어. 막무가내로 부인하는 거라고 검찰은 판단했겠지. 노가미와 피해자 사이에 접점도 있겠다, 유죄로 밀고 갈 수 있는 증거도 갖췄겠다. 검찰은 기소를 결단했지.”

유미는 노가미의 재판에 그다지 관심이 없었다. 가능하면 잊고 싶은 사건이었던 터라 일부러 거리를 두었다. 지금도 재판이 진행 중이라는 게 솔직히 의외다. 하지만 재판이 길어지는 건 노가미가 버티고 있어서일 뿐이고, 그가 무고하다고 생각한 적은 한 번도 없다. 자신의 인생을 급격히 바꾸어 놓은 장본인이라는 의미에서도 그가 꼭 벌을 받길 바랐다.

노가미가 체포된 후에도 무사시다이라 시청의 조사 위원회는 조사를 계속 진행했고 유미도 몇 번 호출을 당해 증언했다. 그러는 사이 한 달이 지나 유급 휴가를 전부 다 써 버렸다. 그제야 겨우 출근 허가가 떨어졌지만 유미는 도무지 출근할 마음이 들지 않았다. 사흘 밤낮을 고민하고 또 고민한 끝에 유미는 결심했다. 시청에서 퇴사하기로 말이다.

일을 그만두기로 결심한 가장 큰 이유는 주변의 시선 때문이다. 시청은 좁은 세계다. 인사 이동이 있어도 직원의 면면이 확 바뀌지는 않는다. 그 바닥에서 개인 정보를 유출한 직원이라는 꼬리표를 달고 살아가야 하는 것이다. 그런 유의 소문은 언젠가는 희미해질지언정 완전히 사라지진 않는다. 게다가 그런 생활을 견딜 수 있을 만큼 자신의 멘털이 강하지 않다는 걸 유미 본인도 잘 알고 있었다. 그렇다면 차라리 그만두는 편이 낫지 않을까 싶었다.

시장과 기획 경영부장이 던진 차가운 말도 유미의 결정에 한몫했다. 그들은 이 조직에 구라타 유미라는 사람이 불필요하다는 사실을 적나라하게 표출했다. 게다가 전 남자 친구 기쿠치 나오야의 배신 행위가 쐐기를 박았다. 확실하게 확인한 건 아니지만 출판사에 정보를 흘린 사람은 분명 그다. 자신을 제일 아끼고 도와줄 것이라 믿었던 사람에게 배신당했다. 그 충격은 헤아릴 수 없을 만큼 컸다.

부모님과도 상의했다. 둘 다 유미의 생각에 찬성이었다. 아버지도 무리해서 일할 것 없다고 말해 주었다. 퇴직하고 싶다는 의사를 즉시 과장에게 전달한 후로 사무적인 대화를 몇 번 되풀이했다. 퇴직하자마자 마음을 다잡고 재출발하는 데는 실패해 결국 집에 틀어박혀 지냈다. 퇴직하고 반년가량이 지나서야 멀쩡하게 밖을 나다닐 수 있게 되었다.

"노가미 노보루가 범인이다. 형사님은 지금도 그렇게 생각하세요?"

호시야가 묻자 겐다는 난감하다는 듯 고개를 저었다.

"난 형사야. 게다가 그 사건의 수사본부에 있었던 수사원이고. 입장상 내가 답할 수 있는 질문이 아닌걸."

유미 생각에도 그건 그렇겠다 싶었다. 입이 찢어지는 한이 있어도 자기들이 체포한 사람이 범인이 아니라는 말은 못할 것 같다.

그때였다. 딸랑딸랑 종이 울리며 카페 출입문이 열렸다. 한 남자가 얼굴을 들이밀었다. 남자는 카운터에 앉은 호시야를 보고 "안녕." 하고 웃음을 지었다.

"홋시, 왔구나. 아, 형사님, 아니세요. 그때는 참 애 많이 쓰셨습니다."

그렇게 말하며 남자는 카페로 들어왔다. 혼자가 아니었다. 이어서 남자 둘이 더 들어왔다. 한 명은 중년이고 다른 한 명은 30대로 보였다. 셋 다 마스크를 착용했다. 호시야가 세 남자에게 말했다.

"구마, 고마워. 선생님도 먼 길 와 주셔서 감사해요. 난노 씨, 오랜만이네요. 감사합니다."

"홋시, 우린 어디 앉을까?"

"음, 셋은 그쪽 테이블에 앉는 게 좋겠다."

"좁잖아." 남자 하나가 말했다. "나랑 선생님은 이 테이블, 난노 씨는 그쪽 테이블에 앉아. 사회적 거리 두기를 실천해야지."

세 사람은 창가로 가서 테이블 두 개에 나누어 앉았다. 지금은 다른 손님이 없으니까 상관없겠지.

카페가 좁아서 카운터에서 떨어져 앉아도 대화는 충분히 가능하다. 어쨌거나 세 사람은 카페 손님이다. 유미는 잔에 물을 따르고 쟁반에 올려 테이블로 가져갔다.

"어서 오세요."

유미가 세 사람 앞에 물잔을 내려놓았다. 그러자 제일 먼저 들어온 남자가 말했다.

"저기요, 영업 종료라고 돼 있던데 괜찮아요? 들어오다가 잠깐 망설였는데."

"어? 정말요?"

유미는 쟁반을 끌어안은 채 문으로 향했다. 문 바로 밖에 있는 삼각 스탠드로 된 목제 간판에 'CLOSED'라고 적힌 팻말이 걸려 있었다. 어느 틈에 뒤집힌 걸까. OPEN으로 되돌려 놓으려고 하자 뒤에서 목소리가 들렸다. 호시야가 서 있었다.

"죄송해요. 방해받을까 봐 그렇게 해 놨어요. 실은 카페 사장님께도 오후에 전세를 내겠다고 말씀드렸고요."

그랬구나. 호시야가 카페에 들어온 지 1시간이 넘었다. 피크 타임인 점심시간이 지나면 카페가 조용해지기는 하나, 간혹 근처에 사는 주부가 차를 마시러 오기도 한다. 어제 오늘만 손님이 전혀 없는 게 이상하다 싶기는 했다.

"방금 온 셋 다 아이스커피래요. 부탁드릴게요."

이 말을 듣고 유미는 팻말을 'CLOSED'로 놓아둔 채 문을 닫았다.

안으로 들어와 아이스커피 세 잔을 준비했다. 잔에 얼음을 넣고 만들어 둔 커피만 부으면 된다.

도쿄 도내의 코로나19 확진자 수는 감소하는 추세였다. 어제 하루 집계된 도쿄 도내의 확진자 수는 141명이라고 했다. 텔레비전 뉴스에서는 자민당 총재 선거의 향방에 대한 소식이 대대적으로 보도되었다. 아베 신조 총리는 지난주에 사임을 표명했다.

"이야, 가게 좋다. 전세를 내다니 신나는걸."

한 남자가 말했다. 방금 호시야가 설명한 바에 따르면 지금 말을 꺼낸 기운 넘치는 남자가 오기쿠보 히토미 팬의 리더 격인 구마다다. 그리고 그의 대각선 앞쪽에 앉은 중년 남자는 세무사 다와다, 다른 테이블에 앉은 남자는 변호사 사무소에서 일하는 법률 사무원 미나미노다.

이 세 사람에 호시야를 포함한 총 네 명이 오기쿠보 히토미 팬클럽의 중심 멤버인 듯했다. 술집 종업원에 세무사, 법률 사무원. 지하 아이돌은 팬층이 다양하다.

그나저나 왜 이 사람들을 여기 불렀을까. 유미의 의문을 알아차렸다는 듯 호시야가 말했다.

"이 세 분은 방청인이에요. 저희 재판을, 아니 재판 놀이를 지켜보는 옵서버 같은 의미도 있고요. 저희는 슬픔을 함께 극복한 동지이기도 하거든요."

그들은 오기쿠보 히토미의 열렬한 팬으로, 이를테면 오기쿠보 히토미와 가장 가까이 있었던 사람들이라고도 할 수 있다. 오기쿠보 히토미를 잃은 슬픔은 아주 컸을 것이다.

"오래 기다리셨습니다. 아이스커피 나왔습니다."

유미는 카운터에서 나와 테이블로 아이스커피를 가져갔다. 카운터로 돌아온 유미는 물을 따른 다음 마스크를 내리고 한 모금 마셨다. 별다른 대화는 없었다. 겐다가 약간 떨떠름한 듯한 기색으로 팔짱을 꼈다. 침묵을 깬 건 호시야였다.

"저는 두 번째 공판을 방청했어요. 추첨할 줄 알았는데 의외로 수월하게 들어갈 수 있어서 놀랐죠."

지하 아이돌이 살해당한 사건의 재판. 나름대로 화제성이 있어서 사람들이 많이 몰릴 테니 첫 공판의 방청인을 추첨으로 뽑으리라는 건 예상되는 바였다. 하지만 그다음 공판부터 방청인이 눈에 띄게 줄어든 모양이다.

"제가 신경 쓰이는 건 피고인 노가미가 히토밍, 그러니까 오기쿠보 히토미와 만난 계기예요. 노가미의 증언에 따르면 경마장에서 안면을 튼 다카야마라는 남자에게서 티켓을 받았다고 했어요. 형사님, 맞죠?"

"그래. 맞아."

유미는 다카야마라는 남자에 대해 전혀 모른다. 오늘 처음 듣는 이름이었다. 호시야의 이야기로 추측하건대 범인인 노가미와 가까운 사람 같았다.

"형사님도 아시겠지만, 주오선 방위대의 정기 라이브 공연을 보기 위해 연간 티켓을 끊을 수 있어요. 공연을 자주 보러 가는 사람은 그걸 사는 게 이득이라 저도 갖고 있죠. 이거예요."

호시야가 가방에서 봉투를 꺼내 티켓 다발을 보여 주었다. 묶거나 철하지 않고 그냥 낱개로 모아 두었다.

"매년 연간 티켓을 판매하는 시기는 정해져 있고 신청은 인터넷으로만 받아요. 은행에서 요금을 지불한 후 납입 영수증을 공연장에 있는 운영 스태프에게 제출하면 연간 티켓을 수령할 수 있죠. 수령할 때 기입하는 이름과 주소 등을 확인하기 위해 신분증을 요구하고요."

"연간 티켓 구입자 중에 다카야마라는 남자는 없었을 텐데."

겐다가 끼어들었다. 호시야는 냉정한 얼굴로 대꾸했다.

"맞아요. 노가미는 다카야마가 연간 티켓을 갖고 있었지만 일 때문에 갈 수 없어서 자신에게 티켓을 양도했다고 진술했죠. 하지만 연간 티켓 구입자 중에 다카야마는 없으니까 다카야마라는 남자가 거짓말을 한 셈이에요."

겐다는 팔짱을 낀 채 묵묵히 듣기만 했다. 아무래도 호시야는 다카야마라는 수수께끼의 인물에 초점을 맞추려는 모양이다. 겐다가 가설을 꺼냈다.

"다카야마가 처음부터 가명으로 연간 티켓을 구입했다면?"

"그럼 그 남자는 무슨 목적으로 가명을 사용한 걸까요?"

"그건……."

"제가 해 본 추리는 이래요. 다카야마라는 남자는 노가미와 경마장에서 우연히 안면을 튼 게 아니라 처음부터 목적을 갖고 노가미에게 접근한 거예요. 노가미를 주오선 방위대의 라이브 공연에 보내려고요."

이게 다 무슨 소리인가. 유미는 머릿속이 혼란스러웠다. 다카야마라는 남자는 처음부터 노가미를 주오선 방위대의 라이브 공연에 보낼 작정이었다. 그 말인즉슨…….

"노가미도 희생자인 거죠. 그는 진범의 설계에 걸려서 범인으로 몰린 겁니다. 제 생각에 3년 전 사건의 희생자는 세 명이에요. 첫 번째가 살해당한 히토밍, 두 번째가 체포된 노가미 노보루. 그리고 마지막이 구라타 유미 씨, 당신입니다."

카페 안에 있던 모든 사람의 시선이 자신에게 쏟아지는 걸 유미도 느꼈다. 호시야는 처음부터 계획성에 초점을 맞추었다. 그날 유미가 우연히 전화를 받은 게 아니라 범인의 계획에 당했을 가능성이 높다면서 말이다.

"터무니없는 이야기로군." 겐다가 고개를 절레절레하며 말했다. "노가미뿐이라면 그나마 이해가 가. 노가미가 날조된 범인이라는 이야기는 그럭저럭 신빙성 있게 들리거든. 노가미도 여태 무죄를 주장하고 말이야. 하지만 구라타 씨는 아니지. 구라타 씨는 사건의 희생자이기는 하지만 어디까지나 결과론일 뿐이야. 처음부터 범인의 계획에 포함됐다고 보긴 힘들어."

"아까도 설명드렸잖습니까, 형사님. 구라타 씨가 전화를 받지 않아도 끊고 다시 걸면 그만이라고요. 아주 간단하다니까요."

"그럼 범인은 왜 구라타 씨를 끌어들이려고 한 건데? 구라타 씨에게 원한이라도 있었다는 건가? 구라타 씨는 노가미랑 접점이 전혀 없어. 물론 오기쿠보 히토미와도."

"그게 문제입니다. 그렇게 따지면 할 말이 없거든요."

호시야는 과장되게 어깨를 움츠렸다. 할 말이 없다고 했지만 얼굴은 그렇지 않았다. 그는 분명 나름의 결론을 준비해서 여기에 왔다고 유미는 믿어 의심치 않았다.

"전 지난 3년 내내 사건을 조사했어요. 쉴 새 없이, 부지런하게. 사건뿐만 아니라 히토밍에 대해서도 알아봤죠. 최애니까 히토밍에 대해서는 누구보다 잘 안다고 자신했지만 제가 모르는 히토밍의 면면도 있지 않을까 싶었거든요."

쉴 새 없이, 부지런하게. 얼마나 많은 시간을 들였을지 유미는 상상도 할 수 없었다. 유미가 그 전화를 받은 건 우연이 아니다. 얼핏 듣기에 생뚱맞은 발상 역시 쉴 새 없이, 부지런하게 고심한 끝에 나온 결론이리라.

호시야는 딱 한 번 오기쿠보 히토미와 트위터로 사적인 대화를 나눈 적이 있다고 한다. 상담하길 원한다는 내용의 메시지를 오기쿠보 히토미가 보냈지만, 정작 핵심 내용은 언급하지 않고 메시지가 중단되었다.

당시 호시야는 아무것도 할 수 없었다. 그는 그 부분을 줄곧 후회했음이 틀림없다. 그때 행동에 나섰다면 오기쿠보 히토미의 죽음을 막을 수 있지 않았을까. 그 후회가 그를 움직이는 원동력이 된 게 틀림없었다.

"주오선 방위대는 지금으로부터 9년 전인 2011년 10월에 데뷔했는데요. 저는 우연히 데뷔 라이브 공연을 보게 됐어요. 정신적으로 좀 좋지 않은 상태였는데, 그 공연을 보고 용기를 얻었다고 해야 하나. 아무튼 기운이 나더라고요. 특히 히토밍의 웃음에 위로받은 터라 그때부터 팬이 됐어요. 정기 라이브 공연은 빠짐없이 보러 갔고, 주오선 방위대가 언급된 무가지까지 보관하고 있죠. 주오선 방위대는 라디오 방송에도 몇 번 출연한 적이 있는데요. 그중 한 방송에 주목했습니다. 시기는 2015년 3월이에요. FM 도쿄의 오후 방송이고, 출연자는 미오와 히토밍입니다."

호시야가 가방에서 태블릿을 꺼내서 화면을 터치하며 말

했다.

"여기서 증거물 A를 제출하겠습니다. 뭔가 재판다워진 것 같지 않나요?"호시야는 작게 웃고 나서 설명을 이어 나갔다. "그 라디오 방송을 녹음해 뒀는데요. 당시에 생방송으로 듣고 녹음본을 보관해 놨죠. 그걸 오늘 갖고 왔어요. 그럼 재생해 볼게요."

호시야는 태블릿을 카운터에 내려놓았다. 잠시 후 남자의 목소리가 들렸다. DJ인 모양이다.

"아이돌이기 전에 여자잖아요. 이성 문제는 어떤가요? AKB48이나 노기자카46은 연애 금지라고 들었는데요."

"저희는 꽤 자유로운 편이에요. 하지만 지금은 연애보다 아이돌 활동이 먼저라고 멤버끼리 다짐했죠."

호시야가 설명해 주었다. "지금 이야기하는 사람이 미오고, 다음 질문에 대답하는 사람이 히토밍이에요."

DJ   "혹시 지난달에 있었던 밸런타인데이에 남자한테 초콜릿은 줬나요?"

히토미 "전 안 줬어요. 멤버끼리 주고받은 게 전부네요."

미오   "전 오빠한테 줬어요. 그러고는 없네요."

DJ   "뭐야, 두 분 다 철벽을 아주 잘 치시네요. 멤버는 다섯 명이죠? 평소 대기실에서 무슨 이야기를 하세요? 팬들이 궁금해할 것 같은데."

미오 "글쎄요, 먹는 얘기를 할 때가 많은 것 같아요. 어느 집의 어떤 케이크가 맛있었다든가."

히토미 "네. 그리고 다른 그룹 이야기도 해요. 누가 귀엽다든가, 누가 너무 내숭을 떤다든가. 앗, 너무 못돼 보이려나, 우리." (웃음소리)

미오 "좀 못돼 보이는데." (웃음소리)

DJ "알겠습니다. 못된 면도 있는 그룹이고요. 내일 3월 11일은 동일본 대지진 4주년인데요. 두 사람은 당시에 뭘 했나요?"

미오 "벌써 그렇게 됐군요. 그날은 라이브 공연이 있었어요. 주오선 방위대 말고 그전에 활동했던 그룹의 공연이요. 히토미도 와 주기로 했는데."

DJ "오, 그때부터 서로 알고 지냈군요?"

미오 "저희는 고등학교 동창이에요. 오모리에 있는 여고에 다녔죠."

DJ "그렇군요. 그럼 히토미 씨는요? 그날 있었던 일 중에 기억에 남는 거 없나요?"

히토미 "그날 미오의 공연에는 결국 못 갔어요. 그래서…… 아, 이런 소리 해도 되려나."

미오 "뭔데? 나도 모르는 일이야?"

히토미 "응. 역시 하지 않는 게 좋을 것 같네요."

미오 "감질나게 이러기야! (웃음소리) 그런데 어떤 이야기야?"

히토미 "사고랑 관련된 거."

미오 "아, 진지한 이야기구나. 그러고 보니 그날 귀신 공원에서 사고가 나지 않았나?"

히토미 "미오, 기억하는구나."

미오 "한동안 간판이니 뭐니 하는 게 세워져 있었으니까. 어? 잠깐만. 그 사고, 갑자기 튀어나온 자전거 때문에 일어난 거지?"

히토미 "맞아. 실은 그 자전거를 타고 있었던 게……."

미오 "잠깐. 히토미, 이거 전파 타도 되는 거야?"

히토미 "그러고 보니 안 되겠네."

미오 "안 되는 거지?" (웃음소리)

DJ "자, 자, 토크에 불이 붙었지만 제가 끼어들 수밖에 없겠네요. 이제 곡 소개로 넘어가야 하거든요. 다음에 들려 드릴 곡은 미오 씨가 좋아하는 곡입니다. 소개 부탁드려요."

미오 "네. 다음으로 들려 드릴 곡은 제가 아주, 아주, 아주 좋아하는 아티스트의 곡인데요……."

음성이 멈추었다. 호시야가 정지 버튼을 누른 것이다. 겐다가 가장 먼저 입을 열었다.

"뭐야 이게? 동일본 대지진? 그게 무슨 상관인데?"

"확실한 건." 호시야가 말했다. "동일본 대지진이 발생한 날 오모리에서 교통사고가 일어났고, 히토밍이 그 사고에 관해 아무에게도 말할 수 없는 비밀을 품고 있었다는 거예요. 전 이게 마음에 걸려서 어떤 사고였는지 알아봤어요. 하지만 잘 못 찾겠더라고요. 동일본 대지진이 발생한 당일이라 다음 날 신문이며 인터넷 뉴스가 온통 재해 관련 소식뿐이었거든요. 그래서 직접 현지에 가서 여기저기 돌아다니며 사고에 관해 조사를 좀 해 봤어요."

"대단하네. 형사 일에 소질 있는 거 아니야?"

겐다의 말에 호시야가 쑥스러운 듯 웃었다.

"감사합니다. 그럼 계속할게요. 귀신 공원이라는 곳을 지도에서 찾아봤지만 그런 이름의 공원은 오모리에 없더군요. 그래서 공원을 하나하나 돌아다녔는데 별칭이라고 할까요. 진짜 이름은 아니지만 귀신 공원이라고 불리는 공원을 찾아냈습니다. 옛날에 귀신이 나온다는 소문이 나서 그런 별칭이 붙은 모양이에요. 그 후로는 간단했죠. 공원 근처 사람들에게 물어보다가 사고에 대해 기억하는 사람을 만났어요."

아까부터 유미는 심장이 요동쳤다. 녹음된 라디오 방송에서 두 사람이 사고에 관해 이야기했을 때부터다. 어떻게 두 사람이 그 사고에 대해⋯⋯.

"구라타 씨, 괜찮으세요?"

"아, 네. 괜찮아요."

유미의 입에서 자신도 모르게 쉰 소리가 나왔다. 호시야
는 분명 전부 알고 있을 것이다. 내가 그때 사고 현장에 있었
다는 걸. 아니, 그저 있었던 게 아니다. 나도 사고에 휘말린
당사자다. 그런데 왜 그 사고가 지금 와서…….

그때 딸랑딸랑, 하고 다시 종소리가 들렸다. 카페에 있던
모두의 시선이 문으로 쏠렸다. 문이 천천히 열리고 검은 마
스크를 낀 여자가 얼굴을 내밀었다.

"괜찮아요. 들어오세요."

호시야의 말에 여자가 안으로 들어왔다. 키는 그리 크지
않다. 마스크 때문에 생김새는 잘 보이지 않지만 크고 동그
란 눈과 진하면서도 날렵한 눈썹이 인상적이었다. 여자는
당혹스러운 듯 치뜬 눈으로 카페를 둘러보았다. 여자의 모
습에서 왠지 모르게 작은 동물이 연상되었다.

"마지막 증인이신 나카노 미오 씨입니다."

이 사람이 나카노 미오구나. 실례인 줄은 알지만 유미는
나카노 미오를 빤히 바라보지 않을 수 없었다. 이 사람이
주오선 방위대의 리더, 나카노 미오다. 아까 라디오 방송
에서 언급되었던 그 사고에 대해 알고 있을지도 모르는 사
람…….

"안녕하세요. 나카노라고 합니다."

나카노 미오는 긴장한 기색이 역력한 채로 고개를 살짝 숙였다.

3월은 어쩐지 기분이 싱숭생숭하다. 아침에 등교한 모리타 미오는 자기 자리에 가방을 내려놓고 주변을 둘러보았다. 오모리 여자 고등학교. 근방에는 모리여라는 별칭으로 알려진 학교다. 앞으로 열흘만 있으면 종업식이고, 짧은 봄방학이 끝나면 미오는 2학년이 된다. 1년이 순식간에 지나갔다.

"안녕, 미오."

"안녕."

가방에서 스마트폰을 꺼냈다. 한 멤버에게서 문자 메시지가 왔다. 오늘 공연 때 힘내자는 내용이기에 그러자고 답했다.

미오는 아이돌이다. 얼마 후면 아이돌 활동을 시작한 지 만으로 1년이다. 작년 봄, 그러니까 미오가 중학생일 때 친구와 함께 보러 간 라이브 공연을 계기로 미오는 아이돌이 되었다. 지하 아이돌 그룹이 차례차례 무대에 서고 마지막까지 살아남으면 우승하는 방식의 서바이벌 공연이었다. 참가자 모두 노래도, 춤도 별로라 이 정도면 차라리 우리 실력이 더 나을 테니 한번 나가 보자며 가벼운 기분으로 연습했다. 2주 후 비슷한 방식의 라이브 공연에 참가했는데 2등을 차지했다. 그 바람에 다음번에도 나가지 않을 수 없게 되었고 여차저차하다 우승까지 거머쥐고 말았다. 이게 작년 6월의 일이다.

라이브 공연을 하다 보니 지하 아이돌 친구도 생겼다. 다음 주에 신주쿠에서 공연이 있다는 둥, 다음 달 아키하바라의 공연에 나가 보지 않겠느냐는 둥 하다 보니 미오의 다이어리는 점차 공연과 이벤트로 채워졌고, 이 일정에 맞추어 자연스럽게 바빠졌다.

작년 가을 무렵 친해진 아이들과 유닛을 결성했다. 유닛이라고 해도 기획사 소속은 아니므로 "다음부터 같이해 볼래?" 하는 가벼운 기분이었다. 증식과 분열을 되풀이하는 것이 지하 아이돌의 특징이다. 처음부터 함께였던 중학교 동창생이 부모에게 들켜 어쩔 수 없이 아이돌을 그만두었던 터라 미오는 냉큼 제안을 받아들였다. 지금은 친구 네 명과 함께 '이치고이치에'라는 유닛명으로 활동 중이다.

멤버는 모두 고등학교 재학생들이다. 따라서 방과 후의 아이돌 활동은 일종의 동아리 활동 같기도 했다. 진심으로 프로를 꿈꾸는 사람은 없고, 그저 노래하고 춤추면서 관심을 받는 것이 즐거울 따름이다.

"좋은 아침, 미오."

"좋은 아침, 히토미."

바바 히토미가 등교하자마자 미오의 앞자리로 왔다. 히토미는 가방을 책상에 내려놓은 다음 의자 등받이를 끌어안고 미오를 향해 앉았다. 다소 방정맞아 보이는 자세이나 여고라서 남학생의 시선 따위 신경 쓰지 않아도 된다.

"미오, 내일 공연이지?"

"응. 3시부터 신주쿠. 올 거야?"

"그럼. 간다고 했잖아."

히토미와 친해진 건 2학기 때부터다. 짝꿍이라 자주 이야기를 나누게 되었다. 둘 다 가수 니시노 카나와 펑키 멍키 베이비스를 좋아한다는 공통점이 있어 금방 친해졌다.

"낮에 조퇴할 건데 오모리역까지 바래다줄래?"

"알았어."

히토미가 가볍게 대답했다. 가마타에 사는 히토미는 자전거를 타고 통학하므로 가끔 오모리역까지 태워 주고는 한다.

지하 아이돌은 기본적으로 밤에 공연을 뛰지만 가끔 평일 오후에도 공연이 있다. 고등학생이 참가하기 어려운 시간대의 라이브 공연은 거절하지만 오늘같이 거절하지 못한 경우에는 조퇴를 하고 참가하기도 한다. 지금은 학교 성적이 오르는 것보다 아이돌로서 팬들의 관심을 받는 쪽이 압도적으로 즐겁고 보람도 있다.

"오늘은 몇 곡이나 불러?"

"두 곡?"

당연히 이치고이치에의 오리지널 곡은 없다. 자주 부르는 건 후지모토 미키의 '로맨틱 설렘 모드'나 마쓰우라 아야의 '♡복숭앗빛 짝사랑♡'같이 유명하고 분위기 띄우기 좋은 노래다. 애니메이션 주제곡을 부르기도 한다. 아이돌 오타쿠는 기본적으로 애니메이션에 정통한 사람이 많으므로 애니메이션 주제곡을 부르면 공연장이 열기로 차오른다.

문자 메시지가 왔다. 이치고이치에의 몇 안 되는 팬을 자처하는 남자 대학생이었다. 오늘은 보러 가지 못하지만 다음에는 꼭 가겠다는 내용이었다. 자기한테 작곡을 할 줄 아는 친구가 있다면서 다음에 오리지널 곡을 부탁해 보겠다고 설레발을 치지만 어차피 대가를 요구할 게 뻔하므로 미오는 그 이야기가 나올 때마다 어물쩍 넘겨 버린다. 대가는 볼 것도 없이 데이트다.

지하 아이돌 업계는 성적인 업계와 밀접한 관계에 있다. 윤락업소 일을 하면서 지하 아이돌로 활동하는 사람도 있

고, 지하 아이돌을 그만두고 성인 배우가 되었다는 사람의
이야기도 들린다. 미오는 아직 미성년자라 청소년 보호 육
성 조례에 의해 보호를 받고 있어 현재까지는 윤락업소나
성인물의 세계와 거리가 멀다. 그럼에도 이 남자처럼 추파
를 던지는 자들이 끊이지 않는다.

"수업하자."

남자 담임 선생님이 교실에 들어온 걸 보고 학생들이 자
기 자리로 돌아갔다. 내년에 정년을 앞둔 이 교사는 학생에
게 큰 관심은 없고 담담히 수업만 하는 스타일이다.

"차렷!" 하는 목소리에 미오는 자세를 바로 했다.

※

"큰일 났다. 시간이 벌써 이렇게 됐네."

그 목소리에 유미는 깨어났다. 이불이 내려가서 어깨가
추웠다. 유미는 이불을 다시 잡아당기고 머리맡에 있는 시
계를 보았다. 오전 8시 45분이 다 되었다.

잠시 비몽사몽으로 누워 있자니 샤워실에서 소리가 들렸
다. 겐토가 샤워를 하는 모양이다. 유미는 다시 눈을 감았다.
아직 졸리다.

지금 대학교는 봄 방학이다. 시부야에 있는 카페 겸 바 같
은 데서 아르바이트를 하는 유미는 어젯밤 11시까지 일을

했다. 아르바이트를 마친 후 남자 친구 다카하시 겐토와 만나 심야 영업을 하는 고깃집에 갔다. 자기 전에 샤워를 했음에도 어쩐지 고기 구워 먹은 냄새가 남아 있는 것 같았다. 분명 샤워를 하지 않고 잔 겐토의 냄새가 베개에 밴 것이리라.

"유미, 일어나. 얼른 일어나라니까."

그 목소리에 유미는 게슴츠레 눈을 떴다. 머리맡에 놓아둔 안경(평소 콘택트렌즈를 끼지만 꽃가루 알레르기가 심한 이 무렵에는 안경을 낀다)을 꼈다. 겐토가 머리를 닦으며 이쪽을 내려다보고 있었다.

"유미, 난 전철로 갈게."

"전철로 가다니. 차는 어쩌고?"

어젯밤에 겐토의 차로 이케지리에 있는 유미의 자취방까지 왔다. 겐토는 하네다 공항 근처의 창고에서 아르바이트를 하므로 차로 갈 줄 알았다.

"차로 가면 늦을지도 몰라. 전철이 더 빠르겠어."

"그럼 차는 어쩌려고?"

"네가 운전해서 데리러 와. 3시쯤에 창고로 오면 되겠다."

귀찮았지만 입 밖으로 꺼내지 않고 겐토의 얼굴을 올려다보았다. 오늘은 아르바이트를 하지 않으니 한가한 것도 사실이긴 했다. 겐토 역시 그걸 알고서 말해 본 게 틀림없다.

겐토는 같은 대학 1년 선배로, 대형 자동차 제조사에 취직해 다음 달부터 근무할 예정이다. 처음 한 해는 도쿄 도내의 자동차 영업소에서 연수를 받고, 2년 차에 본격적인 근무지가 정해진다고 한다. 겐토는 종합직(종합적인 판단 능력이 요구되는 기간적 업무에 종사하는 정직원으로서 간부급으로 승진할 수 있다 - 옮긴이) 채용이라 도쿄 본사에 배치될 것이라고 본인은 생각하는 모양이지만, 확실한 결과는 내년에 뚜껑을 열어 보아야 알게 된다.

4월부터 4학년인 유미도 구직 활동의 한복판에 서 있지만 지방 공무원 시험을 칠 예정이라 아직 절박한 압박감은 느끼지 않는다. 그저 공무원 시험공부를 하며 여름에 있을 1차 시험에 대비할 뿐이다. 다만 기출문제가 꽤 어려워서 상당한 고전이 예상되었다. 4월이 되면 아르바이트를 그만두고 공부에 전념할 생각이다.

"그럼 유미, 부탁할게."

겐토가 부랴부랴 방에서 나갔다. 이부자리에서 빠져나온 유미는 냉장고에서 페트병에 든 녹차를 꺼내 잔에 따랐다. 테이블에는 마카다미아가 든 초콜릿 상자가 놓여 있었다. 겐토가 지난달 야구부 친구들과 하와이로 졸업 여행을 갔을 때 사 온 선물이다. 유미는 마카다미아가 들어간 초콜릿을 좋아하지 않으므로 먹지 않고 선반 장에 넣어 놓았는데, 어제 고기를 먹고 와서 겐토가 디저트 대신 먹자며 상자를 뜯었다.

1학년 여름부터 겐토와 사귀었으니 그와 만난 지 벌써 2

년 반이 되었다. 궁합이 참 좋다고 할까. 함께 있기에 이렇게 편한 남자는 좀처럼 없다. 처음에는 친구의 권유를 받아들이는 형태로 야구부 매니저를 맡았지만, 이제는 야구에 푹 빠져 작년만 해도 겐토와 여섯 번이나 프로 야구 경기를 보러 갔다. 도쿄돔 두 번, 진구 구장 네 번. 전부 히로시마 도요 카프의 경기였다. 겐토의 영향으로 유미도 히로시마 도요 카프를 응원하는데, 마에다 겐타 선수의 팬이다.

앞날을 생각하는 건 두렵지만 내년 이후로 어떻게 될지 막연하게 생각해 볼 때가 있다. 일이 순조롭게 진행되면 유미는 도쿄도 근교의 시청에 취직할 것이다. 문제는 겐토가 어디에 배치되느냐. 본사 근무가 유력하다고는 하나 무슨 일이 일어날지는 아무도 모른다. 멀리 떨어진 지사에 배치되면 장거리 연애를 해야 한다. 대학에는 취직을 계기로 장거리 연애를 시작했다가 결국 이별했다는 이야기가 그야말로 발에 치일 만큼 많다.

초콜릿 상자를 열자 한 개만 비어 있었다. 어차피 안 먹을 테니 겐토에게 주는 게 낫겠다고 생각하는데, 침대 옆 선반 위에서 충전 중인 스마트폰이 울렸다. 겐토의 전화였다.

"왜? 뭐 놔두고 갔어?"

유미의 물음에 겐토가 대답했다.

"아니. 그런 건 아니고. 내가 선물로 사 온 초콜릿 있잖아. 마카다미아 들어 있는 거."

"응. 여기 있어."

마침 유미의 눈앞에 초콜릿이 있다.

"넌 그거 별로 안 좋아하잖아. 내가 먹을 테니 좀 갖다줄래?"

싫다고 한 기억은 없지만 겐토도 은근히 눈치챘나 보다. 의외로 자잘한 데까지 주의를 기울이는 성격이다. 게다가 자로 잰 듯한 이 타이밍까지. 역시 우리는 쿵짝이 잘 맞는다.

"알았어. 갖고 갈게."

"응. 부탁해."

전화를 끊었다. 유미는 시험 삼아 상자에서 초콜릿을 하나 꺼내 입에 넣었다. 역시나 이가 녹을 것처럼 달았다. 유미는 커피를 내리러 부엌으로 갔다.

※

노가미 노보루는 브레이크를 밟아 트럭을 갓길에 댔다. 지도를 보고 나서 파일을 펼쳐 배송지 명칭을 확인했다. 이 건물 2층이 틀림없다. 운전석에서 내린 노가미는 조수석 문을 열고 수납 공간에 실린 물통을 꺼냈다. 12리터짜리 생수다. 그는 양손으로 생수를 들고 건물로 걸어갔다.

엘리베이터가 올라가는 중이라 계단으로 2층에 올라갔다. 목적지인 치과는 금방 찾았다. 안내 데스크로 가자 마스크를 낀 여자가 이쪽을 보기에 노가미가 말했다.

"굿럭워터입니다. 생수 배달 왔습니다."

"아, 저기 있으니까 좀 부탁드릴게요."

여자가 가리킨 곳에 냉온수기가 있었다. 물통은 비어 있었다. 노가미는 빈 물통을 꺼내고 새 물통을 거꾸로 꽂았다. 원래 빈 물통은 회수하지 않는다. 계약할 때 재활용 쓰레기로 내놓으라는 설명을 들었을 텐데 회수까지 해 갈 것이라 생각하는 고객들이 적지 않다. 노가미는 확인 겸 빈 물통을 들고 여자에게 말했다.

"빈 물통은 재활용 쓰레기로 버리시면 됩니다."

"아, 그런가요?"

여자가 대꾸했다. 아, 그런가요는 개뿔. 노가미는 속으로 욕했다. 알겠습니다, 하고 나와야지. 말귀 좀 알아들어라.

노가미는 확인증에 사인을 받고 치과를 나섰다. 다시 계단을 걸어 1층으로 내려가 트럭에 올라탔다. 다음 배송지는 여기서 1킬로가량 떨어진 곳이다. 노가미는 시동을 켜고 트럭을 출발시켰다.

노가미가 근무하는 굿럭워터는 생수 배달 회사다. 한 달에 3천 엔 정도의 기본 요금으로 냉온수기를 대여해 주고 물통의 물이 다 떨어지면 다음 날 새 물통을 배달해 주는 시스템이다. 작년 봄부터 영업을 시작한 곳으로 노가미는 올해 1월에 취업했다. 작년 말에 개인 사정으로 대형 택배 회사를 그만둔 후 구직 활동을 벌이다가 고용 센터에서 소개받았다. 급여가 나쁘지 않아 이력서를 냈는데 바로 채용되었다. 그로부터 두 달여밖에 안 지났지만 벌써부터 그만두고 싶어 죽을 지경이다.

냉온수기 시장은 고래 싸움이 벌어지는 레드 오션이라 굿럭워터는 기업이나 개인 점포에 직접 영업을 나가서 고객을 유치했다. 그런데 무료 사용 이벤트를 끼워 넣어 계약 건수를 늘리면서 배달 트럭은 늘려 주지 않는 탓에 노가미 같은 배달 기사의 부담만 늘어나는 형국이었다. 시나가와구, 오타구, 메구로구, 세타가야구의 일부를 담당하는 노가미는 오늘 아침 사무소에서 배송지 파일을 보고 눈을 의심했다. 오늘 안에 배달을 다 끝낼 수 있을지도 의문이었다.

일을 때려치우는 건 간단하다. 하지만 섣불리 그만두면 곤란한 건 노가미다. 저축해 놓은 돈도 딱히 없으니 가능하면 일을 계속하고 싶다. 이왕이면 다음 직장을 찾고 나서 회사를 나와야 할 텐데 마음잡고 구직 활동을 할 틈이 없다. 평일에는 일을 해야 하고 주말에는 경마를 보러 가야 한다.

빨간불이라 차를 세웠다. 신호 대기 시간을 틈타 지도를 들여다보았다. 다음 코너에서 좌회전하면 그다음 교차로 앞쪽에 배달할 건물이 있다. 노가미는 음료 홀더에서 캔 커피를 꺼내 한 모금 마셨다.

노가미는 올해 서른두 살이다. 고등학교를 졸업하고 도

쿄 도내에 있는 비즈니스호텔에서 일하다가 상사에게 폭력을 휘둘러 3년을 채우지 못하고 잘렸다. 상대가 고소를 취하해서 그나마 다행이었다. 그 후로 열 군데도 넘는 회사와 아르바이트를 전전하느라 이제는 이력서를 쓰는 것도 지쳤다. 전부 '개인 사정에 의한 퇴직'이라 면접 담당자가 캐물을 때도 있다. 염증이 나서 그만두었다고는 할 수 없으므로 늘 적당히 얼버무린다.

신호가 파란불로 바뀌었다. 얼른 출발하고 싶은데 앞에 있는 경차가 꼼짝도 하지 않았다. 뒤 유리로 운전석을 보자 운전자는 고개를 숙이고 있었다. 휴대 전화를 들여다보는 건지도 모른다.

"젠장, 빨리 가라고."

노가미가 계속, 아주 길게 경적을 울리자 그제야 경차가 출발했다. 노가미는 경적을 멈추고 가속 페달을 밟아 트럭을 출발시켰다.

목적지가 가까워졌다. 노가미는 트럭을 갓길에 댄 후 물통을 들고 건물로 들어갔다. 배송지는 3층에 있는 공인 노무사 사무소였다. 이렇게 개인 사업자나 일반 가정에도 배달을 간다. 공교롭게 사람이 없는 듯했다. 인터폰을 여러 번 눌렀지만 아무도 나오지 않았다.

쳇, 아무도 없나. 자리에 없을 거면 배달은 왜 시키냐.

물 배달을 시켜 놓고 집을 비우는 작자들의 심리를 도무지 알 수가 없다. 그럴 거면 물을 배달시키지 말고 수돗물이나 마시라고 퍼붓고 싶었다.

다시 인터폰을 눌렀다. 역시나 반응이 없었다. 노가미는 침을 퉤 뱉고는 물통을 들고 복도를 되돌아갔다.

＊

점심시간에 모리타 미오는 바바 히토미와 공원 벤치에 나란히 앉아 편의점에서 사 온 빵을 먹었다. 이 공원은 밤에 여자 귀신이 나온다고 해서 귀신 공원이라고 불리는데, 미오는 여태껏 귀신을 본 적이 없었다.

"오늘 공연에 늦을 수도 있는데 괜찮겠어?"

히토미가 묻기에 미오는 대답했다.

"괜찮아. 두 번째나 세 번째 순서니까 3시 15분 전에만 공연장에 오면 될 거야. 5교시 끝나자마자 출발하면 아슬아슬하게 세이프 아니려나."

오늘은 합동 공연이라 지하 아이돌 스무 팀 정도가 차례대로 출연한다. 이치고이치에같이 기획사의 지원이 없는 고교생 그룹은 이런 라이브 공연에 참가하며 생존해 나가는 수밖에 없다.

"히토미, 그 일은 생각해 봤어?"

미오가 묻자 샌드위치를 먹던 히토미는 잠시 후에 대답

했다.

"음, 아직 고민 중이야."

"분명 잘될 거야. 나도 너랑 함께라면 어떻게든 될 것 같은걸. 진짜로."

한 달 전이었다. 라이브 하우스에서 나오는데 웬 정장을 입은 남자 하나가 말을 걸어 왔다. 처음에는 팬인 줄 알았으나 아니었다. 남자는 연예 기획사 명함을 건넸다. 왜 나한테 접촉했는지 의아할 만큼 규모가 큰 곳이었다.

카페에서 자세한 이야기를 들었다. 남자의 이름은 기무라. 연예 기획사의 이벤트 관련 업무 담당자다. 기무라는 자기가 만들려는 새로운 아이돌 그룹의 센터를 미오에게 맡기고 싶다고 했다.

와, 역시 센터는 미오야. 다양한 그룹의 라이브 공연을 많이 보았지만 역시 미오가 최고더라고.

솔직히 혹했다. 기무라는 대중적인 인기 아이돌이 아닌 정기 라이브 공연을 하는 지하 아이돌, 그중에서도 톱급의 지하 아이돌 그룹을 육성할 계획이라고 했다. 이 점은 마음에 들었다. 자신이 '뮤직 스테이션'이나 '카운트다운 TV' 같은 프로그램에서 춤추는 광경은 아무래도 상상이 안 된다. 아이돌 활동은 어디까지나 방과 후 활동의 연장선상에 지나지 않으니까.

기무라는 이미 새로운 그룹의 이름과 콘셉트도 정했단다.

그룹명은 주오선 방위대. 얼핏 듣기에는 아이돌과 거리가 먼 인상을 준다. 주오선의 역 이름을 따서 멤버에게 예명을 붙이고 정기 라이브 공연도 나카노에서 가질 예정이라고 한다. 과연 먹힐까. 미오로서는 잘 와 닿지 않았지만 기무라는 자신만만했다.

혹시 미오가 같이 활동하고 싶은 애가 있으면 알려 줘. 내가 캐스팅할게.

기무라의 말에 같은 반인 바바 히토미가 가장 먼저 떠올랐다. 미오는 방과 후에 날씨가 좋으면 귀신 공원에서 댄스 연습을 한다. 히토미도 여기 몇 번 낀 적이 있는데, 리듬감이 좋고 소화력도 뛰어나서 이치고이치에가 부르는 노래의 안무를 이미 다 익혔다.

그리고 노래방에도 같이 가 보았는데, 히토미는 노래도 잘한다. 댄스 실력도 좋고 노래도 잘 부르니 솔직히 좀 부럽다. 미오는 댄스는 그럭저럭 자신 있지만 가창력은 시원찮다. 그래서 공연할 때 솔로 파트는 절대로 맡지 않는다.

"미오, 아이돌은 돈을 잘 벌어?"

히토미가 진지한 표정으로 물었다. 빵을 다 먹고 미오는 커피 맛 우유를, 히토미는 과일 맛 우유를 마시는 중이었다. 미오는 대답했다.

"뜨면 잘 벌겠지만 지하 아이돌은 빵 뜨긴 힘들겠지."

"자취를 할 수 있으려나?"

"당장은 무리일지도 모르지만 따로 아르바이트를 하면 될 거야. 그런 애들도 많아."

히토미는 가마타에 산다. 부모님이 술집을 하는데, 아무래도 히토미는 아버지와 사이가 좋지 않은 모양이다. 친아버지는 히토미가 어렸을 때 돌아가셨고 어머니가 재혼해서 새아버지와 같이 산다고 들었다. 히토미네 집에 두어 번 가 보았는데, 얼굴이 갸름하고 몸매가 늘씬하니 히토미와 닮은 어머니가 가게에서 혼자 일했고 아버지로 추정할 만한 남자의 모습은 보이지 않았다. 빨리 집을 나와서 자취하고 싶다는 히토미의 바람을 미오도 잘 알고 있었다.

"룸 셰어 같은 것도 괜찮겠다. 방세를 나눠서 내면 그만큼 저렴하잖아."

"미오랑 나랑?"

"그것도 좋고 아니면 다른 멤버랑 지낼 수도 있겠지. 기무라 씨 말로는 멤버를 대여섯 명 모을 거래."

만약 나와 함께 지하 아이돌이 되면 룸 셰어를 할 사람이 생길지도 모른다는 뜻을 넌지시 전달했다. 사실 미오는 자신이 센터가 되어 그룹을 이끌어 나간다는 이야기를 반신반의했다. 설사 진짜이더라도 센터의 중압감을 견뎌 낼 수 있을지 걱정되었다. 만약 히토미가 함께해 준다면 이런 중압감도 좀 줄어들지 않을까, 하는 꿍꿍이도 내심 있었다. 솔직히 미오는 새로운 환경에 뛰어들기가 불안했다.

"모모코도 부르자. 걔라면 분명 한다고 할 거야."

모모코는 옆 반 여학생이다. 아이돌에 관심이 있는지 가끔 공원에 와서 함께 연습도 한다. 다만 댄스 실력은 히토미보다 떨어지고, 무엇보다 금세 뜨거워졌다가 금세 식는 성격이라 활동을 시작해도 오래가지는 못할 것 같았다.

"그래. 일단 물어볼게."

"그럼 고맙지. 그나저나 나카노라니, 제법 먼데."

히토미가 말했다. 새로운 그룹의 활동 거점이 나카노일 가능성에 대해서도 히토미에게 알려 주었다. 미오는 대답했다.

"그러게. 난 가 본 적도 없어."

"나도. 지브리 미술관에 갈 때 지나간 적은 있지만."

"어? 히토미, 지브리 미술관에 가 봤어?"

"응. 중학교 때. 넌 지브리 작품 중에서 뭘 제일 좋아해?"

"이웃집 토토로. 누가 뭐래도 이웃집 토토로가 최고지."

"사나는 바람 계곡의 나우시카래."

"뭐? 그럴 수가."

히토미와 잡담을 나누는 시간은 즐겁다. 하지만 다음 달에 2학년에 올라가서 같은 반이 된다는 보장은 없다. 오히려 반이 갈릴 확률이 높을 듯하다. 반이 갈려도 친하게 지낼수는 있겠지만 그래도 뭔가 부족하게 느껴지는 부분이 생기는 법이다. 지금처럼 반 친구 이야기나 담임의 험담을 하면서 신나게 떠들 수 없고 말이다.

"아, 이만 가야겠다. 역까지 태워 줘."

"알았어."

히토미가 자전거에 올라탔다. 바구니가 달린 통학용 자전거다. 미오는 뒤쪽 짐받이에 걸터앉아 히토미의 허리에 팔을 둘렀다.

"미오, 잠깐 볼까."

대기실에 있는데 기무라가 불렀다. 대기실에는 오늘 출연할 예정인 그룹들의 열기와 활기찬 목소리가 가득했다. 아직 공연 시간까지 30분쯤 남았고 5시 가까이에 출연하는 그룹도 있다. 그런데도 모든 그룹이 한자리에 모인 것처럼 대기실은 북적거렸다.

복도로 나갔다. 기무라는 정장 차림이었다. 대기실에 들어가지 못한 아이돌과 몰래 통화를 하려는 아이돌이 통로를 서성거렸다. 기무라와 함께 있는 것만으로도 선망과 질투의 눈빛이 날아들었다. 정장을 입은 기무라는 언뜻 보아도 연예계 관계자인 티가 난다. 얘한테 매니저가 붙었나, 하는 눈으로 다들 이쪽을 힐끔거려서 왠지 자존심이 충족되는 것만 같았다.

"전에 했던 이야기 말인데, 10월쯤에 시작할 수 있을 것 같아."

주오선 방위대라는 희한한 이름의 아이돌 그룹 이야기다. 기무라는 지금 다니는 기획사를 그만두고 새 기획사를 차리려 한다고 말했다.

"나카노 포레스트라는 라이브 하우스가 있어. 거기 사장이 아주 완고한 사람이라 지금까지는 아이돌이 무대에 서는 걸 거절해 왔는데 일전에 얘기를 좀 하다가 장소를 빌려주겠다는 확답을 받았어."

라이브 하우스는 기본적으로 지하에 있다. 방음 대책 때문이란다. 하지만 오늘 공연장은 다목적 빌딩의 3층이다.

"그런데 미오, 친구는 뭐래?"

히토미 이야기다. 미오가 대답했다.

"아직 고민 중이래요. 근데 거의 넘어온 것 같아요."

"그렇구나. 최종적으로 멤버는 다섯 명이나 여섯 명으로 할 생각이야. 현재 확실히 정해진 사람은 미오뿐이지만. 오늘 공연에서도 눈여겨볼 애가 몇 명 있어."

한마디로 시찰을 나온 셈이다. 수많은 지하 아이돌을 한꺼번에 살펴볼 수 있다는 의미에서 오늘 같은 합동 공연이 편리하리라. 그나저나 미오도 아직 정식으로 승낙한 게 아니건만 기무라의 머릿속에서는 이미 정식 멤버로 자리 잡은 모양이다. 지난번에 교통비로 1만 엔을 받았고, 그전에도 5천 엔을 받았다. 만약 거절한다면 1만5천 엔을 돌려주어야 한다.

"그럼 공연 잘하고. 응원할게."

기무라는 그렇게 말하고 친근하게 미오의 어깨를 탁탁 두드린 후 통로를 빠져나갔다. 미오는 대기실로 돌아가 이치고이치에 멤버가 모여 있는 곳으로 향했다. 미오를 포함한 멤버들은 이미 무대 의상으로 갈아입었다. 아키하바라에 있는 전문점에서 구입한 고등학교 교복이다. 이치고이치에는 딱히 정해진 콘셉트가 없고, 굳이 따지자면 모두 고등학교 재학생이라는 것이 특징이라 짧은 회색 스커트에 하얀 블라우스와 빨간 넥타이를 맞추어 입는다.

"저 아저씨 미오한테 엄청 치근덕거리네."

멤버 중 한 명이 입을 열었다. 기무라를 두고 하는 말이다. 고등학생에게 기무라 정도 나이뻘의 남자는 전부 아저씨다.

"응. 마음에 들었나 봐."

다른 멤버들에게는 새 그룹에 발탁되었다는 이야기를 아직 하지 않았다. 하지만 굳이 말로 하지 않아도 미묘한 분위기가 전해지는지 넷 다 어렴풋이 알아차린 눈치였다. 기무라는 10월부터 시작이라고 했지만 그보다 훨씬 전에 이 그룹에서 빠질지도 모르겠다.

여기 멤버로 활동한 지 아직 1년도 되지 않았다. 처음 한동안은 즐거웠지만 요즘은 여기저기에 금이 가기 시작했다. 세대만 같을 뿐 사는 곳도, 다니는 학교도 다르다. 서서히 가치관과 선호도의 차이 같은 게 드러났음에도 갈등을 해결할 마음이 없거니와 서로 참견도 하지 않았다. 그랬다가는 정말로 동아리 활동이 되기 때문이다. 간섭하는 것과 간섭당하는 것, 이 두 가지는 금물이다.

"쟤, 예쁘지 않아?"

"예쁘네. AKB48의 의상을 똑같이 따라 했어."

멤버들이 다른 출연자들을 살펴보고 평가하는 가운데 미오는 스마트폰을 꺼냈다. 문자 메시지가 와 있었다. 아까 기무라와 이야기하러 나갔을 때 온 모양이다. 보낸 사람은 바바 히토미였다. '학교 끝났어. 빛의 속도로 갈게.'라는 문장 뒤에 이모티콘 몇 개가 붙어 있었다.

미오는 '기다릴게.'라고 쓰고 이모티콘을 넣어서 답장을 보냈다. 오후 2시 40분이 지났다. 공연 예정 시간까지 20분도 안 남았다.

✳

유미는 운전 중이었다. 겐토가 중고로 구입해 타고 다니는 파란색 푸조 206이다. 차 안에 아무로 나미에의 노래가 흘렀다. 재작년에 발매된 앨범 'PAST〈FUTURE'의 수록곡이다. 카 오디오에 CD가 여섯 장 들어가는데, 그중 두 장은 유미 전용이었다. 둘 다 아무로 나미로의 CD를 골라서 넣어 놓았다.

겐토는 하네다 공항 근처 창고에서 아르바이트를 한다. 시급이 꽤 좋은지 2년 전부터 쭉 일하고 있다. 그 아르바이트도 이번 달로 끝이다. 취직이 결정되었기 때문이다. 겐토가 매일 정장을 입고 출근하는 광경을 상상하자 어쩐지 웃음이 났다.

3시에 데리러 오라고 겐토가 부탁했다. 여유 있게 출발했으니 늦지는 않을 것이다. 하지만 유미는 내심 초조했다. 내비게이션이 안내한 경로에서 벗어났기 때문이다.

"경로를 이탈했습니다. 경로를 재설정합니다."

아까부터 자꾸 같은 음성이 흘러나왔다. 이 차의 단점은 내비게이션 사용이 어렵다는 것이다. 출시된 지 족히 10년은 된 구식 차종이라 툭하면 네비게이션이 말썽을 일으킨다. 좌회전, 우회전 표시가 늦게 떠서 모르고 지나칠 때도 종종 있다.

"경로를 이탈했습니다. 경로를 재설정합니다."

또? 유미는 어쩔 수 없이 일단 차를 갓길에 세웠다. 주위는 주택가이고 차선도 없는 도로였다. 아까까지만 해도 큰 도로를 달려왔기에 길을 잘못 들었다는 예감을 지울 수 없었다.

내비게이션을 확인했다. 차는 지금 오타구 산노라는 곳에 있다. 근처에 JR오모리역이 표시되었다. 아무래도 이케가미길이라는 데로 나가야 할 모양이다. 다음 코너에서 좌회전,

두 번째 신호에서 우회전이다.

좋아. 차를 다시 출발시켰다. 다음 코너에서 좌회전을 했다. 왕복 2차선 도로가 나오고 교통량이 약간 늘어났다. 다음다음 신호를 보았다. 저쪽 코너에서 우회전…….

갑자기 시야 가장자리로 뭔가 뛰어들었다. 자전거가 튀어나왔다는 걸 알고 유미는 재빨리 브레이크를 밟았다. 다음 순간 뒤에서 충격이 덮쳤다.

뭐가 어떻게 된 건지 알 수가 없었다. 눈앞에서 불꽃이 번쩍 튀는 것과 동시에 하얀 물체가 확 펼쳐졌다. 어딘가에서 찢어지는 듯한 소리가 들렸다.

그제야 에어백이 터졌다는 걸 알았다. 안경이 벗겨졌다. 추돌 사고가 난 건가, 하는 생각이 머릿속 한구석에서 들었다.

숨이 잘 쉬어지지 않았다. 유미는 혼란스러운 와중에도 에어백에서 벗어나기 위해 문을 열고 기다시피 차 밖으로 나왔다. 뒤를 보니 엉망진창이었다. 유미의 차에 경차가 부딪쳤고 그 뒤를 트럭이 들이박은 모양이다. 특히 심각한 건 사이에 낀 경차로, 차 앞뒤가 많이 훼손된 것 같았으나 안경이 없어서 사방이 흐릿하기만 했다.

유미는 안경을 찾으려고 다시 자신의 차로 눈을 돌렸다. 그때 달려가는 자전거가 보였다. 교복을 입은 여고생 혹은 여중생이 타고 있는 것 같았다. 아주 빠르게 달려간다. 마치 도망이라도 치듯이.

안경을 찾아야 한다.

유미는 어에백을 밀어내며 차 안에 몸을 넣었다. 안경은
좌석 밑에 떨어져 있었다. 하지만 왼쪽 다리가 없었다. 부딪
혔을 때 망가져서 날아가기라도 했나.

"야, 뭐 하는 짓이야. 갑자기 차를 세우면 어떡해."

뒤에서 나는 소리에 유미가 차에서 몸을 빼냈다. 남자가
하나 서 있었다. 트럭 운전자인가. 감색 유니폼 같은 옷을 입
은 듯한데, 안경이 없어서 잘 보이지 않았다. 남자가 거대한
그림자처럼 보여서 유미는 마냥 무서울 따름이었다.

✳

노가미 노보루는 잔뜩 열이 받았다. 당연하다. 앞차가 느
닷없이 급정거를 했으니 말이다. 아주 느릿느릿 운전하길래
눈치 좀 주려고 일부러 차간 거리를 충분히 두지 않았다. 자
신의 잘못도 일부 있다는 생각에 더욱 화딱지가 났다.

추돌 사고가 발생했을 때는 원칙상 추돌한 쪽에 100퍼센
트 과실이 있다고 들었다. 이 말인즉슨 이번 사고는 노가미
의 잘못이 100퍼센트라는 뜻이다. 말도 안 된다. 앞앞에 있
던 파란 차가 급브레이크를 밟았는데.

노가미의 화를 더욱 키운 것은 방금 산 도시락이다. 배

달 시간상 노가미는 매일 2시에서 3시 사이에 밥을 먹으므로 아까 편의점에서 도시락을 미리 사 두었다. 어딘가 커다란 주차장이라도 보이면 차를 대고 점심을 먹으려고 했는데 사고가 났다. 애써 산 도시락이 좌석 밑에 나뒹굴었다. 비닐봉지를 들어올려 내용물을 확인하니 도시락 용기에 든 음식들이 뒤죽박죽 섞여 있었다. 그걸 본 순간 피가 거꾸로 솟는 것 같았다. 이런 망할. 노가미는 씩씩거리며 운전석에서 내렸다.

앞차는 경차였다. 마침 문이 열리고 머리를 뒤로 묶은 여자가 비틀비틀 걸어 나왔다. 이 여자는 일단 그냥 두어도 된다. 문제는 그 앞차다.

파란 차의 뒷부분이 살짝 파손되었는지 후미등이 깨져서 파편이 여기저기 흩어져 있었다. 사자 모양 엠블럼이 보였다. 외제 차 같지만 이름은 모른다. 차 안으로 몸을 쑥 들이민 여자가 보였다.

"야, 뭐 하는 짓이야. 갑자기 차를 세우면 어떡해."

여자가 차에서 몸을 빼내 이쪽을 보았다. 얼굴이 겁에 질려 있었다. 노가미가 말했다.

"당신 잘못이야. 당신이 갑자기 멈추는 바람에……."

"죄송해요." 여자가 순순히 고개를 숙였다. 아직 젊다. 스무 살 안팎 정도로 보인다. "자전거가 갑자기 튀어나왔어요. 부딪힐 것 같길래 당황해서 급브레이크를……."

"자전거가 어디 있는데? 없잖아."

"아까 가 버렸어요. 여학생이 타고 있었던 것 같아요."

횡단보도는 없다. 그렇다면 튀어나온 자전거 잘못인가? 그럼 이 경우의 과실 비율은 어떻게 되지? 100퍼센트 내 책임은 아니지 않나?

어쨌거나 원만하게 처리하는 게 제일이다. 벌점은 절대로 받으면 안 되니까 경찰까지 불러서 시비를 가리고 싶지는 않았다. 특히 위자료를 청구당하면 난감할 터다. 회사가 보험 처리를 해 줄 가능성은 높지만 감봉 처분이라도 받으면 그야말로 최악이다. 하지만 상황이 여의치 않았다. 특히 가운데에 낀 경차의 훼손 정도가 극심해 적당히 넘길 만한 수준을 넘어서 버렸다.

여자는 괜찮나. 샌드위치가 된 경차에서 나온 여자 말이다. 뒤를 돌아본 노가미는 두 눈을 의심했다. 그 여자가 휴대전화를 귀에 대고 있는 게 아닌가.

노가미는 여자에게 달려가 다짜고짜 휴대전화를 빼앗았다.

"무, 무슨 짓이에요?"

여자가 소리 높여 항의하는 걸 무시하고 빼앗은 휴대 전화를 보았다. 화면에 '110'이라는 숫자가 떠 있었다. 예상대로 여자는 경찰에 전화를 하고 있었다. 노가미는 얼른 통화를 종료시키고는 여자에게 말했다.

"함부로 설치지 마."

"이렇게 큰 사고가 났는데. 당연히 경찰을 불러야죠……."

"일단 좀 있어 봐."

여자는 30대 중반으로 보였다. 사고가 났을 때 찢었는지 이마 언저리에서 피가 흘렀다. 에어백이 없었나. 아주 오래된 차인지도 모른다.

노가미는 회사 트럭을 보았다. 자기 쪽은 손상이 거의 없다. 심각한 건 가운데 낀 경차다. 이쪽은 수리하는 것보다 새 차를 사는 편이 나을 것 같았다.

도망칠까. 한순간 이런 생각이 머리를 스쳤다. 이대로 달아나는 것이다. 저 젊은 여자의 증언이 맞는다면 사고의 원인은 튀어나온 자전거다.

"전화기 주세요."

여자가 말하면서 다가왔다.

"내놓으라고요. 당연히 경찰에 신고해야……."

노가미는 여자가 뻗은 손을 뿌리쳤다. 그래도 더 달려들기에 노가미는 자기도 모르게 여자를 떠밀었다. 엉덩방아를 찧은 여자가 고통으로 인상을 찡그렸다.

"괘, 괜찮으세요?"

젊은 여자가 달려왔다. 이런 젠장. 이게 다 무슨…….

넘어진 여자는 허리에 강한 충격을 받았는지 바로 일어서지 못했다. 젊은 여자가 걱정스러운 얼굴로 그 옆에 바싹 달라붙어 있었다. 일단 경찰을 불러야 하나. 아니, 아무래도 경찰은 안 된다. 어떻게든 일을 원만하게 수습할 수 없을까. 회사에 연락해서 상담해야 하나. 하지만 그랬다가는⋯⋯.

그때였다. 땅이 심하게 흔들렸다. 뭐, 뭐지? 지진인가.

✳

이렇게 큰 진동은 난생처음 경험했다. 유미는 얼떨결에 옆에 있던 낯선 여자의 어깨를 잡았다. 진동은 크고 길게 이어졌다.

전신주가 이리저리 흔들렸다. 눈앞의 공원에 있는 나무들도 버스럭버스럭 잎사귀 스치는 소리를 내며 흔들렸다. 새가 일제히 날아갔다.

유미는 상황이 심상치 않다는 걸 직감했다. 지금까지 겪었던 그 어떤 지진보다 진동이 크고 길다. 이대로 가다가는 온갖 것이 다 부서지지 않을까, 하는 공포에 휩싸인 유미는 그 자리에 얼어붙었다.

드디어 진동이 멎었다. 아주 오랜 시간 흔들렸던 것 같다. 근처에 있는 맨션의 주민들과 어딘가에서 일하던 사람들이 불안한 듯 줄줄이 밖으로 나왔다.

"장난 아닌데."

남자가 중얼거렸다. 경차를 들이박은 트럭 운전자다. 아주 무례하게도 경차에 타고 있던 여자에게서 휴대 전화를 빼앗았다. 뭐 하는 작자인가 싶어 화가 났지만 방금 전 지진 때문에 머릿속이 새하얘졌다.

남자가 몸을 돌려 걸어갔다. 유미는 남자를 향해 말했다. "자, 잠깐만요. 어디 가세요?"

아까 일어난 지진의 충격이 몸속에 남은 탓인지 목소리가 떨렸다. 남자는 아무 말없이 자신의 트럭으로 걸어가 운전석에 올라탔다.

설마 도망치는 거야? 유미는 어떻게 해야 할지 몰랐다. 옆에 있는 사람이 너무 걱정되었다. 경차 운전자인 머리를 뒤로 묶은 여자 말이다. 남자에게 밀쳐져서 넘어진 뒤로 여자의 상태가 좀 이상하다. 허리가 많이 아픈지 내내 얼굴을 찡그리고 있다. 지진이 왔을 때도 통증을 참는 건지 눈을 꼭 감고 있었다.

남자가 시동을 걸었다. 그대로 직진하면 경차에 부딪히므로 한번 후진을 했다가 방향을 틀었다. 트럭이 유미와 여자 바로 옆에서 멈추었다. 조수석 창문이 열렸다. 운전석에 앉은 남자가 휴대 전화를 이쪽으로 던졌다. 머리를 뒤로 묶은 여자에게서 빼앗은 휴대 전화다.

유미는 남자가 조수석 창문으로 내던진 휴대 전화를 어떻게든 받으려 했지만 쉽지 않았다. 일단 유미의 손안에 들어오긴 했는데 제대로 잡지 못해 아스팔트에 떨어졌다. 트럭이 배기가스를 내뿜으며 멀어졌다.

"경찰이랑 구급차 좀……."

머리를 뒤로 묶은 여자가 말했다. 구급차를 불러야 할 만큼 많이 다쳤나.

"아, 알겠어요."

휴대 전화를 주워 들었다. 폴더였다. 일단 구급차를 부르는 게 급선무라고 판단해 119에 신고했다. 연결되는 데 생각보다 오랜 시간이 걸렸다. 아까 지진의 영향일까.

마침내 전화가 연결되었다. 유미는 교통사고로 다친 여자가 있다고 알린 후 주변을 둘러보았다. 초행길인 곳이라 도무지 어딘지 모르겠다. 전신주의 구역 표지판에 주소가 있었지만 안경이 없어서 알아볼 수 없었다. 일어나서 전신주로 다가가 적힌 주소를 통화 상대에게 그대로 불러 주었다.

유미는 경찰에 신고를 하고 휴대 전화를 접었다. 여자 곁으로 돌아갔는데 여자가 어떤 말을 중얼거리고 있었다. 새파랗게 질린 얼굴로 뭘 열심히 외우고 있는 것 같았다.

"워터, 네리마, ○, △, □, 굿, 럭, 워터, 네리마, ○, △, □……."

도망친 트럭의 번호판. 그리고 아마도 차체에 적혀 있던 회사 이름?

"잠깐만요."

유미는 다시 푸조로 향했다. 에어백을 밀어젖히고 운전

석으로 들어가 조수석에 놓아둔 핸드백을 집어 여자 곁으로 돌아갔다. 핸드백에서 수첩과 볼펜을 꺼내 여자가 중얼거리는 회사 이름과 자동차 번호판을 적었다. 그 모습을 보자 머리를 뒤로 묶은 여자는 힘이 다한 듯 아스팔트에 벌렁 드러누웠다.

"괜찮으세요?"

"이러고 있는 게 더 편해요."

"아, 네."

불안해졌다. 사고를 냈다는 충격과 방금 일어난 강한 지진. 이 두 가지가 포개어지듯 유미의 마음을 무겁게 짓눌렀다. 어디선가 방송이 들렸다. 구청에서 내보내는 재난 방송인 듯했다. 공원의 나무들이 아직도 흔들리는 듯한 기분이었다. 어쩐지 분위기가 뒤숭숭하다. 길 밖으로 나온 사람들도 불안한 표정으로 우두커니 서성였다.

희미하게 진동하는 소리가 들렸다. 핸드백에서 스마트폰을 꺼내 확인하자 겐토의 전화였다. 유미는 급히 전화를 받았다.

"유미, 괜찮아?"

전화를 받자마자 겐토가 물었다. 유미는 대답했다.

"안 괜찮은 것 같아……."

"왜? 무슨 일 생겼어? 너, 설마 운전 중이었어?"

어디부터 설명해야 할지 혼란스러웠다. 구급차의 사이렌

소리가 멀리서 들려왔다. 이쪽으로 오는 구급차인지도 모른다.

"유미, 말 좀 해 봐. 대체 어떻게 된 거야?"

사이렌 소리가 더 가까워졌다. 유미는 시야가 흐려진 걸 깨달았다. 그제야 자신이 눈물을 흘리고 있다는 사실을 알았다.

"어, 유미, 설마 그 사이렌. 너, 다치기라도⋯⋯."

"아, 아니야. 내가 아니라⋯⋯."

어떻게 말을 꺼내야 할지 도저히 모르겠다. 어쨌든 한시라도 빨리 겐토의 얼굴을 보고 싶었다. 그가 와 주었으면 싶었다.

"나, 실은⋯⋯."

말을 하려는데 코너를 돌아 이쪽으로 오는 구급차의 모습이 눈에 들어왔다.

"어, 잠깐만요. 그럼 노가미라는 사람은 그때 트럭을 몰았던……."

유미는 자기도 모르게 내뱉었다. 호시야가 대답했다.

"네. 구라타 씨가 휘말린 사고에서 트럭을 운전했던 사람이 바로 노가미 노보루예요."

30분 전 나카노 미오라는 여자가 카페에 들어왔다. 주오선 방위대의 멤버이자 사망한 오기쿠보 히토미와 고등학교 동창이라는 건 유미도 인터넷을 통해 알고 있었다.

사건의 진상을 알고 싶지 않으세요? 나카노 미오는 호시야로부터 이 메시지를 받고 카페에 왔다고 한다. 나카노 미오의 입에서 9년 전 그날의 이야기가 나왔다. 2011년 3월

11일, 잊을 수 없는 그날의 이야기가 말이다.

"잠깐 있어 봐." 겐다가 끼어들었다. 카운터에는 겐다, 호시야, 나카노 미오가 차례대로 앉아 있고, 조금 떨어진 창가 테이블 두 개에 오기쿠보 히토미의 팬 세 명이 앉아 있다. 나카노 미오는 따뜻한 홍차를, 나머지 사람들은 아이스커피를 마시는 중이다. 나카노 미오는 홍차를 마실 때만 검은 마스크를 벗었는데, 잠깐 드러난 얼굴이 아이돌답게 아주 예뻤다.

"그러니까, 이렇게 된 건가." 겐다가 정리하듯 말했다. "9년 전 대지진이 일어난 날 구라타 씨가 자동차 세 대가 부딪치는 추돌 사고에 휘말렸는데, 제일 뒤쪽 트럭을 몰던 사람이 노가미 노보루, 사고를 유발한 자전거에 타고 있었던 여고생이 오기쿠보 히토미다?"

"그렇습니다. 하지만 히토밍이 실제로 그 자전거에 타고 있었다고 확실히 단정할 수는 없어요. 다만 아까 여러분께 들려 드린 라디오 방송으로 알 수 있듯이 동일본 대지진이 발생한 날 히토밍이 교통사고를 유발했을 가능성이 높아요. 그리고 이거요."

호시야가 가방에서 클리어 파일을 하나 꺼냈다. 거기에는 주택 지도가 들어 있었다. 호시야는 주택 지도를 카운터에 내려놓으며 말했다.

"증거물 B, 구라타 씨가 교통사고에 휘말린 현장 주변의

지도입니다. 빨갛게 표시해 둔 곳이 히토밍이 다니던 오모리 여자 고등학교이고, 파랗게 표시해 둔 곳이 오모리역이에요. 그리고 ×로 검게 표시해 둔 곳이 사고 지점입니다."

빨강이 고등학교, 파랑이 오모리역, 검정 ×는 빨강과 파랑의 가운데에 위치했다. 호시야가 나카노 미오에게 물었다.

"미오, 아니, 나카노 씨, 히토밍이 그날 공연을 보러 왔나요?"

"아니요. 지진으로 전철 운행이 중단돼서 못 온 게 아닐까 싶어요."

"공연은 진행됐고요?"

"네. 분위기는 어수선했지만."

히토미는 5교시 수업이 끝난 후 같은 반 친구인 나카노 미오의 라이브 공연을 보러 가기 위해 자전거를 타고 오모리역으로 향했다. 서두르지 않으면 늦는다. 히토미는 공원을 가로질러 길로 튀어나왔다. 그때 나는⋯⋯.

"구라타 씨, 괜찮으세요?"

호시야의 목소리에 정신이 들었다. 9년 전 그날을 떠올리고 있었다. 전국의 수많은 사람들이 그렇듯 앞으로도 영원히 잊을 수 없을 평범하지 않았던 하루다.

"구라타 씨, 사고 후에 있었던 일을 자세히 말씀해 주시겠어요?"

"아, 네." 유미는 대답했다. "어, 그러니까, 얼마 후에 구급차가 도착했어요. 제 차 뒤에 있던 경차 운전자, 이름은 모르지만 그 여자가 구급차에 실려 갔어요. 전 그 자리에 남았고요. 신고를 받고 경찰이 출동했는데 아무도 없으면 안 될 것 같아서요."

구급차가 달려가고 얼마 지나지 않아 경찰차가 도착했다. 어쩐지 경찰관도 안절부절못하는 낌새였던 걸로 기억한다. 곧이어 현장 검증이 시작되었으나 현장에 있던 사람 모두 딴생각을 하는 듯한 느낌이었다.

"얼마 안 돼서 당시 만나던 남자 친구가 왔어요. 택시를 타고요. 남자 친구의 얼굴을 본 순간, 갑자기 긴장의 끈이 툭 끊어졌다고 할까……."

유미는 겐토의 품에 안겨 울었다. 꽤 오래 울었다. 경찰이 현장 검증을 하는 광경을 공원 벤치에 앉아 멍하니 바라보았다. 가끔 경찰관이 사정을 물어보면 대답할 수 있는 부분은 솔직하게 대답했다. 제일 뒤에서 들이받은 트럭이 도망친 것도 말했고, 메모해 둔 회사 이름과 번호판도 경찰관에게 알려 주었다.

"현장 검증을 하던 도중에 진원지가 도호쿠 지방이라는 걸 알았어요. 어마어마한 해일이 몰려왔다는 것도 알았지만 그때는 얼마나 큰일이 벌어진 건지 실감하지 못했죠."

2시간 정도 지나 현장 검증이 종료되었다. 유미의 얼굴은 매우 초췌했다. 푸조는 크게 파손되지 않아 주행이 가능했으므로 겐토가 운전해서 돌아갔다. 교통 체증이 어마어마했다. 전철 운행이 중단되었다는 소식을 듣고 깜짝 놀랐다. 혼자 있기가 불안했다. 어머니가 걱정하는 문자 메시지를 보내왔지만 전철이 다니지 않으니 무사시다이라시까지 갈 도리가 없었다. 이런 유미가 걱정스러웠는지 겐토가 하룻밤같이 있어 주었다. 비록 헤어졌지만 그때 그가 곁에 있어 주어서 정말로 고마웠다.

"그 후에는요? 사고 관련해서 경찰에 출두하거나 구급차로 실려 간 여자와 만나거나 했나요?"

"아니요. 그러진 않았어요. 현장 검증에 입회한 걸로 끝이었어요. 차는 당시 만나던 남자 친구 거였는데, 보험사 직원이 중간에서 이것저것 처리해 준 모양이고요."

겐토가 가입한 보험 덕분에 수리 비용 등의 부담은 없었다. 나머지 차 두 대의 운전자와도 합의를 보았다는 식으로 겐토는 말했다. 사실 그 사고는 유미에게 상당한 트라우마로 남았고, 겐토도 그걸 알고서 화제로 삼지 않도록 일부러 배려해 준 것 같다.

"저, 그러니까." 다시 확인했다. 도저히 믿기지 않았다. "그 트럭 운전자가 노가미 노보루라는 거죠? 확실해요?"

"확실합니다. 굿럭워터는 당시 노가미가 다녔던 회사고, 생수를 배달하는 일을 했대요. 지금도 있는 회사라 그쪽 사장님께 문의하니 알려 주시더군요. 사고가 발생하고 두 달

후에 그만뒀대요. 날짜로 따지면 반년 정도만 일했다고 합니다."

정말로 신기하다. 그 사고의 트럭 운전자가 사고 유발자로 추정되는 여고생을 살해했다. 하지만 어떻게 이런 우연이 있을까…….

유미의 속마음을 알아차린 것처럼 내내 잠자코 있던 겐다가 입을 열었다.

"그런 우연이 어디 있나? 9년 전 교통사고 때 범인과 피해자가 한자리에 있었다고? 게다가 둘뿐만이 아니잖아. 여기 구라타 씨도 그 자리에 있었어. 아무리 우연이라도 어지간해야 말이지."

겐다는 그렇게 대꾸했지만 엄밀히 말하면 다르다. 자전거를 타고 있던 사람은 그 자리에서 달아났으므로 사고에 휘말린 세 사람과 한자리에 있지 않았다. 그것보다…….

유미는 무심코 호시야에게 시선을 주었다. 아주 훌륭한 조사였다. 카페에 들어왔을 때 그가 말했다. 세상 사람들은 사건이 다 해결되었다고 여기는 모양이지만 자기 생각에는 아무래도 그렇지가 않다고. 단지 그런 생각을 발판 삼아 이렇게 많은 사실을 새로이 찾아냈다. 그의 노력에 감탄하지 않을 수 없었다. 호시야는 쉴 새 없이, 부지런하게 사건을 조사했다고 말했다. 얼마나 많은 시간과 공을 들였을까.

"우연인지 아닌지 검증하기 전에." 호시야가 다시 입을 열었다. "구라타 씨, 당신이 운전하던 차에 부딪힌 경차 말인데요. 그 후에 운전자가 어떻게 됐는지 아세요?"

"생명에 지장은 없었다고 들었어요. 중상은 아니었던 걸로 알아요. 무슨 일이 있었다면 당시 만나던 남자 친구가 말해 줬겠죠."

"그렇군요. 실은 저도 조사를 좀 해 봤어요. 그 부근에서 응급 환자가 발생했을 때 후송하는 지정 병원이 있어서 경차 운전자가 어디로 실려 갔는지 알아냈죠. 하지만 거기서부터 난항을 겪었어요. 구라타 씨가 휘말린 사고의 자초지종을 좀처럼 알아낼 수가 없더라고요. 신문을 뒤져 봐도 사고를 다룬 기사는 눈에 띄지 않았어요."

역대급 대지진이 발생한 직후다. 딱히 중상자도 없는 교통사고를 언론에서 다루었을 리 없다. 설사 사상자가 나왔더라도 다음 날 신문에 보도되지 않았을 것이다.

"병원 관계자에게 물어봐도 알려 주지 않더군요. 하는 수 없이 비장의 카드를 썼습니다."

테이블에 앉은 세 남자도 진중한 표정으로 호시야의 이야기에 귀를 기울이고 있었다. 겐다가 호시야에게 물었다.

"비장의 카드? 탐정이라도 고용했나?"

"맞아요. 그것밖에 방법이 없겠더라고요. 동일본 대지진이 발생한 직후 모 병원에 실려 온 여자에 대해 자세히 알아봐 달라고 의뢰했죠. 견적서를 받고 깜짝 놀랐어요. 탐정의 인건비는 장난이 아니더군요. 하지만 선생님 덕분에 살았어요. 이유도 묻지 않고 매달 월급에서 공제하겠다며 돈을 빌려주셨죠. 선생님, 그때는 참 감사했습니다."

호시야가 몸을 돌려 테이블 쪽에 고개를 숙이자 이쪽을 보고 앉아 있던 중년 남자가 살짝 웃음을 지으며 고개를 숙였다. 저 사람이 선생님인가. 호시야는 세무사 사무소에서 일한다고 했다. 저 사람이 그 사무소의 소장이리라.

"이게 조사 보고서입니다. 증거물 C예요."

호시야가 그렇게 말하며 가방에서 A4 용지 크기의 봉투를 꺼냈다. 마치 도라에몽의 사차원 주머니처럼 여러 가지 물건이 들어 있는 가방이다. 호시야가 봉투에서 서류를 꺼내자 "좀 줘 봐." 하고 겐다가 옆에서 낚아채 훑어보기 시작했다. 호시야는 서류의 내용을 다 외웠는지 보지도 않고 술술 읊었다.

"그날 사고에 휘말린 또 한 명의 여자는 당시 35세로, 오모리에 있는 노인 복지 시설의 사무원이었어요. 그날 그분은 은행 등지에 심부름을 다녀오는 길에 사고를 당한 모양입니다. 엉덩방아를 찧으면서 허리를 심하게 다쳐서 병원에 실려 갔다, 구라타 씨는 그리 말씀하셨지만 사실은 다른 부위가 아팠는지도 모르겠습니다."

구급차를 불러 달라고 한 건 그 여자였다. 유미가 휴대 전화로 119와 경찰에 신고하자마자 여자는 통증이 심한지 아스팔트에 드러누웠다. 트럭 운전자가 떠밀었을 때 엉덩방아를 찧어서 허리를 다친 줄 알았는데…….

"그분은 임신 중이었던 모양이에요. 조사 보고서에는 3개월이라고 적혀 있었어요. 실려 간 병원에서는 이상 없다고 판단돼 일단 퇴원했지만 그로부터 사흘 후에 상태가 급변해 다른 병원에서 진찰을 받았어요. 안타깝게도 아기는 구하지 못했습니다. 그분이 왜 유산했을까요? 아무튼 사흘 전에 당한 사고랑 노가미에게 밀쳐진 일과 인과 관계가 있는지는 증명할 수 없었다고 합니다."

유미는 놀라움을 감출 수 없었다. 그 여자와는 고작 몇 분 같이 있었던 게 전부다. 크게 다치지 않았다고 들었고, 유미도 그럴 거라고 철석같이 믿었다. 그런데 사고를 당하고 사흘 후에 유산했다니.

어쩌면 겐토는 알고 있었는지도 모른다. 보험사 직원과 밀접하게 연락해 정보를 얻었을 가능성도 있다. 유미에게 알려 주는 건 너무 잔혹한 짓이라고 판단한 걸까. 하지만 죄다 상상에 지나지 않는다.

"그분은 기혼자였어요. 남편은 그분보다 여섯 살 연하인 29세 남성이었습니다."

"이, 이봐, 그 여자 말인데…….' 보고서를 읽던 겐다가 고개를 들고 말했다. "사망했나?"

유미는 순간 겐다의 말을 이해하지 못했다. 왜? 왜 그 여자가······.

"네. 사고가 발생하고 반년 후에 목숨을 잃었죠. 자살이었습니다. 탐정의 조사에 따르면 유산하는 바람에 정신적으로 큰 충격을 받은 모양이에요. 그분의 시신을 발견한 건 남편이었습니다. 실은 그 남편분이 오늘 여기 와 계세요."

공기가 얼어붙었다. 여기 와 있다. 호시야는 분명 그렇게 말했다. 그때 그 여자의 남편이 여기 있다고?

"남편은 9년 전에 일어난 사고를 용서할 수 없었겠죠. 그 사고만 없었으면 지금쯤 아내와 행복하게 살고 있을지도 모르니까요. 사고 관계자 모두에게 원한을 품었다 해도 전혀 이상할 게 없습니다. 사고를 유발한 여고생, 앞에서 급브레이크를 밟은 여대생, 뒤에서 들이받은 트럭 운전자. 아내의 죽음에 인과성이 있는 세 사람을 용서할 수 없었겠죠. 덧붙여 돌아가신 그분의 이름은 미나미노 아이입니다."

호시야가 말을 끊더니 천천히 주위를 돌아보고 다시 입을 열었다.

"그렇죠, 난노 씨? 당신은 방청인이 아니라 피고인이 돼야 할 사람이에요."

난노 씨라고 불린 남자는 이쪽에 등을 돌리고 있어서 유미가 서 있는 카운터에서는 표정이 보이지 않았다. 이름은 미나미노 요이치. 분명 법률 사무원이라고 했다.

처음으로 반응을 보인 사람은 옆 테이블에 앉은 구마다였다. 나카노의 술집에서 일하는 남자다. 구마다가 일어서서 미나미노에게 말했다.

"아, 아니지, 난노 씨? 설마, 다, 당신이 히토밍을 죽인 거야?"

미나미노는 대답하지 않았다. 그러자 구마다가 발끈해서 미나미노의 멱살을 잡았다.

"야, 웃지 말고 뭐라고 말 좀 해 봐."

다와다라는 세무사가 두 사람 사이에 끼어들었다. 겐다도 일어나서 테이블로 다가가 구마다의 어깨를 잡고 억지로 의자에 앉혔다. 과연 형사답게 행동 하나하나가 믿음직스러웠다. 다와다가 구마다에게 말했다.

"구마, 진정해."

"진정이 되겠습니까, 선생님? 난노 씨가 히토밍을……."

구마다는 완전히 이성을 잃었다. 구마다를 달래는 다와다의 얼굴도 딱딱하게 굳었다. 유미는 드디어 미나미노의 얼굴을 볼 수 있었다. 그의 옆얼굴을 보고 유미는 숨을 삼켰다.

미나미노는 웃고 있었다. 부드러운 웃음이었다. 회색 정장에 가느다란 은테 안경. 일하다 살짝 빠져나온 건가.

오기쿠보 히토미를 살해한 사람은 노가미 노보루가 아니라 이 남자일까. 자신이 범인이라고 지목당한 상황인데 어째서 웃는 걸까. 왠지 모르게 <u>으스스</u>했다.

"홋시, 대단한걸." 미나미노가 입을 열었다. 남자의 목소리는 처음 듣는다. 카페에 들어온 뒤로 한마디도 하지 않았다. 차분한 목소리였다. "정말 깜짝 놀랐어. 심지어 경찰도 나한테까지 닿지 못했는데. 처음부터 날 의심한 거야?"

호시야가 대답했다.

"아니요. 그건 아니에요. 탐정의 보고서를 읽고 눈치챘어요. 난노 씨가 범인이라고 치면 여러모로 납득이 가는 부분이 있더군요. 이를테면 라이브 공연 같은 거요. 체포된 노가미는 다카야마라는 남자에게 티켓을 양도받아 주오선 방위대의 공연을 몇 번 보러 갔다고 진술했어요. 다카야마는 난노 씨의 가명이겠죠. 기억을 더듬어 봤는데, 난노 씨는 일이 바쁘다는 이유로 8월의 두 번째 공연과 9월에 있었던 히토밍의 추모 공연을 보러 오지 않았어요. 둘 다 노가미가 보러 왔다고 추정되는 공연이죠. 나카노 포레스트의 최대 수용 인원은 150명. 난노 씨는 혹시라도 노가미와 마주칠까 봐 공연장에는 오지 않고 공연 후의 감상전에 천연덕스럽게 합류한 거예요. 아닌가요?"

미나미노는 대답하지 않았다. 부정도 긍정도 하지 않고 그저 조용히 웃을 뿐이다.

진짜 이 남자가 범인일까. 만약 이 남자가 범인이라면 노가미는 범인이 아닌 셈이다. 애먼 사람을 체포했으니 중대 사안이 아닐 수 없다. 유미는 겐다의 안색을 살폈다. 현직 형사인 그 또한 갑작스러운 사태에 당황한 얼굴이었다.

"뭐라고 말 좀 해 봐!"

구마다가 다시 덤벼들려고 했다. 가까이에 있던 겐다가 그의 어깨를 꽉 눌렀다. 미나미노는 태연하게 말했다.

"그 밖에 뭐 또 없어, 훗시? 내가 범인이라는 증거 말이야."

"증거하고는 좀 다르지만, 사건 후부터 난노 씨는 일이 바쁘다는 이유로 주오선 방위대 공연을 보러 오지 않았죠. 올해는 코로나19 때문에 어쩔 수 없었지만."

아까 세 사람이 카페에 들어왔을 때 호시야는 미나미노에게 "오랜만이네요."라고 인사했다. 즉, 요즘은 별로 만나지 않았다는 뜻이다. 목적을 달성했으니 미나미노는 그들과 교류를 이어 갈 하등의 이유가 없다. 그러니 서서히 발을 빼고 있었는지도 모른다.

"또 난노 씨의 직업 말이에요." 호시야가 말을 이었다. "난노 씨는 변호사 사무소에서 법률 사무원으로 일해요. 그런 일을 하니까 9년 전에 발생한 사고에 대해서도 정보를 모으기 쉽지 않았을까 싶은데요. 결국 노가미와 구라타 씨의 이름을 알아냈겠죠. 이름만 알아내면 나머지는 어떻게든 되는 법이에요. 저처럼 탐정에게 의뢰해도 되고, 지금은 SNS도 있고. 구라타 씨, SNS를 하시나요?"

"아, 저요?"

갑작스러운 질문에 유미는 말문이 막혔다. SNS는 그다지 열심히 하지 않는다. 공무원이라는 직업상 사생활을 올리기 꺼려졌기 때문이다. 공무원을 그만둔 지금도 마찬가지다. 다만 몇 년 전 고등학교 동창생의 제안으로 가입만 해 두었다.

"페이스북이요. 글은 전혀 올리지 않지만."

유미의 말에 호시야가 고개를 끄덕였다.

"실은 저도 구라타 씨의 페이스북에 들어가 봤어요. 무사시다이라 시청 근무라고 적혀 있더군요. 그 정도면 난노 씨에게는 충분한 정보예요. 하지만 정체를 알 수 없는 사건 관계자가 한 명 더 있었죠. 자전거를 타고 튀어나와 사고를 유발한 인물. 난노 씨는 그 인물의 정체를 꼭 알고 싶었을 거예요."

그날 유미는 분명 현장에서 자전거를 타고 멀어지는 여자의 모습을 목격했다. 경찰에도 그렇게 진술했지만 여자의 신원은 밝혀지지 않았을 것이다. 혹시 라디오? 오기쿠보 히토미가 깜빡 말실수를 했다는 그 라디오 방송, 아까 유미가 들었던 당시의 음성 말이다.

"아마 범인도 저와 똑같지 않았을까 싶어요. 그 라디오 방송을 듣고 히토밍이 사고를 일으킨 장본인이라고 추측한 거죠. 그렇게 생각하면 앞뒤가 맞아요. 2015년 3월에 히토밍이 방송에 출연했고요. 그로부터 얼마 지나지 않아 난노 씨가 주오선 방위대의 라이브 공연을 보러 오게 되면서 저희

와 안면을 텄죠."

미나미노는 라디오 방송을 통해 오기쿠보 히토미와 주오
선 방위대라는 아이돌의 존재를 알고 공연을 보러 다니기
시작했다는 건가. 오기쿠보 히토미에게 접근할 목적으로.

"맞아, 홋시." 드디어 미나미노가 입을 열었다. "사고 현장
에서 여자가 도망쳤다는 건 나도 알고 있었어. 그 여자가 갑
자기 튀어나오지 않았다면 사고는 일어나지 않았겠지. 하지
만 정체를 알 수가 있어야지 말이야. 합의가 성립돼서 경찰
도 조사를 그만뒀거든."

이쯤 되면 자신의 죄를 인정한 것이나 마찬가지다. 겉으
로는 차분하게 이야기하지만 이대로 괜찮을지 유미는 몹시
불안해졌다. 이 남자는 살인범이다.

겐다를 힐끗 보았다. 겐다는 미나미노 바로 옆에 있다. 미
나미노가 어떤 행동에 나서도 대응할 수 있게끔 단단히 준
비하고 있는 것처럼 보이기도 했다.

"나는 내내 그 여자를 찾았어. 아까 홋시가 쉴 새 없이, 부
지런하게 사건을 조사했다고 했잖아. 나도 그렇게 그 여자
를 찾아다녔지. 9년 전 그날, 도로로 튀어나와 사고를 유발
하고 달아난 뻔뻔하고 무책임한 여자를 말이야. 그 여자야
말로 악의 근원이야. 유인물을 만들어 사람들에게 나누어
주며 다닌 것도 한두 번이 아니었고, 주민회의 허가를 받아
간판을 설치한 적도 있어. 몇 번이나 포기하려 했지. 자전거

를 탄 여자는 포기하고, 노가미와 구라타 유미에게만 복수하고 끝내자고 마음먹은 적도 있었어."

미나미노는 그렇게 말하고 웃었다. 그의 자학적인 미소에서 일종의 광기가 느껴졌다.

"그날은 조사할 게 있어서 국회 도서관에 갔다가 택시를 타고 사무소에 돌아왔지. 기사님이 라디오를 틀어 놨는데 남자 DJ가 게스트와 대화를 나누더군. 그러다 갑자기 사고가 있었던 날에 대한 화제가 나오고 여자 게스트가 이야기를 늘어놨지. 귀신 공원이라는 말을 듣고 충격으로 기절할 뻔했어. 아니, 호들갑을 떠는 게 아니야. 정말로 그 정도로 놀랐거든. 드디어 찾았구나, 기적이란 게 있긴 있구나 싶었지."

이후로는 간단했다. 당일의 라디오 편성표로 출연자를 알아내고, 주오선 방위대의 오기쿠보 히토미를 마지막 한 사람으로 점찍었다. 다만 주오선 방위대는 지하 아이돌이라 인터넷 등으로 정보를 모으는 데 한계가 있어 팬으로 위장해 공연을 보러 가는 것밖에 오기쿠보 히토미에게 접근할 방법이 없었다.

"이 자식이, 잘도……."

구마다가 앓는 듯한 소리를 내며 미나미노를 노려보았다. 언제 덤벼들어도 이상하지 않을 분위기였다. 다와다가 구마다의 어깨에 손을 얹고 애써 달랬다.

겐다가 품에 손을 넣어 스마트폰을 꺼냈다. 약간 긴장한 얼굴로 화면을 터치하고는 귀에다 댔다. 그리고 작게 두어 마디 했다.

지원을 요청했는지도 모른다. 겐다가 전화를 끊고 미나미노에게 말했다.

"확인하겠다. 당신은 무사시다이라 시청에 전화를 걸어 구라타 유미 씨에게서 개인 정보를 빼내려 했고, 오기쿠보 히토미를 살해한 후에 그 죄를 노가미 노보루에게 뒤집어씌웠다. 틀림없나?"

미나미노는 아무렇지도 않은 얼굴로 고개를 끄덕였다.

"네, 형사님. 맞습니다. 전부 제가 그랬습니다."

1층 정면에는 시민과, 그 옆에는 국민 건강 보험과가 있다. 각 과 앞에는 방문객을 상대하는 창구가 있고, 창구 앞에 병원 대기실같이 소파가 여러 개 죽 놓여 있다. 미나미노 요이치는 그중 하나에 앉아 있었다.

여기는 무사시다이라 시청 청사다. 미나미노는 왼쪽에 있는 통로에 시선을 주었다. 시선 끝에 수납과라는 부서가 있다. 직원이 스무 명쯤 되는 부서이지만 점심시간이라 자리에 있는 직원이 별로 없었다. 1층에 위치한 과는 대부분 점심시간에도 창구 업무를 보는데 수납과도 마찬가지다. 지금도 창구에서 한 남자가 지갑에서 돈을 꺼내는 모습이 보였다. 세금을 내는 건가.

수납과는 수납계와 수납 총무계로 구성되며, 구라타 유미라는 여자는 수납 총무계 소속임을 미나미노는 알고 있었다. 구라타 유미는 지금 자리에 없다. 아까 일어서서 통로를 걸어가는 모습을 보았다. 화장실에라도 갔나 보다.

지난주에 미나미노는 매일 시청에 와서 수납 총무계의 점심시간 풍경을 슬그머니 관찰했다. 그 결과 점심시간 업무 당번은 남자 A, 남자 B, 여자 A, 구라타 유미 순으로 돌아간다는 걸 알아냈다. 오늘 점심시간 업무 당번은 미나미노의 예상대로 네 명 중에 제일 나이가 많은 남자 A였다. 남자 A는 지금 뭐라뭐라 통화 중이다. 쿨비즈(여름철에 넥타이를 매지 않거나 반소매 셔츠를 입는 등 가벼운 옷차림으로 근무하는 것을 가리킨다 - 옮긴이)를 실시 중인 듯 대부분의 직원이 폴로셔츠 같은 가벼운 옷차림이었다.

들고 있던 휴대 전화가 떨렸다. 확인하자 '도착했어.'라는 짤막한 문자 메시지가 왔다. 돌아보니 정면 입구 자동문 앞에 안경을 쓴 여자가 서 있었다. 미나미노가 손을 살짝 흔들자 여자가 알아보고 이쪽으로 걸어왔다. 오기쿠보 히토미다. 커다란 검은색 백팩을 멨다. 뿔테 안경은 변장용인 모양이다.

"늦어서 미안해, 난노 씨."

"괜찮아. 서류는?"

"가져왔어."

히토미가 등에 멘 백팩을 소파에 내려놓았다. 히토미는 이 백팩을 늘 가지고 다닌다. 화장 도구, 수건, 갈아입을 속옷 등이 들어 있는 모양이다. 히토미는 열심히 백팩을 뒤졌다.

히토미는 현재 스물두 살이고 11월에 생일을 맞으면 스물세 살이 된다. 지하 아이돌이지만 이렇게 보고 있으면 도저히 아이돌로 느껴지지 않았다. 평소에 수수한 복장을 즐기는 경향도 히토미에게서 아이돌다움을 빼앗는 데 한몫했다. 오늘도 무릎까지 내려오는 검은색 치마에 애니메이션 캐릭터가 들어간 티셔츠를 입었다. 열성 팬들은 무대 위의 오기쿠보 히토미를 흡사 여신처럼 숭배하지만 지금 히토미에게 여신 같은 분위기는 손톱만큼도 없다.

"찾았다. 이거면 되지?"

히토미가 내민 봉투를 받아서 확인하자 전출 증명서가 들어 있었다. 나카노구에서 발행한 것이다. 히토미는 지난주까지 히가시나카노의 연립 주택에 살았지만, 지난 주말에 이사를 마치고 지금은 무사시다이라시로 집을 옮겼다.

"응. 맞아. 2번 창구에 가면 접수해 줄 거야. 난 여기서 기다릴게."

"알았어. 다녀올게."

히토미는 그렇게 말하고 2번 창구로 갔다. 창구가 비어 있어 기다리지 않고 바로 창구 앞 의자에 앉았다. 히토미는 직원의 지시에 따라 서류를 기입해 나갔다.

라디오 방송을 들은 건 2년 전 봄이다. 미나미노는 신중하게 행동했다. 조사를 마친 후 주오선 방위대의 팬인 척하는 게 낫겠다고 판단해 라이브 공연을 자주 보러 다녔다. 공연이 끝나고 체키를 찍을 때는 반드시 히토미 앞에 줄을 섰다. 그러다 오기쿠보 히토미를 열렬히 응원하는 히토미 최애파와 가까워졌고 공연 후의 회식에도 참석하게 되었다. 어느 틈엔가 팬들도, 그리고 다섯 멤버도 미나미노를 고정 팬 중 한 명으로 인식했다. 물론 체키를 찍을 때마다 히토미와 이야기를 나누는 것도 잊지 않았다.

올해 들어 미나미노는 드디어 계획을 실행에 옮겼다. 히토미의 집으로 온 우편물을 찢는 행패를 부리거나, 연애편지 같은 내용의 편지도 우편함에 넣어 놓았다. 공중전화로 히토미의 휴대 전화에 전화를 걸고 말없이 끊기도 했다.

한 달도 지나지 않아 변화가 나타났다. 히토미는 공연 중에도 피폐해진 표정을 감추지 못했고, 체키를 찍을 때도 팬을 의심하는 듯한 눈빛을 던졌다. 미나미노는 기회를 놓치지 않고 체키를 찍을 때 작전에 나섰다.

무슨 일 있어? 기운이 없네.

티 나요?

그럼. 내가 변호사 사무소에서 일하는 거 알지? 뭐든 상담해 줄게. 경찰 쪽 연줄도 있어.

정말요? 감사합니다.

미나미노는 휴대 전화 번호를 적은 종잇조각을 몰래 건넸다. 꼬리가 잡힐 일 없는 휴대 전화 번호였다. 그날 밤 바로 히토미가 전화로 스토킹 피해에 대해 상담했다. 자세한 이야기를 들려 달라며 히토미와 처음으로 단둘이 만난 것이 2월 말이다. 이야기를 잘 들어주는 척한 다음 잘 아는 경찰관에게 말해 보겠다며 히토미를 달래고 한동안 스토킹을 그만두었다. 히토미는 아주 기뻐했다.

얼마 후에 다시 스토킹을 시작하자 히토미가 또다시 상담을 요청해 왔다. 그렇게 몇 번 되풀이하는 동안 히토미는 점점 미나미노에게 마음을 허락했다. 다른 팬의 눈도 있으니 이걸로 대화하자면서 휴대 전화를 준 것이 4월이었다. 미나미노는 자신을 'S'로 저장해 달라고 히토미에게 부탁했다. 히토미에게는 남쪽(남쪽을 일본어로 하면 '미나미'다 – 옮긴이)을 의미하는 서던의 약자라고 했다.

히토미와 육체 관계를 가진 적은 없다. 딱 한 번 히토미가 유혹을 감행했지만 미나미노의 몸이 반응하지 않았다. 그래도 히토미의 마음을 완전히 차지했다는 자신감이 붙었다. 히토미는 미나미노의 말이라면 뭐든지 따른다. 머리색을 밝게 바꾸는 게 어떨까. 공연 중간중간에 말을 할 때 이런 이야기를 하는 게 좋지 않을까. 히토미는 미나미노가 조언한 그대로 행동했다.

그리고 지난달 말에 미나미노는 스토킹 수준을 한 단계

끌어올렸다. 툭하면 전화를 걸어 말없이 끊고, 히토미가 귀
가하기 직전을 노려 현관문에 풀칠을 해 놓았다. 그러고는
히토미가 돌아와 연립 주택으로 들어가는 모습을 지켜보았
다. 히토미는 곧바로 연립 주택에서 뛰쳐나왔고 어김없이
미나미노의 휴대 전화가 울렸다. 전화를 받자마자 히토미의
울음소리가 들린 건 말할 것도 없다.

이사를 가는 게 어때? 히토미는 미나미노의 제안을 즉시
받아들였다. 이사 장소까지 모조리 미나미노에게 맡겼기에
미리 점찍어 둔 무사시다이라시의 연립 주택을 골랐다. 야
반도주 전문 업자에게 의뢰해 지난 주말에 이사도 말끔히
끝냈다. 계획은 차질 없이 착착 진행되고 있었다.

"많이 기다렸지, 난노 씨."

히토미가 다가와서 미나미노의 옆에 앉았다. 사전에 몇
번이나 와서 조사를 했으므로 감시 카메라가 어디 있는지도
안다. 청사 출입구에 설치된 카메라만 조심하면 된다. 추측
건대 청내에 감시 카메라가 그리 많지 않은 건 사생활 침해
라는 민원이 들어올 우려가 있어서가 아닐까 싶었다.

"다 끝난 거야?"

"국민 건강 보험 남았어. 번호 불러 준대."

히토미는 번호표를 쥐고 있었다. 히토미는 회사원이 아니
고 일종의 개인 사업자라 할 수 있으므로 국민 건강 보험에
가입하는 것이리라.

"새집은 어때? 좀 안심돼?"

"응. 뭐……. 모르겠어. 좀 무서워."

반년에 걸쳐 간헐적으로 스토킹을 당한 히토미는 완전히 인간 불신에 빠지고 말았다. 라이브 공연 후 체키를 찍을 때도 웃는 얼굴로 팬을 대하지만 속으로는 혹시 이 남자가 스토커 아닐까, 하고 일일이 의심한다. 그야말로 의심으로 똘똘 뭉쳐진 것이다.

한 여자가 통로를 걸어갔다. 회색빛이 도는 스커트에 연분홍색 셔츠 차림이다. 여자는 수납과로 들어갔다. 여자의 이름은 구라타 유미. 그날 급브레이크를 밟아 추돌 사고를 일으킨 여자다.

한편 미나미노의 옆에는 오기쿠보 히토미, 본명 바바 히토미가 있다. 히토미는 그날 귀신 공원에서 차도로 뛰어나온 여고생이다. 구라타 유미와 바바 히토미. 이렇게나 가까이 있는데 둘 다 아무것도 모른다. 참으로 기적적인 일인데도.

미나미노는 이 기적의 연출자가 바로 자기 자신이라는 게 아주 만족스러웠다.

오본(추석과 비슷한 일본의 가장 큰 명절 - 옮긴이) 연휴 중이라 그런지 윈즈 신주쿠는 평소보다 사람이 적었다. 늘 있는 곳에 있으려나. 2층과 3층을 연결하는 계단을 올라가자 노가미 노보루가 평소와 같은 곳에 앉아 빨간 볼펜을 한 손에 들고 경마 신문을 들여다보고 있었다.

"안녕하세요."

미나미노가 인사하며 노가미 옆에 앉자 노가미가 고개를 들고 말했다.

"오, 다카야마, 지금 왔어?"

"네. 노가미 씨, 좀 따셨어요?"

"삿포로의 두 번째 경주에서 땄어. 나중에 소고기덮밥 쏠 게."

"감사합니다."

노가미에 대해서는 훨씬 전부터 파악하고 있었다. 그가 다카다노바바에 있는 청소 회사에 다니고, 회사 근처 연립 주택에 산다는 사실도 안다. 1년 반 전에 도쿄 경마장에서 노가미에게 접촉했다. 우연을 가장해 노가미의 옆자리에 앉아 일부러 그의 무릎에 맥주를 쏟았다. 사과의 의미로 맥주와 닭튀김을 사 주면서 자연스럽게 대화의 물꼬를 텄다. 연락처는 교환하지 않았지만 그의 행동 패턴은 대충 안다. 지금은 지방 여름 경마 시즌이므로 윈즈 신주쿠의 늘 앉는 자리에 있으리라 생각하고 와 보았더니 진짜로 있었다. 정말 한가한 인간이다.

"이거 까먹기 전에 드릴게요." 미나미노는 품에서 봉투를 꺼내 노가미에게 주었다. "이번 수요일에 열리는 공연 티켓이에요. 일 때문에 또 못 가게 돼서……. 괜찮으시면 노가미 씨가 보러 가세요."

"맨날 받기만 해서 미안한데."

주오선 방위대의 정기 라이브 공연 티켓이다. 하지만 미나미노가 가지고 있는 연간 티켓이 아니라 일반 판매로 구입한 티켓이다. 노가미에게 연간 티켓을 주는 건 위험성이 크므로 일부러 구입했다.

"노가미 씨, 히토밍을 좋아한다고 하셨던가요?"

노가미에게 공연 티켓을 주는 건 이번이 세 번째다. 그는 지난번과 지지난번에 히토미와 체키를 찍었다며 신나게 떠들어 댔다. 노가미는 종이컵에 담긴 커피를 마시며 말했다.

"뭐, 그렇지. 만약에 사귄다면 개야."

너 같은 놈이 스물두 살 먹은 여자랑 어떻게 사귀어? 이렇게 생각했지만 미나미노는 웃음을 지으며 장단을 맞추었다.

"히토밍은 예쁘니까요."

"맞아. 다카야마 생각에도 그렇지?"

하지만 안타깝게도 노가미가 좋아하는 히토미는 다음번 공연에 불참할 가능성이 높아졌다. 반년에 걸친 스토킹 때문에 정신이 완전히 병들어 버렸기 때문이다. 히토미가 무사시다이라시의 연립 주택으로 이사하고 2주가 넘도록 미나미노는 스토킹 행위를 하지 않았지만 히토미는 여전히 스토킹 피해를 호소한다. 길을 걸어가는데 시선이 느껴진다는 둥, 우편함을 뒤지는 것 같다는 둥 환각 비슷한 증상을 보인다.

어젯밤에도 상담을 요청하기에 미나미노가 아는 경찰관에게 부탁해 순찰을 강화하겠다고 대충 둘러댔다. 그러자 그럼 본인도 가겠다며 생떼를 썼다. 잠도 거의 못 자는지 사장 겸 매니저인 기무라라는 남자에게도 상담을 한 모양이다. 기무라도 히토미에게 이변이 발생해 골치가 아픈 듯 잠시 히토미에게 휴식을 줄 생각인 것 같았다.

"다카야마, 니가타의 다섯 번째 경주는 어떨 것 같아?"

"5번 말이 재미있겠네요. 혈통도 좋고. 지난번 경주에서는 분명 기수의 실수도 있었으니까요."

"흠, 5번 말이라. 나쁘지 않군."

노가미가 그렇게 대꾸하며 빨간 펜으로 신문에 뭔가 적어넣었다. 미나미노는 노가미의 생활 리듬과 휴일 일과에 대해 노가미 본인 다음으로 잘 안다고 자부한다. 실은 노가미네 집의 여벌 열쇠도 이미 가지고 있다.

그의 집 열쇠 사본을 뜨는 건 이번 계획에서 필수 사항이었다. 노가미에게 죄를 뒤집어씌우려면 그의 집에서 증거가 발견되어야 하고, 그러려면 집 열쇠가 필요하다.

작년 가을에 그의 집을 몇 번 감시했다. 렌터카를 빌려 그의 집 근처에 세우고 동향을 관찰한 것이다. 덕분에 놀랄 만한 행동 패턴을 발견했다. 노가미는 걸어서 5분 거리에 있는 편의점에 갈 때 문을 잠그지 않는다.

이 기회를 놓칠 수 없다. 몇 번 정탐한 끝에 노가미가 문을 잠그지 않고 밖에 나갔을 때를 노려 집에 침입했다. 그가 돌아오기까지 15분쯤 여유가 있다. 다행히도 들어가자마자 눈에 들어온 선반에 집 열쇠며 스쿠터 열쇠 등이 아무렇게나 놓여 있었다. 준비해 간 점토로 집 열쇠의 본을 떴다.

지저분하게 어질러진 집이었다. 옷 상자를 통째로 처박아 놓은 벽장을 보고 증거품을 벽장 안에 숨겨야겠다고 생각했다. 집을 나서서 여분의 열쇠를 만들기 위해 전문 업자에게 열쇠 본을 맡겼다. 원래는 열쇠가 있어야 만들어 주는 모양이지만 비용을 두 배로 주자 거절하지 않았다. 일주일 만에 미나미노의 손에 여벌 열쇠가 들어왔다. 짧은 시간에 완성된 만큼 그리 튼튼하지는 않겠지만 여러 번 사용할 것이 아니므로 전혀 문제되지 않았다.

"마권 좀 사 올게."

노가미가 일어서서 자동 마권 판매기로 걸어갔다. 세상이 발전해서 마권 정도는 가뿐히 인터넷 구입이 가능함에도 굳이 판매장에서 마권을 사려는 심리를 이해할 수 없었다. 오늘의 목적은 노가미에게 공연 티켓을 주는 것이다. 이제 볼일은 끝났으니 노가미가 돌아오면 적당히 핑계를 대고 자리를 뜨기로 했다.

그 사고가 있었던 날, 즉 동일본 대지진이 발생한 날, 미나미노는 시나가와에 있는 변호사 사무소에서 회의 중이었다. 15층짜리 건물이 마구 흔들려 캐비닛에 넣어 둔 파일이 바닥에 떨어질 정도였다. 진동이 멈추자 회의를 재개했지만 마음이 어수선해서 회의에 집중하지 못했던 것을 미나미노는 지금도 기억한다.

오후 4시가 지났을 때 미나미노의 스마트폰이 울렸다. 처음 보는 번호가 뜨기에 머뭇머뭇 전화를 받았다. 오모리에 있는 종합 병원 직원이었다. 병원 이름을 들었을 때부터 불길한 예감이 가실 줄 몰랐다.

아내인 아이가 교통사고를 당해 병원에 실려 갔다는 소식을 들은 순간 머릿속이 새하얘졌다. 미나미노는 당장 상사에게 사정을 이야기하고 병원으로 향했다. 아무래도 전철이 운행되지 않는 것 같아 건물 앞에서 택시를 잡으려 했지만 그 흔한 택시가 하나도 보이지 않았다. 5분 넘게 기다린 끝에야 겨우 지나가던 택시를 잡아탔다.

길도 엄청나게 밀렸다. 제발 별일 없길. 제발 별일 없길. 제발 별일 없길. 미나미노는 택시 안에서 빌고 또 빌었다.

30분 만에야 병원에 도착했다. 미나미노는 택시에서 뛰어내려 병원으로 들어갔다. 거기서부터는 기억이 조금 애매하다. 어느덧 의사의 설명을 듣고 있었다. 의사는 다음과 같이 말했다.

환자는 허리 언저리에 가벼운 타박상을 입었지만 뼈에는

이상이 없다.

지금은 괜찮은 것 같아도 내일 이후로 목 부분에 통증, 소위 편타 손상 증상이 나타날 가능성이 있다.

현재 시점에서 배 속의 아기에게는 문제가 없다.

크게는 그 세 가지였다. 임신 3개월인 아이가 정기 검진 때 산모와 아기 둘 다 건강하다는 진단을 받은 지 얼마 되지도 않았다. 아무튼 무사해서 다행이었다. 미나미노는 가슴을 쓸어내렸다.

입원할 필요도 없다고 하기에 아이를 데리고 집으로 돌아왔다. 아이가 운전한 차는 수리를 할 수 없을 만큼 망가져서 보험사를 통해 폐차 절차를 밟았다. 아이는 앞뒤에 끼인 형태로 추돌 사고를 당했다고 한다. 그중에서도 뒤를 들이받은 트럭에 탄 남자가 아주 돼먹지 못해서 아이가 경찰에 신고하려는 걸 방해하다가 끝내는 도주했다고 한다. 그딴 인간과 얽혀 보았자 좋을 거 없을 테니 미나미노는 사고와 관련된 교섭을 보험사에 일임하기로 했다.

사고를 겪고 사흘 후에 이변이 생겼다. 직장으로 전화가 왔다. 아이가 다니는 산부인과였다. 중요한 이야기가 있다기에 미나미노는 택시를 타고 병원으로 향했다. 사흘 전과 마찬가지로, 아니 그 이상으로 불길한 예감이 들었다.

예감은 적중했다. 아이가 결국 유산을 하고 말았다. 업무 중에 쓰러져서 동료의 도움을 받아 산부인과에 갔지만 그땐 이미 늦었다고 한다.

사흘 전 사고가 머릿속을 스쳤다. 그 사고가 원인이 아닐까. 남자가 아이를 밀쳐서 넘어졌다고 들었다. 그때 받은 충격으로 유산한 건 아닐까. 그렇다면 이건 상해 치사다. 미나미노는 그렇게 호소했지만 아이를 담당한 산부인과 의사는 사흘 전 사고와의 관련성은 확실치 않다는 견해를 내놓을 뿐이었다. 그럴 가능성도 있지만, 그렇다고 단정할 근거도 없다. 의사는 애매하게 에둘러 말했다. 종합 병원 의사가 내린 진단에 이의를 제기할 수 없어서 이러는 게 아닌가 의심될 만큼 시원찮은 말투였다.

미나미노는 암담한 기분으로 아이가 있는 병실에 들어갔다. 아이는 울고 있었다. 미나미노의 얼굴을 보자 아이는 "미안해." 하며 사과부터 했다. 당신이 사과할 필요 없다, 사고를 낸 인간들이 사과해야 마땅하다, 하는 취지의 말들을 해 주었지만 아이는 눈물을 흘리며 거듭 사과했다.

아이와 처음 만난 건 8년 전 미나미노가 대학생이던 시절이었다. 당시 미나미노는 학회 활동의 일환으로 오모리에 있는 노인 복지 시설에 봉사 활동을 하러 갔다. 그 시설에서 사무원으로 일하던 사람이 아이였다. 몇 번 대화를 나누다 보니 자연스럽게 가까워졌고 미나미노는 용기를 내 아이에게 작업을 걸었다. 아이는 자기가 연상이라는 이유로 처음에는 거절했다. 그러다 두 번째 시도 때 미나미노는 그토록 염원하던 첫 데이트에 성공했다. 시나가와의 수족관에서 첫 데이트를 한 날에 바로 사귀기로 했고 사귄 지 3년째 되던 해에 결혼했다. 미나미노가 스물넷, 아이가 서른이었다.

결혼한 지 어느덧 5년이 지났다. 내내 아기를 가지고 싶었지만 좀처럼 아기가 들어설 징조가 없어서 불안했다. 아이가 서른다섯 살이 되면서 불임 치료도 생각해 보아야 하나 싶었을 때 임신에 성공해 기쁨도 배가되었다. 그만큼 아기를 잃은 충격은 이루 말할 수 없이 컸다.

아이는 하루만 입원하고 이튿날 퇴원했다. 전국이 지진으로 난리였다. 텔레비전에서는 해일과 원자력 발전소 영상이 되풀이해 흘러나왔다.

유산에다 훗날 동일본 대지진이라고 이름 붙여진 재해에 관련된 충격적인 뉴스까지, 아이는 다른 사람이 된 것마냥 침울해졌다. 갈 곳 없는 분노가 솟구쳤다. 미나미노는 사고를 일으킨 자들에게 분노를 돌렸다. 보험사를 통해 사고의 상세한 내용을 알아보았다. 알아볼수록 상해 치사 사건이라는 생각이 굳어졌다. 피해자는 아이와 배 속에 있던 아기이고, 가해자는 사고 현장에 있었던 세 남녀, 즉 앞차에 타고 있던 여대생, 뒤에서 들이받은 트럭 운전사, 그리고 자전거를 타고 뛰어나와 사고를 유발한 것으로 추정되는 여자다. 이 셋 때문에 아이가 다쳤고 우리 아기가 죽었다.

뭐라도 할 수 없을까. 사고를 일으킨 자들에게 소송을 제기할까도 싶었지만 아무래도 증거가 부족했다. 경찰이 그다 지 철저하게 수사하지 않은 게 한몫했다. 합의가 워낙 척척 진행되어 사고 원인이 유야무야된 것이다.

언젠가 원래대로 돌아가리라. 그때까지는 사고에 대해서 언급하지 않는 편이 좋다. 미나미노는 자기 자신을 그렇게 타이르고, 아이 앞에서 일부러 아무 일도 없었던 것처럼 행 동했다.

사고가 난 지 한 달쯤 지났을 무렵 아이가 회복될 징조를 보였다. 세상은 여전히 동일본 대지진 관련 뉴스로 넘쳐 났 지만 미나미노의 집에서는 일부러 뉴스를 피하고 개그 프로 그램이나 코미디 영화 DVD만 보았다. 아이의 기분이 조금 이라도 풀리길 바라는 배려였다. 미나미노의 정성이 통했는 지 아이의 얼굴에 조금씩 웃음이 돌아왔다.

겨우 긴 터널을 빠져나왔구나 싶어 미나미노는 안도했다. 다시 아기를 가질 일이 걱정이었지만 요즘은 30대 후반에 출산하는 사람도 많으니 시간이 해결해 줄 것이라 믿었다.

그런데 사고가 난 지 반년 후 야근을 마치고 밤에 집으로 돌아온 미나미노는 침실에서 아이의 시체를 발견했다. 아 이가 목을 매 자살한 것이다. 테이블 위에 놓여 있던 유서에 는 '아기를 죽게 해서 미안하다'라는 내용이 적혀 있었다.

미나미노는 소리 높여 울었다. 그렇게 많이 운 적은 태어 나서 처음이었다. 아이의 슬픔이 얼마나 컸는지 알아차리지 못했다는 것이 속상하고 한심했다. 개그 프로그램을 보며 웃던 아이의 표정 속에 자신이 미처 보지 못한 깊은 슬픔이 숨어 있었다. 한심하게 굴었던 자신을 자책하는 것과 동시에, 속 깊은 데서 분노가 끓어올랐다.

미나미노는 눈물을 흘리며 맹세했다. 반드시 복수하겠다고. 이 비극의 원인은 3월 11일에 일어난 추돌 사고다. 노가미라는 생수 배달 기사, 구라타라는 여대생. 그리고 어딘가에 있을 사고를 유발한 여자. 이 세 명에게 반드시 벌을 주어야 한다. 반드시.

＊

"안녕하세요."

오기쿠보 히토미가 인사를 하며 대기실에 들어왔을 때 나카노 미오는 화장 중이었다. 지하 아이돌에게는 전문 메이크업 아티스트가 없다. 화장도 머리도 전부 알아서 해야 한다.

"히토미 언니, 괜찮아요?"

옆에서 화장을 하던 미타카 고토네가 히토미에게 물었다. 히토미는 메고 있던 커다란 검정 백팩을 내려놓으며 말했다.

"응. 괜찮아. 걱정시켜서 미안."

말과는 달리 히토미는 전혀 괜찮아 보이지 않았다. 눈밑에 진하게 다크서클이 생겼고 볼이 홀쭉했다. 아까 기무라에게 듣기로는, 히토미의 컨디션이 좋지 않아 오늘 무대에 서지 않을 가능성이 있다고 했다. 이렇게 온 걸 보니 본인은 공연할 마음이 있는 것이리라.

"고토네, 염색했네."

"네. 좀 밝게 바꿔 봤어요."

"예쁘다. 잘 어울려."

히토미가 그렇게 말하며 빈 의자에 앉아 백팩에서 화장품 파우치를 꺼냈다. 나머지 두 멤버인 고엔지 유이와 아사가야 나오는 조금 떨어진 자리에서 스마트폰을 만지작거리고 있었다. 둘은 화장을 먼저 다했다.

나카노 포레스트는 주로 록 밴드가 이용하는 라이브 하우스라 대기실도 그런 유의 분위기가 풍긴다. 담배 냄새에 절어 있고, 어느 옛날에 벽에 붙여 놓은 포스터를 여태 떼지 않고 두었다. 아이돌 그룹의 대기실과는 너무나 동떨어진 분위기이지만 미오에게는 익숙한 곳이었다. 통산 100회 이상 이곳에서 라이브 공연을 했으니 말이다.

현재 주오선 방위대는 매니저 기무라가 당초에 목표로 했던 위치를 확보했다. 굳이 대중적인 노선을 지향하려 들지 않고 지하 아이돌로서 오래 살아남는다는 계획이다. 라이브 공연이 늘 호황은 아니나 그렇다고 적자가 나는 것도 아니다. 설령 불상사로 멤버가 빠지더라도 이름을 이어받는 형태로 새 멤버를 보충하면 된다. 덕분에 6년이란 시간 동안

명맥을 이어 올 수 있었다.

"수고들 많다." 기무라가 대기실에 들어오며 말했다. 기무라가 히토미에게 물었다.

"히토미, 괜찮니?"

"괜찮아요."

"무리할 것 없어. 한 번쯤은 쉬어도 돼. 안색도 별로네."

"화장하면 괜찮아요."

히토미는 이미 화장을 하고 있었다. 메이크업 베이스를 손가락에 덜어서 얼굴 전체에 펴 발랐다. 기무라는 난감하다는 듯 과장되게 어깨를 으쓱했다. 거울을 통해 기무라와 눈이 마주쳤다. 그와는 오래 알고 지낸 사이다. 그가 무슨 말을 하려는지 충분히 이해했다.

"15분 후에 리허설이야. 잘 부탁한다."

"네."

멤버들이 한목소리로 대답했다. 미오는 화장 상태를 확인한 후 스마트폰을 들고 대기실에서 나갔다. 그러고는 복도 저편에서 기다리는 기무라에게 걸어갔다.

"미오, 히토미 정말로 괜찮은 거야?"

기무라가 대뜸 묻기에 미오가 대답했다.

"글쎄요, 본인이 괜찮다니까 괜찮겠죠."

"하지만 저 상태로는 좀 걱정되는데. 얼굴이 너무 많이 상했어."

히토미의 상태가 눈에 띄게 이상해진 건 지난달부터다. 그전에도 가끔 마음을 딴 데 둔 것같이 굴 때가 있긴 했지만 지난달부터 확연하게 더 이상해졌다. 대기실에서 혼자 생각에 잠긴 것처럼 벽을 뚫어지게 바라보는가 싶다가도 갑자기 다른 멤버와 장난을 치며 웃었다.

"미오, 히토미를 설득할 수 없겠니?"

"저라고 별수 있겠어요?"

주오선 방위대는 올해로 데뷔 6년 차다. 올해 10월에는 6주년 기념 공연도 있다. 히토미와 사이좋게 이야기를 나누었던 건 처음 한동안뿐이었다. 같은 고등학교에 다니는데 방과 후에도 같은 아이돌 그룹에서 활동한다? 둘 사이가 너무 가까웠다고 미오는 생각한다.

히토미도 같은 마음이었는지 사적으로 점차 거리를 두기 시작했다. 하지만 신기하게도 공연 중간중간에 하는 대화 시간이나 일을 할 때는 옛날로 돌아간 것처럼 즐겁게 이야기할 수 있었다. 사이가 안 좋은 개그 콤비가 있다는데, 바로 이런 거구나 싶기도 했다.

지난 6년간 멤버가 몇 번 교체되고 현재 다섯 멤버 중 결성 당시부터 있었던 멤버, 이른바 근속 멤버는 미오와 히토미뿐이다. 고엔지 유이와 아사가야 나오는 3년 차고, 나이가 제일 어린 고등학생 미타카 고토네는 작년 말에 들어왔다. 미오는 6년간 센터 자리를 지켜 왔지만 댄스와 노래 실력은 히토미가 더 뛰어나다. 이건 팬들도 잘 알고 있는 사실이다. 한편 공연 중간에 나누는 대화에서 이야깃거리를 찾아 분위기를 띄우는 건 미오의 역할이었다.

"스토커? 정말 미치고 환장할 노릇이군."

기무라가 한탄하듯 내뱉었다. 얼마 전에 히토미가 기무라에게 털어놓은 모양이다. 올해 들어서부터 스토킹을 당했고, 지난달에는 무서워서 이사까지 했단다. 기무라에게는 마른하늘에 날벼락 같은 소식이었다고 한다.

"누가 히토미를 스토킹하는 건지 어디 짚이는 구석은 없는 거야?"

"저도 잘 몰라요."

주오선 방위대는 원칙적으로 연애 금지를 표명하지만 별로 경각심이 없는 것이 현실이다. 이전 멤버 대부분이 팬과 교제를 하다 들통나서(또는 들통날 뻔해서) 그룹을 탈퇴했다. 미오는 과거에 팬과 사귄 적은 없지만 작년까지 인디 신에서 활약하는 펑크 밴드의 드러머와 사귀었다. 그러다 그가 이상한 약을 한다는 소문을 듣고 바로 헤어졌다. 히토미의 남자 관계에 대해서는 미오도 전혀 몰랐다.

"저 상태로는 힘들어. 화장으로도 못 가릴 거야."

"그렇겠죠. 팬들이 보면 단번에 알아차릴걸요."

"오늘은 좀 쉬라고 해야겠다. 가서 설득해 볼게."

"그럼 전 화장실 좀."

미오는 복도 끝에 있는 화장실로 들어갔다. 이 라이브 하우스의 화장실에는 아직도 쪼그려 앉는 형태의 변기가 설치되어 있다. 미오는 애초에 볼일을 볼 생각으로 화장실에 온게 아니었다. 칸에 들어가서 문을 닫고 스마트폰을 꺼냈다. 트위터에 들어가자 팬들에게 메시지가 여러 개 와 있었다. 대부분은 공연을 잘하라는 응원의 메시지다.

메신저를 열었다. 화면을 내리자 아래쪽에 히토미의 아이콘이 있었다. 공연 때 입은 의상 사진이었다.

대화를 확인했다. 놀랍게도 마지막으로 대화를 나눈 지 2년이 지났다. 벌써 2년이나 메신저를 하지 않았구나. 히토미가 보낸 '이거 좋아.'라는 메시지가 마지막이고 그 위에는 유튜브 링크가 달려 있었다. 분명 당시 히토미가 응원하던 밴드의 영상 링크를 보냈을 건데 해당 영상은 삭제되고 없었다.

✳

어반하이츠 나카마치. 히토미가 살고 있는 연립 주택이다. 미나미노는 밖에서 연립 주택을 관찰했다. 여기 드나드는 모습이 다른 사람의 눈에 띄면 안 된다. 미나미노는 인적이 없을 때를 노려 바깥 계단을 뛰어올랐다. 202호의 인터폰을 눌렀다. 간다고 미리 연락했으므로 문은 금방 열렸다.

히토미가 얼굴을 내밀었다.

"어서 와."

미나미노는 주변을 둘러본 후 현관으로 들어가서 히토미에게 말했다.

"이럼 안 돼. 나 말고 다른 남자였으면 큰일 날 뻔했잖아."

"아, 그렇지 참."

히토미는 병적으로 말랐다. 요 몇 주 동안 살이 쭉쭉 빠졌다. 지난주 정기 라이브 공연에도 불참했다고 한다. 본인은 공연을 할 생각으로 라이브 하우스에 갔지만 기무라가 쉬라고 설득했다는 모양이다. 그때 미나미노는 자기 대신 노가미를 공연장에 보냈다. 보아하니 히토미는 당분간 공연에 출연하기 어려울 듯했다.

"이거, 아이스크림."

들고 있던 하얀 비닐봉지를 히토미에게 건넸다. 봉지 속을 들여다본 히토미가 반색했다.

"하겐다즈잖아. 내가 엄청 좋아하는 건데. 그것도 이렇게나 많이. 난노 씨도 먹을래?"

"난 됐어."

"난 먹어야지. 아, 난노 씨, 들어와."

"응. 실례 좀 할게."

신발을 벗고 방으로 들어갔다. 다다미 여섯 장 크기의 원룸이다. 물건은 별로 없었다. 검소하다기보다 그냥 히토미 본인이 무관심해진 것 같았다. 지금 히토미의 가장 큰 관심사는 자신에게 들러붙는 누군가다. 그런 스토커는 존재하지 않지만 히토미가 그렇다고 굳게 믿고 있으니 어쩔 수 없다.

"아까 기무라 씨한테 연락이 왔어." 히토미가 아이스크림 뚜껑을 열고 편의점에서 받아 온 하얀 스푼으로 아이스크림을 뜨며 말했다. "내일 이케부쿠로에서 이벤트가 있는데 안 와도 된대. 푹 쉬면서 컨디션 회복하래. 난노 씨는 어떻게 생각해?"

말 그대로의 의미이리라. 현재 히토미의 외모로는 사람들 앞에 나서기 힘들다. 운영진의 판단은 전혀 이상할 게 없다. 미나미노가 말했다.

"그동안 너무 무리했어. 그래서 조금 쉬라는 걸 거야."

"그런가. 하지만 공연에 나가지 않으면 팬이 떨어져 나갈 텐데."

"히토밍이라면 괜찮아. 뿌리 깊은 팬 층이 있으니까."

그건 사실이다. 히토미를 최애로 삼는 열렬한 팬들이 있다. 실은 미나미노도 히토미 최애파이고, 지금은 탄생제 실행 위원이기까지 하다. 히토미에게 접근하려면 열성 팬인 척해야 유리하니까 열심히 연기를 하다 보니 이 지경까지 와 버렸다. 하지만 그 덕분에 이렇게 히토미와 단둘이 이야기할 수 있게 되기는 했다.

그러나 이런 상황도 오래가지는 않을 터다. 마무리 단계가 코앞이다. 미나미노는 히토미를 보았다.

아이스크림은 바닐라 맛인 모양이다. 죽은 아이도 아이스크림을 좋아했다. 그녀는 말차 맛을 즐겨 먹었다. 편의점에서 주는 주걱 같은 스푼을 싫어해서 반드시 은색 스푼으로 먹었다.

아이가 죽은 지 6년의 시간이 흘렀지만 그때의 억울함, 슬픔, 분노는 여전히 그대로였다. 이 감정들은 미나미노를 움직이는 원동력이었다. 아이의 원한을 갚겠다는 각오로 오늘까지 살아왔다.

이것도 곧 끝이다. 다음 주에라도 무사시다이라 시청에 전화를 걸어 구라타 유미와 통화하면 사전 준비는 완료된다. 미나미노가 조사한 결과, 다음 주 월요일과 금요일이 구라타 유미가 점심시간 업무 당번을 서는 날이다. 미나미노가 일하는 변호사 사무소는 회의나 의뢰인 면담이 점심때까지 밀리는 경우가 많으므로 가능하면 두 날 중 적어도 하루는 점심시간에 짬이 나면 좋겠다는 생각이었다.

"난노 씨, 정말 안 먹어?"

"응. 다 먹어도 돼."

히토미가 하얀 비닐봉지를 들고 일어나서 냉동실에 넣었다. 그러고는 다시 돌아와서 아이스크림을 마저 먹었다. 이제 히토미와 이렇게 마주 보고 이야기를 나눌 기회가 더 이상 없으리라 생각한 미나미노는 내내 품고 있던 의문을 히토미에게 던졌다.

"히토밍은 언제까지 아이돌로 활동할 거야?"

미나미노는 거짓으로 주오선 방위대를 응원한다. 그래서 아이돌을 응원하는 사람들의 마음을 잘 모를뿐더러 무대에서 얼마 안 되는 팬을 위해 춤을 추는 아이돌의 마음 역시 이해가 가지 않았다. 그녀들이 어떤 동기로 지하 아이돌 활동을 하는 건지 궁금했다.

"글쎄." 히토미가 스푼으로 아이스크림을 쿡쿡 찌르며 말했다. "처음에는 동아리 활동처럼 했어. 그때는 고등학생이기도 했으니까. 난 공부도 못하고, 그렇다고 취업을 준비하기도 귀찮고. 그래서 고등학교를 졸업한 후에도 아이돌을 계속했지."

히토미가 주오선 방위대에 들어간 건 고등학교 친구이기도 한 나카노 미오가 같이하자고 부탁했기 때문이다. 팬 사이에서는 유명한 이야기였다.

"하지만 최근에, 아니 꽤 예전부터 뭔가 숨이 막히는 기분이 들더라고."

"숨이 막혀? 마음 편히 있을 자리가 없다는 건가?"

"그런 게 아니라, 음, 수영장에서 누가 더 오래 잠수하는지 내기한 적 없어? 그거랑 똑같아. 누가 더 오래 버티나 숨을 참고 있는 느낌이야."

누가 더 오래 잠수하는가. 히토미는 줄곧 경쟁을 하고 있었던 모양이다. 그렇다면 상대는 누구일까. 생각나는 건 오직 한 명뿐이다.

"미오? 나카노 미오랑 경쟁하는 거야?"

미나미노의 말에 히토미는 아이스크림 한 스푼을 입에 넣고 대답했다.

"미오랑 딱히 경쟁을 하는 건 아니지만 사적인 대화는 절대 안 해. 아마 다른 멤버들은 우리 사이가 안 좋다고 생각하지 않을까? 그냥 자연스럽게 그렇게 됐어⋯⋯."

나카노 미오와 오기쿠보 히토미. 주오선 방위대의 근속 멤버 두 명이 사실 무대 뒤에서는 사이가 안 좋다? 팬이라면 충격을 받을 내용이지만 미나미노는 아무 느낌도 없었다.

"앞으로 1년만, 또 1년만, 하면서 계속하고 있어. 과연 어떻게 될까? 서른이 넘어서도 아이돌을 하고 있으려나."

히토미는 그렇게 말하고 쓸쓸하게 웃었다. 미나미노는 속으로 말했다.

걱정하지 마. 넌 오래 못 살 테니까.

✳

정기 라이브 공연이 있는 날 미오의 오후는 일정한 패턴으로 흘러간다. 점심은 대개 편의점 도시락을 먹고, 3시에 샤워를 하고, 준비를 마치는 대로 맨션을 나선다. 요쓰야에

살므로 주오선을 타면 환승 없이 한번에 나카노까지 갈 수 있다.

기획사에 들어가서 편한 점은 의상을 들고 다니지 않아도 된다는 것이다. 개인적으로 아이돌 활동을 하던 고등학생 시절에는 무대 의상을 직접 들고 다녀야 했다. 그래서 당시에는 캐리어를 끌고 다녔다. 다만 캐리어를 학교까지 가지고 가는 게 부끄러워서 방과 후에 라이브 공연이 있는 날은 등교하기 전에 오모리역에 가서 캐리어를 유료 사물함에 넣어 놓았다.

지금은 기획사에서 의상을 공연장까지 옮겨 주지만 그래도 짐이 많은 건 변함없다. 미오는 화장 도구와 수건 등으로 가득한 큼지막한 숄더백을 들고 다닌다.

나카노 포레스트에는 대개 5시쯤에 도착한다. 옷을 갈아입고, 리허설을 하고, 가뭄에 콩 나듯 취재에 응할 때도 있다. 그러다 보면 저녁 7시에 공연이 시작된다.

그날 미오는 제일 일찍 왔다. 미오는 아무도 없는 대기실로 들어가 숄더백을 의자에 내려놓았다. 대기실이 한증막 같기에 리모컨으로 에어컨을 틀고 소파에 앉아 스마트폰을 들여다보았다.

일단 트위터부터 들어가 보는 건 이제 습관이다. '대기실 도착. 오늘도 힘내자.'라는 트윗을 올리자 팬들이 금방 댓글을 달았다. 미오는 댓글이 달리건 말건 메신저부터 열었다.

멤버인 미타카 고토네가 '선생님, 좀 늦을 것 같아요.'라는 메시지를 보내왔다. 현재 고등학생인 고토네는 미오를 선생님이라고 부른다. 미오는 곰 모양 이모티콘을 보내고 나서 숄더백에서 생수 페트병을 꺼냈다.

그때 누가 대기실에 들어왔다. 유이나 나오일 거라 생각하고 고개도 들지 않았지만 두 사람이라면 마땅히 들려야 할 인사 소리가 들리지 않았다. 수상쩍은 마음에 고개를 들자 히토미가 서 있었다. 뺨이 홀쭉해질 만큼 병적으로 말랐다. 2주 전 정기 라이브 공연에 불참한 후로 히토미는 다른 이벤트에도 모습을 보이지 않았다. 얼굴만 보아서는 몸이 전혀 좋아진 것 같지 않았다. 민소매에서 뻗어 나온 두 팔이 측은할 만큼 앙상하고 혈관이 불거져 있었다.

어색한 침묵이 흘렀다. 이렇게 단둘이 있는 게 얼마 만인지 기억나지 않았다.

올해로 그룹이 결성된 지 6년째다. 오랫동안 함께한 반작용인지 요 몇 년 사이 단숨에 히토미와 거리가 벌어졌다. 뭔가 결정적인 원인이 있었던 건 아니다. 어느 틈엔가 이렇게 되어 버렸다. 그래도 신기하게 공연 중 대화 시간에는 히토미를 아무렇지 않게 대할 수 있다.

"안 더워?"

히토미가 먼저 침묵을 깼다. 방 온도를 말하는 것이리라. 미오는 리모컨으로 바람 세기를 높이고 나서 대답했다.

"에어컨을 방금 켰어."

히토미는 아무 대꾸도 없었다. 미오는 시선을 스마트폰으로 돌렸지만 눈에 들어오지 않았다. 히토미가 뭘 어쩌려는 건지 신경이 쓰였다. 히토미가 불쑥 입을 열었다.

"나, 한동안 좀 쉬려고."

정식으로 휴식을 발표하겠다는 건가. 몸이 그 모양이니 당연하다 싶은 한편으로 '왜?', '언제까지?' 하는 의문이 차례차례 떠올랐지만 정작 입에서는 무뚝뚝한 말이 튀어나왔다.

"그렇구나."

"응. 쉴 거야. 여러모로 폐 많이 끼쳤지. 미안해."

대놓고 사과하니 할 말이 없었다. 뭐라고 대답할까 망설이는데 히토미가 계속 말을 이어 갔다.

"요전에 어떤 사람이랑 이야기하는데 언제까지 아이돌을 할 거냐는 말이 나왔어."

언제까지 아이돌을 할 것인가. 즉, 장래 문제다. 응당 고민해 보아야 할 일이었지만 그리하지 않았던 문제이기도 하다. 기실 미오는 다른 일을 찾을 마음도 없었고 팬들이 응원해 주는 한 이 일을 계속할 생각이었다.

"요즘따라 숨을 멈추고 수영장에 잠수한 것 같은 기분이 들어. 누가 오래 버티는가 경쟁하는 느낌이랄까."

미오는 누구와도 경쟁할 마음이 없었지만 잠수한 것 같다는 게 어떤 느낌인진 알 것 같았다. 그건 피부로 느끼는 감각에 가깝다. 라이브 하우스는 대부분 지하에 있고 더구나 밀폐된 공간이다. 잠수한 것처럼 숨 막히는 기분이 끊임없이 느껴진다.

"돌아올게. 반드시 돌아올 거야. 그러면……."

대기실 문이 열리자 히토미는 입을 다물었다. 매니저 기무라가 들어왔다. 기무라는 스마트폰을 들고 말했다.

"히토미, 여기 있었구나. 나머지는 내가 알아서 할 테니까 들어가도 돼. 잘 먹고 푹 자. 그게 제일이야. 알았지?"

"아, 네. 잠시만 더 있어도 될까요? 멤버들에게 사과하고 싶어서요."

"알았어. 아, 미오, 얘기 들었지? 히토미가 빠지면 안무 대형은 어떻게 할래? 리허설 때 맞춰 봐야 하잖아."

"고토네가 쉬었을 때도 넷이서 했으니까 그렇게 하면 될 것 같은데요. 지난번에도 그랬고."

고등학생인 고토네는 학업을 우선시해 가끔 공연에 불참하기도 한다. 그럴 때도 넷이서 공연을 했으니 딱히 문제될 건 없다.

"그럼 나머지 세 명이 오면 리허설을 시작하자."

기무라는 그렇게 말하고 대기실에서 나갔다. 또 히토미와 단둘이 있어야 하나 싶어 긴장한 순간 멤버 둘이 대기실로 들어왔다. 유이와 나오다. 두 사람은 미오와 히토미 둘만 있는 걸 보고 웬일이냐는 듯 순간적으로 침묵했지만 금방 웃음을 되찾으며 입을 모아 말했다.

"안녕하세요."

두 사람은 늘 앉는 소파로 갔다. 히토미가 쫓아가서 "저기." 하고 말을 걸었다. 미오는 화장품 파우치를 들고 화장대 앞에 앉았다. 잠시 후 유이와 나오가 어색하게 놀라는 소리가 들렸다.

✳

정오가 한참 지났다. 미나미노는 시나가와에 자리한 변호사 사무소에 있었다. 올해 미나미노가 보조하는 사람은 50대 변호사다. 지금 그 변호사와 면담실이라고 부르는 방에서 의뢰인의 이야기에 귀를 기울이는 중이다.

"한 달에 한 번이요? 그건 너무 적지 않습니까? 가능하면 주말에는 꼭 보고 싶은데요. 한 달에 한 번은 여행도 가고 싶고요."

의뢰인은 시나가와에 있는 IT 기업의 임원이다. 바람을 피우다 아내에게 들켜 현재 이혼 소송에 대해 협의하고 있다. 귀책사유가 전적으로 본인에게 있으므로 힘든 싸움이 되리라는 건 그전부터 명백했다. 하지만 그에게는 위기감이 없었다.

"자녀분과의 면회 말씀인데요." 변호사가 설명했다. "한

384

달에 한 번, 약 2시간이 기본입니다. 만약 더 많이 만나고 싶으시면 만나서 뭘 하고 싶은지 구체적인 내용을 밝힐 필요가 있어요. 공부를 가르친다든가, 할아버지 할머니를 보러간다든가, 하는 식으로 구체적인 내용을 제시해야 합니다. 그게 인정되면 만나는 횟수가 늘어날 수도 있습니다."

미나미노 앞에 슬림형 노트북 컴퓨터가 놓여 있다. 화면에 면담 기록을 정리하는 서식을 띄워 놓았으나 현재는 백지다. 입력해야 할 사항이 얼마 없기 때문이다. 미나미노는 하는 수 없이 '자녀와 만나는 횟수를 늘리고 싶다'라고 쳤다.

의뢰인의 불륜 상대는 토킹바에서 일하는 20대 초반 여자다. 3년 전부터 깊은 사이가 되었고 지금도 관계를 정리하지 않은 모양이다. 그러면서 재판을 유리하게 진행하고 싶다니 어처구니가 없다.

오늘은 금요일이다. 미나미노의 예측이 옳다면 구라타 유미가 점심시간 업무 당번을 서는 날이기도 하다. 월요일도 그럴 거라 예측했지만 업무를 보느라 전화를 걸 수 없었다. 오늘을 놓치면 다음 주로 넘어간다.

"마누라가 모는 렉서스도 원래는 내가 산 차입니다. 그 여편네가 미용실이니 피부 관리실이니 타고 다닌다고 생각하면 정말 열 받는다고요."

남자의 불평이 잠시 이어졌다. 변호사는 맞장구를 치면서 남자의 이야기에 귀를 기울였다. 미나미노도 키보드에 손가락을 얹은 채 남자의 이야기를 들었지만 손가락을 움직일 일은 없었다.

"벌써 시간이 이렇게 됐네. 그럼 선생님, 앞으로도 잘 부탁드립니다."

"알겠습니다. 뭔가 진전이 있으면 또 연락드릴게요."

남자를 배웅했다. 변호사가 수첩을 들고 말했다.

"정말 몹쓸 놈이로군. 저런 놈은 따끔한 맛을 봐야 하는데."

"동감입니다. 선생님, 정리는 제가 할 테니 먼저 가시죠."

"고마워. 그럼 갔다 올게."

변호사가 면담실에서 나갔다. 테이블에 놓여 있는 종이컵 세 개를 쓰레기통에 버리고 창문의 블라인드를 내렸다. 이걸로 정리는 끝났다.

만약을 위해 문을 잠갔다. 미나미노는 바지 주머니에서 휴대 전화를 꺼냈다. 오로지 이번 계획을 위해서 구입한 꼬리가 잡히지 않는 물건이다.

예행연습을 수도 없이 했다. 그렇게 어려운 일은 아니다. 바바 히토미에 관한 문의 전화를 구라타 유미가 받게 하는 것이 목적이다. 구라타 유미가 실수로 히토미의 개인 정보를 누설하면 재미있겠지만 그 정도까지는 기대하지 않았다.

버튼을 조작해 연락처에 저장된 유일한 전화번호를 찾아냈다. 무사시다이라 시청 수납과 수납 총무계 직통 번호다.

주머니에서 꺼낸 손수건으로 휴대 전화의 송화구 부분을 꽉 눌렀다.

드디어 복수의 막이 오른다. 아이, 지켜봐 줘. 당신과 우리 아기를 죽인 자들에게 운명의 심판을 내릴게.

발신 버튼을 누르고 휴대 전화를 귀에 댔다. 통화 연결음이 들린다. 한 번, 두 번, 세 번. 아직 받지 않는다. 네 번, 다섯 번. 여섯 번째 통화 연결음이 끝나기 전에 겨우 연결이 되었다. 여자의 목소리가 들렸다.

"안녕하세요. 무사시다이라 시청 수납과 구라타입니다."

미나미노는 안도했다. 계획이 성공할 것 같은 예감이 들었다.

"전화를 받은 여자가 이름을 댔을 때 뭐랄까, 달성 가능성 같은? 아니, 분명 성공하겠구나 싶은 예감이 들었습니다. 시작부터 징조가 좋았다고 할 수 있겠죠."

미나미노라는 남자는 아까부터 쉴 새 없이 떠들고 있다. 유미는 카운터 안에서 미나미노의 이야기에 귀를 기울였다. 이 남자가 바로 그날 전화를 건 사람이다. 다만 그때 들은 목소리와 비슷하냐고 물어도 그렇다고 대답할 자신은 없다. 벌써 3년이나 지난 일이다. 잊어버렸다기보다 그때의 기억은 당시부터 어쩐지 애매했다. 유미 본인이 혼란스러웠던 탓인지도 모른다.

"사건 당일엔 그렇게 어려운 일을 한 게 아닙니다. 오후 3

시 정도였나. 미리 복사해 둔 열쇠로 노가미의 집에 들어갔습니다. 그 남자가 주말에는 반드시 경마장이나 윈즈에 간다는 걸 알고 있었거든요. 스쿠터 열쇠를 슬쩍해서 스쿠터를 타고 무사시다이라시로 갔죠. 이때가 제일 긴장되더군요. 평소에 스쿠터를 타 본 적이 없어서 운전을 잘할 수 있을지 걱정이었어요. 일부러 연습까지 했을 정도입니다."

그는 무사시다이라시의 패밀리 레스토랑에서 시간을 보냈다. 그리고 밤 9시 30분, 오기쿠보 히토미를 사건 현장인 그린 공원으로 불러냈다. 히토미는 별다른 의심 없이 공원으로 나왔다.

"당시 히토미는 제가 시키는 대로 하는 꼭두각시 같은 상태였어요. 흉기는 대형 마트에서 산 식칼입니다. 오기쿠보 히토미는 싱겁게 죽었어요. 한번 푹 찔렀는데 그걸로 끝이었죠."

미나미노는 담담하게 이야기했다. 감정이 마비된 것 같았다. 아니, 마비되었다기보다 어쩌면 결여된 건지도 모른다.

"오기쿠보 히토미에게 줬던 휴대 전화와 흉기만 가지고 스쿠터로 다카다노바바에 돌아갔어요. 경로를 딱히 계산한 건 아닙니다. 감시 카메라에 찍히지 않을까 기대했을 뿐이죠. 만약 경찰이 노가미를 찾아내지 못할 것 같으면 다른 수단을 강구할 예정이었습니다. 그럴 필요는 없었지만요."

"스쿠터 열쇠는 어떻게 되돌려 놨지? 네가 돌아왔을 때 노가미는 이미 집에 있었을 텐데?"

겐다가 질문했다. 미나미노는 침착한 태도로 대답했다.

"그 부분은 저도 고민이었어요. 결국 문에 달린 우편물 투입구에 넣었죠. 노가미는 아주 막돼먹은 성격이잖습니까. 스쿠터 열쇠가 현관에 떨어져 있어도 별로 신경 쓰지 않을 것 같았습니다. 다음 날 그의 집에 다시 침입했죠. 마침 업무차 신주쿠에 나가는 김에 다카다노바바까지 가서 노가미의 집 벽장을 열고 옷상자 뒤편에 휴대 전화와 흉기인 식칼을 숨겼습니다."

모든 게 미나미노의 계획대로 진행되었다. 경찰은 노가미 노보루라는 남자를 범인으로 판단해 체포했고 검찰이 기소했다. 3년이 지난 지금도 재판은 진행 중이다.

"설마 기소돼서 재판까지 갈 줄은 몰랐어요. 솔직히 의외였습니다. 애당초 노가미는 범인이 아니니까요. 어쩌면 변호사가 노가미에게 잔꾀를 일러 준 걸까요. 죄를 인정하면 형이 가벼워진다고요. 형사님, 어떻습니까?"

겐다는 대답하지 않았다. 경찰에게도 함부로 말할 수 없는 사정이 있는지 모른다. 형량을 줄이기 위해 변호사의 충고대로 죄상을 인정한다. 그런 장면을 해외 드라마에서 본 기억이 있다. 노가미에게도 그런 일이 있었을까. 유미로서는 진실을 알 수 없었다.

출입구의 종이 울리고 한 남자가 카페를 들여다보듯 고개를 디밀었다. 양복을 입은 30대 남자다. 겐다가 남자를 보고 고개를 살짝 끄덕였다. 유미도 3년 전에 만났던 겐다의 부하 직원이다. 아까 겐다가 전화로 지원을 요청했던 게 기억났다.

"서까지 동행해 줘야겠는데."

겐다가 미나미노에게 말했다. 미나미노는 옅은 웃음을 띤 채 대답했다.

"알겠습니다. 늦었네요. 좀 더 일찍 이렇게 될 줄 알았는데."

3년 전에 범행을 저질렀을 때부터 이 남자는 언제 체포되어도 상관없다는 각오를 했는지 모른다. 아내를 죽음으로 몰아넣은 자들에게 복수한다. 이것이 최우선 사항이고 자신의 안전은 뒷전이었으리라. 미나미노의 계획은 100퍼센트에 가까운 확률로 성공했다고 할 수 있다. 체포된 노가미 노보루는 3년이나 철창 신세를 지게 되었고, 유미는 시청을 그만둘 수밖에 없었다. 사고를 유발한 오기쿠보 히토미는 이 세상에 없다.

"아이스커피, 잘 마셨습니다. 맛있었어요."

미나미노가 이쪽을 향해 말했다. 화가 난다기보다 어쩐지 허탈했다. 이 남자 때문에 유미의 인생은 엉망이 되었다. 이 남자 입장에서는 복수였겠지만 유미는 눈앞으로 자전거가 튀어나와서 브레이크를 밟았을 뿐이다. 고작 그만한 일이 직장까지 빼앗길 이유가 된단 말인가.

수갑은 채우지 않을 모양이다. 경찰 시스템에 대해서는 잘 모르지만 아직 체포는 할 수 없다는 뜻이리라. 미나미노가 걸음을 옮겼다. 겐다가 바짝 붙어서 따라갔다. 그러자 내내 말없이 이야기를 듣고 있던 호시야가 입을 열었다.

"잠깐만요. 마지막으로 한 가지만 더요."

미나미노가 발을 멈추었다. 호시야가 말을 이었다.

"난노 씨, 당신은 아주 큰 착각을 했어요. 뭔지 아시겠습니까?"

"글쎄, 뭘까." 미나미노는 어깨를 으쓱했다. 어쨌거나 큰 문제는 아니라는 여유가 느껴졌다. "홋시, 네 조사 능력에는 상당히 놀랐어. 정말이야. 널 다시 봤다고 해도 과언이 아니야. 너만 없었으면 난 평생 잡히지 않았을지도 몰라. 정말 대단해."

그건 인정하지 않을 수 없다. 호시야는 오기쿠보 히토미의 팬 중 한 명에 지나지 않는다. 그럼에도 오기쿠보 히토미의 죽음에 의문을 품고, 3년이라는 긴 시간 동안 혼자 조사를 해 왔다. 그 노력에는 절로 고개가 숙여졌다.

"난노 씨, 당신은 근본적인 부분을 틀렸어요. 그게 뭔지 아시겠어요?"

비로소 난노의 표정이 바뀌었다. 그는 생각에 잠긴 얼굴로 고개를 갸웃했다.

"내가 근본적인 부분을 틀렸다고?"

"네. 동일본 대지진이 발생하기 직전에 오모리에서 사고가 일어난 건 사실이에요. 앞에서 차를 몰다가 갑자기 멈춘 건 구라타 씨고, 뒤에서 트럭으로 들이받은 건 노가미 씨죠. 그건 틀림없어요. 문제는 자전거를 타고 튀어나왔다는 여고생이에요. 그 여고생은 히토밍이 아닙니다. 전혀 다른 사람이었어요."

시간이 멈춘 것 같았다. 카페에 있는 모두가 그 자리에 굳어 버렸다. 제일 먼저 반응한 건 미나미노였다.

"거짓말하지 마, 홋시. 무슨 근거로 그딴 소리를 하는 거야? 자전거에 타고 있던 건 오기쿠보 히토미야. 틀림없는 사실이라고."

"난노 씨야말로 무슨 근거로 히토밍이 자전거에 타고 있었다고 생각하는 건데요? 라디오 방송이요? 다시 재생해 보면 알겠지만 그 방송에서 히토밍은 사고가 났음을 암시했을 뿐 본인이 자전거에 타고 있었다는 말은 한마디도 하지 않았어요."

"하지만……."

미나미노가 반론을 펼치기 위해 입을 열었으나 호시야가 먼저 말했다.

"난노 씨, 히토밍에게 직접 들었나요? 가까운 사이였잖아요. 그럼 죽이기 전에 분명히 확인했겠네요. 그 사고가 났을 때 히토밍이 자전거에 타고 있었다는 걸 확인했을 거예요."

미나미노는 대답하지 않았다. 당황한 듯한 표정이었다. 아까부터 이 남자는 끊임없이 자신이 우위에 있는 듯이 행동했다. 범죄를 저질러 놓고 마치 올바른 일을 행했다는 듯한 태도였다.

"난노 씨, 당신 부인이 사고에 휘말려 유산했다는 건 사실이겠죠. 방금 구라타 씨도 증언했지만 노가미는 휴대 전화를 되찾으려는 난노 씨의 부인을 밀쳤어요. 그 일 때문에 유산했을 가능성도 아예 없지는 않을 거예요."

분명 그때 여자는 노가미에게 떠밀려 세게 엉덩방아를 찧었다. 여자의 상태가 변한 건 그 직후였다. 고통스러워하며 구급차를 불러 달라고 했다. 의사는 인정하지 않았던 모양이지만 인과 관계가 있다고 보아도 될 듯하다.

"구라타 씨도 그렇고요. 불가피한 일이었다고는 하나 구라타 씨가 급브레이크를 밟은 게 추돌 사고가 일어난 계기였어요. 그리고 사고 후의 대응도 안 좋았고요. 좀 더 빠릿빠릿하게 행동했다면 그런 비극은 일어나지 않았을지도 몰라요."

사고가 발생해 동요했던 건 인정한다. 더구나 노가미는 처음부터 불쾌한 듯한 표정으로 다가가기 힘든 분위기를 풀풀 풍겼다. 기가 죽어서 그에게 강한 태도로 나가지 못했던 게 지금도 후회스럽다. 사고가 나자마자 바로 경찰에 신고했다면 결과는 달라졌을지도 모른다.

"난노 씨는 줄곧 본인이 저지른 죄에 정당성이 있다는 듯한 얼굴로 이야기했잖아요. 솔직히 말하면 듣고 있기 힘들었어요. 자전거에 타고 있었던 건 다른 여자입니다. 히토밍은 아무 잘못도 없어요. 잘못이 없으니 살해당할 이유도 없고. 그런데도 당신은 히토밍을 스토킹해서 정신적으로 궁지에 몰고, 마음을 갖고 논 끝에 살해했어요. 당신은 복수한 게 아니에요. 비열한 범죄를 저지른 거지."

"아니야. 그럴 리 없어. 그럼 말해 봐. 누가 자전거에 타고 있었는데? 히토미가 아니라면 누구냐고?"

"안 가르쳐 줄 거예요."

"역시나 거짓말이군. 그냥 입에서 나오는 대로 지껄이는 거야. 자전거를 타고 튀어나온 건 히토미야."

"아니요. 거짓말 아닙니다."

호시야는 그렇게 말하고 가방에서 스마트폰을 꺼냈다. 연분홍색 기종이었다. 호시야는 그걸 손에 들고 설명했다.

"이건 히토밍의 스마트폰이에요. 요전에 가마타에 있는 히토밍의 본가에 가서 어머님께 빌려 왔죠. 히토밍이 고등학생 때 쓰던 거예요. 기종을 변경한 후 본가의 자기 방에 놔뒀다는군요."

"그래서, 그게 뭐 어쨌다는 건데."

미나미노는 얼른 알고 싶어 하는 눈치였지만 호시야는 느릿느릿하게 말을 이었다.

"히토밍의 통화 기록이며 문자 메시지가 전부 남아 있어요. 당연히 동일본 대지진이 일어난 날의 기록도 남아 있고요. 그걸 보고 알았어요. 자전거에 타고 있던 사람의 정체를."

"말도 안 돼. 거짓말이야. 히토미야. 자전거에 타고 있던 건 그 여자라고."

미나미노의 얼굴에 당황한 기색이 역력했다. 호시야는 미나미노가 착각하는 바람에 애꿎은 이에게 복수했다고 말하고 있다.

"거짓말이 아닙니다. 제가 가르쳐 주지 않는 건 당신에게 내리는 일종의 벌이라고 생각하세요. 전 이만 볼일이 있어서요."

호시야는 나가 달라는 듯 카페 출입구로 오른손을 뻗었다. 겐다도 난감한 얼굴로 쉽사리 발을 떼지 못했다. 당연하다. 그때 자전거를 타고 튀어나온 사람은 오기쿠보 히토미가 아니었다? 겐다 입장에서도 흘려 넘길 수 없는 가설이다.

"야, 홋시, 거짓말이지? 그렇다고 해, 홋시."

미나미노는 매달리는 듯한 눈빛으로 호시야를 바라보았다. 미나미노는 자신의 범행을 정의 실현이라고 믿었다. 그러한 신념이 산산이 부서지며 자신감을 상실한 게 분명했다. 진상을 쉽게 알려 주지 않는 것이 미나미노에 대한 호시야 나름의 복수인지도 모른다.

"난노 씨, 속으로 저희를 깔본 거 아닌가요? 어차피 아이돌 오타쿠라고요. 내내 그렇게 생각했던 거 아니에요? 그렇다면 이렇게 말씀드리고 싶네요. 오타쿠를 얕보지 마."

오타쿠를 얕보지 마. 그 말에 자기 비하나 콤플렉스는 없었다. 오히려 호시야의 자부심마저 느껴졌다. 만약 그가 오타쿠가 아니었다면 이 사건은 어둠 속에 묻혔을 가능성도 있다.

"형사님, 나중에 말씀드릴게요."

호시야가 그렇게 말하자 겐다가 고개를 끄덕이고는 미나미노의 등을 떠밀다시피 해 카페에서 데리고 나갔다. 미나미노는 마지막까지 호시야에게 눈을 떼지 않았지만 호시야는 일부러 그 시선을 무시하는 것 같았다.

"홋시, 너……."

구마다라는 남자가 다가왔다. 그는 호시야의 어깨를 두드리며 말했다.

"굉장하다, 홋시. 정말로 대단해. 내내 혼자 애쓴 거로구나. 감동했어. 하지만 그 이상으로 놀라웠던 게 난노 씨야. 설마 난노 씨가 히토밍을 죽인 범인이었을 줄은……."

"홋시, 정말 잘했어. 히토밍의 원한을 풀어 줬구나. 그건 그렇고 난노가……."

다와다라는 남자가 탄식했다. 구마다의 표정도 복잡해 보였다. 그들에게 미나미노는 오랜 세월 함께한 동지 같은 존재였는지도 모른다.

"선생님, 구마, 두 분 다 오늘 와 주셔서 감사해요. 두 분이 있어서 마지막까지 힘을 낼 수 있었어요. 정말 잘됐어요."

힘이 다 빠져 버린 듯 호시야는 카운터의 의자에 털썩 주 저앉았다. 그러고는 말했다.

"이걸로 다 끝났네요. 이제야 겨우 히토밍을 대할 면이 서 는 것 같아요……."

3년 전 호시야는 오기쿠보 히토미에게 메시지를 받았음 에도 불구하고 그녀를 돕지 못했다. 그때의 원통함, 후회, 자 기혐오를 가슴에 품고 이날을 위해 홀로 조사에 매진해 온 것이다.

사건을 재검증하고 싶다, 하고 호시야가 카페를 들어서며 제안했다. 그는 사건을 검증했을 뿐만 아니라 진상에 다다 랐다. 유미도 어쩐지 힘이 쭉 빠지는 기분이었다. 그만큼 농 밀한 시간이었다.

"아, 미오도 고마워. 큰 도움이 됐어."

호시야가 생각났다는 듯이 말하자 카운터 자리에서 나카 노 미오가 일어섯다. 옆자리에 놓아둔 숄더백에서 지갑을 꺼내는 게 보였다. 그러자 호시야가 말했다.

"괜찮아. 내가 살게."

"하지만……."

"정말 괜찮아. 그보다 서두르는 게 좋지 않을까?"

미오는 벽에 걸린 시계를 보았다. 얼마 안 있으면 5시다. 호시야는 오후 2시가 지나서 카페에 왔다. 그로부터 3시간 가까이 흐른 셈이다.

"그럼 저는 이만."

나카노 미오는 숄더백을 메고 카페에서 나갔다. 구마다는 웃음 띤 얼굴로 나카노 미오를 바라보았다. 그들은 오기쿠보 히토미의 팬이지만 리더인 나카노 미오와도 안면이 있는 것이리라.

"저기, 구라타 씨?"

호시야가 목소리를 가다듬고 말했다. 유미는 카운터 안에서 허리를 쭉 폈다. 처음에는 거동이 수상한 청년이다 싶어미심쩍게 여겼지만 지금은 그에 대한 인상이 180도 바뀌었다. 그는 보기 드물게 인내심이 뛰어난 아이돌 오타쿠다.

"왜, 왜요?"

"같이 가 주셨으면 하는 곳이 있어요. 오늘 밤에 시간 있으세요?"

"아, 네, 뭐."

오늘 밤은 달리 일정이 없다. 카페 아르바이트는 오후 6시까지다.

"구라타 씨가 꼭 있어 주셨으면 해요. 아니, 구라타 씨가 있으셔야 해요. 반드시."

무슨 뜻인지 모르겠다. 대체 나를 어디로 데려가려는 걸까. 호시야의 강한 말투에 압도당한 유미는 자기도 모르게 고개를 끄덕였다.

"차렷. 인사. 감사합니다."

"감사합니다."

5교시 수업이 끝났다. 바바 히토미는 손목시계를 힐끗 보았다. 오후 2시 30분이 지났다. 라이브 공연은 3시부터 시작된다. 친구 모리타 미오가 속한 아이돌은 두 번째나 세 번째로 출연한다고 들었다. 서둘러야 한다.

종례가 없어서 교실에 느슨하게 풀어진 분위기가 감돌았다. 이제 학생의 절반은 동아리 활동을 하러 가고, 나머지 절반은 곧장 집으로 간다. 양쪽 다 담소를 나누며 느긋하게 시간을 보냈다.

히토미는 가방을 들고 일어섰다. "어? 히토미, 어디 가?"

하고 옆자리의 여학생이 묻길래 히토미는 "응. 잠깐." 하고 애매하게 대답했다. 미오가 아이돌 활동을 한다는 사실을 외부에 떠벌리고 다니지 않아서 반 아이들은 대부분 이 사실을 모른다. 오늘도 몸이 안 좋아서 조퇴한 것으로 되어 있다.

교실을 나서서 계단을 두 단씩 성큼성큼 뛰어 내려갔다. 신발장에서 신발을 갈아 신고 서둘러 자전거 주차장으로 향했다. 자전거에 올라타기 전에 문자 메시지를 보내기로 했다. 가방에서 스마트폰을 꺼내 '학교 끝났어. 빛의 속도로 갈게.'라고 쓰고 이모티콘 몇 개를 연달아 넣어서 문자 메시지를 보냈다. 오후 2시 35분이었다.

스마트폰을 가방에 넣으려는데 갑자기 진동이 느껴졌다. 어머니 아쓰코의 전화였다. 찜찜한 예감이 들었다. 무시할까 싶었지만 히토미가 받지 않으면 몇 번이고 끈덕지게 전화를 거는 데다 나중에 더 성가셔진다. 히토미는 어쩔 수 없이 전화를 받았다.

"여보세요."

"히토미, 수업 다 끝났지?"

"끝났는데, 왜?"

"바로 집에 와. 엄마 허리가 또 심상치 않아."

한숨이 나왔다. 아무래도 찜찜한 예감이 적중한 모양이다. 허리가 안 좋은 어머니는 가끔 이렇게 딸인 히토미에게 우는소리를 한다.

"오늘 일 있는데."

"부탁 좀 하자. 오늘도 예약이 몇 팀 들어와 있단 말이야. 취소할 수 없는 예약이야."

어쩔 수 없다. 히토미는 단념했다. "알았어." 하고 퉁명스럽게 말하고 나서 전화를 끊었다. 미오도 슬슬 리허설을 시작할 시간일 테니 나중에 사과하면 되겠지. 티켓은 미오를 통해 이미 구입했다. 가격은 3천 엔이었다. 아깝지만 포기하는 수밖에 없다.

자전거에 달린 바구니에 가방을 넣었다. 자전거 주차장에서 나오다가 한 여학생과 마주쳤다. 옆 반인 야베 모모코다. 마침 잘되었다. 히토미는 자전거를 세우고 모모코를 불렀다.

"모모코, 잠깐만."

"응? 왜?"

모모코는 미오가 아이돌로 활동한다는 사실을 아는 몇 안 되는 친구 중 하나다. 귀신 공원에서 댄스 연습을 하다 들켜서 밝히지 않을 수 없었다. 자니스를 좋아하는 소위 자니스 오타쿠로, 방송국 뒷문에서 퇴근하는 자니스를 기다리기도 한단다.

"실은 오늘 미오가 신주쿠에서 라이브 공연을 하거든. 가려고 했는데 급한 볼일이 생겼어. 괜찮으면 대신 안 갈래?"

"어? 진짜?"

"그럼. 안 가면 티켓이 아깝잖아." 히토미는 가방에서 지갑을 꺼내 끼워 놓았던 티켓을 모모코에게 주었다. "자, 티켓. 장소는 신주쿠의 라이브 하우스. 3시에 시작되지만 미오는 조금 이따가 나오니까 서두르면 안 늦을 거야."

"우와, 공연 보러 한번 가 보고 싶었는데."

같이 아이돌 활동을 하지 않겠느냐고 미오가 제안했다. 대형 연예 기획사에서 독립한 남자가 기획사를 새로 차려 새로운 그룹을 만든다는 이야기였다. 처음에는 아이돌을 어떻게 하겠냐는 생각이었지만 미오의 이야기를 듣다 보니 한번 해 보는 것도 나쁘지 않겠다 싶은 마음이 들기 시작했다.

실은 모모코에게도 제안해 볼 예정이지만 미오는 그다지 내키지 않는 눈치였다. 평소에 모모코는 아이돌이 되어 자니스와 친해지고 싶다고 떠들고 다니기 때문이다. 미오 말로는 지하 아이돌이 자니스와 친해질 확률은 1퍼센트도 안 된다고 한다.

"아, 큰일 났다. 교실에 휴대 전화를 두고 왔나 봐." 모모코가 티켓을 손에 쥐고 말했다. "서둘러야겠다. 고마워, 히토미."

"고맙긴. 잘 다녀와."

학교 본관으로 돌아가는 모모코를 배웅하고 나서 히토미는 자전거에 올라탔다. 히토미네 집은 가마타에 있다. 1층은 술집이고 2층은 주거 공간이다. 술집 이름은 어머니의 고향인 기소 지방에서 따온 '기소댁'으로, 히토미가 태어나기 전부터 어머니 아쓰코가 운영하던 가게다.

10분쯤 지나 집에 도착했다. 가게 뒤편에 자전거를 세우고 뒷문으로 안에 들어갔다. 어머니 아쓰코는 간소한 손님용 다다미방에 앉아 있었다.

"히토미, 미안해."

"사과는 됐고 얼른 접골원에나 다녀와."

"3시부터야."

가게는 오후 5시에 영업을 시작한다. 하지만 그전에 해 두어야 할 일이 산더미처럼 많다. 식자재 구입, 주류 주문, 음식 준비, 가게 청소. 여러모로 바쁘다.

"뭐 사 오면 돼?"

"거기 적어 놨어."

어머니가 가리킨 카운터에 메모지가 한 장 놓여 있었다. 사 와야 할 식자재가 적혀 있다. 일단 장부터 보자. 포스 단말기에서 1만 엔짜리 두 장을 꺼내 지갑에 넣었을 때였다. 느닷없이 강한 진동이 느껴졌다.

"뭐, 뭐야?"

진동이 서서히 강해졌다. 다다미방에 있는 어머니 곁으로 가서 손을 마주 잡았다. 심한 진동이다. 카운터 바로 위쪽 선반에 놓아둔 이이치코 소주병(손님들이 보관해 둔 것)이 하나, 또 하나 떨어져서 깨졌다. 비명을 지를 틈도 없었다.

마침내 진동이 잦아들었다. 아주 오랫동안 흔들렸던 것 같다. 어머니가 말했다.

"어휴, 무서워라. 이렇게 흔들리는 건 처음이야."

"가게가 무너지는 줄 알았어."

깨진 병을 밟지 않도록 조심하며 카운터 안을 들여다보았다. 주방 꼴도 말이 아니었다. 조미료 병 따위가 바닥에 널브러져 있었다. 그나마 불을 사용하고 있지 않아서 다행인가. 만약 찜 요리를 하고 있었다면 어땠을까, 생각하니 섬뜩했다.

"사장님, 괜찮아?"

근처에 사는 아주머니가 가게 입구로 고개를 들이밀었다. 어머니가 허리를 누르며 일어서서 그쪽으로 걸어갔다. 두 사람은 그대로 가게를 나섰다. 부근에 얼마나 피해가 생겼는지 확인할 생각인가 보다.

먼지털이를 가져왔다. 히토미는 쪼그려 앉아 깨진 소주병 조각을 모았다. 미오가 괜찮은지 걱정되었다. 공연은 어떻게 되었으려나. 모모코는 무사히 신주쿠까지 갔을까. 나중에 두 사람에게 문자 메시지를 보내 보자.

"어이쿠, 더럽게 많이 흔들리네."

새아버지 야스오가 그렇게 말하며 가게 안쪽에서 나왔다. 2층에서 내려온 것이다. 히토미는 자신의 다리를 훑는 야스오의 시선을 느꼈다. 무릎 위로 올라오는 스커트라 각도에 따라서는 허벅지까지 훤히 다 보인다. 히토미는 야스오의 시선에서 달아나듯 자세를 바꾸었다. 야스오는 천박한 웃음을 띤 채 콧방귀를 뀌더니 히토미 옆을 지나쳐 가게에서 나갔다. 가게 밖에서 야스오와 어머니의 목소리가 들렸다.

"진도 5 정도는 될 거 같아."

"그럴 거야. 이렇게 심하게 흔들린 건 처음이야."

히토미는 깨진 병 조각을 주워 모았다. 요즘 들어 부쩍 야스오가 싫어서 죽을 지경이다. 자신을 보는 눈빛이 너무 징그러웠다. 딸을 완전히 여자로 본다. 같은 세탁기로 속옷을 빠는 것조차 거부감이 들어서 요즘은 어머니에게 부탁해 따로 돌린다.

또 살짝 흔들렸다. 여진인가. 아니면 건물이 낡아서 그런 건가. 진원지가 어디일지 이제야 궁금해졌다. 지금까지 느껴 본 적 없는 공포가 찾아왔다.

빨리 이 집에서 나가고 싶다. 왜 하필 이때 그런 생각이 들었는지 모르겠지만 히토미는 그 마음이 급속도로 커지는 걸 느꼈다. 여기 말고 다른 곳으로 가고 싶다. 되도록 빨리. 미오와 함께 지하 아이돌이 되는 게 지름길이라면 기꺼이 무대에 설 의향도 있다.

스마트폰이 울렸다. 확인하자 모모코의 전화였다. 무사할까. 얼른 스마트폰을 귀에 댔다.

"모모코? 괜찮아? 아무 일 없지?"

들려온 것은 울음소리였다.

"히토미, 큰일이야. 큰일 났다고."

"왜 그래? 모모코, 울지 말고 말해 봐. 무슨 일 있었어?"

히토미가 물어도 대답은 돌아오지 않았다. 흐느끼는 소리만 들릴 뿐이었다. 대체 모모코에게 무슨 일이 생긴 걸까. 다치지 않았으면 좋으련만.

"히토미, 절대 아무에게도 말하지 않겠다고 약속해 줘."

드디어 모모코의 목소리가 들렸다. 히토미는 고개를 끄덕이며 말했다.

"응. 약속할게."

　라이브 하우스에 발을 들여놓는 건 난생처음이었다. 유미가 계단을 내려가자 뒤에서 호시야가 설명해 주었다.

　"방음상의 이유로 라이브 하우스는 대개 지하에 있어요. 그래서 지하 아이돌이라고 부르는 모양이고요. 여러 가지 설이 있지만요."

　나카노 포레스트라는 라이브 하우스다. 계단 양쪽 벽에는 록 밴드의 포스터를 붙여 놓았다. 그 사이사이에 지하 아이돌의 포스터도 가끔 보여서 참으로 기묘한 인상이었다.

　오늘은 3년 전에 세상을 떠난 오기쿠보 히토미의 기일이라 추모 라이브 공연을 한다고 했다. 호시야가 같이 가자고 하기에 이렇게 라이브 하우스에 온 것이다. 유미는 라이브 공연 자체를 보러 간 적이 별로 없다. 고등학생 때 요코하마 아레나에서 열린 아무로 나미에의 공연을 보러 갔던 게 마지막이었다.

"이야, 어쩐지 반갑네요. 꽤 오래 문을 닫았었거든요."

이 라이브 하우스는 이틀 전인 9월 1일부터 영업을 재개했다고 한다. 현재 도쿄도에서 지정한 코로나 대책 로드 맵은 3단계로, 이 정도 규모의 라이브 하우스는 영업이 가능하다. 다만 3밀(밀폐, 밀집, 밀접을 가리키는 용어 - 옮긴이)을 피하는 등 위생상의 문제를 해결하기 위한 대책이 필요하다.

"티켓은 걱정하지 마세요. 아는 사람한테 받았으니까."

지하로 내려가자 안내 데스크에서 젊은 남자 두 명이 콘서트를 보러 온 사람들을 응대하고 있었다. 인터넷으로도 구입할 수 있는지 스마트폰 화면을 확인하기도 했다. 호시야는 안내 담당 스태프와도 아는 사이인 듯(그는 벌써 9년 가까이 여기에 드나들었으니 그리 놀라운 일은 아니다) 뭐라고 말도 주고받았다. 모두가 마스크를 착용했고 입구에는 소독용 알코올 스프레이가 놓여 있었다. 이마에 대는 유형의 체온계로 체온도 측정했다.

"음료를 하나 받을 수 있는데, 뭐 하실래요?"

안내 데스크 옆에 있는 냉장 쇼케이스에 페트병 음료가 죽 진열되어 있었다. 녹차를 고르자 스태프가 꺼내 주었다. 수건이나 CD 같은 굿즈는 물론 체키 티켓도 여기서 판매하는 모양이다.

"아슬아슬하게 안 늦었네요. 이쪽이에요."

호시야가 묵직해 보이는 문을 열었다. 안쪽은 영화관만큼 어두웠다. 계단 형태의 좌석과 제일 안쪽의 무대가 눈에 들어왔다. 역시 무대와의 거리가 가깝다. 군데군데 남자들이 앉아 있었다.

"정원은 150명이지만, 3밀을 피하기 위해 50명까지만 입장을 허용했다고 들었어요."

호시야는 약간 서글퍼 보였다. 오늘은 오기쿠보 히토미의 추모 공연이 있는 날이다. 만약 대대적으로 진행했다면 팬들이 좀 더 많이 찾아오지 않았을까. 유미도 사정은 이해가 갔다.

빨간 접착테이프로 ×자를 붙여 놓은 자리도 있었다. 앉으면 안 된다는 표시이리라. ×자는 대부분 한 칸씩 띄워 앉는 방식으로 붙어 있었다.

"추모 공연이라지만 내용은 정기 라이브 공연과 차이가 없어요. 벌써 3년이나 지났으니까요. 새로운 팬들 중에는 히토밍을 모르는 사람도 있겠죠."

간접적이기는 하지만 유미는 자신에게도 오기쿠보 히토미의 죽음에 일부 책임이 있다고 생각했다. 3년 전 무사시다이라 시청으로 걸려온 전화 한 통. 그때 자신이 잘못 대응하는 바람에 오기쿠보 히토미가 살해당했는지도 모른다. 줄

곧 그렇게 생각했고, 사건 관계자들 사이에서도 그게 정설이었다.

하지만 오늘 그 정설이란 게 뒤집혔다. 범인은 처음부터 오기쿠보 히토미의 주소를 알고 있었고, 그 전화는 유미를 사건에 끌어들이기 위한 수작이었다. 자기 탓에 오기쿠보 히토미가 죽은 것이 아니다. 어깨에 짊어지고 있던 짐을 내려놓은 기분이었지만 아직도 실감이 잘 나지 않았다. 게다가 동일본 대지진이 발생한 날에 일어난 추돌 사고가 범행 동기였다는 걸 알게 된 것만으로도 속이 복잡했다.

"라이브 공연은 내내 중단됐었어요. 라이브 하우스는 집단 감염의 온상 같은 대접을 받았으니까요. 그래서 운영진도 온라인으로 유료 공연을 열거나, 팬과 온라인 오셀로 게임을 하는 등 어떻게든 활동을 이어 가려고 애썼죠. 아, 이쯤에 앉을까요?"

호시야의 말에 걸음을 멈추고 좌석에 앉았다. 앞에서 다섯 번째 줄이었다. 그보다 앞쪽은 앉지 못하도록 테이프를 둘러쳐 놓았다. 비말 대책으로 출입을 금지한 건지도 모른다. 고개를 돌려 좌석을 둘러보자 관객들은 같은 간격으로 앉아 있었다. 유미의 뒤쪽 줄에 구마다와 다와다가 있었다. 둘 다 추첨에 당첨된 것이리라.

"곧 시작해요."

호시야의 말이 떨어지자마자 카운트다운이 시작되었다.

10부터 시작된 카운트다운이 0이 된 순간 음악이 흘러나왔다. 동시에 색색의 스포트라이트가 무대 위에 쏟아졌다. 다섯 명의 멤버들이 그 속에 등장해 별다른 소개 없이 춤을 추기 시작했다. 모두 투명 입 가리개를 착용했고 멤버들 사이에는 투명한 아크릴판이 세워져 있었다.

이윽고 노래가 시작되었다. 이에 호응해 마스크를 낀 남자들이 입을 모아 소리쳤다.

"우와, 미오! 우리 미오, 잘한다. 최고야."

신기한 기분이었다. 이제껏 경험해 본 적 없는 격앙된 감정에 휩싸였다. 여기에는 약간의 배덕(背德)한 감정도 뒤섞여 있었다. 허벅지를 드러낸 나이 어린 여자 아이돌들이 일사불란하게 춤을 추고 어른들이 온 힘을 다해 응원한다. 참으로 기묘한 광경이다.

"와, 고토네! 맹렬, 맹렬, 고토네."

한가운데서 춤추는 멤버에게 시선이 갔다. 나카노 미오. 아까까지 유미가 일하는 카페의 카운터석에 앉아 있던 사람이다. 에쁘게 생겼지만 압도당할 만한 분위기는 느끼지 못했다. 그런데 지금은 다섯 멤버의 한가운데서 당당하게 퍼포먼스를 선보이고 있다. 얼굴에 띤 미소도 완벽하다.

"와, 유이! 최고, 최고, 유이."

멤버들은 바쁘다. 노래하고 춤추고, 가끔은 윙크를 하거나 손가락으로 팬을 가리키기도 한다. 그럴 때마다 객석에서 환성이 솟는다. 오랜만의 단독 라이브 공연이라고 들었다. 멤버들도 해방감 같은 걸 느끼는지 모른다.

3년 전, 저 다섯 명 사이에 오기쿠보 히토미라는 멤버가 있었다. 지금의 저들과 마찬가지로 스포트라이트 아래 팬들의 성원을 받으며 춤추고 노래했다. 유미는 오기쿠보 히토미에 대해 잘 모른다. 솔직히 아는 게 두려웠다. 자기 탓에 오기쿠보 히토미가 살해당했다는 사실, 아니, 잘못된 믿음에 사로잡혀 있었으니까.

유미는 살짝 고개를 숙였다. 편안히 쉬기를, 하고 속으로 오기쿠보 히토미의 명복을 빌었다. 지금까지 그런 적이 없었고 그럴 엄두도 나지 않았다. 일찍이 오기쿠보 히토미가 섰던 무대를 보자 비로소 그녀의 존재를 실감했다. 지금도 다섯 멤버 사이에서 오기쿠보 히토미가 춤추고 있는 게 아닌가 하는 착각마저 들었다.

"와, 히토밍. 우리의 여신, 히토밍!"

응원하는 목소리가 한층 높아졌다. 고인에게 바치는 콜이었다. 일사불란한 그 콜은 마치 단체 개인기 같기도 했다. 개중에는 펜 라이트 같은 걸 휘두르는 남자도 있었다. 원래 같으면 관객이 더 많았을 것이다. 그들은 추첨에 실패한 팬들의 몫까지 다하려는 듯 열심히 소리쳤다.

어쩐지 숨이 막혔다. 마스크 때문이 아니라 감각의 문제였다. 미오의 이야기가 떠올랐다. 오기쿠보 히토미는 생전에 지하 아이돌 활동을 '숨을 멈추고 수영장에 잠수한 것 같다'는 식으로 표현했다고 한다. 알 것 같았다. 여기는 마치 심해 같다.

이렇게 주오선 방위대라는 지하 아이돌의 공연을 보고 있는 걸 아주 신기해하며 유미는 생각했다.

대체 그 죄는, 그러니까 미나미노라는 남자가 저지른 죄는 어디서 시작된 걸까. 내가 그날 길을 잘못 들지 않았으면 괜찮았을까. 아니면 바바 히토미가 아이돌이 되기로 결심한 것이 잘못이었을까. 또는 지진이 발생하기 직전에 노가미가 미나미노의 아내를 떠민 순간일까. 결국 다양한 요인이 겹치고 겹쳐 이번 비극이 태어나고 말았다.

팬들의 콜이 한층 커졌다. 멜로디로 후렴구에 접어들었음을 알아차렸다. 남자들은 주먹을 치켜들고 응원했다.

숨 막히는 느낌이 심해졌다. 낮은 천장도 거슬렸다. 현기증이 나서 유미는 자기도 모르게 자리에서 일어섰다. 그대로 통로를 걸어가 문을 열고 공연장에서 나갔다. 방금 전까지 들렸던 열광적인 목소리가 환청이었던 듯 바깥은 고요했다.

안내 데스크에 있는 남자 스태프 두 명이 웃으며 이야기를 나누고 있었다. 유미는 그 앞을 지나쳐 재빨리 계단을 뛰어올랐다. 지상으로 나가자마자 마스크를 벗었다. 죄악감을 느끼면서도 크게 심호흡을 했다. 숨쉬기가 조금 편해졌다.

아까 무대에서 춤추던 아이돌들을 떠올렸다. 얼굴 가득 웃음을 띤 채 노래하고 춤추고 뛰어다녔다. 그렇게 노래하고 춤출 수 있는 장소가 있다는 게 솔직히 조금 부러웠다.

유미는 생각했다. 나는 아직도 깊은 바닷속을 헤엄치고 있다고. 하지만 언젠가 반드시 수면으로 떠올라 내가 머물 새로운 곳을 찾아내고 싶다고.

참
고
문
헌

《잠행~지하 아이돌의 남에게 말할 수 없는 생활》,
히메노 다마, 사이조 (2015년)

《아이돌과 오타쿠 대연구 독본 이엣타이가》,
페로링 선생, 간젠 (2017년)

《직업으로서의 지하 아이돌》,
히메노 다마, 아사히신문출판 (2017년)

악연

1판 1쇄 발행	2022년 12월 14일
1판 2쇄 발행	2022년 12월 20일

지은이	요코제키 다이
옮긴이	김은모

발행인	황민호
본부장	박정훈
책임편집	강경양
기획편집	김순란 김사라
마케팅	조안나 이유진 이나경
국제판권	이주은 김준혜
제작	심상운

발행처	대원씨아이(주)
주소	서울특별시 용산구 한강대로15길 9-12
전화	(02)2071-2094
팩스	(02)749-2105
등록	제3-563호
등록일자	1992년 5월 11일

ISBN	979-11-6944-869-7 03830

惡
緣